有爱的青春陪伴者

皇后反内卷日常

无处可逃 著

江苏凤凰文艺出版社

图书在版编目（CIP）数据

皇后反内卷日常 / 无处可逃著. -- 南京 : 江苏凤凰文艺出版社, 2024. 10. -- ISBN 978-7-5594-8886-2
Ⅰ. I247.5
中国国家版本馆CIP数据核字第20242QN414号

# 皇后反内卷日常
无处可逃　著

| | | |
|---|---|---|
| 责任编辑 | 王昕宁 | |
| 特约编辑 | 嘎 嘎 雪 人 | |
| 出版发行 | 江苏凤凰文艺出版社 | |
| | 南京市中央路165号，邮编：210009 | |
| 网　　址 | http://www.jswenyi.com | |
| 印　　刷 | 长沙鸿发印务实业有限公司 | |
| 开　　本 | 880mm×1230mm 1/32 | |
| 印　　张 | 10 | |
| 字　　数 | 307千字 | |
| 版　　次 | 2024年10月第1版 | |
| 印　　次 | 2024年10月第1次印刷 | |
| 书　　号 | ISBN 978-7-5594-8886-2 | |
| 定　　价 | 42.80元 | |

江苏凤凰文艺版图书凡印刷、装订错误，可向出版社调换，联系电话025-83280257

# 目录

第一章 ◆ 新人 / 001

第二章 ◆ 替身 / 019

第三章 ◆ 中元 / 045

第四章 ◆ 出路 / 083

第五章 ◆ 债主 / 105

第六章 ◆ 筹谋 / 114

第七章 ◆ 母子 / 137

第八章 ◆ 出宫 / 150

第九章 ◆ 救治 / 171

## 目录

第 十 章 ◆ 醍醐 / 184

第十一章 ◆ 擎天 / 205

第十二章 ◆ 回忆 / 219

第十三章 ◆ 离别 / 248

第十四章 ◆ 并肩 / 255

尾　声 ◆ 　　 / 270

番 外 一 ◆ 豪赌 / 274

番 外 二 ◆ 端午 / 289

番 外 三 ◆ 失控 / 297

番 外 四 ◆ 日常 / 307

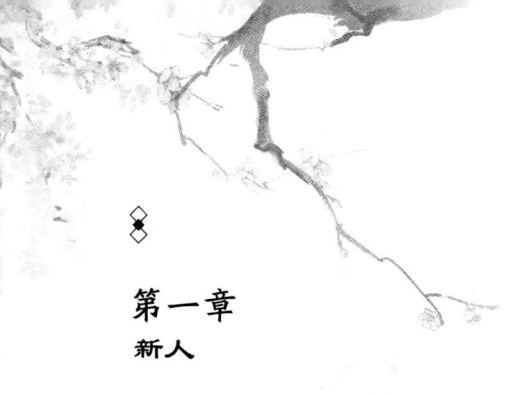

# 第一章
## 新人

正是六月里的天气,外头的蝉叫得一声急过一声,满院子的树叶似也被日头压得蔫了,我坐在锦缎垫子上,觉得潮热,身上出了一层薄汗,便站起了身。

小月是惯常能懂我心思的,没等我开口要取掉垫子,已经俯下身说:"皇后,若是觉得热了,我去取一盏冰镇过的莲心羹来,吃了便好些了。这垫子可不能拿,您可不能贪凉,这偏殿里的红木椅子看着温润,其实再凉不过的,是要伤身的。"

啧啧,这丫头已经被我惯得不像话了。我才清清嗓子,尚未开口,她又补了一句:"这是陛下关照过的。"

我噎了噎,只好转了话题,往殿外张望了两眼:"那些小姐在家中哪个不是娇贵养着的,在外边候着也着实是辛苦,也给送些莲子羹去。现下先休息半个时辰吧,再找人去催催,看看陛下什么时候来。"

一碗莲子羹用完,我倒觉得更心浮气躁了,可这宫中选美人的事,皇帝迟迟不来,我却也只能耐着性子等着。我百无聊赖地摘了颗葡萄扔进嘴里嚼了嚼,皇帝身边最亲近的宦官周平进了殿,笑眯眯地下跪行礼。

"陛下怎么还不来?前朝的事还没结束吗?"

我热得都有些心慌了,大约语气也带了些不耐,周平的语气便更恭敬了:"陛下知道皇后不耐热,特意让奴才来告知一声,皇后向来知晓圣意,这选美人的事,皇后做主便好。北庭战事正急,这会儿陛下在议事,还抽不出身来呢。"

我眼睛一亮:"陛下真这么说的?"

"千真万确。"周平笑说,"陛下还说,皇后选完了便早早回去歇着吧。"

我心急,招了招手,小月便传了话下去,不多时,门口便有了动静,婷婷袅袅走进来五位丽装少女,皆伏身行礼。我坐得远,瞧不出什么,只好往前凑了凑:"抬起头来。"

这一抬头,果然一张张小脸容光焕发,倒像是夜明珠似的,我便是个女子,瞧着也觉得喜欢。

皇帝喜欢哪种美人来着……我眼珠子转了转,和颜悦色道:"一个个都是美人,瞧着便是如珠似玉的,不知平日里读过书没有?"

美人们沉默了一晌,直到左首那个落落大方道:"妾是河西府杨氏,平日里在家中读过《女诫》与《女训》。"

听着声音倒是动听的,我点点头:"旁边那位呢?"

那姑娘穿着湖绿色衫子,下颌尖尖,眼睛也是扑闪扑闪的,十分灵动:"皇后娘娘,妾身清河崔氏,家中藏书多,祖父教着读书,看得也杂些。"

"诗词读过吗?"

"妾身最喜李义山。"

我点点头,又接着问了余下几个,才侧身招了小月。

小月瞧着我,眼神略有些警惕。

"留下崔氏。"我拿团扇支着下颌,轻声道,"我瞧着她读的书多,也能和皇上说上话。长得也好看。"

小月的嘴角微微抽搐了下,悄声说:"可是奴婢觉得杨小姐懂得女德,瞧着规规矩矩,陛下想来也是喜欢的。"顿了顿,用更低的声音说,"小姐您该不会是担心她进宫后要规劝您,才不留她的?"

我一时间无话可说,只好瞪她一眼:"照本宫说的做。"

大庭广众的,纵然她有满肚子的话要说,也不敢开口,只给一旁的内侍递了话。

殿外忽然起了声闷雷,想来不多时便要下雨了。

内侍略带阴柔的嗓音响起。

杨氏落选,面上虽未露出不悦,眼神到底还是暗了暗,而入选的崔氏,唇角的笑意越发显得容色娇艳了。

我将这一幕瞧在眼中,忍不住觉得有些好笑,姑娘们到底年轻,以为进宫是件天大的喜事呢。殊不知,这整座宫城便是个大牢笼,将来的路,谁又比谁好走些,还真说不准。

今日就到此为止,我正欲起身,忽听身后响起淡淡的低沉嗓音:"朕瞧着杨氏贤良端庄,皇后不喜欢吗?"

皇帝悄无声息地从后边进来了,当下"呼啦啦"地跪倒了一片人。

我也只好跟着起身行了一礼,略略低了头,只瞧见皇帝玄色长袍上金灿灿的一翼龙尾,鼻尖闻到了熟悉的龙涎香味道。

皇帝扶了扶我,隔着单薄的衣料,他的手还带着些许温热。我顺势站起来:"臣妾已是尽力按着陛下的心意挑选了,只是圣心难测,若是选得不好,陛下也莫要怪罪。"

"圣心难测?"皇帝似是回味了这四个字,"皇后与朕已是多年的夫妻了,还是测不准吗?"

我拿不准他的意思,便只好说:"崔氏、杨氏都出色,那便都留下吧。"

皇帝往那龙椅上一坐,略略靠着,因身子修长,半边脸便隐在了暗色中,叫人瞧不出是高兴还是不悦,只说:"崔氏、杨氏,都将头抬起来。"

即便是落落大方的杨氏,头一次直面皇帝,双颊也是生了红晕,崔氏的眼波更是能滴出水来,许是因为激动,胸脯也微微起伏着。

我便顺着她们的目光,又瞧了眼皇帝。

皇帝是真好看。

初识他时,只觉得锋芒毕露,不可直视。这三年的天子当下来,锋芒倒是逐渐隐去了,喜怒不显于色。

他原本是在审视那两位即将成为他嫔妃的少女,大约注意到了我的目光,侧过头:"皇后这般看着朕,是有话要说?"

我听着外边一阵阵的雷声:"要下雨了,臣妾有些乏,想去歇一歇。"

皇帝瞧着我,眼神深沉,过了一会儿,才说:"去吧。"

我便行了礼,出了殿,刚要上步辇,就听小月咕哝:"小姐,您怎么就不能和陛下多说几句话呢?"

我恍若不闻,因为心里头有个惦念,有些心急火燎:"让人去传德妃了吗?"

"去了去了。"小月叹了口气,"您不就是要急着找德妃下棋玩吗?她还能不来不成？"

我心说你一个丫头晓得什么，这满宫上下，也就德妃合我的心意，每次和我下棋都不会让着我，有输有赢。虽然赢得不多，可我也赢得高兴呀。这一天天的，日头这么长，也就这些事儿能令我觉得有趣了。

我抬头瞧瞧天色，只怕再过半炷香时辰便会下雨，便上了步辇："那咱们也快走。"

结果步辇还没离地，后边皇帝的声音便又响了起来："皇后急匆匆的，看着可不是去歇着？"

他大概是瞧我又要下来行礼，抬手免了，只是勾着唇角，不动声色地看着我。

我只好说实话："臣妾约了德妃下棋呢，怕叫她等着。"

皇帝皱了皱眉："德妃最是顺从，你约她下棋，她性子好，必得费心费力地陪着。这几日她身子不好，你不知道？"

我的笑便僵住了。

这盛夏的天气，好不容易下场雨，原本想着去湖心琉璃汀，听着雨打湖面，抿一口西域进贡的冰镇葡萄汁，再下一局棋，多爽利的事。

也不过借他的宠妃下个棋而已，他竟这般小气。

我素来大度，就这小半天工夫，还会害了德妃不成？

我隐忍着没发作，对皇帝说："那臣妾便不找她了。"顿了顿，我回头吩咐小月，"让太医去看看德妃。"

小月连忙吩咐下去，我心中却盘算着，既然下不成棋，那便去听魏美人唱曲儿吧。想到这里，我不由得精神一振，一心只想要送走眼前这尊大佛。

"陛下要去批折子吗？天热，请保重身子。"我挤出一丝笑，毕恭毕敬。

这便是要分道扬镳的意思了，他不会听不出来。

皇帝英俊的脸上难得泛起一丝笑意："皇后既然想下棋，德妃又出不来，那么朕来陪你下一局吧。"

我瞠目结舌地看着他，有心想要拒绝，可绞尽脑汁，也只说了一句："不敢耽误陛下的公事。"

皇帝懒洋洋地看了我一眼，随意道："不耽误。朕也乏了，下棋换换脑子。"他顿了顿，转头对周平说，"就去琉璃汀，西域进贡上来的葡萄酒让人取些来，皇后爱喝那个。"

我抬头看了看天色，空气中已有了尘土味，豆大的雨滴转眼便会落下来，行吧行吧，和谁下不是下呢？我对皇帝笑了笑："多谢陛下体恤。"

和皇帝一前一后刚到琉璃汀，雨便落了下来。

琉璃汀四角挂着的银铃在疾风中"叮咚叮咚"作响，在渐渐浩瀚的雨幕中，铃声亦变得轻柔空灵起来。

我和皇帝面对面坐下，小月取了两只白玉杯，倒上胭脂红的酒液，笑着说："奴婢在外头候着。"

我矜持地点点头。

小月走过我身边，又轻轻撞了我一下。我晓得她在提醒我别惹皇帝生气，又觉得她未免太谨慎了，便随手拿起杯子抿了口酒，对皇帝说："陛下，您先行吧。"

皇帝拈了枚白子在手，却又托腮望向我，浅笑问："要我让你几子？"

我听着这话里有些瞧不起我的意味，不由得有些薄怒，却忍下来，只说："陛下，士别三日，当刮目相看，我也非当日吴下阿蒙。德妃出身国手世家，如今和我下棋，我偶尔还能胜她个一子两子呢。"

我尽量说得轻描淡写，皇帝却似有些忍俊不禁，落了一子："好，那我便看看你长进了没有。"

这一局下得快，我才喝了一杯酒，黑白胜负已分。我心里头不爽，落子便越来越重，几乎有铿锵之声。

最后一子悬在空中，我正纠结要放哪里，一只修长的手按住我的手腕，挪了方向，在左下角落下。手的主人饶有兴趣地看着我，声音低沉且含着笑意："这里，你还能少输三子。"

我有些恼羞成怒，手腕处如同被烙下烙印，烫得立刻抽手，灵机一动，我顺手还将棋局甩乱了，假装惊慌失措说："糟了，还没分出胜负呢！"

皇帝收回手，双手抱胸，依然淡笑说："没关系，再来一局。"

我是真讨厌他永远这般淡定的表情，像是戴了面具，哪怕拿了凿子去戳都裂不开分毫。

我气呼呼地转开视线，望向外头雨幕："不下了！没意思！"

"就这么光下是没意思，不然下个赌注吧？"皇帝笑道，"下一局，谁赢了,就得一个彩头,输的一方必须要答应。"

我有些心动,差点就一口答应下来。

只是……我又踌躇了下——倒不是我这人一身正气不贪心,只是刚才那局蓦然间让我认清了一个真相。

德妃同我下了这么久的棋,我从开始的一败涂地到现如今能胜一子半子,逼真得让我以为自己还真的实力大进——没想到还是在糊弄我,还是真才实学的糊弄。

事到如今,我哪里敢和皇帝对弈,还下赌注呀,除非……

我心中筹谋片刻,清清嗓子:"陛下,有赌注自然好,可你得让我几子。"

皇帝看上去心情还不错:"好。多少?"

我尽量说得坦然些:"二十四子。"

皇帝怔了怔,眼角平添一份笑意,似是还多了条眼纹,越发显得从容镇定:"虽说开价不大公道,但朕索性再大方些,三十六子吧。"

我心底一喜一怒。

喜的是三十六子,那就是稳赚不赔,哪怕我棋再臭,断没有再输的道理。

怒的是,他当真小看了我!竟是完全没把我放在眼里。

只不过,有便宜不占非君子,我笑眯眯道:"陛下可真大方,臣妾自然不好推辞。开始吧。"

这一局棋下得顺风顺水。

三十六子不是闹着玩的,我占尽星位和天元位,他攻势虽猛,却也无力回天,到底还是输了。不过半炷香工夫,我落下最后一枚棋子,拍手笑道:"我赢了!"

他抬起视线,大约是看到了我的笑,竟怔了怔,眼神中带了几分意味不明的欢喜,旋即伸手抚了抚眉心:"好,我欠你一个许诺。你几时想到了,告诉我就是了。"

"哎,不用欠着,我现下就想好了。"我竭力镇定,又提醒他一句,"陛下,一诺千金,这是你亲口说的。"

他笑:"好。我不赖你。"他也随手拿起酒杯,喝了一口,见我还在冥思苦想,不由得问,"让我猜猜看,你想要什么。"

我正纠结着,听他这么说,不由得暗想,若是他猜到了,倒也省得我厚着脸皮开口，忙道："那你猜猜看吧。"

皇帝把玩着酒杯，笑道："前些日子你抱怨宫里人越来越多，份例却不够发，越发不得清净。不然，朕便下旨撤了此次选秀？"

我咳嗽一声，连连摆手，大义凛然道："这如何使得？小姐们都进了京，还有些已经入宫，个个都是名门贵女，再撤出去成何体统？再说这两年陛下宫里实在也没什么新人，如此下去，岂不是我这个皇后的错？使不得使不得。"

皇帝的脸微微有些沉下来。

我虽不晓得他为何不高兴，却也切切实实晓得他生气了，忙改了话题道："陛下，臣妾想求的是另一件事。"

皇帝垂眸，冷淡道："你说吧。"

"与北庭的战事不休，听说前几日又折损了左将军康林，陛下也为此心烦，臣妾心中倒有一个好人选，想举荐给陛下。"

皇帝的手指轻轻在桌上敲击，嘴角莫名噙了冷意："何人？"

"楼景疏。"

皇帝抬眸望向我，神色阴冷："皇后是说你表兄，楼景疏？"

我讪讪笑了笑："楼大人与我确是表亲，可我举荐他并非是任人唯亲。陛下您也知道他早些时候便上折提醒过先帝边境之患，我晓得他为此事殚精竭虑，还上过奏疏给陛下。派他去任幕僚，对如今胶着的战事定然是有益的。"

皇帝只冷冷坐着，眼神瞧着我，如同刀子一般，重复了一句："皇后在深宫中，还能知道他殚精竭虑吗？"

我倒不心虚，只渐渐地，火也上来了，心道这赌注是他自个儿提出来的，如今反倒成了我的不是了？不准就不准呗，给谁脸色看呢？

湖面上风雨一阵急过一阵，两相沉默之下，我坐不下去了，正要站起来——皇帝却先我一步，站起道："皇后记住了，后宫不干政。这一次便算了，朕不追究你。"

他拂袖而去。

我坐在棋局旁，气得七窍生烟，手里抓了一把棋子，想都没想就砸过去。

皇帝背后像长了眼睛，随手一拂，那些棋子稀里哗啦都掉地上了，他也不回头，径直就走了。

大珠小珠落玉盘。外头落的是雨，里头落的是棋。

小月进来的时候快哭了："小姐，您怎么又把陛下气走了！您、您还拿棋子砸他？"

我烦躁地挥了挥手："你怎么不问他如何把我气着了！"

小月扁了扁嘴，弯腰收拾棋子，半晌，才抬头说："小姐，再这样下去，我怕你会被贬入冷宫。"

我冷笑："你当真是怕我进冷宫？"

小月幽幽叹了口气："好吧，奴婢是怕得陪着您一道进去……"

我双手抱在胸前，心道冷宫有什么可怕的？冷宫清净，至少不用再忍受皇帝喜怒无常的性子，脱口而出："我还巴不得去冷宫呢！"

小月连忙比了个嘘声的手势："小姐，要不想想晚膳想用什么？"

雨还没有停，就这么淅淅沥沥地下着，我一口没一口地喝着葡萄酒，又懒得挪地方，就在湖心用的晚膳，才吃了几口，内侍传来消息，说是皇帝召楼景疏入宫了。

这么看来，他虽然对我发了通脾气，但还是打算起用表兄。

我心气平顺些，又觉得今日的火腿鲜笋汤不错，便道："想来今日陛下会留楼大人用晚膳。送一份过去，我记得他很爱吃笋。"

小月叹口气："小姐，您是真不怕陛下生气。"

我挑眉："我帮他笼络朝臣，这也有错？"

小月似是欲言又止，到底没再说什么，只吩咐出去，应是赶得上君臣的晚膳。

我便满意地站起来："走吧。"

小月跟在我身后，亦步亦趋："去哪儿？"

"去找魏美人吧。"我伸了个懒腰，"听曲儿去！"


雨已停了。

下午的燥热不安一散而空，空气中依稀还有水汽的味道，清新适宜。我叫人撤了步辇，同小月一道散步去魏美人的落英殿。

落英殿在西边，而琉璃汀在东边，这样走过去，势必要经过皇帝歇着的中昭殿。我想了想，便有意绕开了。小月还在我耳边絮絮叨叨，不外乎就是陛下宽厚，才越发显得我不懂事；又或者是这事儿传到太后耳朵里，只怕又有我的排揎吃。我心不在焉地听着，因为此刻心情好，竟也没打断她。

天色渐渐暗下来，前头有几个人影穿行而过。

我眯了眯眼睛，那人身形修长，只是一道侧影，却也显得疏落雅致。

那个名字在喉咙间滚了滚，我到底没有喊出来，只觉得心中各种念头翻涌而起，一时间不知道该不该去打声招呼。

小月显然也看到了，自觉地停止了念叨，小声说："呀，表少爷。"

那人却也看到了我，远远站定，似是沉默一瞬，躬身行了一礼，旋即离开了。

因为我就这么站下了，后头跟着的人也都站定，余光看到那长长的、持着灯笼的两条光影，延绵仿佛无尽。我瞧着他离开的背影，自嘲地一笑，是啊，如今我排场这么大，想不叫人发觉都难。

"小姐，小姐？"小月轻声唤我，"你还好吗？"

我惊醒过来，若无其事地说："景疏哥哥是赶着落钥前离开吧？想不到陛下留他这么久。"

小月凝眸看着我，轻声提醒："是楼大人。"

我瞧出她在担心我，也不晓得为什么，就这样没了心情："算了，今儿有些累了。我也不去听魏美人唱曲儿了。你找人去告知一声，别叫她空等着我。"

小月又看了我一眼，方才应道："好。"

我走回寝殿，沐浴洁发，待到一切都收拾妥当了，小月拿了布帮我轻轻擦拭头发。我在榻上靠着，窗外有清风阵阵，院子里不具名的花香拂动，我一仰头看到明月都已挂出来，不由得坐起来："我想去外头看看月亮。"

小月亦步亦趋地跟着我，半是抱怨说："月亮有什么好看的？哪儿都一样。"

我仰着头，看到月亮，也看到宫墙。

不晓得这一轮明月，照过多少离合，多少喜乐，照过多少……被困在深宫中的皇后。

我轻声说："谁说哪儿都一样？这儿的月亮，和外头的月亮就不一样。"

"皇后说说看,哪里不一样?"

皇帝的声音蓦然间从前头传过来,我微微侧头望向他,鼻间隐约嗅到一点酒气。

好风如水,清景无限。

皇帝这样站着,没有带随从,表情几乎隐匿在暗夜中,身姿挺拔如同雪松。

以他卓绝的姿容,原本在这个夜色中,亦是一景。可我莫名地有些不安,此刻的他像一只野兽,将所有的注意力皆着落在了我身上。我没来由地觉得,但凡我说了一句不合他心意的话,都会被他撕碎。

可我是谁?我又怕过谁?

他越是这样,我越想惹上一惹。

我懒懒伸手,屏退了小月,向他走过去。

借着月色,我瞧见他凝眸注视我,直到我们近在咫尺,呼吸可闻。

我伸出手去,假装替他掸去肩上并不存在的尘灰,轻声说:"陛下纵然富有天下,却没机会同所爱之人并肩见一见外头的万里江山,也是可惜。"

他扬眉看我一眼:"朕不同皇后并肩,却要与谁去并肩?"

我仰头对他笑了笑,沉默一瞬,说:"陛下说笑了。"

说完我便想退开,可他竟忽然伸出手扣住我的腰,眸色变得暗沉:"今日的鲜笋火腿汤很好,朕连米饭都多吃了半碗。"

万万没想到,他竟是为了这个来的吗?

我不动声色地挣了挣,却发现挣不开,只干笑说:"陛下喜欢就好。"

皇帝续说:"……可惜独此一份,旁人便是眼馋,也只能看着了。"

我瞪着他,着实没想到他帝王之尊,竟如此小气刻薄,竟连一道菜都要私自克扣下来。

他只含笑看着我,大约是察觉出我气急,才松了手,四顾道:"朕要沐浴,今晚歇在皇后这里。"

小月喜滋滋地跟在我身边,夸说:"小姐,没事和陛下花前月下亲近一下,这多好呀!"

我还没说话,就听到皇帝的声音传过来,说:"小月这话说得好,以后也要多这样劝你主子,来,接赏。"

他没走远,将小月这话听得一清二楚,站定了随手掏了荷包里的小玩意儿递了出去。

小月更加喜滋滋,跑上前接过了,谢恩说:"多谢陛下!"又谄媚道,"陛下,我家娘娘就是嘴硬心软,您前一阵公事繁忙,少来此处,她可常念叨呢。"

皇帝回头看我一眼,大约觉得我目瞪口呆的样子有点好笑,看着心情越发地好:"荷包也赏了你。"

小月正要接过,我忍不住插话道:"这荷包是魏美人一针一线给陛下绣的,上头满是情谊,你也敢要?"

小月听了,到底还是将荷包递还给了一旁的内侍。

皇帝眯了眯眼睛:"皇后吃醋了?"

我皮笑肉不笑地看着他:"臣妾不敢。只不过魏美人绣荷包的时候,臣妾常在一旁,选什么式样、用什么缎子,也都给了意见,晓得她是用了真心的。陛下这样随手赏人,臣妾有些替她心寒。"

气氛骤然冷津津的,小月看看我,又看看皇帝,后退了两步,低下了头。

皇帝终于道:"朕的确没想到,皇后有这个工夫,还能替旁的女人心寒。"

这话说得没错。

宫里那么多女人,长得好看,脾气和顺,多才多艺,我喜欢她们都远甚于眼前这个薄情的男人。

皇帝沐浴完,在我身边躺下了。

我倒纳了闷了,刚才不是又生气了吗,竟然还不走?

小月便上前放下了床帘挂钩,又吹熄了烛火,我翻了个身,抱紧了被褥,打算睡过去,忽然听到皇帝说:"皇后。"

他的声音听着挺心平气和的,我便翻了个身面向他:"怎么?"

"太后这几日便要回宫了,你心里该有个底。"

一说到这个,我就隐隐有些头痛。

太后在外头吃斋念佛,不外乎是为了两个字,两个天大的字——子嗣。

可这宫里头上上下下,竟是没人能为皇帝生个一子半女,我也着急啊!可又能有什么办法!老太太总不能天天盯着我吧?这不是想到了这个,我才赶紧催秀女们入宫的嘛。

我长叹了口气,不由得坐起来,半抱着膝盖,又伸手推了推他:"怎么办?"

暗夜之中,他也坐起来,同我并肩靠在床上,淡声道:"你是皇后,你就没有半点想法?"

我托着腮,绞尽脑汁想了许久,无奈道:"宫里那么多女人,怎么偏偏没一个人能替陛下开枝散叶呢?"

皇帝没说话,我只听到一阵衣料窸窸窣窣的声音,似是他动了动,有一阵好闻的、混杂着龙涎和白檀的味道传到我鼻子里,他的声音略带鼻音:"要不……"

仿佛有个焦雷忽然劈到我脑子里,我不由得侧头看着他,压低声音说:"陛下,是不是……是不是请个御医来看看?"

他愕然:"什么?"

我吞了口口水,竭力显得自己是谈公事的样子:"那个,那么多女人都没能受孕,总不能都是她们的问题吧?"

我明显听到身边男人咬牙切齿地磨了下牙,不由得瑟缩一下,本想着不谈了,可我还是皇后呀,子嗣是国之大事,既然谈到这里了,我也只能硬着头皮说下去:"……陛下,不然咱们从宫外民间找些方子或是大夫来看看?这样医局也不用入档……"

"你给我闭嘴!"皇帝的声音忽然离得很近,我都能感到他呼出的热气喷在我脸上,我心里害怕,下意识地往后一仰,"咚"的一声,脑袋磕在床沿上,痛得眼冒金星,一阵阵地发晕。

一只手适时地扶住了我的后脑,他的声音很是恼怒:"苏凤仪!这招苦肉计还真是使得顺手。"

我的眼泪都快流下来了:"什么苦肉计啊?这事儿是您和我说起的,我说了实话,陛下就生气了不是吗?"

"实话?"皇帝紧贴着我的耳朵,声音像是虫子一样钻进去,"你真要听朕的实话吗?"

我生怕他再靠近来,连忙点头:"您说。"

他沉默了片刻:"朕只想要嫡子嫡女。"

他说得这样直接,我一时间无计可施,只好干笑着说:"这可如何是好,陛下还不如说点臣妾能帮上忙的。"

"你真想帮忙?"皇帝越发逼近我的耳朵,甚至带了些许热意与魅惑。

我吓得一哆嗦,裹紧被子:"你……你想干什么?"

黑夜之中,他轻声笑了笑,不知是不是我的错觉,依稀带了些怅然。良久,他轻轻弹了弹我的脑袋:"不想干什么,睡吧。"

我"哦"了一声,松了口气,麻溜地卷起被子,滚到床的最里头去了。

我这个人向来是沾床就睡,一觉醒来天色大亮,皇帝已经去早朝了。小月上前拢起帷幕,关切地看着我说:"小姐,您昨晚还好吧?"

我揉揉眼睛,接过宫人递来的水漱口:"什么?"

小月指了指自己的脑袋,轻声问:"陛下吩咐了晚点找御医帮您看一看,您、您没挨打吧?"

我翻了个白眼:"你哪只眼睛看到过我挨打?好歹我还是皇后。"

小月讪讪一笑:"那就好,那就好。您一开口,我就老怕,那个……陛下会冲上去揍您。"

明明皇帝自己才是刻薄好吧。但公允地说一句,他刻薄归刻薄,还不至于伸手打女人。

我还不屑同一个小丫头争辩,只说:"行啦,我就是在床上磕了下。没有大碍。"

"那奴婢就去传早膳吧。"小月笑着说,"一会儿各宫的娘娘们都要过来请安了。"

待我用完早膳,小月又替我整理了衣裳,外头已经有叽叽喳喳的女声了。我抬步至外间,便听到那些声响皆止了。一群嫔妃齐齐向我行礼,我连忙伸手虚扶,笑道:"不用多礼了,赶紧坐。"

今儿到得可真齐整,连素日待在屋子里不爱出门的卫妃都来了,下头花花绿绿一片,晃得我一时间有些眩晕。

魏美人是惯常嘴甜的,坐下后笑道:"娘娘昨晚说不来就不来了,臣妾可是练了两首新曲子,眼巴巴地盼着娘娘来品一品呢。"

我连忙道歉:"是本宫的错,妹妹别生气,这新曲子我也不敢独享,下回家宴上妹妹唱给大家一起听,这才和乐呢。"

魏美人嗔怒地看了我一眼，拿团扇遮了脸，笑说："娘娘又在拿我开心。"

那团扇遮了她的鼻唇，只剩眼波流转，却也异常妩媚。我是个女人，却也在心中暗赞了一声，转念一想，皇帝的心思着实难懂，身边这么多美人，却少见他临幸谁。

我晓得他心里还记挂着别人，可这些年过去了，他难不成还放不下吗？

我一时间有些惆怅，若是昨晚我瞎猜的原因，寻个高明大夫来还能治。可要是心里有人，那我可就没有办法了。

我兀自还在琢磨，听到卫妃道："娘娘，适才听小月说，你昨日脑袋上磕着了，眼下御医还没来，不如让臣妾替你把一把脉？"

卫妃出身医药世家，平素的小病小痛治一治那是信手拈来，皇帝也喜欢她做的药膳。她既主动说了，我便伸出手道："有劳了。其实是没什么大碍的，不过陛下交代了要让御医看，底下的人也不敢大意。"

底下的女人们互相交换了眼色，魏美人笑道："陛下那是最在意娘娘了。"

卫妃替我诊了脉，又看了看后脑勺，笑道："并没有什么大碍。只是娘娘怎么这么不小心，撞上后脑总归是不好。"

我揉揉眉心："唉，在床上撞的。是大意了，把陛下都吓到了。"

底下静了静，一时间没人说话。

七八个女人表情各异，有的抿了唇角转开眼神，有的咳嗽了一声，脸颊微红。

我回过神来，才意识到自己说了什么，令她们都误会了，腾地，自己的脸也红了。

魏美人又清了清嗓子，冲卫妃眨眨眼睛，笑道："卫娘娘，您替皇后把脉，就没把出什么吗？"

卫妃是老实人，却也听懂了她的言外之意，摇头道："这一时之间，喜脉还是探不出来的。"

底下的女人们都低低笑了。

我却有些难堪，只好讪讪解释道："本宫是自己撞的，和陛下一点关系都没有。"

她们却是一脸不信，却又为了给我面子，便止口不言，眼神乱飞。我心烦意乱间，正在纠结要不要再解释得清楚些，忽见有内侍进来禀告："皇后娘娘，太后回宫了。凤驾已到了宫内。"

我站起来，笑道："好，大家跟着本宫去迎驾吧。"

太后已经回到寝宫，正在换衣裳。我便带着一众嫔妃静静在外候着。

说起来，太后这人既不是很难相处，但也不是很好相处。

早些年我有些怕她，总觉得她心思深沉，后来皇帝登基，我成了皇后，她终究是和蔼了些。只是老太太对谁都冷冷淡淡的，我来请安，绞尽脑汁想说些什么讨她欢喜，她常常连话都不接，最后一开口，必然是子嗣的事，搞得我来这里就有些紧张。

至于其他的嫔妃，她干脆是能不见就不见，整日由着身边的孙姑姑陪着读经抄经。我常常想着，皇帝的性子八成是遗传了他亲娘，对谁都是冷冷淡淡的。

其实冷淡什么的，倒也无所谓。我担忧的却是，老太太出去了大半年，结果回来还是没有子嗣上的好消息，我该怎么回答啊？

孙姑姑笑着出来："皇后与诸位娘娘久等了。太后刚回宫，有些倦，想清静地躺一会儿，就请皇后进去。"

原本想着人多，太后就不会多留我，现在好了，只见我一个人……我在心中叹了口气，回头看着众人，却见她们一个个颇有喜色，不禁更加烦恼。我打起精神，堆起笑说："好，那你们先回去吧。"

话音未落，却见皇帝当先走来，身上朝服都未换，显是刚下了朝就来看太后的。

众嫔妃"呼啦啦"跪了一片，我身子刚刚伏下，就被一只手拉起来，皇帝的声音沉沉的："你们都先退下吧。朕和皇后进去就行了。"

底下的嫔妃们连头都不敢抬，应了声"是"。

我站起来，宽大的袖子中，他的手依然扣着我的手腕，坚实温暖，我轻轻挣了挣，他只看我一眼，却没放开，带着我往里头走。

"请御医看了吗？"他一边走，一边用只有我听得到的声音问，"脑袋还疼吗？"

"卫妃替我看过了，没什么大碍。"我侧头看他一眼，笑问，"陛下一下朝就赶过来了？"

皇帝嘴角动了动，浅浅笑了笑，只说："皇后不也立刻赶来了？"

我刚要说话，他忽然停下了步子，俯身向我迫来。

我吓了一跳，呆呆望着他越来越接近的眉眼，一颗心"怦怦"猛跳起来。

皇帝却只是伸手扶住我的脸颊，拇指在我唇边轻轻擦过，声音沉得仿佛是从胸腔发出来的："怎么还是这么不小心？胭脂都沾出来了。"

此刻我的视线中，满是年轻帝王薄削的唇、挺拔的鼻梁，难得竟有些尴尬，我伸手胡乱擦了擦："我粗枝大叶惯了，陛下知道的。"

皇帝深深看我一眼，低低笑了声说："嗯，朕知道的。"

孙姑姑站在不远处，看到我们低低说话，先是不吭声，待到他放开我，终于笑道："陛下与皇后感情深厚，老奴看着也高兴。"

皇帝微笑道："姑姑一直陪着母后在外头，受累了。"

孙姑姑抿唇笑道："只要陛下一切都好，老奴便也觉得好。太后更是如此，在外头吃斋念佛，也是为了陛下。"

说话间便到了里间，太后正靠在睡榻上休息，闻声睁开眼睛，看到皇帝，眼中便折出光亮来。皇帝抢着上前行礼，太后将他扶起来，打量许久，才笑道："好像是有些消瘦了。"

皇帝扶着她靠好，我在后头看着，一时间也不好上前打扰，便努力在唇角维持住笑容。

太后过了一会儿才想到我，向我招招手，我连忙上前行礼。难得太后对我也是笑意满满的，从自己手上摘下一串小紫檀佛珠来，笑道："皇后戴着吧。哀家为你求的，盼你早日为皇帝诞下麟儿。"

我忙双手接过佛珠，心底哀叹一声，面上笑意盈盈："多谢母后一片心意。儿臣记住了。"一抬头看到皇帝戏谑地看着我，我不由得红了脸，一句话都不敢多说。

太后又絮絮问起宫里的事，我也答得谨慎，听到我说这半年宫里依然没人有孕，太后便沉沉地看了皇帝一眼。

我心里一松，心想幸好这眼神不是扔给我的。

皇帝却泰然笑道："母后您知道的，儿子一心只想要嫡子嫡女，免得将来朝堂上闹出风波来。只是皇后年纪小，身子也不大好，御医说了要多养些日子。母后别着急。"

我微微低了头，却有些出神地想，他说得并不对。他不是要嫡子嫡女，而是要苏家女儿生的孩子。

太后伸手摁了摁眉心，摇头道："你父皇在你这个年纪，膝下已有了你和两位公主，你让我怎么不急？"

我今日得了太后的手串，心中本就感激，又见她这般苦恼，不由得插口道："母后，儿臣有个想法……"

话音未落，皇帝仿佛能猜到我说什么似的，冷冷地瞥了我一眼。

他的眼眸是深琥珀色，仿佛一块上好的玉，看着温润，实则冰冷。这一瞥，更是如同上古寒冰一般，他面无表情道："皇后，想清楚再说话。"

我回瞪他一眼，心道我想清楚了呀，于是笑道："母后，陛下怜惜我，但也要以天下为重。将来哪位嫔妃诞下子女，给皇后抱养，不也是一样吗？母后觉得如何？"

太后尚未开口，皇帝的眼神便如刀子一般，狠狠地飞了过来。

我恍如不觉，却听太后甚是欣慰："皇后既能这样大度地想，哀家便放心了。新人入宫的事，你看着办便是了。"

我忙低头应了一声"是"，眼角余光却瞧见皇帝沉下了脸。

我站起来，手指不小心划过了他的衣角，却见他忽而闪开了，显得异常厌恶。

太后上了年纪，大约真是劳累了，也没留我和皇帝用晚膳，便说要歇下了。我同皇帝走出内殿，他的脚步急而快，并不像平日里闲适淡定的样子。

委实说，此刻我还是想避避风头，于是特意放慢了脚步，拖拖拉拉地走在后头。

皇帝蓦然间就停下了，毫无预警。

我正想着旁的事，差点撞上他后背，吓得周平"哎哟"了一声，赶着去扶皇帝。

我踉跄着后退两步，却是皇帝伸出手来将我拉住了。我尚且惊魂未定，却见他怒目看着周平，斥道："瞎了眼吗？不会先扶着皇后？"

周平哪里敢多说什么，"扑通"一下就跪着了，连连磕头。

我心下不忍，便道："陛下责怪奴才做什么？"顿了顿，我双目盈盈望着他,低声道,"有什么气,便冲着臣妾来好了。"

皇帝静静地瞧着我,也不说话,良久,才挥了挥手,令一干奴婢都退了下去。

周遭悄然无声,虽是白日,他却是背对门外站着的,令我瞧不清他的表情,只听得声音沉沉:"阿樱,你到底想如何?"

我脊背上蓦然起了一身冷汗,抬头死死地看着他,冷声道:"陛下!臣妾是凤仪,您魔障了?"

他似是回过神来,微微侧身,有一缕光线从他脸颊擦过,那点笑意有些薄弱:"是,我魔障了。"

我压根没顾不上他竟脱口而出一个"我"字,手中绞着帕子,心乱如麻。

皇帝却已经恢复了镇定,眉眼间宛若戴了一层温润的面具,似是什么都没发生过,浅声道:"太后既这样说了,后宫进新人的事,便交给皇后了。"

我连忙应了一声,他便径直往前朝去了。

我站在门槛前,怔怔地瞧着他的背影,听到小月怯怯地喊我:"小姐,咱们也回去吗?"

銮驾就在汉白玉的台阶下候着,金色反射着阳光,照得我有些睁不开眼。我用只有小月听得到的声音问:"小月,我是谁?"

小月瞪大了眼睛,有些迷惘,却老老实实地答:"您是皇后呀,也是苏大人的嫡女,您这是怎么了?太后责罚您了?"

皇后、苏献嫡女、苏凤仪,都是"我"。

这四年的我。

仅仅是这四年的我。

在这之前,我是白长樱。

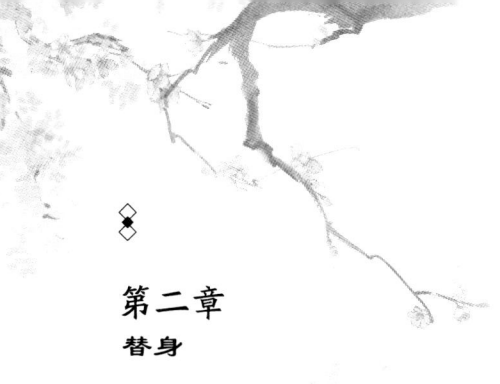

## 第二章
### 替身

我醒来的时候,周身都是污秽,后背剧痛,痛到望出去的视线都是模模糊糊的。

但此时此刻,我对水的渴望甚至超过了身上的痛楚。

可我倒在水潭边,离水近在咫尺,却连动一动手指都觉得异常艰难。

我努力挪动肩膀,衣料摩擦过后背的伤口,痛得像有人拿钉子敲进了肉里。一寸……两寸……终于靠近了那水潭,我努力转过头去,试图去喝一口那混浊的水。

远处传来一阵杂乱的脚步声,我呼吸一紧,没来由地认定那些人是来找我的。我顾不上喝水,下意识地想要躲起来,却发现压根动不了。

罢了,罢了。

或许死了也比此刻不人不鬼的样子好。

我昏昏沉沉地闭上眼睛,直到有人把我拉起来,我勉力看了一眼,是个上了年纪的僧人,一脸焦灼地望向我。我想要开口说些什么,却见那人做了个噤声的动作,我用力点了点头,是生是死,也听天由命吧。

没想到我竟活了下来,再醒来时身上的衣裳也换了,款式有些老旧,大约穿得久了,但很柔软。身上也没有先前那么痛了,我撑着身子坐起来,环顾四周,发现是在一间禅房中。

日光透过窗棂射进来,有无数的小尘埃在飞舞。

我静静地瞧了一会儿,觉得这片刻还能这样活着,也是一件令人高兴的事。

房门"吱呀"一声开了,一个五六岁的小沙弥端着一罐粥,摇摇晃晃地走到我面前,瞧见我醒了,便很是高兴道:"女施主你醒了?吃点东西吧?"

我瞧着他白白净净,剃了光头,圆滚滚的很是可爱,笑道:"小师父,我睡了多久了?"

他颇为惊讶地看着我,眼底有些钦佩:"师父说你伤得可重啦,睡了三天三夜,你还能笑出来?"

我略略动了动身子:"我还活着,不该高兴吗?"

小家伙放下粥罐子:"你慢慢吃,我去告诉师父。"走出半步,他又想起了什么,"师父让我告诉你,就在这里养伤,哪儿都不要去,哪儿都去不得。"

我苦笑了一声,就我现在寸步难移的样子,还能去哪里?我冲着小家伙的背影追问了一句:"这是在哪里?"

"九鹿寺。"

九鹿寺,中原第一寺。

传言本朝太祖起事时遇到一场重挫,受重伤困于此地,跟着一头花鹿找到了水源,又在鹿洞中隐藏两日,方才被忠心的下属找到。太祖开国后,感念当年花鹿一水之恩的机缘,又记起佛经中"九色鹿"的故事,在此建寺,命为"九鹿寺"。自此之后,此地便是煌煌国寺。

我怎么会在此处?

我闭了闭眼睛,可是脑海里依旧如同刚醒过来一样,什么都不记得。幸好我并不是个别扭的性子,老天爷让我忘了什么,总有他的道理吧。捡回这条命,对我来说,就是一场新生。

那个时候,我并不知道,这个新生,竟比我想象的要盛大百倍。

九鹿寺的伤药很有效,我的伤也好得快,没几天就能下床了。小和尚圆庆是我唯一见到的活人,偏我嘴碎,便老是拉着他说话。小家伙自小在寺里长大,大约见到的都是清静冷淡的僧人,也少有人同他聊天,他便喜欢留在我这里。

我在屋内憋得无聊,便想下棋,还兴致勃勃地拉着圆庆一起。圆庆到底还是个孩子,也爱玩,我便教了他规则。我俩就蹲在小院里,在地上画了棋盘，正要开始，却发现没有棋子。我俩先是四处找石子，可小石子不好找，又去摘小灌丛的叶子，可风一吹，叶子便吹散了。

我摇头站起来："这不行呀。"

圆庆想了一会儿，忽然鼓掌笑道："我知道啦，鹿苑那儿有个五彩池，里头有好多五颜六色的小石子呢！"

我忙说："那你去拾些来，咱们再玩。"

圆庆摇头道："那不成。鹿苑住着贵客，没人能进去的。尤其是男人。"

"那里住的是女眷吗？"我琢磨了下，猜测是皇族女眷。九鹿寺既是国寺，她们住在寺庙中念佛吃斋也是常事。

圆庆抓抓脑袋："师父没告诉我住的是谁。可鹿苑不是一年四季有人的，以前没人的时候我就常溜进去玩，我、我知道一条小道。"

我便笑着说："那你告诉我吧。我是女人，若是进去被人看到了，就说自己是这里的杂役，总之不会出卖你。今晚我去将石子找来，明儿你再来找我下棋。"

圆庆纠结了良久，到底还是扛不过一颗童心，还是悄悄告诉了我那条密道。

到了晚上，我悄悄从小院的侧门出去了，按着圆庆的指点，摸上了禅房南侧的一个小土丘。

土丘后是大片的竹林，密密丛丛的，一阵晚风吹过来，"唰唰"作响，却自有一种清净的风骨。我钻进竹林里，一步步走得颇为艰难，又因为看不清前头的路，更是差点跟跄摔倒。走了约莫一盏热茶的辰光，竹林渐渐变疏，尽头是一道围墙，大约是因为周边都是竹子，并没有人看守。

墙根边果然如小和尚所说有个缺口，以他的个子稍稍弯腰就能进去。幸好我也瘦，俯身蜷缩着便轻松进去了。

进了里头，我举目四望，果真是一座极精致的小园林。曲水弯弯，绵延向前，汇入一个小湖泊中，想来便是那五彩池了。若是到了春日，皇族贵胄们坐在这流水旁把玩流觞，听着松涛阵阵，禅钟沉鸣，果然风雅至极。

我沉醉了片刻，心中还是记得这次来的目的，猫着腰摸向池边，果然瞧见了许多五彩的小石头。我便借着廊桥的灯笼光亮，在池边翻找黑色与赤色的小石子，不大一会儿，便找了一堆，小心翼翼地放进怀中收了起来。

鹿苑里没什么人，静悄悄的，我便越发放心，挑拣得正欢乐，骤然听到有一阵很轻却又慌乱的脚步声跑来。

我心虚地往桥下躲了躲，忽然闻到一股异香，一阵阵发晕。我意识到那是迷香，可已经晚了，四肢酸软，身子控制不住地软倒下去，唯一能做的便是抱紧了那袋子石子，尽量别在摔倒时发出声音来。

不晓得过了多久，有人拿水泼了我的脸，我一下子醒过来，因为躺在地上，视线恰好看到池水中隐约有个人的身影正在漂浮。

我用力眨了眨眼睛，看得清楚些——真的是个姑娘！

那人漂漂浮浮地被一个水涡打到离我不远的地方，我看得清楚，竟是溺死了！

我正要尖叫，一只手适时捂住我的嘴。

我抬头看了一眼，是个年轻男人。

那是我头一次见到楼景疏，可那个时候，我压根顾不上他好不好看，满脑子都在想，他会抓我吗？他会以为我杀了人吗？

"若是不想死，就从来路回去，别出声。"

他的声音有一种奇异的、令我镇静下来的力量。我拼命点头，然后爬起身连滚带爬地钻进竹林，几乎是落荒而逃。

钻出小院时，我一颗急跳的心还在"怦怦"巨震。

我一回头，隐约看到还有一个人影就在不远处静静看着我。我几疑是自己看错了，停下动作，又认真辨认了一下，空荡荡的，哪有什么人影？

果然是草木皆兵，真是看错了，我不由得松了口气，加快脚步回到了禅院。

回到屋里，我把门闩扣好，背靠着门，着实松了口气。这一身衣衫都沾了淤泥，我却顾不上换，脑子里依然不断想起刚才在鹿苑看到的那一幕。

死的那人是谁？那个年轻男人又为什么要放我走？最后钻进竹林的时候，到底有没有人在我身后？

许是因为中了迷香，只要一多想，我脑袋就疼得厉害。我不得不努力让自己冷静下来，倒了一杯茶水，慢慢饮尽。

已是深夜了，本该是九鹿寺最静的时候。我却听到外头起了一阵喧嚣，似是人马调动。我一个激灵，用最快的速度换下了身上的衣裳。

身上还稀里哗啦掉下几颗石子，我赶紧拾起来，想来想去，偷摸溜到竹林里，东一颗西一颗地扔了。又有些侥幸地想，这整件事与我无关，后面大约也不会有我什么事了。

我和衣躺下，在床上辗转反侧了一阵，忽听外头传来巨大的声响，竟是有人踹开了院门。我翻身坐起来，屋外已经亮起了一排的火把，侍卫们站满了院落。

我心惊肉跳地想，这是要来缉拿凶手了吗？他们不会以为我是凶手吧？可我没杀人啊。

一道人影从屋外走进来，在我以为他会粗暴地把门踹开的时候，却听到斯文的敲门声。我深吸了口气，打开了门。

进来的是位年轻将军，俯身行礼："有刺客来袭，惊扰苏小姐了。现鹿苑已肃清，再无危险，末将特来接小姐回去休息。"

我怔了怔，"什么？我不是——"

"苏小姐请吧。"那人抬头看了我一眼，细长的眼睛里满是威慑，显是不让我说下去的意思。

"哎，等等——"我撇开过来扶我的侍女，"你们是什么人？"

"苏小姐怕是吓得厉害，连末将也不认识了。"那人面无表情道，"末将罗谦，云林军副将。奉六王爷之命在九鹿寺护卫小姐已有数月了。"

"我不是什么苏小姐。"我着急地辩解，"也完全不认识你。"

罗谦的眼神越发冷了，他冲侍女使了个眼神，大约是想硬拖我出门。我后退了一步，正要反抗，又有人进来。我定睛一瞧，竟有些眼熟，这不是在鹿苑叫我赶紧走的人吗？

那人微微笑着，不似罗谦那样冷酷，倒让人觉得如沐春风，只微微摆了摆手，罗谦点了点头，带人退了下去。

我警惕地后退了半步："你又是谁？"

"表妹受了惊吓，连我都不记得了吗？"他斯文地说，"我是表兄景疏。"

他的话莫名地让我冷静下来。

那么多人都叫我"苏小姐"，我或许应该想一想，这到底是为什么。

我沉吟了片刻，试探着问："苏小姐是谁？"

楼景疏耐心道："当今苏丞相的嫡女，前几日刚与六王爷定了亲。适才遇到了刺客，不慎落水，是罗将军将你送来此处暂避的。"

我忽然明白过来，水中那具女尸便是那位倒霉的苏小姐了。而我，阴错阳差地，要被抓去假扮她……

这可不是什么好事，我脊背上出了一层冷汗，要是答应了，临时"顶替"上一阵，风头过了又该怎么办？那些贵族皇室，有的是办法让我凭空消失。

想通了这一节，我拼命摇头："我不去。我不是苏小姐。"

楼景疏抬头看了看天色，笑意渐渐隐去，但依然和和气气的，也不着急："我若是你，便答应了。这是从天上砸了馅饼下来，今日之后，荣华加身，一世无忧。"

我苦笑："荣华加身？恐怕不是一世，只是一时吧？"

楼景疏淡淡一笑："你若是不答应，只怕连这一时都保不住。"顿了顿，他又道，"表妹，再好好想想。"

他便出了门，留我一人在屋子里。我搓着手，坐立不安地在屋子里转来转去。即便他说的都是真的，可直觉告诉我，这件事很危险——馅饼能填饱肚子，也能砸死人啊！

又或许，我该同他谈一谈条件？

我这样想着，忽然听到木门碎裂的巨大声响。

一个年轻男人踏着满地碎屑进来，步履沉稳而威严。

他分明还很年轻，可沉肃的眉眼间满是金石杀伐之气，逼得我退了一步，不得不避开这冰锐的锋芒。

"你去过鹿苑。"他的声音不大，却直截了当，给我很大的压力，"现在你只剩下两个选择：你是凶手，杀了苏凤仪；或者，你就是苏凤仪。"

男人突如其来的这几句话令我耳中"嗡嗡"作响，脑海中顿时一片空白。

"你是谁？"我脱口而出。

他淡淡地看着我："你不必知道我是谁，只需要知道，你的生死，在我手中捏着。"

"你怎么知道我去过鹿苑？"我努力冷静下来，咬牙道，"证据呢？"

他冷哼一声，随手掷出几颗石子骨碌碌滚落到我脚下，正是我扔在竹林里的"棋子"。他嘲讽地看着我："够吗？外头还有。只要细心勘察，你的脚印也都还在。"

我顿时哑口无言。

楼景疏说得对，此刻的我，无非是两个抉择：是现在死，或者……过一段日子再死？

他却并不容我多想，冷冷道："你若是凶手，这九鹿寺便是帮凶。你、圆庆，及一众僧侣都得死。你想清楚了？"

我怔住了，万万没想到他竟连圆庆都知道了。喉间哽住，我深吸了口气，努力让声音平稳一些："你们把圆庆怎么了？他还是孩子，什么都不知道。"

"所以你就该明事理。"他淡淡看了我一眼。

我克制住周身的颤抖，忽见楼景疏急步进来，看到那个男人，急忙行礼道："殿下。"顿了顿，又道，"节哀。"

他便只点了点头，微微侧了身，没让人看到他此刻的表情。

楼景疏略有些着急道："苏府如何了？"

他沉默片刻，重又望向我："相爷已经应允了。如你所言，苏小姐只是落水受了惊吓。"

楼景疏看上去似是放了心，看着我道："姑娘，你可想明白了？"

那人的声音越来越冷："看来这位姑娘是没明白的。"他提高声音道，"罗谦。"

罗谦进来了，恭敬行了礼，俯身听命。

"带云林军去动手吧，一个都不要留。"顿了顿，他又道，"佛门圣地，日出之前务必整理清净。"

罗谦还没开口，我终于撑不住，叫道："我是苏凤仪，我跟你们走。"

屋内针落可闻。

那人轻轻摆了摆手，示意罗谦先出去，重又望向我，眼神中已没了先时的狠戾杀气，变得平静无波："如此甚好。"他径直转身离开，到了门口忽又停下脚步，却没有回头，"苏小姐，本王寅夜唐突了。来日方长。"

我看着他离开房间，试探着望向楼景疏："那个，他、他就是六王爷吗？"

楼景疏点了点头，笑道："是，他是六王爷陆亦衍。你与他已有了婚约。"

我用力揉了揉太阳穴，心惊胆战地想，这个未婚夫看着凶神恶煞的，可算不得什么"良配"。只是此刻大局已定，我也只能往前头看一看。

我灌了整整两杯茶水下肚，略微清醒了一些，方才道："表兄，你也晓得我落水受了惊,现下什么都不记得。万一以后回到苏府,出了丑可如何是好?"

楼景疏重又看了我一眼,似是有些惊讶,缓缓道:"别担心。明日起自会有人教你该懂的一切。你是苏府的嫡小姐,也是未来的六王妃,只要明白这点,旁的都是小事。"

毋庸言说,哪怕只是为了"保命",我也得打起百般精神去学、去记。大约是因为忘记了很多旁的事,我的记性"变得"特别好,莫说苏家上下那样多的亲戚家属,我只凭着画师给出的画像便记得清清楚楚,就连即将要嫁入皇室的条条框框,我也能学了就用。

苏家雷厉风行地将原本属于苏凤仪的侍从、婢女全部换新。新来的人自是不晓得我是个西贝货,将我当作主子伺候,我便也受着了。

小月是第三日来到我身边的,她原本是苏家庄园里养着的丫头,年纪不大,待人却很忠厚。她初来时怯怯的,同我待得久了,事事干得妥帖,一张嘴也伶俐起来。

来之前小月自对大家闺秀有一种憧憬,觉得我便该是娴静温柔、满腹诗书,可时日一久,她便有些幻想破灭。我这位小姐,除了礼仪学得不错,旁的便有些得过且过的散漫,又有些贪玩,着实不像一个大小姐。

她一开始还婉转地提醒我,见我并不生气,后头便有些唠叨了。我自然晓得她是为了我好,可架不住自己心虚呀——我享受的这一切,都不是我的,是那位死去的"苏凤仪"的。

我总得做些什么,来提醒自己不是真正的苏小姐、准王妃。这样……那一日真的到来时,我便能走得轻松一些。

而那一日,说长不长,说短不短。待到苏凤仪的妹妹——苏府的二小姐苏凤箫行完笄礼,便会嫁给陆亦衍。

而她,才该是名正言顺继承苏凤仪一切的那个人。

只希望那个时候,我还能平平安安地退场吧。

眨眼间,近五年过去了。

今年,苏家二小姐便要及笄,也该拿回属于她姐姐的东西了。

正午之时,阳光热辣辣地扫下来,可我摸着那汉白玉的台阶,依然觉得触手冰凉。

皇帝的御辇正缓缓地离开我的视线,侍从们脚步齐整威仪。

其实皇帝并不喜欢坐在上头,每天却不得不坐上好几次。这或许是难得一处我俩的好恶是相似的。

我深深吸了口气,看见小月满脸惶恐,抚慰地笑了笑:"别担心,太后没有责备我。"

小月松了口气:"那就好。"

我拿手指抚了抚额角:"小妹下半年便及笄了,这事你得时常帮我留心着。我既是长姐,礼数上绝不能不周全。宫里好东西虽多,可入得了她眼里的却也难寻。"

小月笑了笑:"小姐您放心吧,陛下这些年赏了您那么多好东西,全都好好放着呢。"

我点了点头。

不晓得为什么,我和陆亦衍之间几乎没有提起过这件事。

我是因为心虚,他呢,我揣测着,也是因为心虚吧。

那一年立储之事到了最紧要的关头,朝内朝外多少双眼睛盯着苏家和六王爷的亲事。苏凤仪也是为此丧了命。偏偏苏家小女儿尚未长成,情势紧急到牵一发而动全身,他们只得想出了让我顶替的法子。

如今回想,也只有四字而已。

时也,命也。

"小姐,二小姐她……真的会入宫吗?"小月纠结了良久,终于问我。

我略想了想,伸手拢了拢鬓发,淡声说:"不好吗?在宫里,有姐妹互相扶持,旁人可羡慕不来。况且二小姐待人和气,最善良不过了。"

苏凤箫的美貌与才情,在京城里是出了名的。难得的是,她教养也好,为人和善。我想到自己硬着头皮回到苏府时,所有人看着我的眼神都带着疏离,独独是她上前拉着我的手,亲热地叫了一声"姐姐"。

那声姐姐,我记到今日。

小月怔了怔,又看了看左右,才轻声说:"可我不喜欢二小姐。"

我摇了摇头,示意这话我不想再听。

我暗暗地想,或许下一次,我便该和皇帝聊聊这件事了。

下午歇了午觉，我坐在一旁看宫人们清点库房。这几年皇帝的确是给了我不少好东西，大多数我只看了看，便入册进了库房，也没放在心上。今儿这么一看，倒有些琳琅满目的意思。所谓由奢入俭难，想我当年也不过是乡野女子，这些玩意儿连见都没见过。如今瞧着这一院子的珍宝，竟也觉得有些乏味了。

没多久，魏美人就过来了。

差不多每天这个时候，魏美人都会过来找我说话。她是南方人，小曲儿唱得好听，声音婉转动人，如同黄鹂鸟一般。我自然是喜欢她过来的，命人赐了座，同我一道挑礼物。

恰好库房里"丁零咣啷"搬出了一株珊瑚树，二尺来高，光华璀璨之至。魏美人瞧得眼睛都直了，低声赞叹说："陛下对娘娘可真好。这珊瑚树这般好看，娘娘怎么也不拿出来摆着？收在库房里岂不是如同明珠蒙尘？"

我站起来，围着珊瑚树转了两圈，摇头道："这株好吗？我却知道有比这更好的。"

魏美人拿扇子撑着下颌，摇头道："但凡这天底下有什么好东西，陛下第一个想到的就是娘娘了。我敢打赌，这珊瑚树定是宫内最好的了。"

我沉默了片刻，笑道："那你可要输给本宫了。本宫偏偏就晓得，宫里真有一株好看的珊瑚树，四尺多高，上头还坠着从南海挖出的夜明珠，晚上放在屋子里几能照明，连烛火都不用。"

魏美人笑道："说得这样曼妙，倒让人忍不住想瞧一眼。"

我笑道："那是陛下的珍藏，只怕咱们都没这个眼福了。"

说起来，那株珊瑚树，我也只是刚嫁入王府的时候瞧过一眼。

那是在夜晚，我习惯性地带着小月在王府溜达，就瞧见书房里莹莹有光亮，却不是烛火的亮光，隔着窗棂，只觉得温润清亮。我让小月在远处等着，凑在窗边看了一眼，就瞧见那株近五尺高的珊瑚树上头盈盈点点，如同星光般闪烁着夜明珠的光亮。

我迄今都记得陆亦衍的表情，他正凝视着手中的画卷，目光温柔得如同要落下泪来。

我晓得他在看苏凤仪的画卷。苏凤仪是才女，尤其精于工笔，他的书房里留存了许多她的遗作。

他看了许久，一动未动。

我自然没有打扰他，悄悄带着小月离开了。

他那样一个人，刚毅冷峻，踩过尸山血海，最终踏上九五之尊之位，大约是再也不会流泪了吧。

后来我也是辗转才晓得，那株珊瑚树恰是在苏凤仪十四岁生辰时，陆亦衍送她的芳辰贺礼。待到我嫁入府中，自然也是陪嫁之一。陆亦衍对旁的很大方，独独收走了这珊瑚树，再没提到过一个字。再后来入了宫城，我更是没再见到了。

这些往事在我脑子里乱七八糟转了一通，再看到眼前的奇珍异宝，也不由得有些倦了。魏美人察言观色，笑道："娘娘累了吧？臣妾不打扰了。"

我没再留她，一个人坐了许久，天都渐渐暗下来了，小月兴冲冲地跑来："小姐，哪些是您瞧上的？"

我怔了怔，答非所问："小月，若是有一天我不是皇后了，你还跟着我吗？"

小月呆了呆，旋即朝地上唾了一口："大吉大利，大吉大利。"又双手合十在胸前喃喃道，"如来佛祖观世音菩萨，我家小姐就是口无遮拦，请千万当作没有听到。"

我自然晓得自己是在说胡话，可小月的反应也让我晓得，若是真的有这样一天，恐怕我是带不走小月的。

我会死，我身边所有人，都会死。

这般一想，我便转了话题："好啦，我就是随口一说。"

小月松了口气，急急忙忙又去收拾库房了。

我独自坐在房内，眼看着天色渐渐暗下来，心底竟然有些前所未有的孤独。其实刚才我不该让魏美人走的，至少她在这里，叽叽呱呱地说些话，会热闹许多。

我从榻上站起来，振奋了下精神，想着给自己找点事做，忽听外头起了一阵喧嚣。

"小心点，都小心点哈……"

周平背对着我，正指挥着小太监们抬着一株珊瑚树，小心翼翼地走进屋里来。

我被那株四尺多高的珊瑚树闪得眼睛疼,忙上前了一步:"周总管,这是何意啊?"

周平不慌不忙,眼看着那株珊瑚树平稳落地,这才转过身来面向我行礼:"娘娘,这是陛下让我送来的珊瑚树,本就是娘娘的,只是陛下一直收着,也忘了抬过来。"

我一直晓得这宫里有皇帝的眼线,但下午随意同魏美人说的一句话,这会儿东西已经送来了,倒好像我心心念念记挂着那东西一样。

"给您放这儿,您看可好?"

珊瑚树上挂着的那些夜明珠颤颤巍巍的,光亮如同月光般倾洒下来,这个屋子蓦然间亮堂了一分,也好似冷清了一分。

小月这个时候进来,也吓了一跳,呆呆地看着那株珊瑚树,"哇"了一声。

我笑道:"烦劳总管转告陛下,这意思本宫懂了。"

周平脸上还挂着笑,不晓得为什么,眼神却有些怀疑:"娘娘……懂了?"

我和皇帝做了这几年夫妻,这点默契还是有的。我笃定地点点头:"让陛下放心吧。"

小月送了周平回来,便开始伺候我吃饭。她在我身边站着,时不时瞅一眼珊瑚树,一副若有所思的样子。

我拿手指敲敲桌子:"你也坐下吃一点吧,别发呆了。"

小月应了声"是",在我身侧坐下了,一副欲言又止的样子。

"你别开口。"我一瞧她的神情,就知道八成又是要劝我这劝我那的,可仔细想想,我今天可什么都没干。

她眼巴巴地看着我,过了一会儿,才说:"小姐,您让陛下放心什么?"

我低头喝一口汤:"还能是什么?你以为这是给我的?"

小月越发皱紧了眉。

我放下碗筷,笑着说:"陛下借我的手,要送给二小姐的。"

小月没吭声,可是嘴巴噘了起来,看得出是不大高兴的。

我笑着探手过去,摸了摸她的脑袋:"要大方,知道吗?"

"可这是您的呀。陛下要给二小姐，不能另找一株吗？"

我托腮坐着，想了好一会儿，才微微笑着说："小月，你要记得，这个世上啊，什么丢了都能再有。可只有这条命，没了就是没了。"

小月似懂非懂地看着我，大约觉得此刻的我有点疯，撇了撇嘴说："不说就不说，扯死啊活啊就没意思了。"然后她转身，气呼呼地就走了。

我哑然失笑，只好揉揉眉心，倒是胃口很好地又舀了一碗汤。

小月又冲进来，脸色还有些僵硬，语速很快："小姐，刚才宫外传了话进来，说是夫人明天想入宫来看看您。"

我一点都不惊讶，是时候了，苏家人该来了，于是微微颔首："好。"

苏夫人是上午过来的。

自我第一眼见到她，心中便生出四个字：养尊处优。

雍容的贵妇人保养得当，除了眼角的细纹，依然娴静秀美，风姿绰约。可不晓得为什么，每回我见到她，心里总是隐隐有些寒意。

若是细究原因，大约是因为第一次见面，她上下审视我，面上带着笑意，可眼神却如同一潭古井，深不可测。我替代了她的亲生女儿，她恨我，或者为难我，我都觉得是应该的。可她没有。她拉住我的手，掌心温热而干燥，轻声唤了我一声"女儿"。从那以后，我便尽量深居简出，不是为了低调，只是为了避开一切可能的交往。

苏夫人进来之后，照例还是要向我行礼的。我连忙扶住了她，又让小月搬来了椅子，同我坐得近一些。相互寒暄了几句，我便有些语塞，她却不慌不忙地说起了家中的日常，我安静听着，一副母慈女孝的和谐样子。

"母亲你留下用饭吧？"我看了看时辰，吩咐小月去准备。

苏夫人笑道："不了，我再坐会儿也得走了。你祖母还等着我呢。"她顿了顿，笑道，"倒还有件事儿，想要和你商量。"

我精神微微一振，心知这才是她此行的目的："母亲你说。"

"你的妹妹下个月便及笄了，这婚事……也该议一议了。"她微微侧头看我一眼，"你是做姐姐的，又是皇后，可有些想法吗？"

"妹妹及笄我一直放在心上，也准备了好些贺礼。"我笑道，"至于婚事，妹妹的才容都远胜于我，在这京城也是出了名的，只有咱们挑别人的份。

母亲你看上哪家的公子，告诉我一声，我便让陛下下旨意，这又有何难。"

苏夫人脸色微微一变，那双细长的眼睛在我脸上转了一圈，才慢慢道："嗯，若是一般人，自然是只有咱们挑别人的份。"

我宛如听不出她的言外之意，笑道："哦？难道妹妹自己看中了什么人，却是连陛下也做不得主的？哪家的公子？"

苏夫人沉默了一会儿，才淡淡道："你父亲和我也是想着，你嫁给陛下这些年，却没有子嗣，颇有些为你忧虑。太后娘娘求孙都求到庙里去了。这宫里的嫔妃，万一哪个抢到了你前头……"

我打了个哈哈，笑道："是呢。我也是为了这件事整日整夜担忧，也巴不得陛下早日开枝散叶。"

苏夫人蓦然抬起了眼神，紧紧盯着我，笑道："与其是旁人，还不如是你妹妹。至少是一家人，都姓苏。娘娘，您说呢？"

我依然抿着唇笑，托腮想了想，才道："母亲的话也有道理。可我毕竟也年轻，若是这会儿把妹妹送进来，里里外外的，一眼就能看出母族的心思，说不好，也是要影响苏家名声的。"

苏夫人唇角的笑意瞬息间消失了。

她大约是猜不出我竟会说出这句话来拒绝，愣了好一会儿，才淡淡道："是，我苏家自然是不愿意做外戚，这点风骨还是有的。"

我便云淡风轻道："妹妹的亲事也不急，入宫也好，定亲也好，我也会帮忙留意着。"

苏夫人没再多说，行了礼便走了。

我只撑到她走，便一下子瘫倒在靠榻上，随手摘了一颗葡萄扔入嘴里。

小月从外头进来，看我这样，着急问："夫人和您说了什么？"

"就说了二小姐及笄的事。"我漫不经心说。

小月怀疑地望着我："就这个？"

我补上一句："哦，家里也想让二小姐入宫。"

小月的脸一下子绷紧了："那、那您怎么说？"

我随手拿起一块帕子盖在脸上，轻声说道："别多问了，我先睡一会儿，累。"

这一觉睡了许久。

梦一个接着一个，最后一个景象是在九鹿寺的湖边。

我弯腰正在捡石子，忽然见到那具女尸活过来了，她慢慢走向我，而我却寸步难行，眼睁睁看着她走到眼前。

那张脸温柔秀丽，是苏凤箫。

我的妹妹。

我吓得拔腿就跑，也庆幸这一刻脚终于能够挪动了。结果这一动，不小心就踢到了石头。

我痛得醒了，一睁开眼睛，皇帝就坐在对面，也在榻边靠着，他吃惊地看着我，吃惊中还隐含着一丝……痛楚。

我慌忙坐起来，一看外头，天色竟然有些黑了。

皇帝揉着自己的肋骨，看了我一眼："睡觉也不老实。"

我有些紧张："陛下，我踢到你了吗？"

我想爬过去看看，可说实话，我的脚也很痛啊……我"哎哟"了一声，到底还是没爬起来。

皇帝一只手扶住我，另一只手在我脚上轻轻揉捏，不轻不重道："别乱动。"

我"哦"了一声，不晓得是这会儿天热，还是睡醒后的发汗，脸蒸腾起来，条件反射地想要把脚缩回来。

皇帝低着头，没有看我，淡淡道："让你别乱动。"

我只好任由他替我揉捏。

从这个角度看过去，皇帝的鼻梁尤为挺俊，睫毛微微闪动，显得认真而专注。我抱着单膝，不由得怔怔地想，对苏家来说，这个男人即便不是天子，也的确是良配啊。

"看够了？"皇帝终于松开我的脚，望向我的眼神隐含暖意，"看够了就起来陪朕用晚膳。"

我"哦"了声，默默缩回了脚。

周平带了宫女们鱼贯而入，开始布餐。

小月端了两盏茶过来，笑眯眯地在我面前放下。

我对她比口型："怎么不叫醒我？"

小月噘着嘴，一脸委屈。

皇帝明明背对着我，却不晓得怎么就知道了我说的话，凉凉道："朕不让。"

我噎了噎，只好挥了挥手，让小月走了。

她倒好，转身到皇帝面前福了福，笑着说："谢谢陛下说的公道话。陛下请喝茶。"

皇帝的心情越发好了。

他净了手，在我对面坐下。我抬头看他一眼，努力寻个话题："陛下今日朝廷的事忙完了？"

皇帝给我夹了一筷菜，放在我眼前的碗里："来皇后这里，比起前朝的正事重要多了。"

我疑惑地看着他。

他忍不住笑了："子嗣不重要吗？"

我眨了眨眼睛，没接话，也没吭声，低头继续吃饭。

皇帝的眼神在我身上转了两圈，有些许疑惑，却又微微笑了："看来朕以后都该等皇后醒了再过来。"

我一时间不晓得接什么话，只好抬起头，对小月说："去把灯芯拨一拨。"

小月拿银签子拨了拨灯芯，室内的光线暗了暗，瞬间又加倍地光明了起来。

我心不在焉地拿了银匙喝汤，勺子将将要送入口，却被皇帝伸手拦住了。我的手一抖，一滴汤水溅在手背上，灼烫得要命。

皇帝淡淡地看着我，松开手："刚上的汤，油脂都没拨开，你这么着急做什么？"

我这才看到宫女站在旁边，一脸惴惴地看着我。

皇帝挥了挥手，让那宫女下去了，伸出手握住我的手腕，探究地看着我："烫着了吗？"

我摇摇头，只觉得他的掌心冰凉，圈得我手腕那一圈也沁凉沁凉的。

"你是不是病了？"皇帝索性站起来，想要伸手探我的额头。鬼使神差地，我往后一仰，只差那么毫厘的距离，竟然避开了。

皇帝怔了怔，不动声色地收回了手，可我也能瞬间感受到他的不悦。

我胡乱拿帕子擦了擦手背，努力吃了两口饭，心中到底还是有事，那句话就在喉咙口纠结着滚来滚去，不晓得要不要说。

皇帝看了我一眼，转头问小月："你家主子喜欢的那株珊瑚树呢？怎么不抬出来摆着？"

小月吓了一跳，连忙抬眼望着我，讷讷着说不出话来。

我放下碗筷，安静地看着皇帝："今日母亲入宫，我请她带回去，送给妹妹做贺礼了。"

皇帝坐在那里，眼神有一瞬的冰凉。

不晓得是不是我看错了，也只那么一瞬，他依然用毫无波澜的声音问我："你送去苏府了？"

"是啊。"我很想冷笑一声，这不正是你的心意吗？我替你做了，又有什么好装腔作势的，"陛下舍不得的话，妹妹进宫时再带回来就是了。"

皇帝竟"啪"地把筷子往桌上一拍，毫不掩饰怒色。

小月带着几个宫女立刻跪下了。

我头也没抬，喝了口汤："陛下想要亲自送是吗？那臣妾领会错了。"顿了顿，我又对小月说，"你们起来吧。陛下是明君，不会迁怒旁人的。"

小月自然是不敢起来的，只好一个劲地磕头："陛下，娘娘也是好意……"

"皇后说得对，朕自然是不会迁怒旁人。"皇帝恢复了一丝冷静，"你们都出去。"

小月带着宫女们一步三回头地走了。

我轻轻放下了碗筷，一点没退缩，反倒冲着皇帝笑了笑："所以，陛下是要冲我发怒了吗？"

我说不出此刻皇帝的表情是愤怒，或者只是在审视我。我略略坐正了些，打算迎接他的狂风暴雨。

等了许久，皇帝却越发平静下来，语气仿佛在和我聊家常："珊瑚事小，给了便给了。朕只问你一句话，你想要你妹妹进宫吗？"

我不吭声，因为揣测不出他的心思，便只好再等一等。

其实在我心中，凤箫入宫一事，那是板上钉钉的，不知预演过多少次。可也不晓得为什么，刚才我偏偏拒绝了苏夫人。

我不开口，没想到他也不说话，就这么沉沉地看着我。

· 035 ·

这屋里的空气越来越沉，饶是我再装得若无其事，也觉得我不得不开口了。

我只好站起来，轻巧地给皇帝倒了一杯茶，不动声色地把话头踢还给他："我妹妹……能入得了陛下的眼吗？"

皇帝笑了笑，声音却有些冷："皇后如今越来越会说话了。"顿了顿，"朕要是看得上，你自然是巴巴地把妹妹送进来了，可朕要是看不上呢？"

我眨眨眼睛，笑道："看不看得上，那都是圣眷——"

我话没说完，皇帝忽然伸手重重箍住我的腰，将我往下一拉，坐在他的膝上，一字一句道："那朕给你的圣眷，你要是不要？"

我手中的茶水一歪，有些许倒在了他的胸口。那个瞬间，我也不知道自己是怎么想的，第一时间并不是想回答皇帝的这句话，而是转身去够桌上的帕子，急忙想帮他擦去水渍。

可皇帝抱着我的手又没松，我一挣扎，也不晓得哪儿来的力气，两个人同时歪向一边，眼看着要摔在地上了，于是我信手一扯桌布……

那个瞬间，我就知道完了……

周遭的一切如同慢动作：

我看到了正在滑落的桌布，看到皇帝惊愕的脸，看到危危欲倾的碗勺……脸颊上有几点热热的感觉，应该是溅起的汤汁。我下意识地转头避开，皇帝的手却比我更快，几乎是在电光石火间，覆在了我的脸上，又顺势将我整个人抱在了身下。

"哐啷当啷"一阵碗筷摔碎的响声延绵不绝……等一切安静下来后，我的耳中是余音绕梁，长久未绝的"嗡嗡"声。

皇帝身上还是带着他素来喜欢的白檀香味，以及……新鲜的肉汤味。

那都是替我挡的。

我躺在地上，和他面面相觑，而他的鬓角竟然慢慢滑下了一滴菜油……

我终于忍不住，"嗤"的一声笑出来，伸手去擦他脸颊上的油。

他半张脸上都是菜油，还努力维持着肃穆的表情，真的……非常好笑。

我收回了手，越看越觉得好笑。

皇帝慢慢地迫近我，说话的时候，我几乎能感受到他胸腔的震动。

"有这么好笑吗？"他眼神中蕴着浅浅的笑意。

我双手抓了他的衣襟,想要爬起来,但还是忍不住,额头贴在他的胸口,笑得停不下来。他原本是双臂支撑在我身子两侧,被我拽住了,竟也一动不动,然后跟着我笑起来。

"好啦,起来了。"我伸手推他一下,渐渐止了笑,想要起来。

皇帝的脸离我很近,专注地看着我,忽然迅速地低下头,在我唇上亲了一下。

就像是被羽毛扫过了一下,轻柔而温暖。

我怔怔地回望他,比起刚才掀翻了一桌菜,这下似乎更加令人头脑空白。过了许久,我伸手推他:"起来。"

他径直拨开了我的手,依然将我打横抱起来:"别闹,地上有碎瓷片。"

等他将我放在一旁,我才听到屋外有轻微的动静,周平的声音带着焦虑:"陛下请息怒……"

我和皇帝沉默了一会儿,又听到小月的哭声:"娘娘,您冷静一点啊……"

我轻轻咳嗽一声,望向皇帝,不约而同地,我们眼神中都有着淡淡的顽皮笑意。

"我让人进来收拾。"我走向门口。

"等等。"皇帝忽然开口,阻止了我,稍稍整理了头发与衣物,又伸手向我要手帕。

这人就是这样,何时何地都要维持着自己矜贵的做派,生怕被人看到一丝狼狈。我皱眉看他忙活,心想都是菜汤肉汤,你擦得干净吗?

我懒得理他,径直过去开了门,本想着让小月赶紧去备下沐浴的东西,没想到外头"呼啦啦"跪着一地的人,全都不敢开口。就只有小月怯怯地抬头看了我一眼,又看到了我身后的皇帝,倒抽了一口凉气,又重重地磕头:"陛下息怒。"

她这话一开头,所有人都带着惶恐,此起彼伏的"陛下息怒"。

我条件反射地回头去看皇帝,皇帝已经收了手,站在离我不远的地方,视线也落在我身上,不知为何,脸上也带了淡淡的无可奈何和苦笑:"别磕头了,都起来。"

我倒是没想那么多,赶紧让开身子:"进来收拾吧。"

皇帝自然是被拥簇着去沐浴换衣裳了,他走过我身侧的时候,脚步顿了顿，欲言又止。

我眉梢微扬："怎么？"

他便摇摇头走了："到时候再说吧。"

皇帝沐浴的时候，北庭又有急报入京，他和朝臣商议了大半宿，便没再来。

我乐得轻松，靠在榻上翻着闲书，一边看着小月指挥侍女们一遍又一遍地熏着屋子。好不容易折腾完，侍女们都出去了，小月一脸凄惶地看着我："小姐，您刚才疯了吗？"

我不解地看着她。

"您往日和陛下再不对付，也不过吵几句嘴，今日……今日怎么能把一桌子菜掀翻在陛下身上呢？"

我一听就笑了，笑得揉了揉眉心问："你怎么不说是他掀了我一身呢？"

"陛下身上那么狼狈，您好好的，那可不就是您冲撞的他吗？"小月边说边叹气，"而且，而且……太后的人也瞧见了，回头您可怎么解释啊？"

"啊？"我把书往旁边一搁，"怎么回事？"

"太后听说今晚陛下在这儿用膳，让人添了道菜过来。"小月恨铁不成钢地看着我，"谁想您一开门，就让人看到了那副样子呢！"

小月噘着嘴，又气呼呼道："其实就算没有太后的人，今儿外头跪了那么多人，这宫里传得沸沸扬扬，哪还瞒得过太后。"

我越听越心烦，随手把书往脸上一盖，闷声道："别说了。"

我脸上盖着书册，嗅到纸张略带潮湿的味道，心道难怪皇帝刚才不让我开门，想来也是要准备下，毕竟宫里女人多，口舌就多，他素来也不是个爱听这些闲话的人，更何况……这次他看上去被泼了一身，有些凄惨狼狈。

说不得，也只有我来背这个锅了……我沮丧了一会儿，又觉得不甘心，一下子坐起来："小月，帮我梳妆。"

小月笑盈盈地扶我起来，"小姐，您想通就好。我这就吩咐小厨房炖碗人参鸡汤，您捎带着给陛下带去。"

我愣了一下："我又不去看他。"

她也一脸愣怔地看着我："那您去哪里？"

太后正在佛堂里念经，我悄悄走进去，在她身后半步跪下了。

佛堂里燃着上好的白檀香，檀香木的佛龛里供奉着一尊德化窑的白瓷佛像。太后指尖捻着佛珠，嘴唇微微动着，诵的是《地藏菩萨本愿经》。我自然是背不全的，只好双手合十，心里默念"阿弥陀佛"。

佛堂里分外安静，只有烛火偶尔发出"哔啵"两声，以及佛珠在手中转动发出的轻微声响，我悄悄睁开眼睛观察，却见太后回了头，安静地看着我。她的眼已经不似少女那般清澈，却如同古井般幽深。我心头一紧，勉强自己笑得毫无察觉的样子："听闻母后这几日夜深还在念经，儿臣特意炖了鸡汤来——"

太后向我伸出手，我连忙先站起来，又去扶太后。

她就着我的手慢慢站起来，淡淡笑了笑："佛堂之地，怎可口出荤膻之言？"

我心里"咯噔"一下，知道这马屁拍到了马腿上，但箭在弦上，又难以收口，只好尴尬地笑了笑："是。儿臣唐突了。"

"皇后怎么还不歇下，这么晚了跑哀家这儿做什么来了？"太后慢慢地往外走。

"儿臣就是来看看太后。"我心下琢磨着怎么婉转地向她解释下皇帝的事，便放慢了语速。

太后微微笑了笑："听说今日皇帝去皇后那儿用膳了？"

"是。"我酝酿了一下，字斟句酌，"儿臣和陛下……玩闹了一会儿。他有急事，又去议事了。"

太后的表情终于变了，笑意一点点收敛起来，冷冷地看着我："哀家听说了。"

我咬了咬唇，知道终究还是躲不过，放开了扶着太后的手，跪了下来："母后，儿臣错了。"

"错在哪里？"

"儿臣身为皇后，非但没有规劝陛下，还、还肆意玩耍……"我稍稍把责任往皇帝身上推，"实在不成体统。"

太后冷笑了一声："皇后，你无须向哀家解释这些。说实在的，你若是能履行到自己的职责，便是和皇帝闹上了天，哀家也不会在意。"

我跪在地上不敢抬头，眼珠子转了转，心想完了完了，老太太终究不满意的，还是子嗣。可偏偏这个……我能有什么办法。

我低眉顺眼，大气都不敢出："此事儿臣其实向来上心，只是陛下他……"

"皇帝在意皇后，皇后在宫里一日，他就不愿雨露均沾。"太后慢慢地说，"依哀家的意思，临近盂兰盆节，皇后也该去九鹿寺祷祝一番，既是为了陛下，也是为了天下。"

我愣了下，下意识地抬头望向太后。

太后正拨动着佛珠，并没有望向我："皇后去了九鹿寺，想必皇帝也就没那么多忌讳了。"

空气凝滞片刻，我脊背上起了薄汗，连忙伏下身，一字一句道："是，这是儿臣该做的。"

太后满意的声音传来："皇后，这几日皇帝与朝臣们商议战事正忙，你离宫便是。余下的事，哀家会告诉他。"

我跪着一动没动，还没开口，便听到佛堂外有步履声匆匆而来。

有人掀开了帘子，一阵凉风卷进来，皇帝的声音隐隐带着不悦："皇后，怎么这么晚还来烦扰母后？"

皇帝的语气是带着不悦，可莫名地，听到他声音的那一刻，我竟然松了口气，只是将身子伏得更低，装出惶恐的样子："陛下，臣妾知错了。"

皇帝没理我，只是走向太后，笑道："母后，让孙姑姑服侍您去歇着吧。少念一天，佛祖不会怪您的。"

"可不许乱说话。"太后又好气又好笑，"行了，你们也都走吧，让哀家静一静。"

我伏在地上，听到这句话简直如释重负，只是皇帝还在，便做出不敢动的样子。

皇帝走到我身边，声音淡淡的："起来吧，皇后。"

我手脚麻利地爬起来，乖巧地向太后行了一礼："母后，那儿臣告退了。"

"皇后。"太后含笑看着我，依然在拨动佛珠，"今日你来陪哀家念佛，哀家很是欢喜。但这向佛之心，日日精进才好。"

我心下一凛："儿臣谨记。"

皇帝带着我走出宫殿，周平带着人远远跟着，这偌大的地方仿佛只有我们两人。他没同我说话,我也懒得开口。月光如洗,千重宫殿在暗夜中绵延不绝,宫殿外又是万户人家,映见无数悲喜离别。

我走在这高高的台阶上,远眺这一切,又恍惚觉得这些都与我无关。

"皇后。"皇帝的声音缓缓传来,似乎是在字斟句酌,"母后跟你说了什么?"

"母仪天下,不要胡闹,子嗣要紧这些话,陛下都知道的。"

"你听听就好。"皇帝停下脚步,转身看着我,"以后也不必特意过来陪母后念佛。"

皇帝顿了顿:"……林妃向佛之心甚笃,你便让她多陪陪母后就是了。"

我低眉顺眼,点了点头:"是。"

"陛下……"我纠结良久,到底还是忍不住问,"你、你是特意过来替我解围的吗?"

皇帝勾起唇角笑了,又伸出手将我鬓边的一缕发丝拨到耳后,却没回答:"走吧,朕送你回去。"

我愣愣地看着他。月光将他的脸庞分成了明暗两半,可那双眼睛却始终蕴含光亮,灼灼地看着我。

"陛下……"我的鼻子莫名有些发酸,想要说什么,却没有想清楚。

皇帝的视线越发温柔,正要开口,忽然眸色中锋锐一闪,闪身挡在我身前,望向角落:"什么人!"

我吓了一跳,这守卫森严的宫里,难不成还藏着刺客?

陆亦衍还是皇子的时候,我便见识过他的功夫。他幼时习武,又从战场上真刀实枪淬炼出了煞气,有他在这里,我倒不害怕。

一道人影慢慢从暗色中走出来,看着还有些眼熟……咦?手里还端着托盘……小月?

我从皇帝肩膀后面探出了头:"小月?"

"小姐,是我。"小月有点吓到了,站着一动不动,"参见……陛下。"

我抢上了半步:"你怎么在这里?"

"奴婢端着鸡汤,孙姑姑没让进,就让我在这里候着。"小月有点委屈,"就一直等到了现在。"

"行啦,没事了。我们回去吧。"我有点愧疚。

"是——"

"是吃的吗？"皇帝忽然开口，"朕正好有些饿了。"

"啊？"我和小月对视一眼，有些愣住。

我沉吟了一下："陛下，这汤已经凉了。不然我让人——"

皇帝打断了我："朕就是此刻，此时，饿了。"

小月手足无措地看着我，我明知不合规矩，可谁让他今晚救了我，也只好笑着说："给我吧，我来服侍陛下喝汤。"

"可是……"

"你退下吧，让皇后陪着就行了。"皇帝笑着说，"把汤留下。"

小月迟疑了一下，乖乖地将托盘留给我，又左右张望了一下，快步走开了。

我将托盘放在了白玉栏杆上，端起汤碗，看了看只有一把银匙，只好舀了一口："陛下，那只有臣妾为你试毒了。"

皇帝修长的身子倚在栏杆上，看我喝了第一口："行了。"

可这银匙我已经用过了，我寻思着是不是找帕子擦一擦，他却催促："你不是要服侍我喝？"

"我想先擦一擦……"

"夫妻间还讲究这些吗？"他含笑抿了抿唇。

夫妻……我却蓦然间被这个词击中了。

帝后夫妻……算是真正的夫妻吗？他明知我不是真的苏凤仪，怎么会将这句话说得这样自然？

我一愣之下，银匙悬在半空，没有伸出去。

他却轻轻靠过来，将银匙中的汤喝尽了，脸上的表情温和舒缓："这一日，我想得很久了。"

"什么？"我愣愣地看着他，"什么这一日？"

皇帝抓着我的手腕，轻轻舀了一勺凉了的鸡汤，又送进自己的口里，温柔地说："就是这样，只有我和你，没有旁人。"

我的心跳略微快了些，却笑着说："这样一起喝一碗冷鸡汤？"

他深深注视着我，说了一句话，一时间让我有些摸不着头脑："嗯，鸡汤、馒头、干粮，都好。"

我们有一起吃过馒头、啃过干粮吗？我腹诽，回过神来想了想，又觉得有些好笑，皇帝可是千金贵胄之躯，也不知道着了什么魔，说这些胡话。

皇帝却没有解释，一口口地喝完了冷鸡汤，却也没急着走，同我一起趴在了栏杆上，望向远处。

"皇后，委屈你了。"他有些突兀地说。

我愕然转过头。

他正看着我，伸手摸了摸我的脸颊，眼神异常温柔。

脑海中灵光一现，我忽然明白过来，当年我学扮成苏凤仪的那段时间，听过他们的往事。苏凤仪曾被北庭奸细掳走，彼时还是普通皇子的陆亦衍带兵从边疆而归，追击敌寇一日一夜后，救回了苏家大小姐。此事虽不为外人所知，却是苏家倾力支持陆亦衍的开始。想必救人的时候，两人也曾朝夕相处过吧。

我不禁有些唏嘘，却也莫名有些低落。

贵为皇后又怎么样，这些终究不是我的，还是要一点点地还给别人。

我伸手抚在皇帝的手背上，轻轻摩挲了下，尽量轻巧自然地拿下了他的手，微微笑了笑："陛下，很晚了。"

他眼神中的温柔渐渐褪去，重又变得深沉。

我抓着他的手，一时不知是不是该放开，却忽然感觉到手指被扣住。皇帝已经直起了身子，并没有再望向我，只笑了笑："走吧，朕送你回去。"

北庭战事依然胶着，楼景疏已经奔赴战场，但也不晓得能否挽回眼下的颓势。皇帝送我回宫后，又回中昭殿议事去了。

我躺在床上辗转反侧，又记挂着太后的话，直到天亮，才迷迷糊糊睡着了。

"小姐。"小月的声音忽远忽近，"该起了。"

我迷迷糊糊地睁开眼睛。

"各宫娘娘们都已经在候着请安了。"

我心里一紧，心想糟了，太后那边请安又迟了。

我连忙坐起来："快，快！"

小月"扑哧"一声笑了："别急呀，太后已经传话了，这半个月要潜心侍佛，免了后宫每日的请安。"

我松了口气，重新躺下去："你去通传一声，让大家散了吧，别等我了。"

"您真不见吗？"小月抿唇一笑，"上次你夸高嫔的银香囊精巧，人家托家人新打了两个鎏金的，想要亲手送您呢。"

我眼睛一亮，想要改口，到底还是懒洋洋地挥了挥手："算了。下次吧，今日有要事要忙。"

"什么事？"

"太后都在潜心礼佛，我这皇后总不能成日无所事事吧。"

小月疑惑地看着我："您还要去陪太后？"

"不，我要去九鹿寺住上一段时间。"我伸个懒腰，"为陛下祈福。"

## 第三章
### 中元

　　小月有些惊讶,但也没多说什么,大约是猜到了此趟行程与昨晚我去太后那里受训有关,一句抱怨没有,麻利地开始收整行李。

　　宫里人仰马翻,小月正指挥宫女们收拾我平日最爱的小玩意儿,又转过头问我:"小姐,琴要带吗?"

　　"除了佛经,别的都不许带。"我斩钉截铁。

　　"啊?"小月有些摸不着头脑,"要去好多天呢。您、您……怎么打发时间?"

　　"念佛诵经啊。"我一本正经,"你以为本宫是去玩的吗?"

　　小月似乎不信,但当着那么多人的面,也没多说什么。等宫人们将箱笼抬走了,她才悄悄凑到我耳边:"小姐,真不带吗?"

　　我拿着团扇遮住了半张脸,轻轻咳嗽一声:"识时务者为俊杰,太后还在恼我呢。"

　　小月乖觉地点点头,正要说话,宫女进来回禀:"周公公求见。"

　　周平是来替皇帝传话的,冠冕堂皇地说了一堆,大意是皇后这么识大体又懂事,皇帝很是欣慰,期盼能在九鹿寺好好祈福。末了,周平往周围张望一圈,笑着说:"还有几句话,陛下让奴才务必交代给娘娘。"

　　我摆了摆手,屏退了所有人。周平笑着说:"陛下说,刚才的话是说给旁人听的。娘娘这趟出去,只当作是没了宫中的规矩,散心就好了。"

　　我愣了下,迟疑片刻:"陛下他……"

　　周平笑着说:"陛下那边忙得不可开交,就不来送娘娘了。"

　　周平走了之后,我还在琢磨着皇帝最后的话。以他素来深谋远虑,一句话得绕十八个弯的习惯,那一定是句反话——那就是说,即便到了九鹿寺,我也得好好做规矩,免得给他丢人现眼。我叹了口气,觉得接下来的日子委实会有些难过。

"小姐,都收拾妥当了。"小月进来禀告,"还有,卫妃求见。"

我正想说不见了,小月又压低声音说:"就在门口候着呢,来了三趟了。"

我只好说:"那让她进来吧。"

皇帝的后宫佳丽中,卫妃是最端庄的,平素沉默寡言,我虽喜欢她老实的性格,但也嫌她有些闷,不如魏美人她们有趣。往日她甚少独自来我这里,也不晓得这次这么执着求见是为了何事。

卫妃进来,规规矩矩地向我行了一礼:"娘娘万福,臣妾有一事,特来请求答允。"

平日里她为我做药枕香囊、调配香料,没少帮我的忙,今日这般郑重请求,我连忙扶她起来:"妹妹怎么这么客气?到底何事?你说,能做到的本宫一定做。"

"家父一直患有肺疾,这段时间身子反反复复,一直不好,臣妾不能侍奉在身边,很是不安。"卫妃惶然道,"请娘娘准允臣妾随娘娘出宫,去九鹿寺侍佛半月,以全孝心。"

"此事……"我沉吟片刻。

卫妃企盼地看着我,微微咬住下唇,显然很是紧张。

"此事不难。本宫正好也要去九鹿寺,你便与我同去吧。"我安慰道,"还有,御医去瞧过你父亲了吗?需要什么药材,尽管来宫里拿。"

"多谢娘娘!"卫妃连忙跪下磕头,"多谢娘娘!"

傍晚时分,凤驾便离开了皇宫。

我坐在车辇中,回望皇城,晚霞如同浅浅幕布,将层层殿落衬得雄伟森严。

皇帝还在殿内同群臣商议国事,太后正在佛殿内低声诵佛,后宫的美人们大约是在争奇斗艳,期盼夜晚能有天子的临幸。

我转回了头,望向前方,心中错综复杂。

一名内侍匆匆赶上来,对小月说了句话。小月回禀我:"小姐,信已经送到苏府了。"

说不上是轻松还是沉重，我点点头，示意自己知道了。

小月抿了抿唇，似是下定了决心，问我："小姐，您真的要这么做吗？就算夫人胁迫您，您是皇后呀，不用怕的。"

我出神了片刻，浅浅笑了笑："陛下看上的人，何必要阻拦呢？"

这是我第二次来九鹿寺。

这一次，我正大光明地住在鹿苑。

鹿苑的禅房本就是为皇室准备的，虽然朴素，但清幽洁净，一应摆设亦是高雅。墙上挂着的一幅字，手书一个"心"字，相传是当年达摩老祖的亲笔。案桌上供着一个碧玺净瓶，白玉脂盘上放置着一枚黄澄澄的佛手。

我转了一圈，看到地上放着的箱子，便问小月："这箱子是你带来的？"

罗谦向我行礼，回复道："启禀娘娘，这箱子是陛下让末将带来给娘娘的。"

我愣了一下："打开。"

罗谦上前打开，并没有多看一眼，退了出去。

我踱步上前，往箱子里张望了一眼。箱子里一半是书册，我随手翻了两本，并不是佛经，也不是女德，却是我爱看的游记和传奇。还有阎立本与吴道子的画，亦是我平日里爱观赏的。

"还有棋盘、棋子，还有棋谱呢。"小月指着箱子的角落，笑得眯起眼睛，"还是陛下在意小姐。"

我怔了怔："这算哪门子在意？"

"瞒着太后给您送了这么多打发时间的东西，这还不是在意？"小月扮了个鬼脸。

"那是他巴不得我留在这里，越久越好。"

小月撇撇嘴，欢快地收了起来。

我看着她忙忙碌碌，知道自己刚才虽然嘴硬，可内心深处却仿佛被温柔至极的羽毛轻轻拂过，皇帝他……是真的在意我吗？我怔怔想着，一时间心情竟难以平歇。

九鹿寺的生活比我想象的还要平静。

我还记得当年偷偷溜进来的小洞，也借着散步的机会走近看了看，如今已经被堵上了，再难偷偷出去。回想也是，陆亦衍这样谨慎的个性，怕是当晚见到我，就已经堵上漏洞了。

御林军负责此处的安全，更是慎之又慎，我在湖边驻足半炷香的工夫，不过瞧了瞧湖中的锦鲤，侍从都要不动声色地上前，看看我是不是想要投湖。

其实我哪里是想投湖呢，我是皇后，母仪天下，为何要寻死？

我站在湖边，只是想起了苏凤仪，她就是在此处溺死的。这样美的湖……我想象着她那样的名门贵女，竟如此时运不济……不由得有些唏嘘。也感慨自己阴错阳差，竟在此处，与她交换了人生。

日头渐渐晒了起来，我便叫了小月，回屋去休息。

没有魏美人唱曲儿，也没有楚贵人逗笑，我却并不觉得乏味。好歹此处没有太后在上头管着，也没人真的盯着我念佛诵经，我便每日捧着皇帝送来的志怪小说，看得津津有味。

午间用过素斋，我便在榻上斜靠着，翻一本唤作《河东传》的小说。正当暑日的午后，看了没多久，我便有些昏昏欲睡，渐渐闭上了眼睛。但还是能感觉到小月蹑手蹑脚地前来抽走了我胸口的书，又给我盖上了薄毯。

我任由她抽走，索性翻了个身，安心睡过去了。

这一觉睡得很沉，昏沉的意识中，似乎有人提醒我午歇不要太久。我挣扎着醒过来，出了一身汗，喊了小月的名字，却也没人应我。

周遭安静至极，针落可闻。

我呆呆坐在屋内，耳边能听到风声、叶落声，甚至远处的说话声。

我走出屋子，四处找人，却始终没有看到一个人影，心里有些发慌。我跌跌撞撞地走到湖边，却见一道人影正在水中上下起伏。

是一个女子，穿着鹅黄衫子，正在湖中挣扎，向我伸出手。

我四处张望了下，恰好地上有一根长木棍，我连忙拿起探入湖中。女子也连忙抓住了，那一刻，我心中异样的平静。

我微微笑了笑，用力将木棍往前一推，旋即松开了手。

女子被推入了更深的湖心，彻底没入水中之前，直直地看了我一眼。

那双灵动的黑眸中，满是恐慌与怨恨。

那张脸……我见过的！

苏凤仪！

是……我杀了她。

我胸口一痛，彻底惊醒过来，大口大口地喘着气，下意识地看着自己的手。

没有木棍，没有水渍，什么都没有。

可这个梦这样真实，我仿佛还能听到她呜咽着大口吞水的声音。

是我……杀了她？

我大口喘着气，浑身发软地靠回榻边，这样热的天气，额头竟有冷汗流下来。

"小姐，您醒啦？"小月端着一盆水进来，看到我脸色有异，连忙给我倒了杯茶，"你怎么啦？不舒服吗？"

我端着茶杯的手在轻微地发抖，我尽量镇定地喝了口水，才觉得心跳渐渐缓下来。

"您没事吧？"小月有些担心，"怎么衣服都湿透了？"

我摇了摇头："做了个噩梦，有点魇住了。"

"要不要请御医过来瞧瞧？"小月从我手中接过了杯子。

我站起来："不用了，换身衣服就好了。"

"这不快要中元节了嘛，百鬼出行，做噩梦也是有的。"小月安慰我，一边又取了套衣服出来，"不然请大师来做个法？"

"你忘了我们是在哪里？"我笑着摇摇头，"佛门圣地，哪有野鬼敢来？"

"也是。"小月觉得很有道理，一边替我换衣裳，一边说，"卫妃来请安呢，在外头等许久了。"

我嗔怪："你怎么不早说？"

"这不是在服侍您赶紧换衣服嘛！"小月吐了吐舌头，"看您满身都是汗，还以为您病了呢。"

我换了衣裳，正襟危坐。

大热天的，卫妃亲手做了莲子羹进来，大约是在门口等得久了，额角都渗着汗珠。我心里有些愧疚，连忙给她倒了杯茶水："妹妹等了多久？"

卫妃笑着说："是我打扰娘娘午歇了。"

"不会。"我摆摆手，"你父亲好些了吗？"

"好了许多。"卫妃感激道，"陛下也派了徐太医前去，说是只要再服半月的药，便不会有事了。"

"那就好。也不枉你这般日夜虔诚地诵经。"我也替她高兴。

"多谢娘娘。"卫妃毕恭毕敬，又看了我一眼，小心地问，"娘娘……您身子不舒服吗？"

我下意识地摸了摸脸，笑着说："怎么这么说？"

"您的脸色不大好，似乎还在发虚汗？"卫妃仔细地观察我的神情，"娘娘不嫌弃的话，臣妾帮您把个脉？"

卫妃将我的左手换到右手，仔仔细细把了一遍，一直没说话。

我瞧着她的神情，心说该不会得了绝症吧……正有些忐忑，卫妃笑道："娘娘最近是思虑过重，心神有些不宁吧？"

我苦笑着："是啊，刚才午歇又做了噩梦。"顿了顿，仍心有余悸，"大约是，有所思，也有所梦吧。"

卫妃微笑看着我："娘娘，臣妾有句话想说。"

我眉梢微扬，好奇地看着她。

"依臣妾看来，娘娘是世上最不需忧思的贵人了。"卫妃眼神澄澈，"有陛下这样宠爱，您的心事，何妨对陛下坦言呢？"

我愣了下，忍不住笑了："心事不至于，不过是做了个噩梦罢了。"说完，我幽幽叹了口气，"陛下日理万机，我若用这些小事去烦扰他，便是未尽皇后的职责。"

卫妃看着我，眼神莫名有些叹惋，末了，才笑笑说："或许陛下很愿意听娘娘说些心事呢？"

这世间万物，若真能这般简单直接就好了。

我的心事，却是无法对任何人开口，尤其是皇帝——难不成对他说"喂，我梦到自己杀了你心爱的女人，你多担待啊"。

卫妃察觉到了我的不以为然，便识趣地站了起来："娘娘，您歇着吧。臣妾不打扰了。"

往后的数日，我竟时不时地开始梦魇，或长或短，那些画面狰狞可怖，有些记得，有些不记得，最清晰的依然是第一日梦到的苏凤仪。往往惊醒之后，便再难以入睡，我索性便起了床，随手翻开了《金刚经》，头一次认真地读了起来。

"凡有所相，皆是虚妄。"

我细细地琢磨这句话，这么说起来，我梦里见到的那些画面，都是虚妄，都是泡影，大可不必放在心上。我放下书卷，没来由地觉得平静了些。

自那一日起，我倒是真心喜欢上了念诵佛经。只是梵文难念又拗口，我初初入门，觉得很是艰难，便向方丈大师请教。方丈原慈大师甚是温和耐心，不仅教导了我半日，还给我送来标注了读音的佛经，我很是感激，读得便更用心了。

宫里的赏赐亦是源源不绝，不是些贵重的东西，大多是吃穿用度。昨夜皇帝竟又让人送来一个食盒，我打开一看，是一碗莲子百合银耳羹。并不是罕见的食材，难得的是用西域进贡的冰玉碗盛着，还浮着碎冰，盛暑的夏日用起来分外舒坦。

我喝完后犹有些意犹未尽，内侍却传了皇帝的话，只说不能多食凉物，这一小碗便是让我尝尝鲜。我有些悻悻的，心说陆亦衍这人假模假样地做出帝后琴瑟和鸣的样子，偏偏什么事都不让我如意，当真好没意思。

只听内侍轻声道："陛下还说，娘娘有什么话要说，不妨写在信中带去。"

我正欲摆手，忽然念头一转，火速命小月取了个木盒，写了几句话，便递给了内侍。

内侍恭敬接过，便转身离开了。

小月瞧着我，一脸暧昧笑意："小姐，您是想念陛下了吗？"

我托腮在桌边坐着，手指在桌面轻敲，不由得露出笑意："我不仅想念，还很关心陛下呢。"


日子一晃便到了中元节。

宫内举行了盛大的法会。我虽然爱热闹，却也松了口气。身为皇后，若我在那里，想来又要穿上那身又重又热的礼服，陪着太后主持仪礼，一整日都无法好好歇着，倒还不如在这里清净待着。

但人虽不在，面子却是要做到的，我手抄了《华严经》和《地藏菩萨本愿经》各一部，命人送给太后，以添福泽。

民间的中元节更是热闹非凡，香客们络绎不绝地赶来九鹿寺，既是告慰亡故亲人，亦是为家人祈福。我身在鹿苑，听着外头的动静，不由得有些艳羡。

此刻的京城街头想必摩肩接踵。年轻人们涌向吉清湖放莲灯，小贩们在街边叫卖着刚摘下的莲蓬，三元楼的歌姬们练成了新的小曲儿。若是能点上一小壶酒，吹着夜间的微风，醺醺然便是天下至美之事了。

"小姐……"小月悄悄走到我身边，"咱们什么时候回宫呀？"

我有些心不在焉："我们出来多久了？"

"十七天。"小月积极回答，"中元节也过了，差不多该回去了吧？"

小月嘴皮子利索，其实是个心里藏不住事的人，我瞧她欲言又止的样子，便问道："出什么事了？"

小月嗽了嘴："就是宫里的仪式……太后找了二小姐全程陪着……二小姐她、她还站在陛下身边！"

我心中"咯噔"一下，虽然已经猜到了，但听到的瞬间还是有些失落。

小月愤愤："二小姐也太不知礼了。宫里虽然没有您在，但是德妃她们都在呀，她算什么？"

我挥了挥手，有些意兴阑珊："既然太后和陛下都没意见，你急什么。"

"我是为您着急啊！"小月脸都红了，"别说二小姐没有进宫，就算进了宫，那也是嫔妃，在您之下。小姐，您可不能太好说话。"

……可她终究，还是要进宫的。

我甩了甩脑袋，仿佛这样就能忘记所有的烦心事："行了，你呀，少去打听别人的事。去准备下，今日中元节，我要在后殿诵经。"

小月不敢再说什么，匆匆去布置了。


诵经一事，说起来轻巧，一步步做起来却甚是烦琐。小月以杜衡、白芷和甘松为熏香，将外裳轻轻熏过，方才服侍我更衣、入殿。后殿点着白檀香，十分清净，一尘不染，只供奉一尊白衣观音像，我轻轻拈起一片丁香，含在口舌之间，方才跪坐。

我特意吩咐了所有人在殿外等候，殿内便只有我一人。

屋外星夜流光，屋内烛火闪烁。

我的心思时而在经书上，时而却落在了屋外不知名的虫叫声上。

今日是中元节，百鬼夜行，可是为什么会有那么多人出来玩耍呢？此刻宫里的仪式结束了吧？太后留妹妹用晚膳了吗？皇帝也陪着吗？

我思绪纷杂，竟没片刻能沉静下来……

好吧，我承认，我真的不是念佛的料。

我有些颓然地合上了经书，忽然听到窗口"吱呀"一声。我侧过身子，望向声音发出的方向，窗开了一条小缝，想必是被风吹开的。我便起身去关窗，手刚触到木板，忽然脑海里一道白光闪过。

不对——窗是小月检查过的，还告诉我说这个时节，虫多恼人，特意关上的。

身后传来窸窸窣窣的声音，我顿时起了一身鸡皮疙瘩。

百鬼夜行……真的有鬼！

我不敢回头，强装镇定："来人！"

我自认为声音够大了，等了片刻，可屋外毫无动静。

小月应该是守在门口的，竟也没有应声。

"鬼"已经把他们都撂倒了？

我几乎能感受到有气息喷在我的后颈……怎么办！我站在原地，深呼吸了两口，迅捷地转身，双指戳向鬼的眼睛，心想就算一击不中，也能立刻逃跑。

那"鬼"却牢牢扣住了我的手腕，那张脸与我不过两寸的距离，呼吸可闻。

"怎么，还想偷袭朕？"

我怔愣地看着他，瞬间觉得自己眼花了。想要伸手揉揉眼睛，可皇帝的手还扣在我的手腕上，我竟丝毫无法动弹。

他大约是察觉到了我的动作，眼眸中滑过一丝笑意，伸出另一只手在我的眼睛上轻柔滑过："看清楚了，是朕。"

我立时松了口气，不是鬼就好，旋即心中有些轻微的欢喜升腾起来："陛下，您怎么来这里了？"

"宫里憋闷得难受，出来散散心。"皇帝放开我的手，借着屋里的光线细细打量我，"皇后怎么瘦了？"

我下意识地摸了摸自己的脸颊，笑道："大概是吃了十几天素斋吧。"

皇帝微微蹙眉："我让你出来，就是想让你松散些，怎么精神反倒不济了？"

"我精神很好啊。这里什么都好，就是太清静了……"我连忙解释，"我想找德妃下棋，也有点想听魏美人的新曲儿……"

皇帝眉梢微扬，压低了声音："……难道不想我吗？"

他的语气分明是带着调笑意味的，眼神却又莫名地很深邃。

我的心脏漏跳了一拍，脸颊微热，闪开了眼神："臣妾自然是想念陛下的。"顿了顿，又说，"臣妾为您手抄的经书，陛下收到了吗？"

皇帝恢复了往常淡淡的模样，眼神明锐，"嗯"了一声，信步往前走："收倒是收到了，涂涂抹抹错了三十四个字，皇后抄的时候在想什么呢？"

我顿时有些心虚。

佛经自然是不许抄错字的，可我那时的确抄得心不在焉，几处写错的笔画又不明显，稍稍修饰下也就过去了。我当然不想再抄一遍，想着皇帝收到也未必会看，就让人送去了。谁想到他还会有这个闲工夫，竟细细地看了，还将错处一个个挑选了出来。

"陛下，要不臣妾陪您去园子里逛逛？"我顾左右而言他。

"九麓寺的园子有什么好逛的？"皇帝驻足，回头望向我，"朕带你出去逛逛吧。"

我愣了一下，几疑自己听错了："出去？去哪里？"

皇帝微微笑了笑："外头，哪里热闹就去哪里。"

我的一颗心都快飞起来了，说话时难以掩饰这突如其来的幸福感："你是说微服出去？"

皇帝比了个噤声的手势，含着笑意："皇后不乐意吗？"

我哪会不乐意，连忙点头："我去换身衣服。"说着就要拉开门去喊小月。

"别喊了。"皇帝出声制止我，"外头的人都被我支开了。你本就穿着常服，衣服也不用换，披上这个就行。"

他竟然随身带着斗篷，我迟疑着接过来，刚展开，他顺手就又接过去了，站在我身后，替我穿上。

"你……你是有预谋的？"我回头问他。

皇帝的手绕过了我的肩膀，正专心致志地替我扣上结扣："天下都是我的，想带你出去看看，要什么预谋？"

我一时间无言以对，他便轻轻笑了笑，气息拂在我的耳朵上，有些热，又有些痒。我低头看了眼，明明已经系好了斗篷，他的手竟还没离开，反而环住了我，又将下颌搁在了我的肩膀上。

他本就身材高大，这样就几乎将我圈在了怀里。他迟迟没有松开手，我有些不自在，只好从斗篷里伸出手，去戳了戳他的手背："喂，干什么？"

他慢慢地放开我，轻声说话，语气却略带满足："没什么，只是许久不见，有些想你了。"

我微微咬住下唇，站着没有动，心底不是没有感动，可脑海里却莫名想起来那天的梦。

苏凤仪的脸在湖上沉浮……

如果真的是我杀的呢？

陆亦衍……应该会恨不得将我千刀万剐吧？

我背后起了一身的凉意，慢慢往后挪了一步："陛下……"

皇帝自然不知我心里在想些什么，带我往前走："怎么？"

"我……"我话在嘴边，却又不知如何开口。

他回头望向我，背着佛堂里的烛光，英俊的脸上晕着一层温柔的光线，许是看出了我的踌躇，他又上前一步问："到底怎么了，出了什么事吗？"

我下意识地摇摇头，随口编了个理由："那个……卫妃也在，要不要带上她？"

一出口我就后悔了，可世上哪有后悔药，我大着胆子瞧了皇帝一眼。

皇帝果然收敛了笑意，淡淡扫了我一眼："朕只带一个，皇后要是不想去，朕就带她去了。"

识时务者为俊杰，我立刻接话："卫妃妹妹素来喜欢清静，还是不要打扰她了。"

皇帝嘴角微微动了动，推开了门："走吧。"

外头真的没人。

也不晓得皇帝是怎么把侍卫们支走的，我们就这么一路畅通，走向九鹿寺的侧门。

皇帝边走边叮嘱我："既是微服出去，记得把称呼改了。"

"那就叫夫君？"我乖巧地点头。

皇帝点了点头："今日没有宵禁，人多的地方牵着我的手，不要走丢。"

我连忙点头。

他大概还是不放心，停下脚步，又对我强调一遍："你若是贪玩走丢了，就没有下一次了。"

我满心欢喜地点头。

他顿了顿，又再威胁我："若是你不听话，今年一整年，朕要你去陪着母后抄经。"

"我知道我知道。"我想了想，还有些忧心，"可是我们悄悄出去，真的没事吗？万一母后知道了，多半又会怪罪我。"

他只随意地摆了摆手："你放心。只要你不惹祸，别的我已经安排妥当了。"

既然他这么说，我便不再操心了，欢欢喜喜地牵了他的手，大步往前走。

他却愣了一下，低头看了看手，又看看我。

"怎么了？你不是让我牵住你？"

他淡淡地收回目光，"嗯"了一声，若无其事地由我牵着，一道往前走去。

我们顺当地出了侧门，两匹马正在路边拴着，一黑一白。

皇帝走上前，那匹高大雄壮的黑马便凑上来，他轻轻拍了拍它的脑袋，转而望向我："过来。"

我站在稍远的地方，生怕被马踢到，不禁腹诽他真的思虑不周，我又不会骑马，就不能找辆马车，还能隐蔽些。

他见我不过来，便解开了白马，那马踢踏着脚步，竟慢慢靠近我，分外亲昵。我见它这么温顺，便大着胆子伸手摸了摸它的颈部。白马竟欢喜地在原地打转起来，尾巴甩得老高。

我有些无措地看着皇帝："它、它怎么了？"

"它叫小泷。"皇帝含笑看着，"许是认你为主人了吧。"

"特意为我选了一匹温顺的马？"我试探着去牵它的缰绳，让它停下来。

果然，小泷便停下了，乖乖站在我身边，似乎在等着我上马。

皇帝微微笑了笑："它小时候可不温顺，只听——"他顿了顿，伸手替我牵住了马缰，示意我上去，"上去吧，我牵着不会有事。"

我犹豫了一下，又觉得就算他要弄死我，也犯不着这么拐弯抹角，便抓着他的手蹬上了马背，坐稳之后，我又前倾身子，轻轻抚摸小泷的鬃毛："小泷，你慢点哦。"

小泷似乎能听懂我的话，打了个响鼻，果然将步履走得稳当又优雅。

皇帝看我骑得妥当，便松开了手，自己上了黑马，与我并肩前行。

我渐渐习惯了有规律的颠簸，幅度并不大，也很好掌控……似乎，让小泷再快一些，我也能掌控。

他仿佛能猜出我在想什么："你双腿轻轻夹一下小泷，它就能明白你的意思。"

果然，小泷开始小跑起来。

我试着放松，让身子随着小泷的步伐颠簸起伏，微风拂过耳侧，分外畅快。偶尔视线掠到身侧，皇帝就在那里游刃有余地跟着我。我便更加大胆，小泷也越跑越快。

真想不到，我竟然还有骑马的天赋。我喜滋滋地想着，冷不防前头山路一个大转弯，小泷灵巧地右转，我却毫无准备，身子不由自主地重重飞向另一侧。

我会摔死的！这个念头在我脑海里一闪而过。

甩在空中的时间其实不过一瞬，却又那么漫长，我无来由地想到了，苏凤仪死前，应该也像我这样，大脑里一片空白。

又或许，死亡会是悄无声息的？

我紧紧闭上眼睛，等待着身体重重落地的那一刻。

下个瞬间，一双坚实的臂膀抱住了我，平稳地落在地上。

我心有余悸，紧紧抓住了皇帝的衣裳不敢放开。

他伸手轻轻拍了拍我的肩膀："好了，没事。"

我的脸还埋在他的胸口，良久都无法平静下来。

他以为我还在后怕，越发用力地抱住我："别怕，没事了。"

可是这一刻，我不是怕死，只是忽然间想要知道一个问题的答案。

这个问题在我心中已经藏了很久，生死一瞬，跃然而出。

我说话的声音有些颤抖，还有些语无伦次："陆亦衍……那天在九鹿寺，如果不是我，会不会是别人？"

他果然没听懂，愣了下，才说："什么？"

"我说，你找到我的时候，就不怕我是个坏人吗？"我的语速又急又快，生怕过了此刻，就不敢再开口。

他抿了抿唇，目光中隐含笑意："你能有多坏？杀人放火吗？"

我不敢接他这句话，只问："你说那一晚，九鹿寺只有我一个活着的女人。如果我很凶狠，又或者特别丑……"我绞尽脑汁地想了想，"总之，只要那晚谁在九鹿寺，就是你的王妃，是不是？"

他沉默片刻，开口的时候声线冷淡："我看你是被吓傻了。你不是什么随随便便的女人。"

我在他的怀里抬头，他抿紧了唇，下颌紧绷成一条线。直觉告诉我，他没有在敷衍我，可是这个解释，我也没办法就此信服。

这几年来，我不是没查过自己的身世，只是线索一出九鹿寺便中断了。久了也就罢了，这日子便得过一日是一日。我也不是没有拐弯抹角地问过陆亦衍我到底是谁，又怎么会出现在九鹿寺，可他常常皱着眉，三言两语便将我打发了。

他察觉出了我的惊疑不定，伸手轻轻摸了摸我的脑袋，薄唇在我的眉间擦过："那个时间，那个地点，你在那里，那就是天意。"

我晓得他是不肯再多说什么，心中难免有些失落。我微微挣了挣，示意想要下来。他却抱着我没有松开，带着歉意道："是我思虑不周，不该让你立刻骑小泷的。"

我愣了一下，只觉得身侧有什么热热的东西正在靠过来，回头一看，却是小泷在轻轻蹭我，鼻息喷在我的手上，又热又痒。

我忍不住伸手去摸摸它的脑袋，它得了回应，便仰头看我，似乎有些不安，又有些内疚。我愕然回望皇帝："它……它能通人性吗？"

"许是和你特别投缘。"皇帝微笑，"慢慢来，骑术会精进的。"

我"扑哧"一声笑了："我在宫里待着，要骑术精进做什么？"顿了顿，我又有些怅然，"哪怕是围猎，臣妾也只能在大帐里待着，哪有机会骑上它。"

皇帝只笑了笑，将我放了下来："不骑马了，咱们走走吧。"

我转身拍了拍小泷的脑袋，安慰道："不怪你，是我自己没坐稳。"

小泷听懂了我的话，高兴地甩了甩尾巴，乖乖地跟在我一侧，小步走着。

人渐渐多起来，许多人同我们一样，结伴步行去寺中祈福，也有贵重些的女眷坐马车往来，我甚少能遇到这样热闹人多的场景，又没那么多规矩要守，自由自在地东张西望，不由得高兴起来。

我瞧着好几个姑娘手中都拿着一盏小莲灯，巴掌大小，拿在手中既能照路，又雅致精巧，不由得便有些艳羡。我摸了摸自己的腰间，懊恼怎么没带些银钱出来。

"我看你这习惯是改不了了。"皇帝的声音沉沉传来。

我愣了一下："你在同我说话？"

"喜欢什么，你不说出来，旁人怎么给你？"他似是意有所指，语气却轻描淡写，有点像是在嘲讽。

我向来嘴硬，哪里肯承认，连忙收回了目光："瞧着有趣而已，再说，我要真的喜欢一盏小灯，难不成还买不起？"

皇帝微微笑了："这么说夫人你带了不少银钱出来，一会儿是不是该请我去三元楼小酌一杯？"

我不甘示弱，举起手腕给他看戴着的镯子，又轻轻晃了晃，一阵清脆声响起："银钱是没有，我随便当个镯子，请你喝个酒还成。"

他带着笑意捉住了我的手腕，塞了一个小袋子在我手中："我还没窘迫到吃饭喝酒都要靠夫人典当首饰。"

我掂量了一下，是一小包碎银子。

"想买什么就买，往后别说我带你上街，却又舍不得给你花钱。"

有了银子，底气便足了。我喜滋滋地拿着糖人，又瞧见路边有小贩在卖首饰，虽是普通材质，胜在颇有雅趣。有一对耳环是绒球织成的，以凤仙花汁染成了红色，我捻起在指尖，细细瞧着，越看越有趣。

小贩不失时机地推荐："小娘子，这耳环只剩下这一对啦，你戴上一定好看。"

"多少钱？"

"不贵不贵，十五个铜板。"小贩忙不迭道，"这是我闺女亲手做的，很费功夫的。"

我有心想要买，但皇帝就在身边，他是出了名的挑剔，珍稀贡品尚且不入他的眼，何况是这民间的小玩意儿，搞不好他要冷嘲热讽地贬我品味堪忧。

正迟疑间，他忽然伸过手，又指了指一旁的一根簪子："这个，还有耳环，都要了。"

那簪子上坠着的也是一粒小绒球，与耳环恰是配套的。我侧头望向他，见他极认真道："最好能便宜些。"

我简直不敢相信自己的耳朵，堂堂帝王之尊，竟然还要和人讨价还价吗？

我忍着笑，见他一脸认真的表情，显然并不是随口一说。他既然决定要做的事，想必不会善罢甘休。我便索性不开口，看他如何杀价。

"哎哟，这位公子，咱这些小物件儿，那都是最低价了。"小贩显是见惯了，应对自如，"两位一看就是恩爱小夫妻，小娘子这花容月貌的，难不成还配不上几十文的首饰吗？"

皇帝看了我一眼，愣了一下，紧绷的脸上便露出一丝笑意来。他随手将簪子插在了我的发间，又扔了一小块碎银子，豪爽道："剩下的银子不用找了。"

我瞬间惊呆了。

这人转变如此之快，就这么被人说动，简直不像是我认识的陆亦衍。

小贩更是高兴，"呵呵"笑着将耳饰包好，递给了我："两位慢走，以后再来。"

我悄悄扯了扯皇帝的袖子："你怎么这么好说话？"

他瞧我一眼，低低笑了："架不住人家会说话，我听着高兴。"

我想起小贩的话，也觉得开心，忍不住摸摸自己的脸颊，心说这还是头一次有人夸我花容月貌，早知道我也该赏他些银子。

他径直往前走，仿佛猜到我心里的话，慢悠悠道："不是那句花容月貌。"

我愣住，"啊"了一声。

他不理我，继续往前走："前一句。"

前一句？

是那句……"两位一看就是恩爱小夫妻"？

我站在原地，看着他的背影，忽然莫名觉得心绪复杂。

哪怕贵为帝王之尊，内心也是向往寻常夫妻的温情吧。

转念一想，那我岂不是更可怜，他自是高高在上，无数人想要他的恩宠；那我便是阴错阳差，剥开那些巧合，还是孑然一身。

这一愣神间，周围人来人往，竟一下不见了皇帝的身影。

街市很是热闹，流光溢彩的街灯，擦身而过的人影，我左顾右盼，慌慌张张地寻找，想要叫他的名字，却又觉得不妥，只好强压下不安，往前寻找。

隐约看到前方有个年轻男子的身影，我追上去，拍了拍他的肩膀，那人回头，却只是一个身高相仿的年轻人，好奇地打量我："姑娘，有事吗？"

我勉强笑了笑："抱歉，认错人了。"

周围的欢笑声、说话声、叫卖声依然不绝于耳，而我站在中间，却仿佛被隔绝开，只有我一个人茫然四顾。

这个世界清晰又真实，我呆呆地站着，或许是因为在宫墙内待了太久，浑然不知自己身处在何处，只觉得所有人的面孔似曾相识，却又陌生。

我以前来过此处吗？

一定来过。

以前的我，就是这么多人中的一个，自由自在。不必担心偷偷溜出来的惩罚，或是走失了会被责骂。皇帝发现我走散了，必定是在找我。若是被他找到了，搞不好一辈子都会被禁足。

如果我不回宫了呢……

这个想法在我脑海中闪过，却击中了我内心的最深处！

我仿佛看到了另一种可能，危险，却又带着深深的诱惑。

我逆着人群往前走，一张张陌生的脸在眼前滑过，欢快的、喧闹的……我定了定神，毫不犹豫地走了路边的深巷。

既然打定了主意要逃走，我的头脑竟然前所未有地清晰起来。几乎在瞬间，我就想到了，皇帝这样谨慎的人，不大可能真的孤身带我出来游玩。

还是皇子的时候，他便有一支忠心耿耿又训练有素的暗卫，称之为"藏器卫"。立储时腥风血雨，藏器卫立下赫赫功劳。首领白敛一直是他最得力的战将。如今他登基，我甚少听人提起那些人，怕是藏得更深了。像今日这样出宫，保不准有哪双眼睛暗暗盯着我。

想到这里，我觉得得给自己留一条后路，若是被抓包，也能转圜些余地。我装出几分惶急，假作是在找人，实则慢慢往人群外的方向走去，思路却是片刻未停。

若是这趟真的成功了，小月怎么办……我失踪了，她一定很着急，说不准还会被审问。但皇帝知道内情,以他的个性,应该不会让小丫头背锅,毕竟是他自己把我弄丢的啊……到时候她被放回苏府,我再想办法把她弄出来就好。

打定了各种主意,我已从人群中脱身,进入了小巷中,眼看便离城门越来越近了。

一只手忽然在我肩膀上拍了拍,我吓了一跳,还以为是皇帝找到我了,一回头,却是个高大的醉汉,喷着酒气贴近我的脸:"小娘子,一个人出来玩吗?请你去喝酒呀。"

我警惕地后退了一步,甩开他的手:"不是,我夫君就在这儿。"

"那你夫君呢?怎么把这么漂亮的小娘子弄丢了?"醉汉又逼近我,伸手来摸我的下巴。

我心下一阵厌恶,条件反射地甩过手,原本只是想让他离我远一些,没想到不偏不倚,这一巴掌就甩到了醉汉的脸上。我愣了一下,有些不可思议地看着自己的手掌,怎么就这么轻巧地避开了他的格挡,还甩到了他脸上呢?

醉汉恼羞成怒:"给脸不要脸!"说着就来撕扯我的前襟衣裳。

周围忽然蹿出了好几道人影。

我久在深宫,却也不是傻子,觉得不对劲,当即扯开嗓子大喊起来:"来人!救命!"

可深巷远离人群,外头又热闹,这点声响并没有惊动到路人。醉汉狰狞地对我笑着:"这么多男人,小娘子是喊哪一个?"

令人作呕的酒气喷到我脸上,我冷静下来,瞅准了空当,一溜烟从两人空隙间跑了出去。

这大概是这辈子我身形最灵活的一次了。

钻出去之后,那群男人也都愣住了,反应过来,才转身追我。深长的小巷,我用尽全力往前跑,一颗心"怦怦"跳得几乎要从嘴里钻出来。然而我养尊处优惯了,到底还是体力不支,脚步声越来越近,有人的手已经触到了我的腰部,抓住了我的腰带。

"小娘子,这是欲擒故纵吗?"男人嬉皮笑脸的,"不如选个新的夫君吧。不选的话,大伙儿都当你夫君疼你,比你原先只有一个强。"

我打了个寒颤,这个瞬间竟有些后悔。若是我留在街市,皇帝总能找到我的。哪怕回宫里被各种规矩关着,也胜过被贼人欺辱啊!若真是被欺辱了,我还不如死了来得干净。

那只抓住我腰带的手却松开了,随即是一声惨叫。

我大着胆子往后看了一眼。

皇帝挡在了我和那群歹人中间,抓住了那只冒犯我的手,狠狠地格开。

他站在我身前,声音低沉又蕴着怒气,并未回头,对我说:"没事吧?"

"没事。"我躲在他背后,一下子安心了,有恃无恐起来,"快!快揍他们!"

皇帝愣了一下,回头看了我一眼,严霜似的表情消融了一些,欲言又止,最后似是有些无奈:"那你闪开点。"

我使劲点头,退开几步。

他转头看着他们,淡声道:"天子脚下,胆敢调戏妇女,你们自行去京兆尹府认罪吧。"

那群歹人互视两眼,哈哈大笑起来,一人指着那醉汉道:"知道他是谁吗?还京兆尹府?京兆尹见了他面还得礼让三分!"顿了顿,那人又道,"你若是识相,把小娘子让出来,往后自有你的好处。"

我不由得大怒,正要说话,皇帝却冷道:"好一个礼让三分。"

话音未落,说话那人便已经被扇了两巴掌,吐出一口血和好几颗牙齿。

我大声叫好,拍手狐假虎威:"京兆尹有什么好稀罕的!"

他回头看我一眼:"让你站远点。"

寒光一闪,有人恼羞成怒,拔了匕首出来就要偷袭。

"夫君小心!"我脱口而出,毕竟他赤手空拳的,可没武器。

皇帝背后长了眼睛似的,反手格开,轻巧地将匕首夺了过来。他有武器在手,对付那群歹人便越发轻松。只听"啊啊啊啊"惨叫声不绝,那些人纷纷倒地,只有一个人趁乱逃跑了。

"还有一个!"我指着前方提醒,跃跃欲试地想追。

皇帝拉住我:"行了。他逃不了的。"

我找到最先调戏我的歹人,狠狠地踹了一脚:"武功这么差,还来调戏民女,要和我夫君比?什么玩意儿!"

皇帝伤他最狠,手指都切了三根下来,他躺在地上不住呻吟:"饶命啊！我不敢了！"

我又踹他一脚："哼，求饶的话留着去牢里说吧！"

踹完还不解气，我又给地上的人都追加了一脚，直到皇帝上前拉着我的手，我才作罢。

"走吧。"他拉着我走出小巷。

我回头张望："那些人呢？就这么不管了吗？"

他轻声道："你放心，会有人来收拾的。"

我走回人群中，从未觉得这人群的喧闹声如此幸福和安心。

皇帝牢牢扣着我的十指，走在我身侧，我忍不住抬头看他一眼，轻声叫他："喂。"

他看我一眼。

我声音放得轻软，有些心虚："我刚才走丢了。你要罚我吗？"

他默不作声，眼角隐约有些笑意。

我顿时觉得不妙："你不会真的要我陪太后去抄经吧？"我想讨价还价，"要不然我还是留在九鹿寺好了——"

"不会。"他很快回答我。

我一时还没反应过来，他停下脚步，专注地看着我，眼眸深沉又宁静。

街道两边的灯笼温暖柔和，他微微低头，伸手将我的一缕头发拨到耳后，慢慢地说："是我的错，我没看好你。"

夜色下，他的眉宇好看得有些过分，难得还带着一丝温柔与不安，仿佛真的做了什么对不起我的事。

我的呼吸竟有片刻凝滞了⋯⋯

其实，我才是想要逃的那个。

明明是他救了我。

我微微咬了咬唇，努力掩饰内心的愧疚："不、不怪你。"

他温柔地摸了摸我的脸颊，笑意深了一些："是啊，没事就好⋯⋯咱们看杂戏去。"

他惯常懂我的心思，这样一说，我便立刻高兴起来："好啊。"

他牵着我朝前边的戏台走去，我好奇追问："刚才那是什么人啊？这么嚣张。"

他连想都懒得想，不答反问："再嚣张十倍百倍又如何？"
我一愣。
他便继续说："……你我帝后之尊，还需害怕吗？"
他随口这么一说，我就莫名地开心起来，比偷偷溜出来玩开心，比看十场杂戏开心。

戏台在朱雀大街的尽头，被喧嚣的人群一圈圈围着。皇帝带着我上了三元楼，也不知何时已经订下了视野最好的包厢，坐在里头，对面的戏台看得一清二楚。

胡人在台上旋转飞舞，还有矮小的侏儒蹦来蹦去，热闹非凡。我迫不及待地坐下，看得正眼花缭乱，一个长满大胡子的男人忽然就喷出了一团火。

我吓了一跳，明明距离很远，但也忍不住往后一仰。

我瞧得高兴，便回头看他一眼，笑着说："你快看呀——"

他的脸色却不是先前那样带着笑意的温柔，微微蹙眉，若有所思。

"怎么了？不好看吗？"我迟疑了一下，心里有些不安。

"我们是在宣武门走散的。"他的脸色越发不好看，"若是顺着人流找我，你会回到朱雀街；若是想回九鹿寺，你该往回走。可你为何会在青龙大街附近？"

我愕然，断断没想到，他心思缜密，竟还记着这个。

若是刚才遇到时问我，或许我还能胡编找个理由出来。可此刻感动过，也高兴过，是我最放松的时刻，我张口结舌，什么都说不出来。

他并没有就此放弃的意思，逼近我，眸色中蕴含风雷："皇后，莫不是因为青龙大街的城门往来行人最多，最好混出城去吗？"

我激灵灵地打了个哆嗦，只有一个念头：完了完了完了。

不用亲口承认，看到我这会儿痴傻的表情，他也会知道自己猜对了。果然，他的眉头皱起来，眼神中锋刃几乎要出鞘，下一瞬就要割到我身上了。

我一颗心"怦怦"跳起来，正纠结是咬死不认还是坦白从宽。恰在那时，对面的戏台上竟也炸了声雷响，旋即绽开了一朵大大的焰火。我惊了一惊，顺势回头望去，一个自救的念头忽然闪过。眼看他的雷霆之火要烧到身上，我也顾不了许多了。

转过头的时候，我已经整理好了表情，瞬间落下泪来，仿佛天都塌了："是啊，陆亦衍，我就是要出城去，永远永远不见你！"

他一愣，秀挺的眉皱起来。

我扑上去扯他衣服，拿手指掐他，眼泪盈盈："我不在宫里，你就当我死了吗！前几日宫内法会，母后让我妹妹去作陪，是什么意思？"

他薄唇微微一动，眼神中又渐渐有了笑意，低声道："皇后，我以为你不在意。"

常人三妻四妾尚且宅院不宁，皇帝后宫佳丽三千，我若一个个去计较，只怕早就气死了。可这会儿不就得装出在乎的样子吗？我暴躁道："我若是在意多些，岂不是逼死自己？"

风雷之色尽敛，皇帝薄唇修目，竟尔神采飞扬地笑了笑，甚至握住了我的手腕："你是为了这个在和我赌气吗？我可以解释。"

我后退半步，警惕地看着他："先前我问你要不要接凤箫入宫，你假惺惺地不肯。如今趁我不在，让她占我的位置，是想要打我的脸。再带我出来转一圈，给颗甜枣吃吗？"

他安抚地拍拍我的肩："那日你妹妹出现，我事先并不知情。后面觉得不妥，就找了个由头请她先走了。只是后宫嘴杂，也不知是谁传到你耳中，便成了这样。"

我沉默了片刻。

皇帝为人虽然阴晴不定，但既然这般解释了，我是信的。至于这件事传入我耳中变了样子，自然是有心人操纵的结果。

他见我沉默，便许诺道："你既然在意，往后我不会再叫这样的事发生。"

我微微垂着头，没有接话，看上去似乎有些心灰意冷。

在人群巨大的欢呼声与叫好声中，他双手抓紧了我的手臂，微带怜惜："放心吧，往后也不会有这些闲言碎语传出来。"

可他并不知道，此刻我不开口，不过是……在酝酿该如何将这场戏演下去。

他忘了追究我逃跑的事，这一招如此管用，或许我该更用力一些。

我抬起头，委屈道："你不必同我解释这么多，我知道你有你的难处。"顿了顿，又道，"明日我便回宫，请母后做主纳了妹妹。你放心，我绝不碍你的眼,以后我留在九鹿寺就是了。你既然这般嫌弃我,猜忌我,不如一别两宽,再不复见——"

他一眨不眨地瞧着我,忽然打断了我:"住口!"跟着便俯身下来吻住了我。

我用力去推他,明明是演戏,忽然觉得真的委屈,眼泪一串串掉落下来——连我自己也分不清,是不是太过入戏了。

他只用了一只手,便钳制住了我的挣扎,另一只手轻抚在我的脑后。呼吸间犹带着薄薄的酒气,只是辗转碾磨在我的唇齿间。我渐渐止住了挣扎,慢慢地变成抽噎,他终于放开我,却依然将我按在怀里,低低地说了句"对不起"。

我没力气再同他大吵大闹,只是从他怀里抽身,擦掉了眼泪,装作没有听到。

他轻声解释:"我知道你听说了会难过,才想带你出来散心。"

对面台上的侏儒翻了个筋斗,底下一阵叫好。置身在这样的热闹中,我隐约听到了他的话,却又似乎没有放在心上。

他终究轻笑了一声,自嘲道:"我自诩看惯了尔虞我诈,一眼便能看穿朝臣的私心。独独面对你的时候,却一直忐忑。"

我微微抬眸,忍不住道:"忐忑什么?"

他怅然一笑,却说:"我怕……你面上对着我笑,其实心里却想哭。我怕你受了许多委屈,却不会像刚才那样,全都告诉我,只是隐忍在心里。"

街对面的杂戏结束了,台下又是一片爆雷般的掌声,人群亦渐渐地散了。

可我的身前仿佛有一层结界,那个光怪陆离的世界和我隔开了。我想着他说的那番话,忽然觉得他并不是高高在上无法理解我。相反,他清楚我的挣扎和痛楚,可他从未想过让我解脱。

"陆亦衍,我是真的很想一走了之。"我轻声说,"你明明知道,我并不是那个人。我甚至不知道自己到底是谁,却被你困在这里……这么久了。"

这才是我的真心话。

皇帝沉默许久,将我揽在他的怀里。他个子高,一低头,恰好将下颌抵在我的耳边。

"你若是不想做苏凤仪,那便不做了。"他的声音恳切,竟带了丝恳求的意味,"再等我些时日,那时你想做谁,我都不会拦着。"

他说得如此真诚,可我抬眼看他,心中却清楚,边关战乱不休,朝中势力盘根错节——陆亦衍是皇帝,坐拥天下,却偏偏是天底下最不自由的人。

他说的,一个字都不能信。

夜风渐渐凉了,喧嚣渐渐归于寂静,我深吸了口气,勉力笑了笑:"我们回去吧。"

他只握了我的手,用力紧了紧,牵着我下楼。

忽听远处有嘈杂的马蹄声、脚步声,人影憧憧,大队人马涌来,手中拿着火把和兵刃,没多久就将三元楼下围得水泄不通。

我停下脚步,张望了一眼:"糟了。是不是宫里找不到你,御林军来寻你了?"

皇帝皱了皱眉,旋即又笑了:"你怎知不是九鹿寺那头找不到人,是来寻你的?"

我脸色一白,不论是哪一种,偷跑出宫的事闹大,我都得吃不了兜着走。

"你还笑得出来?"我推了他一把,"罗谦呢?快叫他将人带走,别越闹越大了。"

他淡淡往外看了一眼:"只怕不是罗谦的人。"

我不由得困惑,皇城脚下,这般大张旗鼓,难道有人公然谋逆?

"那会是什么人——"

话音未落,有人一脚踢开了隔间的房门。

"伤了世子的贼人呢?"

兵士们乱哄哄地涌进来,兵刃上的反光明晃晃的,几乎晃花我的眼睛。

一个鼻青脸肿的男人在人群中指着皇帝大喊:"就是他!"

那将领穿着府兵的衣饰,一双眼睛凶光毕露,在我和皇帝之间转了几个来回:"是你们伤了博衍侯世子三根手指?"

皇帝身形一动,将我挡在身后,淡淡道:"人是我教训的,世子不世子的,我一概不知。"

他的语气虽淡,却是帝王之态,屋子里的每个人都感受到了这无形的威压,一时间无人敢动手。

那人强自冷笑了一声:"小子,身在京城,连博衍侯都不知道,也别怪自己命短!"他伸手示意,身后那些士兵竟拿出了弩箭,齐刷刷地对准了我们。

——堂堂帝后沦落至此,当真龙搁浅滩,虎落平阳。

想到这里,剑拔弩张的时刻,我竟忍不住"扑哧"一声笑了。

屋子静默了一瞬。

就连皇帝都回头看了我一眼,大约觉得我丧了气势,眼神有些无奈:"你笑什么?"

我躲在他背后,只露出一双眼睛,滴溜溜转了一圈:"我笑这些蠢货自报家门。"

话音未落,一支弩箭带着风声,迎面向我射来。

我连忙缩回皇帝的背后。

"铿"的一声,也不见他如何动作,弩箭已经被格挡,绕了弯,射进了梁柱上,余下箭尾犹自颤动。

"你在拿谁当挡箭牌呢?"他回头看了我一眼,一副这是我惹出的祸的样子,"回去有你苦头吃。"

我有点心虚,毕竟挡在我面前的是当今天子,真要蹭破块肉,太后非把我的皮剥了不可。

"你不说不就完了吗!"我讨好地笑了笑,"要不我先闪一边去,让你好好发挥?"

大约是我俩这么聊天激怒了对方,世子手一挥,怒道:"放箭!"

一轮弩箭如雨般射过来,皇帝随手格开,将我轻轻一推,送入了柱子后头:"别出来。"

"你小心啊!"

我躲在柱子后,听着外头的打斗声,要说不着急那是骗人的。

要紧关头,皇帝身边的御林军、藏器卫都去哪儿了?我着急地探头出来观战,忍不住瞎指挥:"喂,你去抢个兵器啊!"

我这一开口,便吸引了注意,几个府兵朝我这里冲过来,大约是想拿住我威胁皇帝。其中一人面目狰狞,离我不过两三尺距离,举刀就劈过来。

我一紧张,随手抓了桌上的筷子就往他眼窝戳去。

"啊——"

惨叫声掀翻了屋顶，我吓得一缩手，才发现自己满手的血，那根筷子已经不偏不倚插进了他的眼睛。

皇帝在刀光剑影中问我："你没事吧？"

"我、我……没事。"我搓了搓手，血腥味扑鼻，一颗心跳得又急又快。

我怎么做到的？我下意识地看了看自己的掌心，忽听外头动静，透过栏杆望出去，街道上来了大批御林军，终于还是来救驾了。

我正要喊皇帝，他一回头，见我满手的血，不复先前的镇定，神色瞬时变了，狠厉异常，随手拔出的箭支一掷，便插入了一个府兵的胸口。霎时间，他如同血色修罗一般，生生逼退了周围的敌人。

他抢到我身边，扶住我，连声问："哪里受伤了？"

"没有。"我连忙说，"不是我的血。"

他的眼神放松下来，伸手揉揉我的头发："吓到我了。"

吓到他了？

我愣了下。这个世界上还会有什么事能吓到他吗？

听言之道，溶若似醉。

他是帝王，无论何时何地，便该有喜怒不形于色的觉悟，更不该将害怕、喜悦之类的话说出口。可刚才，他竟然说被吓到了。这话让大臣们听到了，恐怕便会不高兴。

我连忙截住他的话头，指了指外头，满脸欢喜："救驾来了。"

皇帝淡淡一眼扫过去，眸色中却滑过一道冷光："恐怕也不是来救驾的。"

"这、这些不是御林军吗？"我皱了皱眉。

他对我笑了笑，长身而立，站在我身前。


"朱大人，贼人就在此处……先是伤了犬子，现下又在闹事。"

那朱大人便道："侯爷莫急，两个贼人敢伤世子，本官已经调了禁卫军前来，必将他们拿下！"

呵，好大的气派啊……也不晓得是个什么官，敢这般耀武扬威。

我眉头一皱，拿胳膊肘撞了撞皇帝，低声说："喂，你有没有后招啊？"

他轻裘缓带站在我身前，也不回头："怎么？"

我只好说:"我想回去了。你要是可以,早点了结吧。"

他沉默片刻,往后伸出手牵住了我,似乎带了点笑意和遗憾:"害怕了?"

我悄悄地握紧了他的手:"就怕闹大了。"

双手扣在一起,触到他掌心指尖老茧的痕迹,应是登基前南征北战留下的印记。我悄悄侧望着他的身影,有些心疼,却又莫名心安。

脚步声、兵器声繁杂,箭矢、斧钺亮成一片,晃得人睁不开眼睛。

又一轮箭雨射来,我一缩头,却见皇帝也未动手,只是从容站着,那些箭支已经如同落叶,纷纷扬扬在中途掉落了。

他的身前,站着藏器卫的首领白敛。

"陛下,无事吧?"

皇帝摇摇头。

他便闪身退在一旁,只是一双眼睛如淬寒冰,扫视眼前所有人。

——是杀人的气息。

他是皇帝手中的剑,可抵千军万马。只要他站在那里,就不会有人再敢动手。

原来藏器卫终究还是赶到了。

罗谦带了大批甲士出现,将三元楼团团包围。

皇帝的声音已经冷冷响起:"朱焘,你是要拿下朕吗?"

针落可闻的寂静。

我只听到"扑通"一声跪倒的声音,和已经断续不成句的话语:"陛、陛下……我……我……"

"博衍侯呢?滚出来见朕。"皇帝淡淡道。

我想要看热闹,往旁边走了两步。他却不肯放开我的手,依然攥得极紧。

我只好踮起脚尖,看到博衍侯严骏跌跌撞撞地从楼下跑上来,又因为腿软,"扑通"一下就摔在楼梯口,膝行往前,哭得一把鼻涕一把泪:"陛下,臣该死!家中那畜生该死!"

皇帝懒得抬眼看他:"别的不说,你家公子倒是实诚。说你和京兆尹交情不错,还真的不错。"

京兆尹朱焘跪在另一侧,竟已抖到说不出话来。

皇帝拉着我的手,走向楼下。

我经过严骏的身边，忍不住停下脚步，微微弯腰："侯爷，如陛下所说，你家公子不仅实诚，而且大胆。毕竟他连本宫都敢调戏。"

严骏抬头望向我，吓得傻了，目瞪口呆，一道口涎挂下来，令人作呕。

我不想再看他的丑态，拉了拉皇帝的手："走吧。"

街上已经肃清，甲士门立两旁，罗谦上前行礼："陛下，车驾已备好。"

我这一路都在盘算，末了还是下定决心，风口浪尖的，还是待在九鹿寺比较好。若是回了宫，太后指不定怎么罚我呢，还是避避风头再说。

我停下脚步，笑得温婉和顺："那臣妾就恭送陛下回宫。"

皇帝斜了我一眼，片刻后，一脸懒得和我说话的样子，直接上手将我横抱了起来。

"喂！"我身子腾在空中，忍不住红了脸，"你干什么——"

皇帝将我抱上了车，自己却留在外头，对罗谦嘱咐了几句，不久，自己也坐了进来。

我陪着笑脸："陛下，臣妾在九鹿寺祈福抄经未完，此刻还不宜回宫。"

皇帝抿了抿唇，打断了我："别怕，有朕在，太后不会责怪你。"

我被戳中心事，既然如此，便实话实说好了："……论理，出来玩也是你提出的，眼下我受了牵连，本就是无妄之灾。太后若是责怪，你护着我虽是应该的，可你在前朝，哪能时时刻刻盯着？我在后宫，她老人家唤我过去，我还能说不？等你来救我，我已经跪满两个时辰了。"

皇帝的眼神溢出了笑，连嘴角都忍不住上扬，终于说："皇后随朕去中昭殿。朕身体略感不适，需要你侍疾，半步不许离开。"

"陛下真的不为臣妾考虑，不改改主意？"我垂头丧气，又问了一遍。

他只说四个字："绝无更改。"

"要我回宫也可以，但是不许瞎折腾我。"我盯着他，"也不能拿太后威胁我。"

他垂眸笑了笑："答应你就是了。"

回到中昭殿已是深夜，虽是吩咐了莫要惊动他人，但是帝后回宫，又哪里低调得起来？

中昭殿外所有的宫灯都已亮起，宫女内侍们往来忙碌，穿梭而行。

我不禁叹了口气，这个中元节倒是过得分外亮堂，只怕整个皇宫此刻都醒了。

周平更是如临大敌，亲自掌了灯，生怕皇帝磕着绊着。我瞧在眼里，忍不住想笑，也不想想他主子刚才还在外头大逞威风，赤手空拳打趴了十几个人。

皇帝忽然转过身，向我伸出手。

我不明所以，站着眨了眨眼睛："陛下……"

"皇后来扶着朕。"皇帝低低咳嗽了一声，有模有样的。

我只好上前扶住他的手，一转念，忽然觉得不对……皇帝病了，让我侍疾，任谁都会觉得这事儿和我有关，这难道不会让太后更愤怒吗？

想通了这个道理，我简直咬碎银牙，顺着指尖就狠狠掐了他一把。皇帝吃痛，向来冷静又俊逸的眉眼难得也抽了抽，压低声音："你做什么？"

"你坑我！"我也努力压低声音，"母后一定会觉得，是我害你病了！"

他一脸无辜，反手扣住我的手指："母后要是非要这么想，我也没办法……这可不是在威胁你，你刚才答应了的。"

"你！"

"皇后，要听一句忠告吗？"他停下脚步，转身望着我，略略低头，眉峰微微蹙着，黑眸中却难掩光亮。

"你说来听听。"

他伸手将我半揽在怀里，凑到我耳边说："抱紧朕这棵大树。"

……好一个抱紧这棵大树！

我噎了半晌，忍下了心口窜起的怒气，权衡利弊，勉强挤出了一丝笑："……是，陛下。"

中昭殿是皇帝的寝殿，大婚至今，我从未被唤来此处侍寝。若说踏足此处的次数，远远比不上得宠的那几位嫔妃。

足有小儿手臂粗的蜡烛将屋内照得如同白日。皇帝素来勤政，殿内设了书房与卧榻，堆满了奏折和书籍，还挂着好几副舆图。他平日日理万机，也常召朝臣来此处商议，我转头问周平："可有收拾好的偏殿？"

"皇后就在这里陪朕。"皇帝正在更衣，随意看了一眼，"这么晚了，旁的事明日再说。"

我心里"咯噔"一声。

"陛下，此处机要奏折都不少，万一有人来议事，更是不便。"我大公无私道，"不然臣妾自去收拾偏殿也行。"

"你既提起偏殿，这样吧，周平，让人收拾出来也好。"

我松了口气。

但皇帝的话未说完："就用作书房。皇后在这里安心住下就是了。"

他甚至体贴地追问我："皇后去看看，缺点什么让人赶紧送来。"

我无话可说。

皇帝已换了身鸦青色的便服，因为有些晚了，略带些困倦，双眼微微眯起来，发髻也有些松散。他一直是个好看的男人，露出几分慵懒，便越发显得矜贵，眉眼一抬，我几乎控制不住地心跳了一下。

我今天是怎么了？

他长得好看我一直都知道，可从未像今天这样，竟让我觉得……有几分心动。

是今晚他救了我让我改观了吗？还是我中邪了？

我深吸了口气，转开了眼神："那个，我去换衣服，你、你自便吧。"

我慌慌张张地转身要走，皇帝忽然拉住了我的手，声音沉而暖，带了丝暧昧："皇后一会儿来帮朕沐浴吧。"

我僵了片刻，瞧了瞧左右，压低声音道："你想得美！"

虽是压低了声音，到底还是被一个宫女听到了，吓得她退后了半步，差点撞在灯上。

殿内的烛光晃了晃，皇帝那张脸在明晦之间闪动。

他似笑非笑地看着我："皇后不念我今日的苦劳？"

我只觉得可恶，偏偏也没法发作，只好收拾好表情，挤出一丝笑容："若真要人侍奉，把平日里喜爱的那几位贵人唤来？"

我转头看着周平："去请魏美人——"

皇帝随意点了点头，自行往前去了："那也好。皇后早些休息，明日一早替朕去向母后请个安。"

我咬牙切齿地跟上:"陛下不是说过不威胁我?"

皇帝一脸无辜:"去向母后请安就是威胁你?"他笑着说,"这话要不要说出去,请人评评理?"

"都这么晚了,几位贵人恐怕都睡了。"我当机立断,努力笑了笑,多少显得温良贤淑了些,"这会儿叫起来也多有不妥,况且旁人来服侍陛下,臣妾也不放心呢。"

皇帝眉梢微扬:"那朕等着皇后。"

宫女替我更衣时,我心中自将陆亦衍骂了千百遍,懊悔不已。适才在三元楼下,我本就不该回宫,如今生死拿捏在他手中,可不是搓揉捏压都随着他?真的是一步错,步步错!

"娘娘,好了。"

我瞧了瞧铜镜里的自己,愁眉不展,实在有些惨淡。

"将珠钗都卸下吧。"我沉默了半晌说,"还有妆容,都卸了。"

宫女迟疑了片刻:"娘娘,若是卸净了,不合规矩……"

"若是珠钗刮擦到陛下就不好了。"我扮咐得很是端庄体面,"再者,热气熏了妆容,更是失仪。"

宫女们不敢说什么,只应了声"是",便开始重新散发。

我微微松了口气,因为极不情愿去见皇帝,哪怕多拖上一刻半刻也好。

宫女们细心地拆去发髻内的精巧小发簪,头发一缕缕地散落下来,我无事可干,只好托腮发呆,不禁有点想小月,若她在身边还能陪着说说话,我也不至于这么无聊。

屋外忽然起了动静,周平进来提醒:"娘娘,陛下正等着您呢。"

宫女一惊,下手便略重了些,扯到我一丝头发,我痛得倒吸口冷气,"哎哟"唤了一声。

宫女们立时齐刷刷地跪了一地,我摸摸脑袋,只好叹气站起来:"本宫这就过去了。"

几个宫女伏在地上,显是害怕极了。扯到我头发的宫女双肩都在发抖:"奴婢知错了,请娘娘责罚。"

就扯了下头发,能责罚什么?也不晓得这中昭殿的规矩是谁立的,竟然如此严格。我轻轻咳嗽一声，还没开口，周平已经赔笑道："娘娘恕罪，她们几个素日里也没近身伺候过主子，难免手生点。奴才会好好责罚的。"

我愣了下，脱口而出："她们平时不伺候陛下？"

周平赔笑道："陛下不爱用女侍。这几个是刚才去找来的，新进的不懂规矩，还需慢慢调教。"

"那平日里侍寝的嫔妃贵人呢？也不用她们伺候？"我心中盘算一下，皇帝虽不是太过好色，但召唤侍寝的次数也算正常，并不至于禁欲，难不成这些嫔妃都自带人来侍寝？

周平不意我问了这个，愣了片刻，却避而未答，只对那些宫女道："还不快起来去干活！跪着碍娘娘的眼！"

我也不好追问，只好跟着周平走出去。

长长的廊檐上只有寂凉的风声，两侧悬挂着数不完的宫灯，将这条路照得逶迤迢迢，不见尽头。我被众人簇拥着，经过一扇扇紧闭的长门，心下竟有些寒凉感。

看似是天底下地位最高的人，可那又如何？

无论是我，还是皇帝，都被"困"在这里，无法脱身。

一路思绪万千，直到周平轻声提醒我："娘娘，到了。"

周平躬身让开身子，又替我推了门。

屋内是一个温泉池，雾气缭绕，空气中弥散着花香与药香，我依稀看到有人坐在池水中，恰好背对着我。

我心跳微微一乱，就听到门已经关上了。

视线适应了这片刻的混乱，我看到年轻男人赤裸精悍的后背。

他双臂放松地依靠在池边，黑发松松地结成了发髻，几缕头发湿漉漉地垂落下来，姿态甚是闲散。

"皇后，过来。"

皇帝低沉的声音透过湿气和轻雾，清晰地传到我的耳中。

我怔忡片刻，慢慢走了过去。


皇帝靠在池边，微微仰着头，闭着双目。

年轻帝王有着极出众的鼻骨与眉峰，眼窝微微有些凹陷，显得睫毛浓密纤长，许是因为热气，睫毛末梢还带了点滴细微露珠，难得露出一点人畜无害的纯良。

我抿了抿唇，开口的时候觉得有点不自然，连忙稳住了："咳，臣妾该做些什么？"

"散发。"他一动未动。

我认命地蹲下来，拆下他的发簪。

发簪是黑乌木的，简简单单一根，连简单的雕刻都没有，许是用得久了，外头一层都磨得有些泛白了。

自我认得陆亦衍起，似乎他都一直戴着这一支簪子。这么仔细一看，又不算名贵，我捏在掌心沉吟了片刻，有点好奇。

"这是谁做的？"我凑近端详。

"皇后觉得如何？"皇帝的声音懒懒的。

嫁给陆亦衍后，从王妃到皇后，我也见识了不少好东西，也算是有了些眼界。我辗转细看簪子，搜刮出一句好话："此件颇有古拙意趣。"

皇帝的身子动了一下，荡起了层层水波，隐约似是笑了一声。

"怎么？"我有些不服气，"这簪子若是不好，你怎么戴了这么久？"

皇帝转过头，眸色此刻也是湿漉漉的，闪过一丝光芒："你猜是为了什么？"

我随口一猜："是这木料很特殊吗？"

他摇头。

"那就是什么人赠予你的？"我继续猜，"你一定非常在意。"

他没反驳，明明唇角是在笑，眼里那点光芒中却带了些苦涩。

电光石火间，我忽然明白了那人是谁，这天就聊不下去了。

我正讪讪地要将簪子放下，又觉得不妥，掏出了手帕裹起来，才放在一边。

皇帝侧头看了一眼："你不问是谁？"

"我知道是谁。"我低声咕哝，又觉得他有点可怜，叹了口气说，"难为你了。"

他侧头看着我："你真的知道？"

我点点头，并不想再聊下去，主动问："还有什么要臣妾做的吗？"

皇帝欲言又止，终究还是摇了摇头，恢复了懒洋洋的语调："那就帮朕捏捏肩吧。"

室内着实是太湿热了,我在池边,本就觉得不舒服,自然更不愿意服侍他。他若是识相,也该适可而止。我强忍着不耐烦,挤出一个笑:"臣妾不会。"

他没说话,宽整的双肩微微动了下,"嗯"了一声:"算了,叫周平进来吧。"

我如释重负,立马站起来往外走:"臣妾这就去。"

"皇后早些去休息吧。明日太后遣孙姑姑来问候的时候,你好好替朕应付着。"

我停下脚步,识时务者为俊杰:"陛下,这些小事若能为陛下分忧,便是臣妾该做的。"

"皇后不是不会吗?"

"不会也能学啊。"我大步往回走,边走边卷起袖子,正准备蹲下去,忽然脚下一滑。

我心里一慌,大半个身子已经入了水,池水已经逼近眼前,此刻求生的本能占据了上风,我下意识地扑向了身边唯一的支撑,用力抱紧了手臂里的事物,终是将身子稳住了。

我仍惊魂未定,忽然觉得怀里的事物隐隐还喷着热气,一低头,才发现自己抱住的是皇帝的脑袋,还用力扯住了他的头发。

热气氤氲中,时间似是停滞了。

我和皇帝几乎面对面贴在一起,他眨了眨眼睛,长翘的睫毛仿佛刷在了我的脸上,又痒又热。

"你是想要勒死我出气?"

皇帝的声音从我手臂里传出来,深沉的黑眸凝视着我。许是我的错觉,他开口的瞬间,薄唇似是更贴近我,有热气密密扫在我的肩颈处,一下子将我唤醒了。

鬓边有细细水流滑下来,也不知是水是汗,我连忙松手,四肢并用想要爬开,全然忘了此刻还是身处水中。

直到身子轻轻软软地往外头漂出去,我才想起自己不识水性——

等我想到这一层,已经"咕咚咕咚"连喝了两口水,整个人都没入池水中,想要再去抓住救命稻草已经来不及了。热水倒灌进了鼻子里,我喘不过气，正胡乱挣扎的时候，一双手捞住我的腰，将我抱了出来。

甫一得救，从水中离开，我便像八爪鱼似的牢牢抱住皇帝，趴在他的肩头大口喘气。

他轻拍我的后背，哄孩子似的，还带了笑意："只是让你捏个肩，皇后怎么这么热情？"

我又气又急，狠狠捶他："你还说！你是故意的！"

他忍着笑意："怎么？"

"你这个温泉池挖这么深干什么！"我终于缓了过来，手指还死死揪着他肩上的皮肉不放，一时间气急败坏，"你分明就等着我掉下去！"

皇帝含笑看着我，竟也是毫不吃痛的样子，隐约带着戏谑："难道不是皇后想下来陪我，又不好意思开口吗？"

我不想和他掰扯，抹了抹自己的脸，努力看得更清楚些，急道："快点扶我上去。"

他却一动未动，只深深地瞧着我。

我从他漆黑的瞳孔中，竟看到了自己的脸。

来时我卸了妆，脸色有些憔悴苍白，此刻浸泡在热水中，两颊便泛起了红晕，如同天然的胭脂，明明是在生气，瞧着像是害羞一般。

我略略悟到此刻的窘迫，闪开他的眼神，推了他一把，催说："松手。"

他岿然不动，双臂却越发用力了，箍得我略有些喘不过气来。开口的时候，他声音里略带了些嘶哑："你说得没错，朕是故意的。朕让人挖这池子的时候……"

他猛地压上我的唇，断断续续道："……就想着有这一日了。"

我只挣扎了一下，也不晓得怎么了，身子就渐渐软下来。恍惚间，只觉得他正抱着我往池心的方向漂去，贴着我的肌肤越发炽热，几乎烧得我也要裂开了。

我想要用力抓住他的手臂，却连指尖都没什么力气："陆亦衍。"

他"嗯"了一声，掌心覆住我的后脑勺。

"……不要在这里。"我努力仰起头，躲避他的呼吸，眼巴巴地看着他。

"不。"他带了几分无赖，灼热的鼻息蹭在我的颈侧，顿了顿，又道，"在这里，你才不会逃走。"

"可是我害怕。"我带了哭腔,扒着他身子的胳膊都在发抖。

他的动作停了下来,无声地叹了口气,嘴唇在我的脸颊上轻轻蹭了蹭,一只手慢慢滑下去到我的腰间,揽着我慢慢靠向池边,身后掠起涟漪点点,仿佛将我此刻的心境也被拨动了。

殿外更漏响起,延绵不绝,已是午夜。

"你说挖这个池子的时候,是为了我?"我终于忍不住,迟疑着问。

他仿佛缺了些往日的冷静沉着,俊美的脸上蒸腾而起淡淡红潮,只默认地转开眼神,良久,才"嗯"了一声。

我的双手已经触到了池边,心里一定,深吸了一口气,用尽全力踹了他一脚。他全然没有防备,被我蹬得重又跌回池中,扑腾起好大一朵水花。

我手忙脚乱地爬上池边,接连退了好几步,才瞧见他从池水中冒出头。适才的浓情蜜意早散没了,他冷峻的脸上隐现怒意:"你干什么?"

"你都和多少美人在这池子里泡过鸳鸯浴了?还想着我呢。"我匆匆拾起地上的外袍,嘲讽道,"我看陛下挖了个坑,就是想着如何坑我吧?"

皇帝气得话都说不出来。那么清俊的脸,和咬牙切齿的表情着实有些不相配。我心知得罪了他,打算尽快开溜,先躲一躲再说。

不想忽然眼前水花如雨落,"哗啦"一声,竟淋湿了我一身。

我眼中进了水,好一会儿才重新睁开,皇帝已从水中跃起,拦在我面前,披了件湿透的长袍,沉沉望着我,一字一句:"你、往、哪、儿、踢?"

我下意识地往下看了一眼,很快又收回目光,强自辩解:"我不是故意的,就是随便那么一踢,谁让你戏耍我。"

皇帝上前一步,脸色狰狞,眼神中都露出了杀气。

我心知这一脚有些狠了,可此时再服软也晚了,一时间便有些不知所措。

皇帝冷笑一声,却没给我选择的余地。他抓住了我的手臂,径直便将我扛在了肩上,瞧这架势,像是要将我投入池中……

识时务者为俊杰,到了此种地步,我也只能求饶:"喂,你不会想报复回来吧?我认错,认错了!"

皇帝侧头看我,冷冷勾了唇角,眼神却倏无笑意,扛着我径直往隔壁内室走去。

只要不是扔下池子就好,我刚有些心安,忽然又觉得不对,这是去干什么？

"喂，喂，陆亦衍，你不是被我踹伤了吗？要不要找太医看一看！"

皇帝脚步顿了顿，薄唇挤出一丝冷笑："有没有受伤，试试才知道。"

皇帝的脚步、身形带起了风声，帷幔轻妙地掀开一角，隐约能看见一张床榻。我一呆，心知不妙，可眼下这个架势，他是不会停下来的。

我正不知如何是好，忽听轻轻的两下叩门声，周平的声音如同救命一般出现："陛下……"

皇帝恍若未闻，顺手掀开了帷幔，一松手将我摔在了榻上。

我俩身上都是湿漉漉的，榻上的锦被亦洇湿了，我咽了口口水，提醒说："有人找你。"

他恍若未闻，眸色越发深沉，双臂一撑扑上来，将我按在床上，我的双手亦被他拉起，固定在头的上方。

我尖叫了一声："君无戏言，你当初允诺过我什么？你没忘吧？"

皇帝居高临下地看着我，眼神中云深雾绕，似有情绪在酝酿，最后却冷冷笑了一声："没忘。"顿了顿，"可朕不想守诺了。"

话音未落，"刺啦"一声，他撕扯下了我的外袍，旋即覆上了我的身体。

我拼命挣扎，他忽然这样对我，恐惧油然而生。

他像是一个陌生人，即便相伴了数年，对我而言，依然是陌生人。

扮作苏凤仪嫁给他已有数年，难免会有些亲密接触，可也不晓得为什么，我的身体依然十分抗拒。大约是因为我并未真正将自己代入这个身份，也从不曾将他当作丈夫，因他不曾胁迫，我便抱着敷衍的心境，搭伙在这宫内过日子。

我也以为他身边美女环绕，又自重身份，断不至于硬来。

到底还是算错了。

我出神了片刻，忽然放弃了挣扎，冷静地与他对视。

他冷冷地看着我："你在恨我？"

我摇摇头："你保我一条命，还有这些年的锦衣玉食。有得有失，算是交易。"顿了顿，我颇有些认命的心灰意冷，"先前是我矫情了。"

他却停了下来，适才冰凉的眼神渐渐消失了，用一种很慢的语气，一字一顿地问我："你觉得，这是交易？"

我不答,双手悄悄从他手中挣脱开,鼓起勇气,去揽住他的后颈。

就算是交易吧,听上去会让我觉得可以接受一些。

皇帝下颌绷得紧紧的,连后背的肌肉都僵硬如石,一瞬不瞬地盯着我。

敲门声不依不饶地在响:"陛下,陛下……边关急报。"

他粗重灼热的气息停留在我耳侧许久,终于渐渐平静缓和下来。他从我身上起来,重新系上了外袍,走向屋外,再没多看我一眼。

我的身体难以克制地在发抖,随手便抓起薄被裹紧了自己,又忍不住庆幸,若不是因为这道急报,只怕我今晚过不了这道劫。

他走到门口,颀长的身形拖下一道长长的影子,推门迈出去的时候他顿了顿,并未回头,低声道:"阿樱。"

我悚然一惊,不明白他为何忽然叫我这个名字。

外头更漏又响一声,他开口的时候,满是倦意。

"我停下,并不是因为战报。"

言罢,他便推门而出,带起了一阵寒风,吹得我起了阵阵战栗。

## 第四章
出路

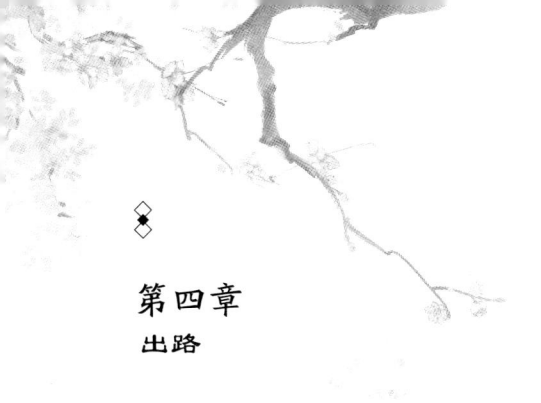

后半夜甚是平静。

殿内一角燃着安眠香，我睡在榻上，不晓得是不是被摔的，浑身酸痛。可更难受的是脑子，明明闭着眼睛就能睡过去，我又偏偏不敢睡。

这是陆亦衍的床榻，连被褥都未换，周遭都是他身上的气息，带着清凉的檀木香气。我半梦半醒间，总是想起适才他的言行，着实有些不明白。他既兽性大发，又不在乎战报，竟会停下来，到底为了什么？

况且，他虽然停下来，也难保一会儿回来又反悔了。身有虎狼在侧，我又怎能轻易睡着？

我努力掐了把大腿，唤来侍女问道："什么时辰了？"

"娘娘，过寅时了。"

我算了算，再坚持个把时辰，皇帝去上早朝，我便能安心睡一觉了。

"娘娘……"侍女柔声道，"陛下还有吩咐，说他今晚要议事，不会回来的。请您安心睡着。"

我一呆："谁告诉你的？"

"娘娘刚躺下，周公公就亲自过来了。"

"那你适才为何不说？"

"周公公说，是陛下的吩咐，等娘娘问了时辰才说。"

好你个陆亦衍，这分明就是故意的，这会儿他不能睡，就想让我也睡不好！

我恨恨地盖上被子，心中骂了几句，只是还没骂出新意来，就睡死过去了。

这一觉睡得着实深沉。睁眼时，先看到的是床角的雕花，再往下瞅了一眼——身边的男人睡得很沉，如玉的脸隐在黑色散发之间，一呼一吸之间，睫毛微微颤动。

我一下子清醒了，迅速滚到角落。

他是什么时候回来睡下的？我竟丝毫没察觉。

我屏住呼吸，一时间不敢吵醒他，只静静观望。

他只着白绸宽袍，因被我卷走了被子，他翻了个身，随手往旁边捞了捞，却没碰到被子，修长的身子便缩了缩，却是没醒。

我思虑了一会儿，觉得此处还是危险，于是放轻动作，靠着墙慢慢下床。走出几步又觉得不妥，到底还是回去将被子给他盖上了。

皇帝无意识地裹紧了被褥，下颔压了压，半张脸都掩在其中，柔和又精致，迥异于昨晚的凶狠，此时倒是显得颇为无害。

只是脸再俊俏有什么用，人不可貌相，他满脑子都想着坑我，不是什么好人。

我摇摇头，悄悄站起来往外走。

殿内静悄悄的，竟是一个伺候的都不在，大约都在殿门口守着。我正欲推开门，忽听有人开口。

"外头是水磨砖石，将鞋穿上再出去。"

我吓得一激灵，低头一看，果然忘了穿鞋。

"陛下醒了？"我慢慢转过身，一时间也不晓得用什么表情回应，"是要再睡会儿，还是我替你叫人？"

皇帝的声音懒懒的，同往常没什么不同，仿佛已忘了昨夜之事："皇后再陪朕睡会儿吧。"他翻了个身，又道，"不想睡的话，外头孙姑姑快来了，等着替太后问话呢。"

他不提倒还好，一提我心头的火便全上来了。

昨日他拿这个借口要挟了我半日，这会儿还提？当我傻子吗！

我冷笑了一声："陛下接着睡，若是孙姑姑来了，臣妾去看看便是。"

皇帝倒是没说什么，"嗯"了一声，翻身继续睡了。

我气呼呼地推开殿门，却见小月"噔噔噔"小步跑来，一脸焦急。

"小姐。"

我喜出望外："你回来了？"

"小姐，您不陪着陛下，出来做什么？"小月急得快要哭了，"太后遣了孙姑姑过来，叫您去问话呢！"

我脑子里一蒙，下意识地回头望了一眼……他竟然没骗我？可事到如今，我也不能丢了气派不是？

我深吸了口气，尽量镇定道："问话便问话，你急什么？"

"您昨晚做的那些荒唐事，宫里都传遍了！"小月压低声音道，"连我刚回宫都晓得了！太后不会饶过你的！"

我迟疑了一会儿，就算昨日博衍侯的事传出来了，倒霉的也不该是我啊？大不了就辩解几句，反正人是皇帝打的，我还被调戏了呢。

我仔细想了想，觉得应是无碍，问道："宫里传些什么呢？"

"九鹿寺祈福未完便擅自回宫，回宫之后又……那个……"

"哪个啊？"

小月涨红了脸，似是下定决心，凑到我耳边，道："您又缠着陛下在温泉厮混，差点耽误了军情！"

我的脸色由白转红，怒道："这！这都是谁在嚼舌根！"

小月看着我的表情有喜有忧，悄声道："小姐，怎么一夜之间，您忽然开窍了？"

我还沉浸在怒气之中，半天反应不过来："什么？"

小月露出背水一战的壮烈表情："不过也没什么，大不了就是被太后责罚一次。只要陛下的心在小姐这里，旁的忍忍也就过去了。"

走廊远处有脚步声传来，我凝目望去，果然是周平引着孙姑姑缓缓而来。

这会儿躲回皇帝的寝殿也不是来不及，只是难免要被他嘲笑，搞不好被捏住把柄，后患无穷。我咬了咬牙，略略整了整衣冠，便站在原地不动。

众人行至我面前，皆跪下行礼。

我上前半步，扶起了孙姑姑，笑道："姑姑免礼。本该一早就去向太后请安，反倒劳烦姑姑跑这一趟了。"

"这是奴婢的本分。"孙姑姑站直了身子，眼神却是带着审视的，上下扫过一眼，恭恭敬敬，"皇后在九鹿寺待了这许久，太后着实惦念呢。"顿了顿，又道，"皇后这是……尚未洗漱吧？"

"是啊，陛下天快亮了才睡下，此刻才睡熟。"我大言不惭，就差直说自己衣不解带地在侍疾了,"本宫这会儿出来看看早膳备好了没有。"

"既是如此,倒也不差这一时半会儿的。"孙姑姑笑道,"在中昭殿仪容可不能乱。奴婢来服侍娘娘洗漱吧。"

我点了点头:"那就有劳姑姑了。"

因是孙姑姑给我绾发,我便坐得端端正正,仪态端庄,目视前方。

"若不是太后最近身体略有些抱恙,她老人家也是极想去九鹿寺的。"孙姑姑帮我将鬓发抿上去,笑道,"皇后这一片心意,太后全看在眼里呢。"

"替陛下和太后祈福,是本宫该做的。"我微微笑了笑,绝口不提昨晚的胡闹。

"太后在佛堂内供着娘娘抄写的佛经呢,很是喜欢。"孙姑姑侧头观察我的发髻,满意地笑了笑,"对了,昨日二小姐也来了宫里,陪了太后一天。"

我心里"咯噔"一下,有些警觉,只笑道:"太后既喜欢妹妹,往后还该多叫她进宫,陪太后说说话也好。"

孙姑姑停手,将梳子交到小月手上,若无其事道:"谁说不是呢?二小姐也到了该指婚的年纪了,娘娘有什么打算吗?"

我万万没想到,孙姑姑这话头一起,竟是为了苏凤箫,一时间便愣住了。半晌,我才道:"妹妹的亲事,家中自有父母做主。本宫虽是长姐,倒也不便说什么。"

孙姑姑便笑道:"太后遣奴婢来,实则是为了这件事。既是家事,也是国事。"

太后到底老谋深算,竟不提我私自回宫,也不提昨晚的胡闹,偏偏从妹妹下手,还提到国事……就差直接点名,要替皇帝纳妃,顺道提点我要做贤后。

于公于私,我都该去一趟,议一议这件事。

我琢磨了一会儿,心知逃不掉了,正要答应,忽见周平匆匆进来行了个礼:"皇后娘娘,陛下醒了。"

殿内静了静。

我垂下眼眸,难掩心头的窃喜。

苏凤箫迟早会进宫,可不晓得为何,能拖上一时半会儿,我也觉得高兴。皇帝总算还有几分良心,要紧关头还知道救我一救。

不过,话说回来,他多半也是怕我事后同他翻脸。

既是如此，我当然要好好配合。

沉吟片刻，我露出为难的表情："那就劳烦公公先伺候着，本宫正要去太后那里——"

"不成啊！"周平哭丧着脸道，"陛下发了脾气，要娘娘过去，这会儿谁劝都不管用。"

我便转头望向孙姑姑，以退为进："要不姑姑去替本宫看看陛下？"

"陛下龙体为重，奴婢会向太后解释，二小姐的事也不急这一时。"孙姑姑果然便松了话口，退开两步，恭恭敬敬地行了礼。

"姑姑路上小心。"我虚扶她起来，略带歉意道，"等陛下身子略好一些，本宫立刻去向母后请安。"

侍女送孙姑姑出了偏殿外，我长长松了口气，有一种终于躲过去的庆幸。

"娘娘，娘娘？"周平立在一旁，小声提醒。

"嗯？"

"陛下还等着呢。"

我轻轻咳嗽一声，正要开口，小月却在旁边死命朝我使眼色。

我掀了掀眼皮："劳烦公公去说一声，本宫不舒服，去了就怕笨手笨脚的，反倒惹陛下不高兴。"

周平愣了一下，露出为难的表情："这……这，娘娘……"

"快去吧。"我轻松挥了挥手，"别让陛下等着。"

"娘娘，陛下等的可不是奴才。"周平快要哭出来了，磨蹭着不肯走，"要不您随奴才去看一眼？"

"不去。"我一口拒绝，顿了顿，又转头望向小月，"早膳备下了吗？我有些饿了。"

小月嗫嚅了一声，没有答我。

"皇后，这是不是民间常说的'新人送进房，媒人踢过墙'？"清冷低沉的声音略带突兀地插进来，倒是听不出什么怒气，只是带些惯常的讽刺意味，"啧啧，这人前人后两副面孔，朕都快认不得了。"

我转头望过去。

光线从窗棂外落进来，在寝殿内划出一道道明暗交错的痕迹，有细小的粉尘在空气中飞舞，皇帝的身影修长，斜倚在门口，也不知站了多久了。

因为背着光，瞧不出他的表情，我顿时有些心虚，笑容扯得有些牵强："陛下，我——"

周平、小月和侍从们已经跪了一地。

皇帝趿着鞋，散着发，自有一份闲散的贵气。他慵懒地走近，一边挥了挥手，示意众人起来，只是一双眸子专注而清醒，落在我身上，在等我的解释。

"陛下不是才睡下吗？怎么起来了？"我讪讪笑了笑，闪躲过去。

"你若是肯乖乖陪朕睡一会儿，何至于此？"皇帝走到我身侧，又打了个哈欠，略带感叹，"自讨苦吃。"

我嘴角的笑僵了僵，亦有些不悦："陛下说够了没有？"

皇帝抢了我位置坐下，仰头看着我，眼神清亮，略有些无辜："睡不到半个时辰起来救你，还被人过河拆桥，说说你都不成了？"

我一个字一个字往外蹦："那臣妾谢谢陛下了。"

"倒也不必。"皇帝轻轻咳嗽一声，"这些日子皇后安分些便好。"

他一说起这个，我忽然想起了件要紧不过的事，转头对小月等人道："你们先下去吧，本宫有事要同陛下说。"

小月很快应了声"是"，只有周平站着未动，只抬眼看了看皇帝的表情。

皇帝单手支颐，略略点了点头。

偏殿内燃着不知名的新香，是清亮沁人的味道，偌大的殿内便只有我们二人四目相对，彼此呼吸可闻。

他甚是平稳，而我却有些紧张。

皇帝微微挑眉："何事？"

我悄悄靠过去些，低声道："陛下，您这中昭殿内……有旁人的眼线。"

这旁人……只怕就是太后了，只是我不能言明，皇帝能明白就好。

皇帝扬起的眉并未落下，眼神中露出些错愕，笑意也颇有些玩味："皇后何出此言？"

我有些着急："昨晚在温泉池的事，只有你我二人在场，怎的一早起来人人都知道了？"我又顿了顿，忧虑道，"我真是万万想不到，陛下平日里深沉严谨，怎么这中昭殿漏得像筛子一样？"

皇帝沉默了片刻，淡淡抬起双眸："你觉得我深沉严谨？"

我愣了下，觉得他听错了我想说的要点。

他垂下眼眸，无声地叹口气，不晓得为什么，我竟读出了一种怅然，只好无措地安慰道："臣妾是有些担忧你这里，不大安全……"

皇帝却抬起头，神色已恢复正常，云淡风轻道："皇后不必担忧，消息是朕散出去的。"

他凑过来，薄唇冰凉，在我脸颊上一蹭而过："帝后恩爱的消息传出去，在这深宫中，怎么着也是佳话吧？"

午后用完膳，我靠在桌边看书，小月站在我身旁，替我打着扇子，却已经昏昏欲睡。

我随手翻着书页，却因为有心事，着实有些心不在焉。李义山的诗句在眼前划过，我忽然灵光一闪，猛地一拍桌子，喝道："太无耻了！"

小月吓得一哆嗦，顿时清醒了，手里的扇子"啪叽"掉在地上："小姐，怎么了？"

"太阴险了！"我愤愤喝了口茶，终于理清了思路。

皇帝为何要将同我"恩爱"的消息散出去？

其一，自然是将我拿捏在中昭殿内，随时折腾我，遂了他的心意。

其二，恐怕是为了拿捏苏家。

苏家的如意算盘是想将小女儿塞进来，如此一来，长女是皇后，幼女是宠妃，外头看来是满门荣耀的事。但这里头有个关键——我这个"长女"，是个冒牌的。既是冒牌的，苏氏必定要将嫡亲的幼女送进宫里，最好还能有个血脉。

可苏凤箫并不是苏凤仪，皇帝对她未必有情谊。

这就有得掰扯了。

苏献不仅是权倾朝野的重臣，苏氏旁支更是握有大把商号。而战事一起，延绵至今，国库略有些捉襟见肘。皇帝摆出帝后情深的把戏，便是在提点苏献，有我这个"假女儿"在，他有大把正当的理由拒绝苏凤箫。这样一来，苏家可不得意思意思嘛。

"小姐，您在说谁呢？"小月小心翼翼地问。

"这里除了皇帝还有谁？"

"嘘！"小月急得快要伸手堵我的嘴，"要不您去躺会儿？"

"不躺，睡不着。"我灌了一口水，提醒自己冷静一下。

眼下这种局面，我虽是其中一枚棋子，可脑海深处似是有丝光亮，提醒我该做些什么。可惜一时间我又想不明白。

"小姐，小姐……"小月一脸担心地看着我，"那您要不要出去走走？"

我托腮想了一会儿，又问："陛下在做什么？"

小月悄悄在我耳边说："说是在休息，其实还在议事呢。"

我站起来伸了个懒腰："那咱们出去走走。"

皇帝在偏殿内，周平亲自守着门，我远远瞧了一眼，绕去了另一个方向。

下午的日头虽不甚毒辣，却也是有些热的。而深宫幽幽，此处有些过堂风掠过，凉飕飕甚是舒服，我便靠着廊檐坐了下来。

皇帝不喜奢华，亦爱清净。这中庭甚是朴素简洁。地上铺着青石板，四角的灯座无论白昼皆燃着烛火。西北角引了一泉清水进来，绕着庭院潺潺而流，打理得极为干净，连一片落叶也无，衬得底下的青苔亦历历在目，若是放几条小鱼进去，恐怕也是能活的。

不远处偏殿门轴发出"嘎吱"一声轻响，我转头，望见两个小侍婢手中端着清扫的器具，正从屋内出来。不意间见到了我，两人连门都没关，慌得立刻跪下行礼。

我摆摆手示意她们起来，有些好奇地张望几眼："这屋子谁住着呢？"

侍女们低着头，声音小小的："没人住着。"

我反倒更好奇了，径直走了过去。

"娘娘，这是空屋子……"侍女低着头解释，似是有阻拦之意，"里头没人。"

我便没搭理，走进去转了一圈。

窗下的妆台上放置着花钿、胭脂、檀粉……皆是上供御用的妆品，双鸾花鸟镜亦是做工精细，擦拭得一尘不染。床帏是淡青色，淡雅素净，掀开是一床烟罗锦被，轻软绵厚。我伸出手，在床的隙缝处捻出了一根青丝，不由得怔了怔，怎么皇帝还金屋藏娇不成？

我正要开口询问，却见周平急匆匆走进来，一开口便训斥道："没见娘娘正闲逛散心吗？还这么不长眼冲撞？都给我下去！"

言罢他才对我行礼，笑道："娘娘，找了您半日，怎么到这儿来了？"

我冷眼瞧着，这屋子恐怕真有些古怪。不然周平不会亲自过来，想要遮掩过去。我笑道："本宫随意看看。公公何事？"

"陛下让奴才转告娘娘，若着实觉得闲着无趣，也可传几位妃嫔贵人过来，一起喝茶说话，别闷坏了。"

我眉梢微扬，顿时有些高兴："谢陛下体恤。"

"那奴才去遣人备些娘娘爱吃的点心。"周平伸手来扶我，"娘娘小心。"

我跨出门槛，不经意问道："此处是给谁住的？"

"中昭殿各处有不少这样的屋子，以备不时之需。"周平笑着解释，看似说了，却又什么都没说。

"不时之需？"我迟疑了一下，一时间没反应过来。

周平并没有要解释的意思，我自个儿琢磨了一下，忽然懂了。

这是……备着皇帝随时会兽性大发的意思吗？

我忍不住又回头看了一眼，越发觉得自己所想有道理，这屋子离皇帝的住所颇远，嫔妃们来侍寝，断不会住在此处。况且瞧这摆设也不像是宫人们休憩的所在。

这、这……这也太荒唐了！

我反倒不好再多问了，只觉得在中昭殿伺候的宫娥们着实有些不容易。我暗暗下定主意，自己是后宫之首，不该让这些好人家的女孩儿这般委屈。下回若是有机缘问一问，便尽量给了她们名分，也算是功德一件。

我叹了口气，本想着请德妃来下棋舒缓愁思，末了觉得今日思绪混乱，一下必输，只道："前些日子入宫的崔、杨二人，陛下可曾唤过侍寝？"

"不曾。"

"那唤她们过来陪本宫说说话吧。"

"是。"周平行了礼，恭顺地退出去了。

崔氏与杨氏出身颇为贵重，虽未侍寝，已封了贵人。两人进入殿内还有些拘谨，跪在地上请了安，一动不动。

我倒是还记得她们入宫的模样，此时已改了妆容，崔贵人明艳灵动，杨贵人端良温婉，这么看过去，难分伯仲。

我和颜悦色道："两位妹妹在宫里住得还习惯吗？"

崔贵人活络一些，便回道："回娘娘的话，一切都安好。"

"往后都在宫里，日子长久着呢，安稳便好。"我饶有兴趣地问，"不知道两位妹妹平日里喜欢做些什么消磨时光？"

两人皆迟疑了一下，没有即刻回答。

我托腮瞧着她们，心底叹口气，到底是年纪小，不晓得这深宫时光漫漫，若是将一切心思都放在皇帝身上，岂不是给自己找不自在？还不若找些能消磨时间的事儿。

德妃是被我逼着下棋吗？

魏美人是被我逼着唱曲儿吗？

并不是如此。

她们不过同我一样，也是一道排遣时光罢了。

"娘娘，臣妾闲来无事，会画上几笔，只是不精。"杨贵人许是将我怅然的表情当作了不悦，答得有些战战兢兢。

我眼前一亮，说真的，皇帝的后宫妃嫔当中能歌善舞的不少，会画画的还是独一份。我不由得有些好奇："是吗？妹妹是喜山水林石，还是小景杂画？"

"娘娘，您看杨姐姐这把扇子，真正好看呢。"崔贵人在一旁凑趣插话，指了指杨贵人手中的扇子，"是她自己画的。"

我接过来细细一看，素净的扇面上只有一枝木兰，花苞似在轻风中舒展开，笔触细腻，清新幽远，自有一分生机。

"妹妹果然蕙质兰心，这么一比，宫中画师反倒显得有些匠气了。"我爱不释手，"既是这样，将春日里进贡的各色上好宣纸都送过去给妹妹备着。本宫听说有些品类能托色，也经皴，适合写意，还有些品类又别的讲究。总之里头很多门道，想来都能用上。对了，那些上供的蟹爪、须眉、排笔都要几份，还有画画用的颜色，一并送去。"

小月记下了，连忙吩咐了下去。

杨贵人微微红了脸："娘娘赏了这么多，臣妾这雕虫小技，受之有愧。"

我连忙拉了她的手，笑道："妹妹别太谦虚，本宫也有私心。若是能替本宫也画一把新的扇子就更好了，妹妹觉得如何？"

"娘娘若是喜欢，这把扇子先留着，臣妾回去再画些别的，不知娘娘喜欢什么？"

我顿时很欢喜，也不客气地接过来，笑道："那本宫当真不客气了。下回你不拘画些什么，生动就好，本宫都喜欢。"

聊得久了，两人便放松了些，不似先前拘束。我正要让人再添些茶水，忽见崔贵人迟疑道："娘娘，时辰不早了。臣妾二人也该告辞了。"

我才发现周遭已经掌了灯，竟已是晚膳时分。

若是在自己寝宫内，自然不需要顾忌这些，留她们用饭便是。可这毕竟是中昭殿，总得顾着皇帝，我想了想，便唤人来问："陛下呢？备膳了吗？"

话音未落，皇帝已经跨进来："皇后——"

一句话未说完，两位贵人已经忙不迭地跪下请安，我的动作略慢了些，刚要俯下去，皇帝伸手拉了我一把，又亲自去拉她们起来，表情和煦至极："起来吧。"

崔、杨二人身姿袅袅地起来请了安，眼波流转，自有少女的羞涩。

"你二人也在？"皇帝在我身边坐下，漫不经心地看了她们一眼，"同皇后聊到现在？"

崔贵人娇滴滴的，声音动人心弦："是。"

"聊些什么？"皇帝饶有兴趣地瞧着她们，温言询问。

杨贵人道："皇后教了臣妾二人许多为人处世之道。"

皇帝转头望向我，眼神中难掩诧异与调侃，唇角的笑也似有些摒不住，意味深长地"哦"了一声。

她们二人是不晓得，可我第一时间便听出了其中嘲笑的意味，不由得有些尴尬，转开眼神道："两位妹妹都是名门闺秀，进退有据，臣妾也不过是闲话些家常，并没有教导什么。"

皇帝点点头。

"听闻陛下身体有恙，可好些了吗？"崔贵人怯怯地追问。

皇帝笑了笑，眉宇舒展开，比起往日多了几分闲散温柔，竟难得有心同她们聊了几句。

我也不插话，只是有些感慨，眼前这两位是真的名门贵女，巧笑倩兮，望之心动。可再好看再尊贵的女子又如何？欢喜与哀伤，也不过是系在一个人身上。当日选了她们留下，也不知是福是祸。

"……皇后？"

皇帝的声音唤醒了我，我方才转过神，皇帝眸色深沉地看着我，表情却一如往常般平静。

"什么？"

"陛下，晚膳已经备好了，就在此处用？"周平及时替我解了一围。

我拿扇子掩住了口唇，佯装打了个哈欠，难得用柔弱的声音道："陛下容臣妾偷懒一会儿，实在是有些困了，让两位妹妹伺候陛下用吧。"

皇帝沉默了一会儿，薄唇抿出一丝笑来，既不说是，也不说不是。

我便站了起来，趁势略略举高扇子，遮住了皇帝大半视线，冲崔、杨二人眨了眨眼睛，那意思自然是"交于你们了"。一转头，我从容地对着皇帝道："谢陛下宽容。臣妾先告退。"

待到出了门外，小月顿时急了，拦在我身前，低声道："哪有您这样的道理！将陛下推给别的女人！"

夜色渐深，廊檐下的灯光也渐次亮起，仿佛笼罩了轻软的薄纱，温柔又静谧。

我回望远处，宫娥们正络绎不绝地进出，想必此刻两位贵人正谨慎又欢喜地陪着皇帝。我转了头，双手扶在栏杆上，望着星空。榆木触手温润，但到底还是有些凉的。

"小月，你知道宫里有多少女人吗？"

小月愣了一下，没有回答。

这辽阔的宫殿中，夜虫悄鸣，或近或远，亦有错落脚步声，却仿佛更幽静了。

我觉得这样站着有些累，便微微弯了身子，支在美人靠上，认真地解释。

"并不用我推他。"我微微笑了笑，"他不独是我一人的，也是崔氏、杨氏的，将来也会是凤箫的。"

小月瞧出我心绪复杂，并没有再同我争辩，只静静陪着我。

我发了许久的呆，忽然想起了什么："……对了，有件事你记着，往后若是我不在，你千万别同皇帝单独待在一处。"

她没答应。

我怕这小丫头懵懵懂懂，听不懂我的言外之意，只好说得明白些："皇帝若是一时急色，我不在自然就救不了你，无论如何，最后都是你吃亏了。"顿了顿，我回头，"听到没——"

皇帝竟悄无声息地站在小月原先的位置，一张英俊的脸如覆冰霜，黑亮的眸子如同簇着两团火花，怒意几乎要将我吞了。

"在你心里，朕就这么不堪？"皇帝一个字一个字地往外蹦，额头上的青筋半隐半现。

我有些傻眼，完全不晓得皇帝怎么会出现在我背后。两位贵人不是正陪着他用晚膳吗？还有小月呢？怎么也不提醒我？

看见我瞠目结舌的样子，皇帝怒意更盛，上前一步，几乎要逼近我的面前。我下意识地后退，后腰撞到了身后的栏杆，又因为竭力想要躲开他，半个身子都在往后仰。慌乱之际，我只好双手反撑在栏杆上，脱口而出："如若不是，那些屋子是做什么用的？"

皇帝闻言一怔，狰狞表情未退："什么？"

我定了定神，指了指偏殿方向："中昭殿备了不少屋子，我进去瞧了，都是供人过夜的。那是做什么用的，难道不是——"我顿了顿，觉得有点难以启齿，轻轻咳嗽了一声，"反正，你知我知就是了。"

皇帝难得竟然没有反驳我，只是瞧着有些愣神，凶神恶煞之气也转眼间消散了。月色之下，他的眉眼间竟有片刻的怅然，一闪而逝，又恢复了平静。

"臣妾素来不喜斤斤计较，中昭殿中这么多宫人，陛下若是有喜欢的临幸了也没什么，该给的名分就给吧。"我轻轻叹口气，其实这些姑娘也是和我差不多年纪，甚至比我都还小些，却远没有我当年在九鹿寺的机缘，受了委屈，只怕也只能忍下了。

皇帝露出似笑非笑的神情，又俯身盯着我："皇后这是想要日后在史书上留下个贤惠的名声？"

他的语气很平淡，又带了些嘲讽的意味，我听出来了，便有些恼怒，冷笑道："留不留名的，臣妾不在乎。只是臣妾背后没人撑腰，就算想做妒妇，只怕也不能。"

"无人撑腰?"皇帝向我贴近了一些,深色眸中仿佛淬出了焰火,"那么这些年,朕又算什么?"

他的声音很是蛊惑,可惜,我同他相处的时间长了,也渐渐能咂摸出他的秉性,便微微抿了唇,没有接话。

皇帝的手抬了抬,似乎是想要触碰我,我下意识地偏闪了一下。他的手便顿在了我的鬓边,他用异常平静的语气说:"那些屋子不是给朕临幸宫女用的。"

我怔了怔。

"朝中大臣们有要事商议,夜深之时,宫门又落了钥,朕会让他们在此住下。"

我终究还是疑惑:"可我看到那间屋子,分明是女人住的……"

他有些不耐烦,却耐着性子解释:"遇到了军情要事,也有嫔妃住在那里。"

我恍然大悟,这倒是说得通,但是……我怎么从来没听宫中嫔妃提起过?我还要再问,却见皇帝的脸色已有些不好了,径直打断了我:"你若不信,下次自己去问。"

"臣妾当然信。"我见他如此诚恳,也不好再说什么,"有这样的屋子,陛下怎么不早说?"

皇帝看我一眼:"怎么?"

"臣妾在中昭殿陪了陛下几日,越发觉得陛下日理万机,想着自己该当为后宫表率,这偏殿的屋子,也该住一住。"我心中打定主意,离皇帝远点,这个理由总合情合理吧。

皇帝接口:"一日。"

"什么?"

"我说你统共就陪了一日,就嫌累了?"皇帝似笑非笑地看着我,"这短短一日间,你不仅踢了朕一脚,还在背后编排谣言诽谤朕。现下想找借口躲开?你休想!"

我就知道他心眼小,此事绝不能就此善了,只好讪笑着顾左右找了旁的话头:"两位贵人是伺候得不合陛下心意吗?怎的陛下这么快就出来了?"

皇帝却不答，反倒一把夺了我手中的团扇，端详了片刻。

我便讨好说："你看看，这是杨家妹妹画的，好看极了！比之宫中的画师也不逊色呢！"

皇帝嗤笑一声，重将扇子扔回给我："拿着朕这么多东西去做人情，就为了换这？"

"杨家妹妹不是当日陛下亲自看中的吗？"我不由得解释，"赠些画画的器具罢了，陛下难不成还要臣妾反悔收回？"

皇帝笑了笑："朕又不是这个意思。"顿了顿，"你饿不饿？"

我没用晚膳，当然有些饿，但他既这么问，我便摇头道："不饿，只是有些困了。"

"行吧，看来皇后同宫外的炒饼丝和卤鹅掌无缘。"皇帝点点头，"你自去休息吧。"

我脱口而出："陛下说的该不会是三元楼的炒饼丝和卤鹅掌吧？"

他"嗯"了一声。

"怎么回事？我好像又突然饿了。"我厚着脸皮站着没动，"好不容易去了趟三元楼，可大闹了一场，想吃的都没吃上，有些可惜。"

皇帝含笑看着我："可要叫上两位贵人一起？"

"算了吧。"我当机立断，"外头民间的东西，我虽喜欢，但两位妹妹也是娇生惯养的，未必吃得惯。山猪吃不了细糠，还是我们自己吃吧。"

皇帝沉默地看了我一眼。

我才察觉一时口误，干笑着解释："陛下，臣妾也不是这个意思……"

皇帝冷哼了一声，负手走在了前头："朕便同你一道做次山猪吧。"

我眼巴巴地跟着皇帝走到殿门口，周平早已候着了，旋即奉上了托盘。皇帝随手接了上头的小包裹，微微扬了下巴，周平便带人退下了。

"我差点忘了，两位妹妹呢？"我停下脚步，"不会还饿着肚子等着吧？"

"打发她们走了。"皇帝斜睨我一眼，"什么时候你才能多关心关心朕？"

我一时语塞。

"今日到现在，你关心过朕用膳没有？"

"陛下若是不用膳，自有许多人记着。"我笑嘻嘻道，"可宫中的女孩子不一样,假使没有陛下的恩宠,若是我再不关心些,孤零零的可怎么过日子呀?"

皇帝凝神看着我,欲言又止,许久方道:"这大半日,光说别人了,你自己呢?"

我热切的眼神便射向皇帝手中的包裹,可皇帝牵了我的手:"朕带你去个好地方。"

我万万没想到,中昭殿的后头,倚着柱子,竟然有架小木梯,爬上去便是宫殿顶。皇帝站在梯子上头,俯身向我招手。

我绞着手指,看了看身上的宫装,仰头看他:"这不大好吧?"

他居高临下地瞧着我:"你上不上来?"

"太后若是知道了……"

"朕已经遣开了所有人。"他向我伸出手,"不会有第三个人知道。"

我便提着裙角,小心翼翼地往上爬,待爬到三分之二处,皇帝从屋顶上向我伸出手。我刚将手放到他掌心,只觉得一股大力将我提了上去。待到站稳,才发现已在凌空之上。

中昭殿在皇宫地势最高之处,我放眼望去,京都城尽在眼底。

此刻已是入夜,城中家家户户皆点起了灯,与皓月繁星交相辉映,此落彼起,宛如一幅盛世画卷徐徐在眼前陈铺开。夜风吹过,又拂动远处永宁寺佛塔悬挂的佛铃声,"叮叮咚咚"如山泉水在沟渠间雀跃飞溅,传至耳侧,只觉身心舒畅。

我看了许久,才侧头望向身边的皇帝:"这么好的地方,你独享了这许久,也不带我来瞧瞧。"

"这些年你不愿踏入中昭殿,我难不成还把你绑了来?"皇帝随意坐下,拍了拍他身侧的位置,"坐。"

我提了提裙角,就在他身边坐下,他便递了吃的给我。油纸包的饼丝还带着余温,我用手直接拿了,放入嘴中。饼丝带着特有的油香味,嚼劲极韧,一口一口简直停不下来。我又递给皇帝:"你也吃呀。"

他慢慢拿了一条放进嘴里,又将那包卤味递给我。我打开一瞧,里头不仅有剔了骨的卤鹅掌,还有卤牛肉和卤猪耳朵,通通都是我爱吃、可在这宫里从来吃不上的。

"怎么来的？"我嘴里塞着东西，含含糊糊地问。

"有事出宫了一趟，顺便买的。"

"你出宫了？"我大吃一惊，"我怎么不知道？"

"你不知道的事情多了。"他半仰着身子，扔了一粒花生米，又稳稳地用嘴接住了。

"宫里没有大张旗鼓，那你必是微服出去的。"我讨好道，"下次带上我吧。"

皇帝斜睨我一眼，笑了笑："你倒是会顺着杆子往上爬。怎么，又想偷跑？"

我摇头："就想出去吃点喝点。上次不是没玩尽兴嘛。"我顿了顿，忽然想到，"博衍侯父子如何了？"

皇帝并未立刻回答我，只仰头看着星空："他们牵扯出欺压良民、侵占田地等许多污糟事，自有大理寺去审理。"

我想起那日发生的事，难免还是有些恼怒："我瞧他们是胆大包天，光天化日之下闹市中也敢做这些事，若不是遇到了你，岂不是已经得逞了？"

皇帝并未接我的话，又扔了粒花生米进嘴里。

夜风忽然便有些凉了。

我忽然明白自己说错了话。

我这个皇后做得甚是敷衍，甚少关心朝中大事，但也不意味着我一无所知。陆亦衍登基以来，朝堂内风起云涌，我并非毫无察觉。作为并不受宠的皇子，他能登基，无论是太后，或是权臣，都有所借力。这也意味着，他从来不是一个随心所欲的皇帝。如今北庭战事胶着，而内朝廷派系林立，想处理博衍侯犯上这样的案子，只怕他也多有掣肘。

这样静谧的夜里，没人来打扰，吃着宫中难得一见的小吃，我不该同他提这些朝政大事，惹他烦心。

我小心觑了皇帝一眼，转了个话头："要是能有酒就好了。"

皇帝微微一笑，扔了个玛瑙犀角杯给我，拿在手上沉甸甸的。我揭开了壶嘴，轻轻闻了闻，是糯米酒，闻起来有些浊而润的香甜感。

"是永安坊的苏记酒坊？"我轻轻晃动着手里的犀角杯，有些意外，皇帝是怎么知道这是民间小娘子们喜欢的酒?

"喜欢吗?"他瞧了我一眼,"我看坊内打酒的人排满了一条街,多是年轻小娘子。想着你必定也喜欢。"

"不是……你就拿着它去打酒?"我迟疑着问。

月光下,玛瑙犀角杯泛着一层温润的光泽,杯身上的玛瑙纹理宛若天成,精美绝伦,一看便是异邦进献的宝物。若说价值,只怕能买下整个永宁坊都不止。

"器具不就是拿来用的吗?"他毫不在意,身子半仰,靠在屋顶上,甚是潇洒。

我拔开了盖子,仰头喝了一大口,入口是甘甜的,可回味竟然又有些辛辣。

皇帝向我伸出手:"给我尝尝。"

我迟疑片刻,想起身上还带着帕子,正要掏出来擦一擦犀角杯,皇帝的声音里带了些不耐烦:"行了,我不嫌弃。"

我只好递给他。他仰头喝了一口,品了品,微微皱眉,半天都没说话。

"不合你的口味吧?"我笑盈盈地向他伸出手,向他讨要酒壶,"还我。"

月光之下,他一手攥着酒壶,微微眯起了眼睛看我。

许是喝了些酒,我有些晕晕乎乎的,只觉得他看着我的眼神中依稀闪烁着星光,灼灼亮亮,极是有神。我转开视线,摸了摸发烫的脸颊,依然伸手,提醒他:"酒。"

他反手将我一拉,我没坐稳,一下子扑进他怀里,整张脸都埋到了他的胸口。

他的身上有一股清淡的檀木香气,又混杂了些卤味的油腻味道,既熟悉,又陌生。我的脑海里一片混乱,又有些羞恼,挣扎着想坐起来。

"别动,我冷。"他懒洋洋地开口,手臂却用力圈着我,不让我起身。

我不晓得他忽然抽了什么风,只好靠在他怀里,一动不动。

远远的,有佛塔上挂着的铃铛声传来,清越悠长。夜风是凉的,可他的怀里却很是温暖。我吃饱喝足,便昏昏欲睡。他也不说话,双手揽着我的背,仿佛也一起睡着了。

人生百事,若是能一醉一梦,醒来便解了千愁,恐怕人人便会沉醉不复醒吧。

我自九鹿寺回宫也有数日了，躲在这中昭殿，太后固然拿我无可奈何，可终究不是个办法。可若是没了皇帝的庇护，贸贸然出去，我又觉得心虚。

我素来心大，可太后这一关过不去，我心里总觉得不踏实。

"皇后……"

"陛下……"

我俩几乎同时开口，不由得同时收了声，对视了一眼。

皇帝低头看着我："你先说。"

我犹豫了一下："还是你先说。"

他沉默了片刻，终于道："若是北庭依然不稳，朕要亲征。"

我吃了一惊，下意识地从他怀里挣开，坐了起来。此时薄薄的酒气已经散得一干二净，我抚了抚额角："什么时候？"

"入冬之前，若是局势依然不明，只有我亲自前去，才能放心。"他也坐了起来，神情有几分肃然，薄唇轻轻抿了抿，眼神中锋锐闪现。

"入冬之前，那还有数月。"我心中默默地盘算着，又有些担忧，"楼大人去了边关，连他也无法挽回局势吗？"

皇帝淡淡地看了我一眼，月色之下，他的视线中隐隐有着审视，声线也蓦然沉冷下来："皇后是在担忧吗？"

我当然担忧。当日皇帝一意主战，这场战事却胶着至今，已经连换数名大将，却始终无法取胜。再拖下去，只怕力求和之声会越来越大，他肩上的压力自然可想而知。只是后宫不干政的规矩我懂，也不便多说什么，只好点头："当然。"

我思索了片刻，又追问："若是战事不利，那楼大人……是要撤换他回来？会有惩罚吗？"

皇帝冷冷凝视着我，良久，才笑了笑："你果然还是在担忧楼景疏。"

我张口结舌了一瞬，却又不好反驳，我的确是关心表兄，毕竟当初是我力荐他去了前线，若是连累到了他的前途，那可当真是我的过错了。

可要是说此刻我心乱如麻，却并不是为了他。

打天下是男人的事，能成王，自然也会落败，同女子无涉。

我只是觉得……皇帝要去亲征，那岂不是要离开这里许久？眼下我还能躲在中昭殿，可若是他不在了，我又能躲去哪里？

"除了你表兄呢？"皇帝忽然缓缓开口，"皇后，你不担忧我吗？"

我呆呆地看着他，只觉得他的眼神如刀锋，仿佛能看透我此刻的心思。

我不是不会敷衍他，也明白此刻应该毫不犹豫地点头，最好还能落下几滴担心的眼泪，好好地演一出即将生离死别的戏码，讨一讨他的欢心。

可我偏偏就卡住了，一个字都说不出来。

我该怎么说？难不成说此时此刻，我更担忧的是自己吗？

皇帝的眼神一点点地冷下去了，放开了我的手腕，站了起来。他本就身形颀长，影子拖下来，几乎将我覆盖住。

"该下去了。"他跨出了一步，并没有看我。

秋风萧瑟，我脑子里有些乱，双手抱膝，努力让自己觉得暖和一些。

皇帝又走出了一步，忽然停下脚步。

因为我下意识地拉住了他的衣角。

"喂，你要是去亲征了，我怎么办？"

我是真的忧愁。

不担心楼景疏，也不担心皇帝。

最该担心的，难道不是我自己吗？

是我阴错阳差撞了大运也好，还是他强逼我替代苏凤仪也罢，总而言之，我同他的命运已经牢牢绑在了一起。眼下他这个大靠山要走了，深宫内简直处处都是敌人。我无依无靠的，岂不是任人宰割？

月色之下，皇帝的脸色略有些阴晴不定。良久，他没好气地蹲下来，直直看着我。

"什么怎么办？你是后宫之主，难不成离开朕，还有人敢对你怎么样？"

"你明知道我不是真的……"我抿了抿唇，欲哭无泪，"太后也不喜欢我。你要是走了，谁给我撑腰？"

皇帝就这么蹲着，微微歪了头，看着我的脸，许久，他叹了口气。

"你叹什么气？"我将下巴搁在膝盖上，很是为自己感到哀伤，"要不然，我就装病？"

"你在我身边多久了？"他有些突兀地问。

我喝多了酒，脑子有些乱，含含糊糊地说："五年。"

皇帝的声音清冷明晰："五年四个月。"

我一怔。

"自从你我成亲,我可曾限制过你,不许你参与政事,结交朝野内外亲友?"皇帝淡淡问道。

"没有。"我下意识地摇头,可又想同他争辩,"可这是历朝历代的规矩,后宫不能干政,向来如此。"

"后宫这么多嫔妃,她们出身如何,何人可以深交,何人可以同盟,你摸清楚门道了?"

我摇头,忽然有些困惑,他为什么要同我说这个?

皇帝长叹了口气,复又在我身边坐下。

"阿樱,你当真在我身边,无忧无虑地过了这些年。"

他这话说得甚是平静,我一时间竟分不出是有些欣慰,抑或是在嘲讽。

"我懂了。"我转过头,专心致志地看着他,脑海中思路亦渐渐清晰。

皇帝到底想说什么,我终究是明白了。

他眼神微微一亮,"哦"了一声:"真懂了?"

"当日在九鹿寺,我是唯一的人选。你没得选,我理解。"我诚恳地看着他,"可这些年过去了,我在宫里,的确也帮不了你什么。要不……你我好聚好散,你就想个办法,打发我出去?"

他抿唇看着我,眼神中的光亮仿佛变成了刀片,良久,没好气地一口拒绝:"不行。"

虽然预料到了他的反应,可他拒绝我的时候,我还是有些失落。

"陛下,那你刚才同我说的话是什么意思?"我还想挣扎一下,"这后位,还是能者居之吧——"

"行了,听不明白就别猜了。"他拉着我站起来,侧脸生冷,"很晚了,该下去了。"

我连忙跟上他,亦步亦趋,心虚地想,我话还没说完呢。

"陛下,"我一边小心看着脚下的路,"这也不行那也不行,那你带我一起去,如何?"

皇帝已经走到了扶梯旁,并未立刻回答我,过了一会儿,才淡淡道:"胡闹!军国大事,岂是儿戏?我若是出征沙场带上妻子,成什么样子!"

他甚少用这样的语气和我说话,我撇了撇嘴,还想同他争辩,他的身手却很是敏捷，已经下了扶梯，站在地上仰头看着我。

"快下来！"

我提着裙角，一手扶着扶梯，小心翼翼地探出脚，踩在横木上。

冷风一激，许是喝多了酒，我站在高处，竟有些头晕腿软。后头那一步只往下试探了下，怎么都不敢踩下去。

我颤颤巍巍地探头，皇帝负手看着我，仿佛是在看人耍杂戏，一脸莫测。

"陛下，我不敢下去。"我紧紧握着扶梯，往下探了一脚，又缩回去了。

"闭上眼睛，跳下来。"皇帝的声音有些不耐烦。

"你确定可以接住我？"我闭着眼冲下面大喊，"要不要叫些人过来？"

皇帝没接我的话，我只好紧紧抓着扶梯，正在酝酿下一步，忽然觉得脚下的梯子摇晃起来。

我一个激灵，下意识地放开了手，闭眼跳了下去。

风声自耳边呼啸而过，短短的一瞬，又莫名地漫长。

皇帝想摔死我，不至于用这么无聊的手段吧？这个念头一闪而逝，我已经稳稳地扑进他怀抱里。我死死抓着他的胸口，半响才睁开眼睛。

他离我太近，以至于说话的时候，我能感受到他胸腔轻微的震动。

"你打算将朕的衣服抓破吗？皇后。"

我连忙放开了他，这才注意到他似笑非笑地看着我，一条腿还闲闲搭在扶梯上。

——显然，刚才是他有意踹了扶梯一脚，逼我跳下来。

"捉弄我很好玩是不是？"我气呼呼地转身，大步走向中昭殿。

"皇后，就像刚才跳下来那样，什么都不要想，朕会接住你的。"皇帝不紧不慢地跟在我身后开口，一字一句传到我耳中，"无忧无虑的，很好。"

## 第五章
### 债主

　　"小姐,你都看了一天了,要不要歇一歇?"小月帮我整理手边的书册,又替我的茶盏中续了茶水。

　　我翻着《春秋左传》,寻思着皇帝也不容易,早起处理完那么多政务,还要听老先生们讲四书五经,抽空还得习武。

　　九五之尊真不是那么好当的。

　　我翻过一页,有些头疼。

　　"娘娘,这些是陛下给您送来的。"周平笑眯眯地进来,指挥好几个内侍放下了两个大樟木箱。

　　小月吓了一跳:"还有这么多?"

　　我站起来,走到箱子面前,示意内侍们打开。

　　烛光之下,樟木箱子打开,满满当当的书,隐隐还有龙涎香和一股书册特有的纸木味道。

　　我弯腰随手捡起一本《论语》,翻了几页,竟然发现上面有书写的字迹,仔细看了看,是皇帝的批注。

　　"这都是陛下读过的书。陛下听说娘娘这几日都在读书,特意让奴才送过来的。"周平站在我身边,亦步亦趋,"陛下还说,娘娘若是有读不通的地方,也尽可以找他探讨。"

　　我挤出了一个笑:"替本宫谢谢陛下。"

　　"那奴才就告退了。"

　　我重新回到案边,又翻了一页纸,心说这书里真的有黄金屋吗?我怎么看得昏头转向,也还没找着呢。

"小姐,那日晚上回来您就开始读书,到底怎么了?"小月忧心忡忡地看着我,"是晚上睡不好吗?要不要请御医来瞧瞧?"

"我没病。"我懒懒地回答,"就是想多读点书,当一位贤后。"

"唔,小姐你一直都很大度,难道还不是贤后?"小月感叹,"我甚至觉得,是不是太贤了点?"

从屋顶下来,我就一直在想皇帝对我说的话到底是什么意思。是在提醒我不能整日无所事事,也该做些皇后该做的事吗?

想来想去,中昭殿中满屋子的书,我也就只能从读书做起,找一找古人的法子,说不准就能让我保命了。

我摇头:"不是那种贤惠……算了,你不懂。"

小月"扑哧"一声笑了:"好吧,是奴婢不懂。"

"你笑什么?"我忍不住问。

"自从住进了中昭殿,陛下对小姐越发好了。"小月一派天真,"奴婢觉得高兴。"

"好在何处?"我皱眉问。

小月一口气说完:"小姐只是心血来潮想要看书,奴婢瞧着也就两三天的热度,过了就算了。陛下巴巴送了这么多书卷来,还都是御笔批过的,这还不够好吗?"

我长叹了一口气,拿书册遮住脸,往后一倒:"这份好送给旁人也就算了……我可真担不起。"

说来说去,世事当真是巧合如斯,怎么就偏偏是我,那天在九鹿寺,撞进了这张大网呢?今日再想逃跑,实在是难上加难。

小月走到我身边,将我脸上的书拿下了,瞧着我满脸愁容,笑嘻嘻地问道:"德妃娘娘昨日送来帖子,请您去绛花榭小聚,您是继续读书呢,还是去赴约?"

"什么时辰了?"我猛然想起是有这么件事。

"酉时。"

"当然去赴约啦。"我"啪"地合上书,只觉得轻松,"赶紧赶紧,别让人久等了。"

等我赶到绛花榭时，到底还是晚了些。

德妃起身行礼，笑道："妾以为娘娘今日不来了。"

我扶她起来，轻轻嗅了嗅，空气中隐然一股花香缭绕，又有茶叶的轻苦味道，淡淡沁入鼻尖。

"德妃是制新香了？"我望向水榭中的茶几，果然，上头放着两个羊脂玉小瓶。

"是新制的素雪凝露，妾亲手摘的茉莉花，与上贡的茶叶一道制成的。想请娘娘先试一试。"德妃笑得温婉，"若是喜欢，妾就再做一些。"

德妃的父兄镇守南疆，本该是将门虎女，但这将门竟然养出了这样一位明净秀美的世家小姐，精通琴棋书画也就罢了，就连熏香制茶也极为拿手，静处之时，便娴静如同一幅画儿，也从未见她烦躁易怒的样子。陆亦衍尚在潜邸，她是第二个入府同我相伴的姐妹。

我瞧着她，甚至比看到皇帝还要开心多了。

只可惜她的身子也不大好，皇帝体恤她柔弱，让我少寻她玩耍。

可眼下不同了，皇帝说我该找些助力，德妃不就是最好的人选吗？

我欢欢喜喜地让小月收起新香："上次你所赠的关山檀木香，本宫都舍不得用。这又有新的了。"

"娘娘尽管用就是了，若是喜欢，妾就再做。"德妃笑着说，"深宫日长，左右也是闲着，做些东西并不费事。"

"前些日子听说你身体不适，现下好些了吗？"我捻了一枚碧绿色的糕点，咬了一小口，"我从九鹿寺回来，还没来得及去看你。"

"已经大好了。娘娘送来的补品也都用了，服完气色好了许多。"

"那就好。"我笑道，"你病着那些日子，我不在宫中，陛下可有多陪陪你？"

德妃迟疑了一下，又看了我一眼，才小心地说："妾不敢将病气渡给陛下。"

我皱了皱眉，又上下打量了德妃。她素来就瘦，因为病了一阵，越发显得清减了，下颌尖俏，双眉如远山之黛，当真是我见犹怜，宫中一阵风吹大了，大约也能将她刮倒。

"娘娘，您这么盯着我做什么？"德妃微微垂眸，并未与我对视。

"德妃妹妹，你这般病娇柔弱，看着真叫人心疼。"我伸出手去，将她落下的发丝重新挑至耳后，语重心长，"在这深宫里，你不争不抢的，那可不行。"

德妃怔了片刻，替我倒了杯茶，才浅浅一笑："娘娘说笑了。妾身入宫，是为了侍奉陛下和娘娘，从未有争宠之心。况且中昭殿有娘娘在，足矣。"

"呃……"我一时语塞，有苦说不出。

总不能说，我只是躲在那里，其实也见不到皇帝几次。可偏偏又不敢出去，生怕被太后拿到把柄，又没好果子吃。

唉，归根到底，我能做些什么呢？

我这几日读书的时候，就常常在想这个问题。

春秋战国，纵横捭阖。霸主们时而联手时而为敌，翻脸比我翻书还快，不就是为了两个字——权势。

我若要有自己的权势助力，那便得拿出邀人的诚意来。

而最好的诚意……

就只有皇帝了。

我理清了这个想法，自然不能半途而废。

"这个水晶茶冻略带甘甜，入口即化，妹妹送一份去给陛下尝尝吧。"我话锋一转，笑眯眯道，"陛下想必也在用晚膳，饭后用一份，他必定喜欢。若是让你留下侍奉，岂不是更好？"

德妃的手一抖，茶盏翻了，地上浅浅一摊水渍。

小月站在斜对角，微微张大嘴巴，表情一言难尽。

我轻轻咳嗽一声："去呀。"

"可是……"

我冲德妃的侍婢使了个眼色。那姑娘倒甚是机灵，端起茶点，悄声催促德妃："主子，既然是皇后的懿旨，就赶紧去吧。"

德妃迟疑了半响，才缓缓站起来，笑道："娘娘若是觉得陛下喜欢这份茶点，不妨回去时顺道带去就好了。"

"本宫在中昭殿侍疾久了，难得出来透透气，正想着独自在这里看看书。妹妹就替本宫辛苦一趟。若是陛下留你……"我握住她的手，情真意切，又意有所指，"你不用顾虑我，中昭殿大得很。"

德妃终究还是走了。

我便独自一人舒舒服服在榻上斜倚了，招呼小月也不必拘束，想吃什么尽管拿。

"皇后娘娘，您还吃得下？"小月气呼呼地瞪了我一眼。

我知道她为什么生气，但我如今的艰难处境，她一个小丫头片子又懂什么呢？

书上说但凡谋略，无一不该施仁义而尊贤士。我得从最亲近的德妃开始，慢慢来，一步步来。

"将烛火挑亮一些，我再看看书。"我换了个姿势，半躺在榻上，翻开了一页《庄子》。

说起来，《庄子》可又比《春秋左传》有趣得多了。庄子老先生讲道理竟能打出那么多有意思的比方，比起动不动便血流成河的史册，当真好玩多了。

我翻了两页，随手去拿桌上的点心，一摸，竟然吃完了。

"小月，去问问，芙蓉糕可还有多的。"我随口吩咐，视线舍不得离开书册。

后头一点声响没有，静悄悄的，依稀只有深秋促织残存的叫声。烛火忽又闪烁，隐约有凉风吹过我的后颈，我只觉得一阵凉意。

皇帝的声音破空而来，带着压抑住的怒气。

"皇后，你读了几天的圣贤书，就读出了这么个馊主意？"他一把就将我拽起来，几乎咬着后槽牙，"你把朕当作什么了！"

手中的《庄子》"啪"的一声掉落在地上，我甚至连嘴边的糕点屑都来不及擦一擦，就被揪了起来，直直面对皇帝。

皇帝大约是散了议事便直接来找的我，疾行如风，周遭的烛火被他的动作带到，瞬间明暗不定，衬得他的脸色越发阴沉。

"陛下怎么连衣服都没换？"我有些惊讶，"晚膳用了吗？"

皇帝居高临下地盯着我，眼神中的怒火并未消散，只是冷冷地放开我，语气甚是微妙："原来皇后眼里还有朕。"

这份微妙，我体会到了。

阴阳怪气。

我有些摸不准他为什么忽然来找我，但也只能赔着笑："陛下这话说的，君为臣纲，夫为妻纲，我自然是记得的。"

从屋顶上下来后，我与他虽在一个屋檐下，但吃住都分开了，再也没见面。只记得分开时他将我送回了寝殿，因我那时候心事重重，倒也没留意他有什么异样。

这几日工夫，我怎么就又得罪他了？

难不成刚才德妃去找他，说了些不该说的话惹恼了他？那岂不是我的一片好意，反倒害了德妃？

皇帝并不接我的话，我讪讪地笑了笑，小心翼翼地问："德妃妹妹送去了茶点，陛下没吃吗？"

皇帝薄唇轻轻抿着，我莫名能感知到，此刻他的怒火在一点点地积蓄。

"上次让新人陪我用晚膳，这次又让德妃来送茶点，皇后，你当真大度得很。"他的声线毫无起伏，却又逼近了我一步，"中昭殿大得很，还容得下许多女人，是不是？"

我噎了噎，终于笑不出来了。

皇帝自幼便出身尊贵，高高在上，自然是喜欢女人们为他争风吃醋，可这些若是说出来就没趣了。嫔妃争宠，也不是明君后宫该有的。德妃瞧着冰雪聪明，怎么心中也是个没成算的，这种话竟然直接同皇帝说了，也难怪他怒气冲冲来找我算账。

我眼角余光往周遭转了一圈，一个人都没有，想必都是被皇帝遣散了，也没人能帮着递个话头缓颊一下，我只好弱弱辩解："臣妾这么做，不都是按着陛下的意思来的吗？"

皇帝双眉微蹙，不怒反笑："不断往朕身边塞别的女人，是朕要你这么做的，皇后是这个意思？"

"你不是说我这几年什么都没学会……"我小声说，"我这不是慢慢在学嘛。再说德妃家世显赫，陛下是用人之际，亲近一下她也是应当的。"

皇帝在榻边坐下了，只是把玩着小香瓶，冷声道："所以，在你心里，朕想要开疆拓土、稳固基业，是得依靠外戚了？"

这话又是从何说起？

我越发觉得他这个人惯会曲解我的意思。

只是这么大一顶帽子扣下来，我听得有点慌乱。

"臣妾不是这个意思……"

"你这样想,倒也没错。"皇帝淡淡打断我,"毕竟当初朕要娶你,也是为了你母族的助力。"

我抿紧了唇,站在一旁不敢说话,只用眼神悄悄观察他。

比起怒气冲冲进来的时候,他已经冷静了许多,可不晓得为什么,我却越来越不安。

"坐吧。"皇帝冲我微微扬了扬下颔,"朕不是来兴师问罪的。只是有话想同你说。"

我便在他对面坐下,放轻了声音:"陛下想和臣妾说什么?"

皇帝给自己倒了一盏茶,却没有喝,拨弄了一下茶盏:"朕要纳苏凤箫为妃,她既是你妹妹,这件事便交给你去操办吧。"

皇帝的声音低沉而明晰,我听得明明白白,一个字都没漏。可我又好像是没有听清楚,他的每个字都带着回音,"嗡嗡"地在我脑海里盘旋。

皓月当空,是深秋极常见的高爽天气。这个时节,蝉鸣声渐渐少了,偶尔风声滑过,捎带有落叶悄悄飘零的声音。

我垂下视线,心中一遍遍地回想皇帝适才说的那句话,努力地,一遍遍接受它。

"皇后,你听到了吗?"皇帝侧头望向我,一字一句。

"是,听到了。"我深吸了一口气,原本是想用欢喜一些的声音,可出口的时候,到底还是涩了些,"臣妾恭喜陛下。"

皇帝凝视着我,眼神中带着一丝错综复杂:"除了恭喜我,你还有别的话要说吗?"

我给自己倒了盏茶,一口气喝下去了,润润嗓子,亦定了定情绪,我努力勾起唇角:"既是陛下的喜事,亦是妹妹的人生大事。陛下放心,臣妾定会好好操办的,绝不出一丝纰漏。"

仿佛是我的错觉,皇帝的眼神中闪过了一丝失望,竟又问了一遍:"除了这个,没有别的要对我说吗?"

我失笑,脱口而出:"陛下到底想听什么?要不就告诉臣妾,臣妾再照着说吧。"

皇帝一动不动地看着我,隐约有情绪在他一双凤眸中翻滚,但很快又如同古井一般恢复了平静："行,没有就最好了。"

他顿了顿,用讽刺的语调:"朕等着你,操持好这一场婚事。"

"小姐,您这么早就醒了？"小月听到我起身的动静,披着衣裳进来,给我倒水。

"什么时辰了？"我就着小月的手喝了口茶水,揉了揉酸胀的眼睛。

这一晚我几乎没怎么睡觉,翻来覆去,脑海里有各种光影画面闪现,混杂着皇帝同我说过的话,心口始终有一块大石头重重压着。

这块石头一天不搬走,只怕我夜夜不得成眠。

"快卯时了。"小月接过茶盏,俯身想去吹烛火,"您再睡会儿？"

我掀开了被子:"不用了,替我梳妆吧。"

"这么早？"小月打起了帘子,打着哈欠,"您要做什么？去找陛下吗？"

我摇了摇头:"去看看太后吧。"

小月原本也是迷迷糊糊的,听到我这句话,吓得手抖了一下,帘子"哗啦"一下又掉了下来:"去见太后？"

"别怕。"我拍拍她的手臂,安慰说,"不会有事。"

"那一会儿还是等陛下散了朝,请他陪着一起去吧？"小月忧心忡忡道。

"不用。"我就着盐水漱口,抬眸望了望铜镜中的自己,"我自己去就行了。"

太后惯常会在天未亮的时候就去念经。我特意起这么早,就是想赶在太后之前去佛堂,也好让她看看我的诚意。

简单梳洗后,人还没走出中昭殿,就遇到了正要去上早朝的皇帝。

我带着人,默不作声地立在一旁行了礼。

他坐在辇架上,拢着大氅,仿佛没有看到我,连头都没有转,一大队人便远去了。

"小姐,您和陛下又怎么了？"小月起身,提了一盏灯笼,跟在我身后问。

"没什么,好着呢。"我若无其事地往前走。

脚步声切切,深宫寂静,唯有路旁的长明灯是亮着的,照得脚下的路又黑又长,仿佛怎么都走不完。

冷风一吹,我虽一夜未睡,却越发清醒了。

我偷了苏凤仪的身份,多活了这几年,可一样得到了报应——这报应,就是身不由己。

昨夜我读庄子的故事,说到楚王派大臣去请他出仕,庄子坐在河边钓鱼,慢悠悠地问那两位使者:"同样是乌龟,在庙堂里供奉的龟骨尊荣无比;而小河里的乌龟正在泥巴里打滚晒太阳。你选择做哪一种?"

我忍不住想,我要是那个使者,恐怕当下就会脱下官服,坐下来和他一起钓鱼了。

贫苦些没什么,可是自在呀。

我想爬一爬江郎山,看磅礴的日出和云海。回到山下自己的小院,从日落睡到第二日清晨,正好去赶镇甸的市集。买一块烤饼,配一碗凉面和米酒,和乡亲们打招呼聊几句,再溜溜达达地回到自己的小院。

我在宫里的五年,的确享尽荣华富贵,可没有一天是开心的。

因为偷来的东西,总归还是心虚。

若只是衣裳首饰,还了就还了,可我拿的是别人的命运,又该怎么完璧归赵呢?

我一路思绪万千,到了佛堂,时辰还早,太后还没来。

点灯,净手,漱口,熏香……

我跪在佛像前,从未有过这般诚心诚意地,想要问一个答案。

未来的路究竟该如何走,才不会行差踏错。

## 第六章
### 筹谋

也不知过了多久,我睁开眼睛,才发现太后已经到了,同我一道跪在佛前,并没有打断我。

我悄悄地转了身,想要对她行礼,太后未睁开眼睛,却道:"皇后,先念完《药师琉璃光如来本愿功德经》再说话。"

我跟着太后念完了当日的功课,扶着她起来,她才略略将视线落在我身上。我明白她想问什么,乖巧道:"母后恕罪,自儿臣回宫至今,未曾前来探视,实在是陛下的身体有些抱恙。"

"嗯,哀家知道。皇帝身体好些了吗?"太后捻着佛珠在一旁坐下,视线在我身上转了一圈。

老太太已经满头银发,慈眉善目,可不晓得为什么,我同她在一起,就是浑身不自在。我垂下眼眸:"是。御医来了数日,昨日说已经大好了。"我顿了顿,"所以臣妾也会搬出中昭殿,往后有了时间,也可以多来侍奉太后。"

太后想了想:"皇帝至今没有子嗣,你留在他身边侍奉,哀家也不觉得不妥。只是……"

太后又在谈起子嗣的事,我一阵头疼,但也隐约猜到了,纳苏凤箫为妃的事,皇帝定然是同太后通了气,接下来,就要让我大度一些,以国事为重,切切不可有嫉妒之心。

"只是……皇帝他对宫内嫔妃们不大在意,这次选秀,也未选出他中意的女子。倒是叫人为难。"太后叹了口气,"原本哀家瞧着你妹妹长得秀气,为人也娴静,可辗转问过了皇帝,他又……"

"妹妹的事,陛下已经同儿臣谈过了。"我缓缓接了太后的话,主动道,"他既心悦凤箫,儿臣也乐见美事。古有娥皇女英,儿臣虽不敢与娥皇比肩,但身为皇后,也当大度贤惠些。请母后放心,陛下已经将此事交给儿臣去操办了。"

太后一怔,表情似是有些困惑,片刻之后,才道:"你说皇帝同你说过,他心悦你妹妹,要将她纳入宫中?"

"是。"我毫不犹豫。

太后思索片刻,淡淡笑了:"皇帝大约是不好意思同哀家开口,到底还是你们夫妻间亲近些。"她和颜悦色地看着我,"皇后,先前哀家觉得你有时不懂事,可大事上,你终究还是明理的。"

这么多年,这也是难得的一次,太后竟然夸了我。

我也笑了:"母后过奖了。"


离开小佛堂的时候,我的脚步都变得轻快了。

苏凤箫想要为姐姐要回她苏家该要的东西,而我只是想要保住自己的命。

从前我排斥她,是因为害怕。

其实没什么可怕的,毕竟我手中有着她心心念念的东西,我们大可以坐下来,好好聊一聊。

皇帝说得对,我浑浑噩噩过了五年多,实则也浪费了五年。

眼下有了目标,便不能像之前那样得过且过了,接下来我有许多事,要靠着自己,一步步去做。

首要的就是从中昭殿搬出来,若是一直住在皇帝身边,只怕什么都做不成。

其次,我还得去找苏家的人聊聊,摸一摸他们的底线。车到山前必有路,我虽不喜欢苏家,但或许我们彼此都能如愿呢?

我心中默默盘算着,不知不觉回到了中昭殿。

此刻天才微亮。我站在高高的台阶上眺望前方,微蓝泛白的天空远处,仿佛见到了层峦如嶂,水泊纵横。

我想去看天地广阔,想要食人间烟火,那便先要越过眼前这层层如枷锁般的宫殿。

"娘娘，这晨间露水寒凉，您就这么站着，也不怕冻出了病？"周平从一侧台阶走上来，行了礼，又递上了件氅衣。

我笑着接过："今日这么早就散朝了？公公不在陛下身边伺候着？"

"朝中没什么大事，奴才就趁着陛下在召见臣工，特意来问问娘娘，这几日天气变寒，是否要添些炭火？"

"是有些寒津津的，劳烦公公送去本宫的住处吧。"我笑了笑，"今日本宫就搬回去了。"

周平愣了下，半晌，才小心翼翼地问道："这……陛下知道吗？"

我轻描淡写："陛下身子大好了，自然用不到本宫日日服侍了。"顿了顿，又道，"况且，本宫已经向太后禀报过了。也不是什么大事，公公就替本宫去转告一声吧。"

周平愣了一会儿，才笑道："这事儿……娘娘还是亲自去和陛下说比较妥当。"

我想了想，点了点头："是，那本宫这就去和陛下说。"

"娘娘不必如此着急，依奴才之见，等用午膳的时候，娘娘再过来谈及此事，如何？"

如此也是甚好。

我转身欲走，顺口问了句："陛下留了谁谈事呢？"

"是楼大人从前线负伤回来了。"

我倏然止步："楼景疏楼大人？他负伤了？伤得重吗？"

周平答道："是轻伤，没什么大碍。"

我心思翻涌，良久，终于点了点头："好，平安无事便好。"

我回到了寝殿，小月已经开始指挥宫女们收整杂物，时不时地跑来问我一些东西如何归置。我心绪不宁地敷衍了几句，到底是坐不住了："小月，前些日子卫妃送来的芙蓉冰肌药膏还在吗？"

小月替我找了出来，我收在袖中，也没带旁人，独自出了殿外。

因为知道皇帝必定在和楼景疏细谈，倒不必着急忙慌地赶过去。我沿着游廊停停走走，忽见外头细细密密开始飘下雨丝，我迟疑片刻，缓缓伸出手去，掌心微凉。我缩回了手，想到楼景疏从北庭赶回来的路上，多半遇到的也都是这样的天气，那么边关的将士们，想必就更加难熬了。这大概便是众生皆苦吧。

也不知过了多久，秋雨渐渐地细如牛毛，风也止住了。游廊靠近正殿的位置甚好，既能看到往来之人，又不甚显眼。

不多时，楼景疏从角门处匆匆进来。

我提了裙角，快步走了过去。楼景疏先见到我，停下脚步，向我行礼："参见皇后娘娘。"

我亦停下了脚步，关怀道："楼大人，你身上有伤，不必行此大礼。"

内侍将楼景疏扶了起来，我仔细打量他。

半年未见，他黑瘦了许多，原本温润秀气的脸竟也有了几分沧桑之意，神色亦显得峻厉了。想来他一个文臣去到边关，既免不了辛苦历练，又会受伤，终究还是不易。

"楼大人伤在何处？要不要紧？"我问道。

"皮肉之伤，无关紧要。有劳皇后挂怀。"楼景疏客气道，"陛下体恤微臣，特意命御医先来看过，也上了药，这才来面圣。"

我意识到皇帝还在等着他，连忙递上了一个药瓶："若只是皮肉伤，这个药丸很是灵验。楼大人记得用热水化开，再敷上去，见效极快。"

楼景疏接过药瓶，笑道："多谢娘娘赐药。"

"楼大人，过几日本宫……"我上前一步，正要说话，忽听楼景疏轻轻咳嗽了一声，看了我一眼，跟着跪了下来。他的身后，内侍们也已经忙不迭地跪了下来。

我回头一看，皇帝竟从殿内出来了，高高地站在台阶上，视线自上而下，落在了我和楼景疏的身上。

我连忙转身，向皇帝行礼。

这宫院之中鸦雀无声，我只觉得跪了许久，裙角都被地上的积水渐渐氤湿了，皇帝都没开口说"免礼"。

皇帝倨傲归倨傲，但素来是不大在意这些礼数的。记忆中，我几乎没有好好跪过他，可这一次却等了许久，我忍不住悄悄抬头，皇帝依然站在台阶上没动。

因为隔得远，其实我瞧不见他的眼神，却莫名地有些寒意，仿佛此刻的小雨，细细绵绵的，都渗进了肌肤之内。裙角上沾的湿意如同藤蔓般一点点地在爬上来，我跪着倒是没什么，只是有些担心楼景疏受着伤，一直在雨中淋着，难免会对伤势不利，却又不知道该如何为他解围。

终于，台阶上头，皇帝的声音低沉清冷："都起来吧。"

楼景疏站起来的时候显得有些艰难，一只手撑在地上，半站起来时又趔趄了一下，几乎要摔到地上。我眼疾手快，踏上前了一步，扶住了他的手臂。

因怕他站不住，这一抓有些用力。我只在意楼景疏站住了没有，并没有察觉到他表情上一闪而逝的痛楚，关心地问道："楼大人，没事吧？"

楼景疏似是平复了许久，才答我："多谢皇后娘娘。"说话间，又自觉地往一侧让开了些。

懊恼的念头一闪而逝，我连忙放开手，想起皇帝就在一旁虎视眈眈地看着，该不会又以为我对楼景疏另眼相看吧？

我后退了一大步以示避嫌，没想到背后站着人，这一步，就重重撞到了来人，踉跄着差点摔倒。

一只手扶到我的腰间，将我稳住了。

皇帝的声音冰冷又含着讽刺："你谢她什么？谢她将你的手臂抓裂了吗？"

我愣了下，望向楼景疏的手臂，他已经收回放在了身后，但是指尖上一滴鲜血恰好落在地上，混进了雨水中，很快消散了。

楼景疏脸色苍白："不关皇后娘娘的事，下官手臂上的伤本就是裂开的，并未痊愈。"

皇帝淡淡道："去将御医请来，就在此处再包扎一次吧。"

周平急忙遣人去请御医，那小内侍一溜烟地往雨中跑了。

"楼大人，实在对不住。"我又愧又急，有些不知所措。

楼景疏勉强向我笑了笑，微微摇头，示意无事。

"皇后，你是还想让他淋雨，加重伤势吗？"皇帝负手站在一旁，眉梢微扬，面无表情地看着我。

"那臣妾先告退了。"我迟疑片刻，望向楼景疏，许多话也只好吞进肚子里，只能下次再找机会了。

我转身欲走，皇帝却踏上一大步，半拦在我面前，清亮的眸色深处情绪翻涌，在我耳边道："皇后，你不等御医过来，就这么走了，当真放心得下吗？"

我怔了怔，才反应过来皇帝这话的意思。

周平正扶着楼景疏走向殿内，内侍们也都忙成一团，一个个看上去若无其事，但谁知道有没有听到刚才他说的话？万一听到了，传了出去，又会给我惹一大堆麻烦！

我视线微抬，直视皇帝，忽然觉得又愤怒又委屈。

身为皇后，我在深宫中艰难求生已是不易，今日好不容易讨了太后的欢心，又顺着皇帝的心意，要去为他操持纳新人的种种琐事。此时不过是来探望这宫外唯一的朋友，却要被他这般奚落。这一日日的，我委曲求全，到底过的是什么日子？

我涨红了脸，并未克制此刻的愤怒，一字一句说道："陛下，您、是、何、意？"

皇帝的话说得甚轻，我却并未压住声音，说得极重。

周遭人不聋不瞎，一个个必然都听到了，也看到了我与皇帝之间的剑拔弩张。

内侍们倒还好，因为训练有素，便能装作若无其事。只有楼景疏大约是第一次见到这样的场景，侧头看了我和皇帝一眼，略有些尴尬与不知所措。

我自然知道在旁人面前这样不大好，可皇帝此刻居高临下看着我，我绝不能示弱。于是我微微仰着头，与他两相对峙，谁也不肯先挪开视线。

直到周平的声音颤颤巍巍地出现在我和皇帝之间。

"陛下，娘娘，楼大人他……昏过去了。"

御医匆匆赶来，为楼景疏把脉诊治、查看伤势。

我和皇帝站在一旁，谁都没说话，屋子里只有伤者略带粗重的呼吸声。

"陛下，娘娘，都请喝口姜茶吧。"周平端上了两盏茶，"刚才在外头淋了雨，寒气重，别落下病根。"

我同皇帝对视了一眼，又各自沉默着拿起了茶盏，一饮而尽。

姜茶熬得浓，一口气灌下去，从体内感受到了火热的辣意。我眨了眨眼睛，几乎觉得快呛出了一点眼泪，连忙伸手揉了揉。

皇帝冷哼了一声。

声音不大，我却听得极清楚。

我不想再听他说些阴阳怪气的话，便往殿门口走了两步。

没想到我走出两步，皇帝也跟着过来了。

我侧头看了他一眼，尽管一再告诉自己要克制，但我想，若是眼睛是匕首，刚才我一定狠狠剜了他几眼。

皇帝只是站在我身边，良久，才问："你哭了？"

他的声音有些低沉，并未带着什么起伏。

我以为自己听错了，便抬头看他一眼。

他倚在门边，默默注视着我。那个瞬间，我有点读不懂他复杂的眼神，只回过头去看雨，摇了摇头。

殿内渐渐有了药物熬煮的香气，而秋雨淅淅沥沥地下着，在宫殿外的青石板上汇聚成了一道道的溪流，偶有落叶漂浮在上，又远去了。

我忽然有些理解太后为何整日待在她的佛堂中念经诵佛。在深宫中待了一辈子，地位再尊崇，却去不掉三千烦恼，也只能将期盼放在神佛身上。

若是此刻，我要将心中的担忧一桩桩写下来，只怕一卷纸都写不完。

"北地想来已经飘雪，天寒地冻，本就艰辛，若是战事不利，人心浮动，又能坚持到几时？"我忽而有感，脱口而出。

皇帝忽然大步走到我面前，声音沉且急切："你说什么？"

他个子高，又逆着光站在我面前，我瞧不清楚他的表情，却莫名感受到他此刻的震动，仿佛我说了句什么了不得的话。

"我说北地寒苦，楼大人只是文臣，都受了这么重的伤，将士们在刀山血海中，更是九死一生。"我迟疑片刻，"陛下，北庭的战事，是不是极是紧迫？"

皇帝微微侧了身，他的眉眼在光影中渐渐沉静，不复刚才的急迫，又似乎有些失望，许久才说："你极少会和朕谈起朝政或战事。"

我只好说:"臣妾只是有感而发。陛下不喜欢听,臣妾往后就不提了。臣妾本就不懂什么。"

他不置可否地"嗯"了一声,却未接我的话,平静道:"比起战事初起,是更艰难了。"

我怔了怔,没想到他会一本正经地回答我。

"边关的奏报也未必可信,所以,朕要听楼景疏亲口说。"

皇帝的话似是有些深意,可他转过身,面向殿外的风雨,不再说话了。

皇帝一只手放在身前,一手垂下,背影极是挺拔,影子几乎将我覆住,也挡住了随风而入的细雨。

我的苦恼是不少,可平心而论,皇帝只会更甚。我若是与他易地而处,或许早就被重重的压力打垮了。

这一刻,我忽然觉得,这个男人的背影……无比孤独。

"陛下,娘娘,臣已给楼大人换了药,开了安神补气的方子,此病需要慢慢调养,多休息就是了。"御医快步至皇帝身后回禀。

"楼大人的伤呢?"我追问,"适才瞧着是流血了。"

"是皮肉伤,当时颇重,已经见骨。"御医小心答道,"适才的确又裂开了些,臣已换了药,之后小心便是了。"

我稍稍松了口气:"那他多久能醒?"

"臣已经醒了。"身后有虚弱的声音,带着轻轻的咳嗽声传来,"多谢娘娘关怀。"

我一转身,便看到楼景疏已经强撑着从榻上起来了。

他本就瘦,内侍又替他宽下了官服,便显得越发清弱,唇色更是苍白,仿佛一个幽影一般。我本想命他不必起来,踏出了半步,便又止住了,只回头看了看皇帝。

"躺着吧,别起来了。"皇帝淡淡道,"再晕过去,今日可没法谈事了。"

"是臣无能。"

"这些话便不用说了。"皇帝在一旁坐下,"朕要听的不是这些。"

我知道皇帝必是要同楼景疏谈战事,便道:"陛下,那臣妾告退了。"我转而望向楼景疏,"楼大人好好休养。"

楼景疏挣扎着在榻上向我行了礼,我略略点头还礼,转身欲走。

"皇后等等。"皇帝忽然道,"你也留下一起听听。"

我脚步一顿,难以置信:"我?"

不只是我,就连楼景疏也怔住了,直直地盯着皇帝,全然没了往日惯有的克制与风仪。

我努力挤出笑意:"陛下,战事紧要,臣妾还是回避吧。"

皇帝起身,走至我身侧,贴近我耳边,用只有我听得到的声音道:"你不听一听,如何随我一道亲征?"

我虽不大信皇帝的话,又总觉得他留我下来是别有目的,但当着楼景疏的面,我自然是吸取教训,不再顶撞他了。

兵来将挡水来土掩,他既叫我留下,我便姑且听一听。总而言之,不会吃亏。

楼景疏因着身体有伤,便斜倚在榻上,讲述这一路的经历。

与北庭的战事源于去年极北苦寒,草木骤枯,以游牧为生的北庭人饿殍遍野,骑兵便纷纷南下烧杀抢掠。陆亦衍一度将边塞民众迁回关内,以重兵镇守嘉安关,终因北庭持续骚扰,数次进犯,决心反击。战事初期,因有老将赵鸣镇守,反击颇为顺利。年初之时,赵鸣忽发重疾,一时间嘉安关人心惶惶,数次城破,全靠着副将林鹤零带着将士们拼死镇守,方才等到援军到来。

楼景疏带着京城的粮草前去边塞,但他在嘉安关的数月间,赵鸣依然病重昏迷,林鹤零负伤坚守极是不易。直至楼景疏回程,战况并未有好转。

"你只需要告诉朕,到底是哪里出了问题。是粮草不足,还是人手不够?"皇帝手中把玩着茶盏,只问了一句话。

楼景疏的脸色因为失血过多显得异常苍白,沉默良久,方道:"陛下恕罪,臣不知哪里出了问题。"他顿了顿,似是平复了下情绪,方才说,"将士在关外奋力拼杀,他们中有的是南方人,只是随着兵部调遣前去戍边。头一次看到雪,也是最后一次看到雪。"

楼景疏停顿了许久,才喃喃道:"臣不知道哪里出了问题。为何北庭人可以有恃无恐地南下,冲击嘉安关的防线。"

皇帝的表情越发的冷肃,抿紧了薄唇,一字一句:"你到底想说什么?"

"臣这一路都在想，我军在关内，可以固守等待援军与粮草。而北庭的夏日应是马肥草盛，大可不必一直南下侵扰。那么，他们为何要一直这么做？"

殿内甚是安静，衬得此刻屋外的秋雨风急，声声呼啸而来。

皇帝起身，站在舆图前，仰头注视偌大的地标，背影异样的沉稳。

我听得有些云里雾里，军政细节自然也不会有人向我解释，但我心中却还有个疑问，忍不住道："楼大人是在哪里负的伤？"

皇帝听到了我说的话，却并未打断我，只侧身看了楼景疏一眼。

楼景疏迟疑了片刻，方才道："臣负伤一事，并未在奏疏中言明。"

他并未直接回答我，但我却忽然懂了。

怕是不好直说，有人不想让他回来。

皇帝转身走至我身边，甚是随意，问道："皇后为什么这么问？"

"楼大人并非武将，无须上战场。即便是真的出了关，身边也必有护卫。今天看他的伤，却又甚是厉害。有些奇怪罢了。"

楼景疏轻抚自己的伤处，默然不语。

皇帝在我身边坐下，淡淡道："回上京的路上，你猜是谁救了你？"

楼景疏一惊，倏然望向皇帝。

皇帝伸手拍了拍他的肩膀："皇后问你的话，你直说便是了。她同朕本就一体，没什么不能说的。"

楼景疏看了我一眼，我只好掩饰了心中的异样，抿唇笑了笑。

楼景疏便说："臣是在离开边塞的第二日，遭遇了刺客。"

果然是这样。

皇帝如今越发高招，原来他早就知道有人并不想让楼景疏回来，所以安排了人暗中保护，楼景疏才能活着回到了上京。

不知为何，我心中既惊且惧。

惊的自然是北庭战事竟如此错综复杂，各种势力交错，难怪皇帝同我提到想要亲征。我转过头，看着舆图上北庭的所在，心中默想着，皇帝若是真的去了，少则三月，多则半年，不将这个心腹大患解决，怕是回不来的。

可我惧的，却并不是他这一去艰难重重。而是眼前这个人，深沉得让我觉得有些害怕。他明明和我一样同在深宫内，却仿佛能知道外面的一切。

多智则近妖，楼景疏在面对他时，都带着几分不自觉的惧意。我这些年时不时对他耍的心眼，会不会他都如明镜般瞧在眼里，只是懒得揭穿我？我接下来的谋划，在他眼中，是不是简单得如同孩童的戏耍？

"皇后？"

我回过神："什么？"

皇帝探究地看着我："你怎么了？"

我分明是心事重重，却并不敢表现出来，只好叹口气："没什么，臣妾只是听得一头雾水，只觉得内忧外患，有些担心罢了。"

皇帝凝视着我，良久，倏尔笑了。其实他笑起来十分清俊，因为眉眼细长，微微弯起的时候，眼神璀璨。可他甚少会笑，年纪轻轻，总是莫名威严。

我微微皱眉看着他，这样的要紧关头，又有什么好笑的？

"不必担心，万事有朕在。"他低声对我说，又抓住我的手，稍稍用力握了一握。

有着楼景疏在一旁，我对他的动作便有些避嫌，很快缩回了手，心中犹有疑惑，追问："楼大人，究竟是何人想要刺杀你？"

楼景疏摇了摇头："臣不知。"

我转头看着皇帝，仿佛他能告诉我答案。

可他的视线落在宫殿某一处角落，似近又远，不知在想什么。

他们君臣二人，终究还是有些默契，有些答案彼此心知肚明，但没有必要对我一个深宫女子说出来。我便识趣地站起来："陛下，军国大事艰深繁杂，臣妾一介女流，多听亦是无益。今日后殿还有许多事要做，就先告辞了。"

皇帝淡淡看了我一眼："去吧。"

"楼大人保重，好好养伤。"我对楼景疏点了点头，起身离开了中昭殿。

我踏进殿内，看着大包小包各色箱子整整齐齐地堆在地上，回过神来："怎么东西还在？"

小月正坐在殿前，眼巴巴地盼着我回来，连忙回道："周总管传了话，说不急着搬。奴婢就没敢让人挪动。"

我颇有些心不在焉地挥了挥手："没什么事，就搬吧。"

"可是……"

"没什么可是的，搬就是了。"

小月不敢阻拦，便指挥内侍们忙忙碌碌地开始将东西运出去，很快，寝殿就变得空空荡荡。

我走前，回望了一眼。

这个屋檐下，我住了不过八九日，同进宫的数年相比，只是一瞬而已。但这八九日间，我日日都能见到陆亦衍，有时一道用膳，有时拌嘴，甚至闹得并不愉快。

但直到此刻，我才意识到，其实这些天，我并未想过要搬回自己的住处。

内侍上前提醒我："娘娘，凤辇已经在外候着了。"

我应了一声，转身离开寝殿。

同他朝夕相处，我并不是全然无动于衷。

然而比起寄人篱下的日子，我更想要的是有一天，我能开开心心地活着，不必仰人鼻息。

搬回自己宫殿的下午，我便歇了一个午觉。

昨夜一夜未眠，早起去侍奉太后，又去关心了楼景疏的伤势，最后被留下听了半日的政务。这一日过得可当真艰难。

我只听到小月说了一句"该用午膳了"，便摆了摆手，卷着丝被躺下了。

沾枕即睡。

一开始黑沉沉的无梦，不知过了多久，我忽然骑上了小泷，在山间路上疾驰。身后有着大批的追兵，幸而小泷极是灵巧，在羊肠小道上左冲右突。

我的呼吸沉重，低头看了看自己身上，腰腹处的伤口正在渗血，撕裂的痛楚正渐渐变得麻木，我的神志也正在渐渐涣散。知道即便是以小泷的神骏，只怕也是难以逃脱，于是我忍着痛，轻轻拍了拍小泷，示意它停下来。

小泷极通人性，很快停了下来。我翻身下马，轻轻摸摸小泷的脖子，让它自己离开。小泷却不肯，轻轻呜咽了一声，潮湿的鼻子蹭了蹭我，示意我上马。

我只好狠下心，随手折了荆条驱赶它。

小泷被抽了好几下，到底还是被我赶着走了。我走至悬崖边，往下望去，深不见底，只有云雾缭绕，箭支稀稀落落地射到我的脚下，我知道追兵们即将赶来，却有一种解脱的平静感。

只要纵身一跃，伤痛、恐惧、期待……就都会消失了。

我深吸了一口气，踏出了最后一步。

…………

我倏然睁开眼睛，屋内已经燃起了灯，我才从梦境中抽身。梦中的痛感太过真实，以至于我清醒后的第一件事，便是解开里衣，去查看小腹上的伤口。

就在那个位置，有一道浅浅的、已经痊愈变成褐色的伤疤。

我不自觉地伸手去触摸它，仿佛带了些灼热的痛感，令我想起适才遍体鳞伤的梦境。

"你在做什么？"

皇帝的声音从门口传来，清冷又低沉，屋内的烛光也跟着跳动闪烁，暗了片刻。

我甚至来不及掩好衣襟，他已站在我面前，居高临下地看着我。

我勉强笑了笑："陛下，我梦到了小泷。"

皇帝俯身，倏然抓住我的手腕，凝视我的双眸，眼神锋锐如刀，仿佛要剜进我的心里。

我迟疑着问："它以前就是我的马，对不对？"

皇帝沉默凝视我良久，烛火映射在他漆黑的瞳孔之中，焰色时隐时现。极难得地，我从他的眼中读到了汹涌而来的情绪。

"你想起了什么？"他的声音有着刻意的冷静自持。

我摇了摇头，低声说："我梦到和小泷一起被追杀，但这个梦很真……"我迟疑片刻，"是真的发生过，连这道伤疤……"

皇帝挨着我坐下。

此刻他的身上有着令我觉得安心的味道，头一次，我主动往他身边靠了靠，仿佛这样就能克制住此刻的慌乱。

"陆亦衍，我身上的伤疤都是真的。"

他伸手将我抱在了怀里。

我还在轻微地发抖，他的掌心按在我的后背，隔着薄薄的衣料，也有炽热的暖意传来。我闭着眼睛，脸颊在他脖子处轻轻摩挲，这样肌肤间的接触，让我渐渐镇定下来。

他的手徐徐往下，又挪移到我小腹的地方，挑开衣角，将掌腹贴在我的疤痕上，轻声问我："现在还痛吗？"

我摇了摇头，伤口自然早就痊愈了，一点都不痛，可我没办法向他描述梦醒时内心的惶恐。

皇帝侧过脸，在我唇角轻轻吻了一下。

"阿樱，我想问你一个问题。"他轻柔地说，"你嫁给我之后，可有哪怕片刻的时间，视我为你的丈夫？"

我一怔，万万没有想到，他会在此时问我这样一个风马牛不相及的问题。

他等了一会儿，见我沉默，语气稍稍有些低沉，仿佛是受了伤，又有点赌气："好，那在你心里，我是什么？"

"你为什么要问这个？"我迟疑。

他抱着我的手更加用力，一字一句："这对我很重要。"

很多时候，他对我说的话都半真半假，可这句话，我确信是真的。

因为我靠在他的颈边，贴近他的胸口，能听到他剧烈的极快的心跳声。

我纠结了许久，想先听听他的答案："那你呢，你先说。"

他没有犹豫，只说了两个字："妻子。"

"可是……我就是那一天，在九鹿寺被你撞见的。"我怀疑地说，"我不是你的王妃。"

他轻轻笑了笑："傻子，在这个世上，还没人能逼我娶一个我不喜欢的女人。"

初时进来时，他的身上犹带着秋雨的寒意，此刻却渐渐变热，连带着我也觉得脸颊发烫起来。

他说的是……喜欢我？

可是为什么呢？

一见钟情？

我自认为长得虽不算丑，但也绝非仙女姿容，能倾倒众生。

还是他先前就认得我？

那他就该知道我是谁，又为什么会失忆，阴错阳差出现在九鹿寺。

我原本靠在他的肩上，倏然就坐直了，紧紧盯着他，不自觉地声音略有些颤抖："你是不是一直知道……我是谁？"

皇帝的脸上并没有什么表情，只是凝视着我："你先回答我的问题。"

我们面对面地坐着，谁也没有挪开视线。

我悄悄咽了口口水："你是陛下。"

皇帝唇角轻轻抿了抿，眼神犀利："朕是天下人的皇帝，不用你特意告诉我。"顿了顿，又重复了一遍，"我问你，这五年来，有没有哪怕片刻，将我当作你的丈夫？"

他就在我身边，咫尺可触，可倏然间，仿佛距离万水千山。我明知自己的答案会令他失望，可是今晚，我却不想敷衍他，或者欺骗他。于是我摇了摇头，轻声说："没有。"

他的眼神暗了暗，只"嗯"了一声。

只听到这一个字，我就知道他没有生气，只是……有些失落和沮丧。

皇帝素来喜怒不形于色，其实要让他失落，远远比激怒他要难。我心中虽没有将他当成是丈夫，可相处了五年，也并非全无感情。我也不想他难过，想了想，解释说："陛下，在我心中，其实，你更像是……"

皇帝听到这半句话，便又注视我，眼神中仿佛又燃起了火光。

我一时间找不到合适的用词，纠结许久，才说："你像是，我的债主。"

皇帝语气中带了些许疑惑："债主？"

我寻到了合适的词，终于松了口气，便肯定地点头："我自从认得你，便欠了你一条命。兢兢业业地扮作你的妻子，有一点不如你的意，便生怕被追责讨债，这不是债主是什么？"

皇帝微微眯起眼睛，眼神中的暗与亮都收了，似往常一般深不见底，抿着唇，带了丝冷笑，似有些无语："好一个债主。佛教说冤亲债主，朕瞧着你倒像是朕的冤亲债主。"

我瞧着他的神态，背后有些凉意，只好拢了拢里衣，双手抱在胸前，讨好道："陛下，臣妾蠢笨，要是胡说八道了，你就当作没听到吧。"顿了顿，赶紧补充，"臣妾想说的是恩人，不是债主。"

皇帝哼了一声，明显带着嘲讽的意味："别的不说，但朕一定是最蠢笨的债主了。"

我迟疑了片刻："此话怎讲？"

皇帝的脸逼近了我寸许，英俊的脸上没有丝毫表情："当日朕挑人，怎么会千挑万选,救了一个像你这样又懒又笨,且不会讨好人的女人?"

他的手还搭在我的腿上,我愤愤间便掐了一下,脱口而出:"我逼着你选我了吗?"

皇帝的常服衣料甚是厚重,一掐之下,疙疙瘩瘩地皱在那里。我松了手,才意识到那一下很是用力。

皇帝倒是没喊痛,只是眉梢微扬瞧着我:"以下犯上,你就这么对待拿捏着你小命的恩人?"

今日既是他主动提起了这个话头,我自然也不想轻易放过,不答反问:"你先回答我,你是不是认得我?"

他摇了摇头,直视我,一字一句:"九鹿寺见到你时,我并不认得你。"

他先前的反应分明不是这样的,我疑惑地看着他:"你没骗我?"

他冷哼了一声:"君子一言。"

我心中犹有困惑,但他若是不肯说,我也无可奈何,只好说:"好吧,我暂且信你。"顿了顿,又觉得不甘心,我转了话题道,"陛下,我可以将小泷养在身边吗?"

"小泷天生神骏,并非宠物,无法养在宫中。"他摇了摇头,"但你想要见它,我带你去马场就是了。"

"倒也不必惊动陛下。"我想了想,试探道,"臣妾想回苏府去看一看。到时候经过马场,就能见到小泷了。"

皇帝没有回答我,可我莫名觉得,屋子里的气氛比起刚才更阴冷了些。

"你回苏府做什么?"皇帝冷冷问道,"你姓不姓苏,自己心里头不敞亮吗?"

我的心跳几乎停顿了半拍,下意识地扑过去捂住他的嘴:"陛下,慎言!"

皇帝并没有挣扎,任由我将嘴堵上了,一双狭长的眼睛看着我,一动不动。

我意识到自己的失态,缓缓放下手,半是责怪,压低声音:"陛下在胡说些什么?"

他扣住我的手腕:"朕知道你不喜欢戴这个面具,且再忍一忍。也不必去刻意笼络苏家。"

"你是皇帝,自然可以率性而为。但臣妾眼下还是苏家嫡女,脱不了这层干系。"我怒极反笑,"总之,我这两日要回趟苏府。太后也已经答应了。"

皇帝疑惑："你素来不喜欢苏家，为何要回去？"

"陛下是臣妾的恩人，恩人吩咐的事，臣妾自然要做到。"我认真道，"迎娶凤箫的事，臣妾总要同苏家好好商议吧？"

皇帝一噎，拂袖而起："平常让你做事就推三阻四、偷懒耍滑，怎么那天朕随口一句话，你就放在心上，还真要替朕操办了？"

我脑袋一蒙，他吩咐的话犹历历在耳，怎么转眼又翻脸了？我以此为条件答应了太后，才能搬出中昭殿，若是他反悔了，我可怎么向太后交代？

怔忪之间，皇帝已经起身，头也不回地走了。

我衣衫不整，却只好跳下床赤着脚去追他。

"那你到底娶不娶苏凤箫了？"

他倏然止步，转身打量我，却一言不发，拦腰将我抱起来又丢回了床上，居高临下道："朕，忽然又不想娶了。"

言毕，他转身到了门口，对左右道："从今日起，没有朕的许可，皇后半步不能踏出宫城！"


这天底下怎么会有如此出尔反尔之人？

我喝着荷叶羹，一边怨念地想着回头该怎么向太后请罪。

"小姐，要不要再去加些糕点？"小月殷勤地在一旁问，"芙蓉糕好不好？"

我觉得她颇有些古怪："你这一整天都愁眉苦脸的，怎的，我被禁足了，你忽然开心起来了？"

"小姐您不也是吗？"小月古灵精怪道，"明明搬回来的时候还茶饭不思，陛下来过之后，虽说是又闹了一场，我看您胃口都好了。"

我刚想反驳她，仔细一思量，她说得好像没错。

小月跟了我这么久，很能体察到我的心绪。

皇帝走了之后，我虽愤愤于他出尔反尔，也在担忧该如何向太后解释，甚至打乱了我下一步的安排，可他不娶苏凤箫这件事，又令我莫名地觉得有一丝轻松。

"各宫的娘娘们听说皇后回来了，纷纷遣人来问候，还都送了东西来。"小月一边帮我倒水，一边向我禀报，"但您一直在午歇，我只好先收了。"

"德妃呢？她有派人来吗？"我连忙问。

"德妃娘娘送来了一个亲手做的香囊，说是可以安神。"小月道，"我一会儿就取来。"

我内心稍稍安慰了些。

我让德妃去亲近皇帝，虽是出于自己的一点私心，但也绝对没有要害她的意思。谁知道又触到了皇帝哪片逆鳞，惹得他雷霆大怒，捎带着还连累了德妃。

"德妃没有对我心生芥蒂就好。"我喃喃道。

"德妃娘娘也不傻。"小月嘀咕，"宫里上上下下，谁还看不出小姐您是最没心眼的。她虽没有因为您得了恩宠，但也知道您为了这件事被赶出了中昭殿，总该记得些您的好。"

我咳嗽了一声："是我自己要搬出来的。"

"反正都一样。"小月叹了口气，"小姐，刚才陛下来看您，怎么又怒气冲冲地走了？"

这个问题，自从我嫁给陆亦衍以来，小月已经问了无数次。但我也头痛啊——碰上的大恩人喜怒无常，我能有什么法子？

我放下筷子，灵光一现，发现自己竟然忘了问皇帝最重要的一件事——他说带我去亲征，是随口一说，还是认真的？

我站起来，吩咐小月："我要去趟中昭殿。"

小月拦在我身前，几乎是在恳求我："小姐，陛下说了您要禁足，您可别闹了。"

"我只去中昭殿，又不出宫。"我解释道，"你放心，他们不敢拦我。"

"我不担心他们拦得住您，只是陛下在气头上，还是别去惹眼了。"她发愁地看着我，委婉道，"陛下有时候挺可怜的。旁人要是把他气成那样，脑袋早就掉了，是吧？"

我冷静下来想了想，也是，今晚去找他，恐怕也看不到什么好脸色。

"那就安置了吧。"我打了个哈欠，吩咐小月，"记得点些安神的香，我怕我又做噩梦了。"

翌日醒来，天色已经大亮。

小月替我拉开了床帷，关心地问："小姐，您昨晚没着凉吧？"

我摇摇头，又伸了个懒腰："昨晚睡得可沉了。"

"那就好，奴婢一时大意，忘记将窗户关好了。今早一进来，发现漏着一条缝。"

我笑着说："我盖着被子呢。再说，哪里就这么金贵了。"

我正要穿鞋，忽听小月尖叫了一声："小姐，您脸上怎么流血了！"

我一怔，下意识地摸了摸自己的脸颊。

"别动，让我看看。"小月凑到我的脸前，仔细看了看，"都成血痂了。"

我坐在铜镜前照了照，果然有干结的血迹，便有些奇怪："怎么没有伤口？"

小月也凑过来："是啊，伤口呢？是不是您手上哪里受伤了？"

我撸起袖子，上上下下检查了一遍："没有。"

"奇了，那脸上的血迹从何而来？"小月还是不放心，"要不奴婢一会儿替您检查下身上，万一伤口在身上呢？"

"我没受伤。"我不以为意，"或许是昨晚还有蚊虫，不小心便擦在脸上了吧。"

小月替我梳头，回禀说："刚才接到了帖子，二小姐想来探望您。"

我眉梢微扬，忽然有一种"得来全不费工夫"的感觉，立时道："那再好不过了，让她即刻进宫。"顿了顿，改口，"不，让人去接吧，越快越好。"

小月手中还在替我编发，一怔，提醒我："是苏府的二小姐。"

"我知道。"我意味深长地笑了笑，"正有事要找她。"

午膳之前，苏凤箫便到了，一见我便欢欢喜喜地拉住我的手，亲热道："姐姐终于回来了。"

我不动声色地挣开她的手，轻轻抚了抚她的手臂，笑道："坐吧，我们姐妹二人，不必拘泥，边吃边说吧。"

其实这些年来，无论是深谋远虑的"父亲"，或是客气慈爱的"母亲"，我都能尽量装作亲密地扮作一家人。唯独这个"妹妹"，她对我越是亲昵，我越觉得心惊胆战。

小小年纪，姿容又如此出众，我甚至觉得，或许她比死去的苏凤仪更适合这个深宫。

"前段时间，母亲与我商议你的婚事。"我沉吟道，"只是我去了趟九鹿寺，回来又一直侍奉陛下，没来得及问问你的意思。"

苏凤箫略带些害羞地垂下了头，并未看着我："这些事但凭爹娘和姐姐做主就是了。姐姐只有我一个妹妹，我自然听姐姐的话。"

我挽袖给她舀了一勺汤，笑道："我不在宫里的日子，你陪着太后与陛下，也做了不少事。太后甚是喜欢你。"

苏凤箫便有些惶急地抬头："姐姐莫要误会。我本意是想劝太后将姐姐接回来，可当时陛下在旁，说姐姐既自愿在九鹿寺清修，也不好打扰你的苦心，便作罢了。妹妹才陪着一块去的。"

"你不必解释，你能替我分忧，我自然是高兴的。"我莞尔，看着她美艳的小脸，"凤箫，我只问你一句话，你照实说便是了。"

苏凤箫垂着视线："姐姐请问。"

我轻声道："你喜欢陛下吗？"

苏凤箫的手微微一颤，汤匙差点掉落下来。

可我看得异常清楚，其实她的眼神甚是冷漠，远没有表现出的那样慌张与无措。

"妹妹从未对陛下有任何逾越的心思。"苏凤箫放下了碗筷，低头站在我身侧，诚惶诚恐，仿佛连抬头看我一眼都觉得不妥。

我拿了锦帕，轻轻拭了嘴，缓缓道："不必急着向我解释。"

她抿了唇，回望向我，眼神中少了些掩饰，更多的是疑虑与探究。

"我就不拐弯抹角。这桩亲事，陛下同我说过了。"我有意顿了顿。

苏凤箫眼神微微一亮，随即又垂下头，白净的双手不自觉轻轻绞在一起。

我淡声说："陛下说，北庭战事延绵，他为天下人表率，理应克私欲，勤政务。故此，无意纳新人。"

苏凤箫的表情倏然僵了。

我好整以暇地喝了口茶："不过，本宫不这么觉得。"

她的脸上终于露出了一丝试探的笑意："娘娘，请说。"

我意识到她不再称呼我作"姐姐"，忍不住一笑："你有所求，我亦有所求。"

她抬起头，望着我，眼神中不再有往日的敬重与亲热，反倒带了一丝审视——若不是我亲眼看到，真的难以想象，这样年轻的姑娘，眼神中竟有如此熊熊的野心。

她很快收敛了目光，轻声问我："那娘娘想要的是什么？"她带了些怀疑，"以今日娘娘所受的宠爱与地位，难道也要不到？"

到底还是年轻，竟会问出这样的问题。我无声地叹了口气："哪怕是天子之尊，也有做不到的事，更何况是深宫中的女子，处处受到掣肘，谈何随心所欲。"

苏凤箫微微歪着头，眼神略带着些复杂："那娘娘究竟想要什么？"

我放下茶盏，抿唇一笑："你是聪明人，有些话不必再问了。等进了宫，需要你时，你自然会知道。"

提到了"进宫"两字，苏凤箫才有了一丝少女的羞涩，微微垂眸："是。"

少女正是芳华正盛的时候，脸颊微红，宛如春花绽开。

我凝神看着她，微笑道："妹妹长得好看，入了宫，陛下定会喜欢的。"

苏凤箫抬头看我，嫣红的嘴唇微微动了动，轻声道："娘娘，我常听旁人说，丈夫的恩宠是万万不可分出去的。你为何要这么做？"

我没有回答，随手拿了团扇遮住了半张脸，浅浅打了个哈欠。

小姑娘极是机灵，便不再问了。

我笑着拍了拍她的手背："放心吧，余下的事本宫自会和母亲商议。"

苏凤箫走后，我犹觉得有些饿，便唤小月去给我弄些糕点。

小月很快去取了藕粉桂花糖糕和松瓤鹅油卷，好奇地问我："小姐，您和二小姐说了什么？"

我嘴里塞了块鹅油卷，含含糊糊道："就聊了聊她的亲事。"

小月眼睛一亮，追问："小姐，你给二小姐找了哪户人家？她答应了？"

小月不喜欢苏凤箫，自然是担心她也会入宫分宠。

我笑眯眯地看着她："我想起来了，其实你和凤箫差不多大，也到了该议亲的年纪了。"

小月倏然红了脸："奴婢问您正经事，您怎么又开玩笑？"

"我没有开玩笑。"我上下打量小月，"你喜欢什么样的？我替你留意着。"

我本就发愁，要是我真的离开了上京，小月该怎么办。这个岔开的话头还真的提醒了我，不若给她找一门好亲事，只要嫁了出去，将来无论我出了什么事，都与她无涉。

只是选的对象得要谨慎些，人品得过得去，最好还能一辈子都令这姑娘衣食无忧，也不枉我二人相伴一场。

我心中正在盘算，小月却拉下了脸："我谁都不喜欢，小姐，您别想把我送出去。"

我半开玩笑："这不是要早些谋划嘛，否则这上京的好儿郎就被人抢走了。"

小月却摇了摇头，神情异常坚定："我不嫁人！您在这里本就孤单，我要是走了，您连说话的人都找不到。"

"小小年纪，懂什么孤单不孤单的？"我抚慰地拍了拍她的手臂，"你要是现在还不想出宫，那不出就是了。"

小月伸出了手，要与我拉钩："你可不能食言。我们拉钩。"

我失笑："怎么才算是食言？"

她一脸认真："您不能随意将我嫁出去，得我同意才行。"顿了顿，她又补充，"我若是一直想留在小姐身边，您就不能赶我走。"

"反了你了。"我笑嗔了一句，却还是老老实实地伸出手，与她拉钩，"这总行了吧。"

小月便心满意足地收回了手，收起了我剩下的点心，压低声音说："您到底和二小姐说了什么？是和陛下有关吗？"

我摇了摇头，并不说话。

小月观察我的神情，摇头道："我瞧着您还是不对劲……要不您出去走走，送些点心去中昭殿？"

我兴致寥寥，摇了摇头："算了吧。"

"不然就请德妃来下棋？或者请魏美人来说话？"

我打了个哈欠，摇了摇头："不想动弹。"

小月深深叹了口气："深宫寂寥，小姐，要是不找些事儿做，真不知道该如何打发时间。"

话音未落，我忽听外头的脚步声切切。

来的是太后身边得力的王常侍,向我行礼之后,她便道:"娘娘,太后请您过去商议要事。"

我含笑看了小月一眼,心道,这不就来事了嘛。

我问道:"是出了什么事,母后这般着急?"

"娘娘,邺王进京了。"

## 第七章
### 母子

邺王陆亦清和皇帝差了足有十来岁，自陆亦衍登基，他便被分封了邺城，甚少回京。我听太后说起过，因为两人自小并非一起长大，是以感情并不亲厚，言下甚有几分遗憾。

我虽见过他两次，彼时邺王年岁尚小，只记得他长得颇为清秀。北庭战事的紧要关头，皇帝将弟弟召入上京，与皇帝计划亲征，是不是有所关联？

我心中盘算着眼下的形势，原本不疾不徐地走在游廊间，忽然停下了脚步。

中昭殿方向，远远有人走了出来。

我往左右看了看："从后头焕芳亭走吧，更近一些。"

小月看着我，欲言又止："是。"

身后的侍女们也都不作声，只是随着我换了方向，向右手边的游廊走去。

焕芳亭周围是一片小小的竹林，夏日里甚是荫凉，深秋行走在其间，颇有些生冷寒意。我脚下踏着沙沙的落叶，听到小月轻声抱怨："刚才分明是陛下出来，您怎么能当作没看到呢？"

竹林小径渐渐到了尽头，我很是庆幸皇帝并未看到我，于是压低声音解释："各走各的，省些麻烦。"

"原来朕在皇后眼中，不只是债主，还是麻烦？"

清冷的声音在竹林绿意中传来，我的心跳几乎漏了半拍，立时停下脚步。小径的尽头，皇帝修长的身影闲闲站着，竟仿佛在等了我许久。

他是从哪里抄了近路，竟然能赶在我的前头？

身后小月带着侍女们已经跪了一地，我只好微微提着裙角行礼，皇帝甚是随意："都免礼吧。"

我笑着问道："这样的天气，陛下还是保重龙体，应当乘坐御辇才是。"

皇帝同我并肩，一道往前走："朕刚才远远看到皇后……"他意味深长道，"忽然拐了弯走了。朕自然要跟过来瞧瞧，到底出了什么事。"

我略有些尴尬："臣妾只是忽然想到，往这里走更近一些。"

皇帝自如地"哦"了一声："那你刚才在说省些什么麻烦？"

我就知道他不会放过我，幸而适才已经想好了该如何应对："臣妾是说，邺王进京，也该厘清些琐事，替太后与陛下省些麻烦。"

我这辩解虽不甚好，多少也圆过去了。

皇帝淡声笑道："皇后倒是思虑周全。"

我大言不惭地点头："是。"又好奇地问道，"邺王进京，是陛下的意思吗？"

皇帝不置可否："母后许久未见他，他也该回来看看了。"

"邺王府那边，臣妾已经命人赏赐了些物件，回头将清单给母后看一看，若是还有什么缺的，就再添吧。"

皇帝"嗯"了一声。

秋风甚是寒凉，此刻略有些稀薄的阳光拨开重雾洒落下来，让人觉得温暖了几分。皇帝不经意地看了我一眼，问道："你今日做了些什么事？"

"也没什么，臣妾才搬回来，还有些零零碎碎的事要处置。"我略有些心虚，不敢跟他提自己见过了苏凤箫，"还做了些糕点，正想要送给陛下呢，没想到太后就传话来了。"

皇帝眉梢微扬："那今日朕就等着皇后送糕点来。"

我硬挤出了笑容："是，陛下。"

竹林小径接着一条游廊，皇帝的步子甚大，我便加快了脚步跟上，一个不留神，便没注意到脚下的台阶，绊了一脚。我踉跄着，眼看要摔倒，皇帝适时转身，伸手扶住了我。

多亏他这一援手，我半个身子都挂在他手臂上，方才没有摔倒。

等我站稳，惊魂未定地看了皇帝一眼，才发现他的脸上有痛楚的神色一闪而逝。

"我抓疼你了？"我连忙松手，想想又觉得不对劲，便去查看他的小臂，

"你怎么了?"

皇帝轻而易举地挣脱了我,将手放在身后,神色自若道:"没什么。"

我将信将疑地看着他,站在原地没动。

以皇帝的个性,如果真的没事,他就会大方地任由我查看,而不是像刚才那样,下意识地收回手。

"让我瞧瞧。"我去拉他的手,"若是有了淤青,就请太医来开些膏药。"

他没再阻拦我,由着我撸起了衣袖,露出了包扎好的伤口。

他的左臂果然受了伤,大概刚才被我一抓,还渗出了些新鲜的血迹。

我吃了一惊:"陛下,你怎么会受伤?"

他若无其事地拉下了袖子:"小伤而已,不小心划破的。"

我无言看着他:"这件事可大可小,宫内该不会是有了刺客吧?"

"朕手痒,练了练兵器,不小心划伤了。"皇帝笑着搂了搂我的肩膀,轻松道,"夫妻同心,朕不想闹大的事,皇后想必也是一样。"

我将信将疑:"陛下,龙体为重,还是先将伤口重新包扎一下。"

焕芳亭的旁边便是一座偏殿,我让小月速去取了药与棉布,亲自为皇帝包扎。

他的伤口果然已经裂开了,往外渗着血珠,甚是狰狞。我小心翼翼地敷上了药,重新包扎好,替他将袖子拉下来。

"陛下万金之躯,还是该小心一些。若是在宫中都受伤,出了宫岂不更令人担心?"

他坐在椅子上,原本安静地看着我,忽而一笑,轻声道:"你有多久没对我说这句话了?"

我一怔,迟疑片刻,问道:"臣妾……之前说过吗?"

他却没有回答我,低头整理好袖口后,站起身道:"走吧,母后想必等了许久了。"


因为路上耽搁了,至太后处便有些晚了。

天光渐暗,殿内的灯火通明,内侍宫女们进进出出,往来不断。

我对皇帝笑道:"甚少见到母后这里这般热闹。"

我本以为他要见到弟弟,定然也是欢喜的。可他看着眼前的景象,脸上却没有丝毫表情，甚是漠然，只点了点头道："进去吧。"

皇帝和我并肩进入殿内，便有一个年轻男子抢上前两步，伏地行礼："臣弟参见皇兄。"

皇帝笑着将邺王扶起来，上下打量他，笑道："数年不见，竟同朕长得一般高了。"

邺王身高和皇帝相仿，只是消瘦许多，他的鼻梁略带着些鹰钩模样，肖似太后。

以我的眼光来看，兄弟眉眼虽相似，邺王却多了些阴郁，不及皇帝英挺。

邺王又向我行礼，我站在皇帝身后，笑道："殿下免礼，远道而来，一路想必辛苦。"

"皇帝似他这般大的时候，已经驻守边关，征战北庭了。"太后笑道，"他是年轻人，理当多历练才是。"

这句话看似是在夸皇帝，可我觉得有些古怪，心道往常还不觉得，如今邺王来了，便品味出来了：太后对着幼子，果然更亲昵宠爱些。

"都别站着了，一家人，坐下说话。"太后笑道，"皇帝，邺王入京，本该先去见你。是哀家一时心急，将他唤来了。你不会介意吧？"

皇帝笑着坐下："母后言重了。一家人，又何须分先后？"

太后转头吩咐孙姑姑："将邺王带来的茶果子端上来些，给皇帝和皇后尝尝。"

坐定之后，孙姑姑便遣人端上了茶水点心。

邺王关心道："听闻嘉安关局势未稳，臣弟内心焦急，不知能否替皇兄效劳一二？"

太后轻轻咳嗽了一声。

我想这邺王倒是耿直，同胞兄弟说话竟这般随意。

皇帝喝了口茶，说："你年岁尚小，又无征战经历，这些事，过两年再说不迟。"

邺王也不气馁，看着皇帝，又问道："皇兄，我早就听说当年你驻守边关，曾经三入北庭，又全身而退。当年追随你的藏器诸将，不知在何处？若是战事有些不利，何不用旧人更妥当？"

皇帝慢条斯理地吃了一口糕点。

我好奇地看了皇帝一眼。我在宫中数年，他从未和我谈起过往。我又只求自保，一日日得过且过，也从不多问，完全不知他过往的沙场历练。

皇帝并未开口，太后却打断了他："邺王，你不思替皇兄分忧也就罢了。过去的事，你皇兄想说，自然会告诉你，何须你来询问？"

邺王忙道了一声"是"，向皇帝告罪："皇兄，是臣弟唐突了。"

皇帝放下茶盏："无妨。沙场上的事，刀光剑影，你若是能不知晓，倒也是福气。"

我打圆场道："自古征战几人还，边关安定，才是陛下的夙愿。"

太后点头道："皇后这话说得很是。"

这一顿饭虽是至亲相聚，彼此间又有些生疏，我吃得食不知味，陪着饮了两杯酒，因皇帝还有公事，便带着我一道告退了，独留下邺王再陪太后说话。

我走到门口，正要踏出门槛之时，忍不住回头看了一眼。

未想到邺王也正凝视着我的背影。

他察觉到我的视线，眼神并未收敛，反而对我浅笑致意。邺王的眼神深邃幽暗，宛如深林中的一条蛇，正盯着猎物。我只觉得一股浅浅寒意从后脊升了上来。

"皇后？"皇帝见我停住脚步，回头唤我。

我连忙应了一声，头也不回地走了。

内侍们分列成两队，提着灯笼照路。宫内的长明灯也已点起，路途虽有些远，却总有些光亮，蜿蜒入未来。

我忆起邺王的目光，依然觉得不自在。

"你魂不守舍的，在想什么？"皇帝开口询问。

我侧头看了他一眼。月光星辉之下，其实邺王同皇帝的眉眼依然有着几分相似，可不知道为什么，哪怕是初识，我也从来不会害怕他的眼神。

我不好直说适才邺王的眼神令人不适，想了想，才问："你昨日说，要带我一起去嘉安关，是真的吗？还是……是我听岔了？"

他看着我，甚是严肃，眉眼冷然，声线低沉："你没听岔。"

我又疑心自己听岔了，连心跳都停了一拍。

年轻天子的眼中隐约亦有几分无奈。

"阿樱，但这是下下策。"他顿了顿，视线遥遥望向天际，"若是可以，我想要你留在京城，不必去见战场的腥风血雨。"

他的掌心极暖，我忍不住反手回握，轻声道："我明白，这番话你适才同邺王已经说过了。"

"你不明白。"他低头看着我，温柔笑了，一字一句，"你和他不一样。"

这一路回到凤德殿，我心中其实有着许多疑惑，可皇帝走在我身边，似乎并没有要说话的意思，我也只能强压着不安，勉强笑道："陛下，要不要在臣妾这里再用些吃的？"

月光辉映，他的眼眸之下略有些阴影，显出几分疲倦。

"你早些休息吧。"他摇了摇头，"朕还有事。"

我应了一声："那臣妾恭送陛下。"

皇帝却并未转身离开，只是看着我："朕看着你进去。"

他不走，我也还是无法转身，不解道："臣妾本来以为，这一次晚膳，必会其乐融融。哪怕是有天大的事，也抵不过母亲兄弟一起用饭的时光，甚是可贵。"

皇帝怔了片刻，才淡淡道："天子无家事，谈何难得珍贵？"

我下意识地想要反驳："可是——"

皇帝竟难得被我看得有些不自在，闪避开了眼神，直接说："回去吧。"

我只好向他行了一礼，转身离开。

"小月，陛下是太后亲生的，是吧？"我翻过一页书，随口问道。

小月愣了一下，左右张望了片刻："小姐，您魔怔了？这种话怎么能随便乱说！陛下当然是太后亲生的。"

"既然是亲生的，有什么不能说的？"我接过小月递来的茶盏，若有所思，"我就是觉得有些古怪。你看今日邺王来了，太后与他便很是亲昵。可我从来没见过陛下和太后那般随意……"

"陛下那么威严，哪怕是太后，也不敢与他太过亲昵吧。"小月若有所思，"再说邺王殿下是幼子，听说太后生他的时候年岁也大了，自然就更加疼爱一些。"

我知道事实便是如此，可今日见到了邺王，我却隐约感觉到太后对两个儿子态度的微妙不同。

我实在难以遣释此刻心中的一点异样，又觉得许是自己多想了，摇头道："算了，今日有些累了，早些睡吧。"

小月替我拆了发饰，正要卸妆，忽听门外内侍回禀："娘娘，邺王入京带的贡品已经送过来了，在廊下放着。娘娘是现下去看一看，还是等明日看了再入库？"

我素知邺城地处南方，鱼米之乡，极是富饶，倒也好奇他送了些什么："去看看吧。"

廊下放了整整一排木箱，皆已打开了盖子，其中整整两箱是邺城产的纸和墨。

虽说宫中什么都不缺，但收到了送来的新鲜玩意儿，总是觉得有趣。我一边看，一边吩咐："德妃喜欢写意山水画，将这些生宣送去她那里。杨贵人那边送这些熟宣，她擅工笔，用这些再好不过了。"

邺城近海，也盛产珍珠，是以送来的贡品中还有一小盒上好的珍珠。此时天色极暗，借着廊下灯笼模糊的光亮，珍珠莹莹散发出了光泽，颗颗皆有小指头大小。

"魏美人尤爱珍珠，将这个手串送给她。"

我按着各宫的喜好，一一分配了贡品，等明日再分送。

这么一来，倒也花了足足小半个时辰，我走到最后一个木箱前，问："这是什么？"

内侍上前打开，我俯身看了看，里头放了一幅画卷，以及零零碎碎的一些小玩意儿。

画卷已经颇为陈旧了，纸面泛黄，画的是一幅童子学堂图。

老夫子在上课，底下坐了七八个男童，正跟着念诵诗作。窗外蹲着一个小女孩，正好奇地往屋内张望。而屋内一个略大些的男童正转头望向她，仿佛在隔空说话。

我虽不会画画，但这些年在宫里也算是鉴赏了些收存的名作。这画笔触稚嫩，亦无特别之处，更像是初初学画之人的练笔之作，也不知为何会放在了贡品中。

我有些奇怪，接过了小月手中的灯笼，更靠近了些，去瞧画卷的右下角。

本应落款的地方并没有什么签章，只有简单的一个"衍"字。

这个字写得颇工整，我隐约能认出来，这像是皇帝的字迹。

那这幅画……莫不是皇帝画的？

"娘娘，刚才邺王遣人来说，有一箱送错了。本是陛下的旧物，是要送去中昭殿的。"内侍匆匆赶来，向我回禀。

"就是这一箱吧？"我点点头，"本宫自会遣人送去中昭殿。"

我又蹲下去看箱子里的东西。

一把木雕的小剑，一只已经破皮的蹴鞠，还有些零零碎碎的小人、车马等玩具，不少还缺胳膊少腿，越发显得年岁悠长。

我拿了一个缺了脑袋的小木人在手中瞧了一会儿，听到小月说："想不到陛下也曾有童趣的时候。"

我莞尔："难不成陛下生下来就是现在这样的吗？那不是成怪物了？"

小月也笑了："平日里见到陛下，奴婢连抬头都不敢，哪能想象他小时候也喜欢玩这些？"

我小心地将玩具和画卷放回箱子里，又命人合上盖子。

"娘娘，这就遣人送去中昭殿吗？"

我点了点头："再去准备些白日里的糕点，我亲自给陛下送去。"

夜已深了，我也懒得重新装扮，便披了件大氅，并未大张旗鼓，只是让人带上箱子，悄悄去往中昭殿。

其实明日让人送去也就罢了，并不比我今晚巴巴地去走一趟。

可不晓得为什么，我就是有些不放心，隐约察觉到了皇帝今日的落寞，总想要去安慰一下他。

远远瞧见了中昭殿，我回头看了一眼："点心不会凉了吧？"

小月笑道："放心，食盒外头还套着锦布，不会凉的——"

我点了点头，忽见远处一行人正走进中昭殿，因为打着灯笼，远看便如一条蜿蜒的火蛇正缓缓地在夜色中流淌。

怕不是边关又出了什么事，有急报送入京城？此刻皇帝若是要召集内阁议事，我倒不便去打扰了。

我沉吟片刻，唤了一名内侍去前头看一看。

不过半炷香的时间，内侍回来了，只是低着头，不敢瞧我的脸。

小月性急，便道："娘娘在寒风中等了好一会儿了，到底出了什么事，你倒是说呀。"

内侍便支支吾吾道："没出什么事。进去的也不是宫外的大人们。"他顿了顿，低声道，"是陛下今日召了崔贵人侍寝。"

周遭一片寂静。

我沉默片刻，若无其事道："原来如此。那就不便去打扰陛下了。"

小月低低应了一声"是"，又小心翼翼地看我一眼，仿佛是在观察我此刻的情绪。

我觉得有些冷，便将身上的大氅围裹得紧了些，转身离开。

"这是崔贵人头一次侍寝吧？"我轻声问道。

小月答了声"是"，过了片刻，又悄声问我："小姐，您还好吧？"

我笑了笑，淡淡说："有人陪着陛下，我也放心些。"

小月看着我，欲言又止。

只有我自己知道，此刻我的内心远没有外表那样的淡然。但我又不喜欢他，也从未想过去争宠，何必要去想陆亦衍和旁人在做什么呢？

我强自打断了自己的思绪，心说皇帝终究是食五谷杂粮的，也有七情六欲，有年轻貌美又温柔的嫔妃陪伴着，大概就不会觉得落寞了。

我深吸了一口气，不自觉地加快了脚步，想要离中昭殿越远越好。

我睡下之时，小月特意替我在屋内留了一盏灯。

我知道她担心我，怕我夜半失眠，睁着眼睛看着黑漆漆的屋子难过。

我本想说不用，可转念一想，我适才的失落想必也被她看在眼里，倒也不必再矫饰，搞不好还真要辗转反侧到天明，留些光亮也好。

可叫人意外的是，小月一离开，我沾到了枕头，尚未演一出忧郁吃醋的戏码，竟立时沉沉睡去了。

这一觉异常深沉，以至于有人在轻拍我脸颊的时候，我还以为是在做梦，翻了个身想要躲过去。结果那只手不依不饶，又将我的脸掰了回来。

我恼怒地睁开眼睛，迷迷糊糊道："小月？"

屋内烛火犹在，那人背着光，唯有一双眼睛甚是明亮，灼灼看着我，沉声道:"是我。"

我终于从睡梦中醒过来,半支起身子:"陛下?"

皇帝见我醒了,顺势坐在床边,双手抱在胸前,打量了我数眼,用一种古怪的语气,带了几分嘲讽:"你倒是睡得香甜。"

我揉了揉眼睛,入睡前的记忆才一点点地浮上来——我特意带着糕点去看皇帝,然后在路上,远远瞧见了去侍寝的崔贵人……

我彻底清醒了,脱口而出:"你怎么在这里?"

皇帝迫近我,盯着我的眼睛,缓缓问道:"适才你去过中昭殿?"

我不答反问,下意识地看了看外头:"什么时辰了?"

"丑时过半。"

我默默盘算了一下,才睡了半个多时辰,难怪还这么瞌睡。我不由得打了个哈欠,想要继续躺下去。

皇帝一把扯住了我的胳膊,不让我躺下去,蹙眉凝视我:"你还没回答我,是不是来过中昭殿?"

他的手略有些用力,我的衣裳又单薄,被他抓得有点痛,只好点头。

"是啊。"

他又凑近了些,呼吸略有些沉重与炽热,轻轻扫在我的鼻尖:"那为何不来见朕,悄悄走了?"

这不是明知故问吗?

"臣妾不想打扰陛下。"我委婉道,"况且,已经见到崔贵人进去了,臣妾再去,也不像话。"

皇帝脸上并没有什么表情,唇角却轻轻勾了勾:"怎么就不像话了?"

我一噎,微微有些脸红,正要开口,忽听外头小月带着浓重倦意的声音传进来:"小姐,您醒了吗?"

皇帝几乎在同时伸手捂住了我的嘴巴,对我轻轻摇头。

我觉得不对。

他是怎么进来的?怎么小月在外头却毫不知情?

我的眼神中满是疑惑,拿下了他的手,比着口型:你如何进来的?

皇帝以眼神示意我,又瞧了窗户一眼。

他的眉眼本就凌厉,半明半暗的烛火中,斜睨的视线,越发有种肆意张扬的俊美。

堂堂帝王之尊，竟然翻窗进来？

我又好气又好笑，带了丝嘲讽："尊驾到底是何事？"

皇帝尚未回答，小月在门外大约是听到了动静，窸窸窣窣地起来了，又追问："小姐？"

皇帝对我使了个眼色。我只好清清嗓子，装出困倦的样子："无事，我刚才起来喝了口水。"

小月才放心地"哦"了一声。

屋外没有了动静，我皱眉看着皇帝："陛下，你寅夜来此，既不合规矩，也容易惊动旁人。"

皇帝默不作声地看着我，眼神中带着些探究，紧紧盯着我的脸："你生气了吗？"

我反应过来，他说的生气，是在说崔贵人。

他不提还好，他既提了，我便猛地想起来，更深露重，只怕崔贵人还在中昭殿。

我便摇头，推了推他："陛下，你该走了。"

他眉梢微扬："朕在你这里，不好吗？"

倒也不是不好，只是将心比心，崔贵人她若是醒来，枕边不见了皇帝，又该如何是好？

我便苦口婆心："陛下既召了崔贵人侍寝，也该从一而终才是。"

话一出口，皇帝眉宇间掠过一丝恼怒："皇后，你还真是大方。"

房门轻轻响起"吱呀"一声，有人推门进来。

屋内的烛火应声而灭，皇帝已经眼疾手快地上了床，顺势拉着我一道躺下。

我被他圈在怀里，双手如同被缚住，他甚至伸出了一条腿压在了我身上，不让我动弹，另有一只手捂住了我的嘴，凑到我耳边："让她出去。"

我在黑暗之中，一时间有些纠结，要不要干脆喊出来。

他既不要这脸皮了，我又何苦替他留着？

皇帝仿佛猜到了我的心思，在我耳边轻声说："想不想出宫去看小泷？"

我一怔，便没敢轻举妄动。

小月进来添了些茶水，又走到床边，柔声问："小姐，还要喝点热茶吗？"

皇帝抱着我的手臂更加用力了一些，几乎要掐着我的脸颊，逼我开口。

我只好装出半梦半醒的样子，迷迷糊糊道："不必了，你去睡吧。"

小月"哦"了一声，嘀咕了一句："怎么烛火灭了……"

"不必点了，就这样吧。"我吩咐小月，直到她离开，关上了门，才低声道，"你快起来，她出去了。"

皇帝却没动，依然牢牢抱着我，躺在我身侧，声音中有着几分懒散与无赖："朕就想陪你躺一会儿。"

我心头火起："上半夜让崔贵人侍寝，下半夜又来臣妾这里，陛下还真是喜新厌旧。"

皇帝的双手扣在我的腰处，越发地用力了。半响，他开口时还带了丝欣慰："你生气了。"

"我自然生气！"我以手肘向后，用力击在他胸口，恨恨道，"你连靴子都不脱，就这么上我的床！"

皇帝闷哼了一声，也不恼，只是轻声笑了："行了，我不闹你了。"

他轻轻放开我，坐了起来："带你去看小泷。"

我原本满腔怒火，听到这句话，便顾不得再与他吵架："你说何时？"

他笑道："此刻。"

我几乎以为自己听错了，伸出手去触皇帝的额头。

他没发烧。

他握住我的手，含笑道："朕让你受了委屈，就当是补偿你的。如何？"

我自然是想去的，可是深更半夜，帝后两人偷偷溜出宫，又成何体统？我好不容易在太后那里讨得一点欢喜，若是被发现了，只怕真要被扫入冷宫，再难翻身了。

"皇后不会是不敢吧？"皇帝的声音甚是平淡，又隐隐带了丝挑衅。

我翻身坐起来，眉梢微扬："你说如何出去？"

皇帝轻轻咳嗽了一声，我瞧不见他的神情，但莫名觉得他在笑。

良久，他才说："先去换身衣服。"

屋内的烛火已经灭了，我不敢再点上，只好摸黑找了套衣裳出来换上了。

皇帝坐在一旁，好整以暇地等我。

黑灯瞎火，我本就做贼心虚，系衣带的时候便有些手忙脚乱，绕成了一个死扣，怎么都解不开。我心急地凑到窗边，想要借着一点点月光，看清楚哪里缠住了。

"我来吧。"皇帝走到我身边，俯身替我解衣带的死扣。

深秋的月色朦朦胧胧，罩在一层云雾之后。皇帝的手指修长，莹然似玉，只是轻巧地拨了两下，衣带便散开落下了。

"我并未让崔贵人来侍寝。"他低着头，长长的衣带环过我的腰间，他以指尖交叉，系紧后打了一个结，轻声说，"只是找她有些事罢了。"

我愕然抬头。

月色宛如倒影，他的眸色又清又亮，浅浅含着笑意，很是真诚。

他大半夜跑到我这里……难不成就是怕我误会，特意来解释的？

我心头涌起一丝甜意，只是还有些嘴硬："你即便找崔妹妹侍寝，也是天经地义的事，不必向我解释。"

皇帝笑了笑，轻轻叹了口气："即便你不在意，我也想同你说清楚。"他随手抓了件大氅披在我的肩上，又伸手将风帽替我戴上了，"走吧。"

我反倒踌躇了，一把拉住他的手："要不还是算了，你手上还有伤……"

他没有回答，打横将我抱在怀里，跃出了窗外。

我连忙抱住他的脖子。

他一跃已经到了屋顶，低头看我一眼，将我放下了："你怕了？"

皓月当空，星辉浩瀚。

我同他并肩站在一起，心中忽感快意，摇了摇头。

皇帝低头看我一眼，意气风发，仿佛是鲜花怒马少年郎。

他笑着，一字一句道："那就好。你我在这世间，本就该无所畏惧才是。"

## 第八章
### 出宫

皇帝既这么说,我竟也觉得豪情顿起。

帝后二人,若是大摇大摆地从宫里出去了,旁人又能如何?

于我,大不了就去佛堂里跪着念几日经好了。

至于皇帝,普天之下,谁还能真的把他难住了?

皇帝背对着我,半蹲下来:"上来。"

我没有半分迟疑便跳上了皇帝的背,他略微调整了姿势,并不回头:"抱紧一些。"

我甚是听话,连忙牢牢抱住了他的脖子,索性建议道:"陛下,不如就从角门出去吧?我看也没人敢拦你。"

皇帝微微回头,轻轻笑了:"你是真不怕我被言官们追着骂。"

我略有些不服气,嘟囔道:"不是你说无所畏惧吗?"

他背着我,轻盈地跃过一层又一层的房顶,并未回头:"若是再有下次,我们就光明正大地一起出去。"

我将下巴靠在他的肩膀上,忍不住觉得好笑:"那得这样,各宫都亮起烛火,打开宫门,目送我们出去玩,谁也不能出声劝阻。"

皇帝笑了:"行,朕答应你,总有一日,就让你在深宫畅行无阻,谁也拦不了你。"

我贴着他的耳朵,追问:"那我可以随意出宫吗?"顿了顿,"我是说,我独自一人。"

他"嗯"了一声。

我甚是雀跃:"陛下,一言九鼎。"

我伸出手去,要和他拉钩。

他便停下了脚步,亦伸出了一只手。

正要与我握在一起,他忽又停住了,声音顺着夜风送入我耳中:"那你也要答应我一件事。"

"什么?"

他微微侧头:"你要有耐心,等等我。"

我愣了片刻,心说自己还不够有耐心吗?

在九鹿寺我虽然百般不愿,可最后不也乖乖戴了面具,从王府到皇宫,规规矩矩地演了五年"苏凤仪"这个角色?

他仿佛看穿了我内心所想,缓缓道:"我不想提心吊胆,哪天醒来了,发现皇后忽然不见了。"

我有些讪讪,又莫名有些心虚:"陛下多虑了,我又不傻,天下掉了个皇后让我当,哪有逃跑的道理。"

皇帝轻轻哼了一声,一时间分不出喜怒,只说:"最好是。"

他钩住了我的手指,同我拉了钩,背着我继续前行。

一炷香的工夫,已然到了宫墙。这一路悄然无声,偶尔能看到底下有侍卫在巡查,我忍不住道:"陛下,是宫中的防卫太宽松了,还是你特意吩咐过,让他们视而不见?"

皇帝一怔,旋即淡淡道:"你为什么不觉得是朕的轻功了得,他们发现不了我?"

话音未落,"咔嗒"一声,皇帝不知道踩到了什么,一片碎瓦掉落了下去。

黑夜之中,这一声碎裂异常引人注意。

还真是说曹操曹操到。

眼前锋芒一闪而逝,我下意识地闭了闭眼睛,躲在了皇帝的背后。

"何人夜闯宫闱?"陌生的男声低沉。

前后左右都是兵器出鞘的摩擦声响,我悄悄探出头,一排箭镞明晃晃地对准了我们,周遭带着浓重的杀气。

皇帝停下了脚步,我只好紧紧搂着他的脖子,压低声音道:"怎么办?"

为首的侍卫步步紧逼:"擅闯内廷者,格杀勿论!"

眼看着惊动了侍卫们,整个宫殿都要灯火通明起来,我急道:"快想办法啊。"

皇帝清了清嗓子,似有些不情愿,终于还是道:"还不出来?"

一道身影凌厉地落下,阻挡在侍卫和皇帝面前。

来人背对着我和皇帝,我却一眼认出他是藏器卫的首领白敛。白敛身形与皇帝相仿,侧颜瘦削,整个人便如同长剑一般,平日低调,出鞘时却锋芒万丈。

白敛亮出了腰牌。侍卫们迅速退开,齐整地收起了兵器,默不作声地低头行礼。

我大大地松了口气,心想这位大统领可当真比皇帝还管用。

白敛转身行礼,以剑驻地,低声道:"主上,失礼了。"

"处理干净。"皇帝语气森然,负着我轻轻一跃,起落数下,终于离开了宫城。

御道极为宽敞,此时空无一人,足以供数辆马车并行而来。皇帝将我放下来,我连忙整理了身上衣裳,又摘下了大氅的风帽,回头看了一眼。

他的声音略带不悦:"要不要将他叫回来,让你瞧个够?"

"大统领可真利落。"我忍不住赞叹,"刚才要不是他,真不知道该如何收场。"

皇帝嘴角微微下沉,冷哼了一声。

我自然知道他不服气,忍不住又说:"陛下,我本以为你都已安排妥当了。若是真的被当成了刺客,岂不是贻笑大方……"

皇帝斜睨了我一眼,素来清贵淡漠的脸上竟露出一丝尴尬,转过头当作没有听到,只轻轻吹了声口哨。

我下意识地望向前方,虽是黑漆漆一片,御道尽头却响起了马蹄起落的声响,清脆而犀利,宛如在秋日深夜落下了硕大的雨滴。

皇帝的黑马自然神骏非凡,可一旁的小白马毫不逊色,轻盈迅捷,竟越过了黑马,直直向我奔来。

我惊喜交加:"是小泷!"

眨眼的工夫，小泷便已奔近我身侧，又仿佛怕惊吓到我，倏地刹住了脚步，在原地打了个转。

我上前了两步，轻轻抚摸它的脖子。

它极通人性，见我主动亲近，方才快乐地蹭了过来，湿润的鼻子蹭在我的脸颊上，痒痒的，宛如故友重逢。

皇帝静静地看着我和小泷抱在一起，并不催促，眼神中隐隐带着笑意："小泷要是能说话，你是不是打算与它抱头痛哭？"

我依依不舍道："陛下，我真的不能把它带回宫里吗？"

皇帝伸手替我牵住了小泷，略带诧异道："你不打算骑它出城了？"

"你还要带我出城？"我比他更为诧异，"你不上早朝吗？"

皇帝莞尔："明日休沐。既已大张旗鼓出来了，不去转一转，岂不是亏得很？"

他既这么说，我自然从善如流，反正也不是第一次了。

皇帝替我牵住小泷，我翻身而上，轻轻一催，小泷欢快地蹿了出去。许是因为心中不再害怕，比起上一次的战战兢兢，这一次我仿佛是无师自通，骑在小泷背上，只觉得又快又稳。

皇帝原本护卫在我身侧，见我骑马渐渐熟练，便放了心。

风声掠过耳侧，舒爽的心境竟是我在后宫从未体验过的，一时间连天地都宽广了许多。

皇帝催马行至我身侧，同我并肩而行。

他的大黑马雄健威武，极是沉稳，我便好奇问道："陛下，你的马叫什么？"

他单手持着缰绳，另一只手摸了摸黑马的头，淡声道："石头。"

我疑心自己听错了，这般酷飒的大黑马也该有个威风的名字吧，譬如历史上君王的名驹青骓、飒露紫什么的，叫石头……岂不是太儿戏了？

皇帝看出我的疑惑，解释道："它小时候脾气又臭又硬，所以叫石头。"

我不禁莞尔："是你取的吗？"

皇帝摇了摇头："我本想叫它龙驹，可有人抢了先，它竟认了石头这个名字，也就罢了。"

石头似乎听懂了我们说的话，低低嘶鸣了一声，仿佛应和。

我忍不住笑道:"那想必也是你的好友取的,否则你也绝不能答应。"
他骑在马上,侧头看我一眼,只笑着点了点头。

御道向东而行,安武门城门大开。
士兵手持火把,默不作声地站在两侧,照亮了宽阔的城门。
我同皇帝并肩策马,穿城门而过。
"我们去哪儿?"
他凝视着前方:"你想去看看我长大的地方吗?"
我一愣:"你不是在宫里长大的?"
他摇了摇头:"跟我来。"
约莫又骑了一盏茶的时间,安武门早已遥不可见,皇帝勒住了马缰,同我并辔而行,轻声道:"先帝子嗣众多,我只是其中最不起眼的一个。"
我点点头,旋即又摇摇头:"先帝的确子嗣众多,可陛下也不算是不起眼吧?"
"我出生时,母亲并不受宠。宫里多一个孩子不多,少一个亦不少,是以七岁那年,母亲便请了先帝的旨意,将我送出宫历练。"
"这……不合规矩吧?"我很是惊讶,"再不起眼的皇子也是天潢贵胄。况且你又未成年,怎能随意出宫?"
"先帝眼中没有母亲,自然也就没有我。"皇帝淡淡道,"想要出人头地,便要兵行险着。"
"那你去了何处?"
皇帝并未即刻回答,只是翻身下马,又扶着我下来。
京郊周遭皆是荒野,今夜星月交辉,月色照亮了茫茫苍原,将我俩的身影拉得极长,于远处慢慢交汇在一起。
皇帝指着眼前的荒野,轻声道:"这里。"
我几乎以为自己听错了,侧头望向他,追问道:"这里?"
他望向这一片荒郊,低沉的声音中带着感叹:"我在这里住了五年。"
他的眼神渐渐明亮起来,仿佛陷入了回忆:"可是这五年,却是我出生以来最快活的五年。有太傅,有师母,有兄弟……"他顿了顿,转头望向我,目光异常温柔,"他们从不把我当成排序第六的皇子,而是……活生生的一个人。"

"我怎么从来都没有听陛下说起过这些……"我奇怪道。

皇帝牵了我的手,缓缓往坡下走去,轻声道:"你想听吗?"

我当然好奇,点头道:"这是哪位大人的府上?"

皇帝并没有即刻回答我。

月光下是大片的瓦砾废墟,蔓草丛生,荒废了太久,有些都长至大腿的高度,看不清底下的路。偶有野草刚蹭在手上,会有轻微的刺痛感,提醒我这里真的许久没有人来过了——哪怕是玩耍的孩童,都会觉得此处太过荒凉。

他携着我的手,硬生生在前头踏出了一条小径。

我记得读过的话本中说:"眼看他起朱楼,眼看他宴宾客,眼看他楼塌了。"彼时是在宫内,花团锦簇,我并未有旁的想法,便将那一页匆匆翻过。

可是此刻,站在这片废墟中,我才恍然觉得人生虚无,仿佛一切都是空的。哪怕伸出双手,想要努力去抓住什么,终有一日,也会失去。

皇帝忽然停下脚步,轻声,若有所思道:"这曾是太傅府上的学堂。"

我怔了怔,这里荒芜空寂,他是怎么认出来的?

皇帝仿佛能猜出我的困惑,指着地上隐约露出、已经碎裂的榆木板块:"夏日炎炎,我们读书累了,便躺在地板上午睡,直到被发现偷懒,抓起来继续念书。"

皇帝虽然满身毛病,但我不得不承认,他虽是万人之上、天下最尊贵的人,却也是最勤政的皇帝。扪心自问,要我换成他,恐怕做不到如他这般起早摸黑劳心劳累。

"你也会有偷懒的时候?"我有些不信。

皇帝微微抿出一丝笑意:"诚心居原本是老师最喜爱的书房,后来师母做主,改成了我们启蒙上课的地方。"

我怔了怔,诚心居这名字略有些耳熟。

皇帝继续道:"这名字甚是简朴,老师也说了,生而为人,无他,诚心而已。"

我脱口而出:"你是不是画过一群孩童在诚心居读书?"

皇帝亦有些愕然:"你怎么知道?"

"邺王送来的，说是原本要送去中昭殿，但送到了我那里。"我笑道，"陛下提起了，我才想起来，那书斋上方有诚心居三个字。"

皇帝的表情略有些凝重："你说是邺王送来的？"

"还有一些你幼时的玩偶，一并送来的。"我答道，"有什么不妥吗？"

皇帝颇有些出神，神色凝重起来，旋即摇了摇头："无妨。"

我轻轻叹口气："生在帝王家，果然和普通人不同。你自小被送走，邺王却是在太后身边长大的，也难怪你同太后不甚亲近。"我悄悄看了皇帝一眼，咽下了后半句话，自小父母双亲皆不得亲近，也难怪你喜怒无常，又天性薄凉。

皇帝倒是坦然笑了："人生便是如此，享了无边富贵，便要忍受高处不胜寒的孤寂。有失有得。"他侧头看着我，轻声道，"不过，当年我吃过的苦头，将来我们的孩子不能再吃了。"

他骤然提到这个话题，我便有些不知所措，也不知该如何接话。

幸而皇帝并没有在等我的回应，他站在一块一人高的大石头前，叹道："这里曾是后花园，我常坐在这石头的背阴处看书……沧海桑田，果真是过往云烟了。"

我心中越发好奇，如今朝中的大臣们，我虽不大熟，但也都听过名字，印象中并没有这样一位帝师，如此这般得到皇帝的敬重。

"陛下口中的太傅，是已退隐致仕的孙老先生吗？"

皇帝摇了摇头，轻声道："他们都不在了。"

他的声音虽轻，亦甚是平静，但我却能听出其中压抑着的波澜情绪，仿佛是盛夏午后汗珠一点点地从肌肤中渗透出来，是难以摆脱的闷热，也是难以言说的遗憾。

我越发一头雾水，若是按照皇帝所说，太傅已经离世，也该有后代。皇帝也不会亏待他的后人才是。

"太傅一家，四十三口，都不在了。"皇帝轻声说，"就仿佛是一页纸落入墨池，上面写的所有字迹，都轻易地销毁了。"

我吃了一惊，正要再问，忽然一支暗箭穿云而来，不偏不倚射在我的脚边，箭尾的白色羽毛犹在微微颤抖。

我下意识地看了皇帝一眼，心想难不成是大统领那边在提示他该回宫了吗?

彼时的我,完全没有意识到,这是一场真正的刺杀危局。

于我,这一次意外的出宫,却是踏上了一条彻底的不归路。

皇帝的表情瞬间紧绷,一把将我拉到身后,挡在了我身前。

我一抬头,只看到他手中的长剑已经出鞘,而箭支宛如流星一般,密密麻麻地向我们所在之处射来。

皇帝手中的长剑舞成了一块无形的盾牌,箭支纷纷落在身边的一圈空地上。我闪身进了石头后面躲着,艰难地探头道:"陛下,是刺客吗?"

皇帝甚至没来得及回答我,只是吹了一声口哨,旋即回身拉我起来。

"走!"

他将我护在身侧,以长剑挡去了暗箭,向来路疾奔,一边道:"你找机会先走,往东,不要等我!"

远处已有马蹄声,一黑一白两色奔马的身影如闪电般飞驰而来。然而与此同时,箭支渐少,但四面八方有刺客人影闪现,正一步步地逼近皇帝。

我的脑海一片空白,只觉得眼下的一切都如此难以置信。

这是在上京!

哪怕皇帝带着我偷偷跑了出来,身边并未带着大批的侍卫,也不该有刺客出现才是!

他们是谁?

为何会知道皇帝一时间兴起离宫,又要将他置于死地?

两名刺客已经逼近了皇帝身边,从左至右,刀光剑影,已将我们裹挟在其中。眼花缭乱间,我并未看清皇帝手中长剑如何劈开了这重重的阻碍,两名刺客便已经倒地,伤口从喉咙至小腹,鲜血喷涌而出,抽搐不止。

这是第一次,有人这般惨烈地死在我面前。

浓稠的鲜血溅在了我的裙摆上,我闻到血腥味,胃里翻江倒海。可我很清楚,不能发出一点声音,以免让皇帝分心。

刺客越来越多,若不是身后有着大石作为倚靠,只怕皇帝也无法护我周全。

百忙之中,皇帝扔了一个东西给我,我眼疾手快地捡了起来,是一支小小的焰火。

我一喜一忧。

喜的是眼下的局势还有救，想必这便是召唤藏器卫的讯号；忧的却是我身边并无火折一类的东西，也不知该如何点燃这焰火。

我四下张望，周围已经倒了满地的刺客，或许他们身上带着我要的东西。

我咬牙半趴在地上，悄悄探出大半个身子，去摸离我最近的刺客胸口是否带着火折。我不顾满手的血渍，摸了两三个，竟然真的找到了！

我双手微微颤抖着打亮了火折，火星刚刚燃起，就被刺客发现了。

一支暗箭当面射来，我只能以手格挡。

只听一声清脆的撞击声音，皇帝掷出了手中的长剑，替我挡开了暗器。

死里逃生，我却心中一凉，没有半点欢喜。

皇帝丢了兵器，又该如何应敌？

这一次可不是在三元楼，彼时闹得再大，其实我并不如何慌乱。因为是在城里，终归还有回旋的余地。可这次……我们不会就这么悄无声息地在这片废墟中被杀了吧？

皇帝赤手空拳，很快，他左臂被刺客刺中，只听"刺啦"一声，衣袖碎裂，鲜血也溅了出来。

皇帝反手一掌将那名刺客击飞，可他终究也受伤了。

我一再地告诉自己要冷静，半跪在地上去寻找刚才丢失的火折。摸索了半天，终于重新找到了火折。我激动得手都在发抖，忽听耳边马蹄声响起，石头奔到了我身边，前蹄立起，踢走了一名悄悄逼近的刺客。

石头高大健壮，飞踢之间，刺客们一时无法近身。皇帝也陡然减轻了压力，顺手拔起了掷出的长剑，稍稍稳住了局势。

我终于点燃了焰火，"咻"的一声，一道银色的光亮破空而去，照亮了废墟片刻。

我在心中默默祈祷救兵快来，这是我和皇帝最后的希望了。

趁着这片刻的光亮吸引了刺客们的注意，小泷轻盈地奔到了我身边，嘶鸣一声。我才恍然大悟，它一直在附近伺机接我离开。

"快上马！"皇帝急声催我，"你先走！"

我点点头，心知我留在此处只会拖累皇帝，况且信号发出，藏器卫会赶来救驾，也略感放心。我正要翻身上马，忽然觉得不对劲，低头一看，一名受伤的刺客死死地抱住了我的腿。

皇帝发现了我的异样，不顾自己身边围绕的五六名刺客，反手一剑，活生生地将抱着我的那双手砍下了。

刺客的惨叫声中，我连忙翻身上马，小泷往前一蹿，带我离开了战局。

我在马背上回头看了一眼。

皇帝身处重重包围中，单膝跪地，剑光依然犀利，却似受了伤，已无法再挪动半步。

小泷处在危险中，越发疾驰如风，不过半盏茶时间，已带我脱离了险境。

可适才皇帝被围困那一幕，始终压在我的心头。

精神极度紧张的时候，我的感官却变得分外灵敏，依稀听到了身后马蹄声响，似是有人追赶而来。我心头一喜，是皇帝终于脱身了？

马蹄声愈来愈近，竟然是石头独自追了上来，与小泷并辔而行，马背上却空无一人。

皇帝呢？讯号发出去，以藏器卫的速度，此刻应该已经找到了他，可为何后头毫无动静？我越发不安，万一藏器卫并未赶到，皇帝会死吗？

我稍稍放缓了速度，脑中却有另一个声音似乎在对我说，我一心想要逃出宫城，此刻才是最好的时机。

以小泷和石头的脚力，没有人再能追上我。

但是皇帝怎么办？

他拼尽全力才让我逃了出来，难道我要这般背信弃义？

电光石火般的一瞬，我心意已决，调转马头，往来路疾奔。

荒野之中，来时的路显得越发僻静，小泷和石头皆放轻了步伐，生怕惊动了前方的刺客。眼看着离荒墟越近，我索性翻身下马，掩身在一棵大树后，探出头去观望。

果然，尚没有援军。

皇帝依然在孤身奋战。他没了我的拖累，并未落下风。只是因为受了伤，背靠着大石，却也无法脱身。

地上层层叠叠皆是被杀的刺客。

我曾见过宫中侍卫们过招,因为都是高手,剑指要害、轻灵飘逸。我在一旁看着,只觉得赏心悦目。彼时有人说皇帝亦是高手,我还不以为然,心想不过是吹捧罢了。

皇帝的武功究竟如何,我只在三元楼见过,因为对手弱,他并没有性命之忧,出招亦颇为从容。

然而这一次,我终于见到了一个从未见过的、狠厉的皇帝。

他出招狠辣,不在意招式是否轻灵优美,有时甚至是以自身为饵,杀敌的同时,亦是搏命。我想起皇帝闲聊时告诉过我,他曾在沙场上拼杀,好几次侥幸才能活下来。

我看着他的右臂又被刺中一剑,却也反手划开了一名刺客的胸腹,鲜血喷溅出来,宛如一场血腥的献祭。

那个瞬间,我的喉咙有些发紧,心知这样下去,哪怕他再厉害,也坚持不了太久了。

快想想办法……我逼迫自己冷静下来,一遍遍地跟自己说。

可我能想什么办法?

我不会武功,贸然冲出去,除了给皇帝拖后腿,万一还被挟持,岂不是更加添乱?

心乱如麻之际,脸颊上忽觉温热。我微微侧头,小泷仿佛察觉到了我的担心,正轻轻地舔我的脸颊。而石头站在不远处,焦躁地转圈。

我脑海中灵光微闪,我虽手无缚鸡之力,但还有石头和小泷在身边……若是能倚仗着它们的脚力,或许能够逃离。

若是能悄无声息地,让石头出现在皇帝身边就好了。

我又探头出去,看了看周遭起起伏伏的地形,只有些小坡能够作为遮蔽。可惜石头是万里挑一的骏马,因其身姿雄健,无论站在何处,都是会被发现的。

"要是能像人一样卧倒就好了。"我喃喃道,无可奈何地轻拍了小泷的脖颈。

没想到小泷蹲在我身边,听到了我的话,前蹄跪地,随即翻了个身,卧倒在地上。

我怔愣了片刻,又望向石头,试探道:"石头。"

石头的身姿远比小泷健壮，卧倒的动作亦有些缓慢，却也顺利地倒下了，一声不吭。

我比着口型，轻声道："起来。"

两匹马便从一侧支起身子，三下两下，便重新站立起来。

皇帝是从哪里找到了这么两匹通灵性的马？竟连这样的指令都能做到。

我惊喜交加，牵着小泷和石头悄悄绕到了一个小坡边，距离皇帝不过十余丈的距离时，命它们卧下。

乌云散开，露出浅浅一弯眉月，骤然间有亮光落下来，照亮了眼前的修罗场。

皇帝早已负伤，头发亦有些散乱，唯有表情依然沉稳，下手狠辣，有一种置生死于度外的冷漠。

无论如何，他拼尽全力将我送上马匹，是救了我一命。大不了，今夜我就和他同生共死吧。

我正要冲出去，忽然一股大力从脚踝处传来，我一个趔趄，半跪在地上。

一名倒地的刺客死死抓住了我的左脚，我吓得头脑一片空白，只有一个念头，绝不能让他破坏了我的计划！

我毫不犹豫地蹲下去，用力捂住了他的嘴巴，不让他出声，又随手摸到了地上的一把匕首，闭着眼睛刺了下去。

刺客挣扎了两下，渐渐泄了劲。

我心有余悸地睁开眼睛，从刺客胸口重新拔出了匕首，抬起视线，不去看刺客死死睁大的双眼。

这不是我第一次杀人，却是我自己离死亡最近的一次，也就谈不上害不害怕了。

我牢牢将匕首握在手里，心中默数到十，一咬牙往人堆里冲了过去。

刀光剑影是真的，长剑将我的半幅衣袖都削落下来；断肢残骸也是真的，刺客的人头被斩落的时候，不偏不倚落在我的脚下。

我咬牙冲到了皇帝身前，甚至还没有开口，就感受到了汹涌而来的杀意。

皇帝像是一匹猛兽，已经杀红了眼，凡是被他盯住的猎物，无一能幸免。他反手一剑，就要刺穿我的胸口。

这一瞬，猎人的威压没顶而来，我几乎以为自己必死无疑。

可他迟疑了片刻，竟然将剑锋偏向了一侧，顺手将我拨在了一边。

他终究还是认出我了。

我与他擦肩而过，轻声道："去前面。"

机会稍纵即逝，我来不及再说什么，屏住呼吸，捏碎了手中的蜡丸，往空中一扔。

烟雾弥散，刺客们不明所以，短暂地停滞了片刻。

皇帝拉着我，猛地冲了出去。

短短的一条小路，我大概用尽了这辈子所有的力气，终于在刺客们反应过来之前，和皇帝一起狂奔到了小坡上。

石头和小泷乖乖卧在地上，我和皇帝对视一眼，各自跃上了马背。

两匹马几乎在同时站立起来，往前疾驰而去。

刺客们如梦初醒，在烟雾中辨别出方向，想要追杀我们。

可是小泷和石头的速度极快，这是天下难得的两匹宝马，但凡给了它们时间，没有人能凭借着脚力再追上来。

身后不断地有暗器射来，可小泷的听觉远比我灵敏，轻巧地跑出了曲线，避开了所有的暗器。

疾驰了足足有小半个时辰，我忽然听到身侧有东西摔落的声音，一回头，石头已经落在远处，停下了脚步，焦急地在原地踏步。

皇帝摔在地上，双目紧闭，脸色苍白，一动不动。

我知道他受了伤，却不知道他虚弱至此，竟会从马背上摔下来，一时间手足无措，只好将他半抱起来，大声喊他的名字，又用力掐他的人中。

他毫无反应，像是已经死了。

我慌乱到了极点，甚至想到了往日太后叫我念的经书，一句句在心里背诵，祈求他快点醒过来。

半晌，他终于缓缓睁开了眼睛。

他没死！

我心头的大石重重落地，不自觉地几乎要落下眼泪，开口的时候声音还在颤抖："你没事吧？"

视线似是对焦了片刻，他终于看清了我，勉力笑了笑："死不了。"

我擦了擦眼睛，长长松了口气，振奋道："这里不能久留，我扶你起来。"

皇帝的手臂动了动，却只是抬起来摸了摸我的脸颊，眼神中满是后怕，轻声道："阿樱，你太鲁莽了……刚才我差点一剑杀了你。"

我吸了吸鼻子，摇头笑道："可我要是不穿这身衣服，怎么接近到你身边？"

我身上还穿着从刺客身上剥下来的夜行衣，满是血腥的味道，令人作呕。可此刻我也顾不了这么多，只是努力想要将他扶起来："你的伤势要紧，我们先回城去找大统领。"

皇帝却拉住了我的手，摇了摇头，轻声，却带着决断："不能回去。"

"为什么？"我脱口而出。

他只回了我四个字："会有埋伏。"

前有埋伏后有追兵，天知道一个时辰之前，我还好好地在宫里当着皇后，最大的烦恼也不过是和皇帝闹了别扭，再怎么样，也不至于置身于如此险境。

"那现在怎么办？"我长叹了口气，只希望他有万全之策。

皇帝的声音很是虚弱，断续道："附近有一座别苑，先去那里。"

我勉力将他扶起来，石头已经半跪下来，方便陆亦衍上马。我刚要松开手，他却反手扣住了我，低声道："我怕是不能独骑。"

我立时反应过来。他已经从马上摔下了一次，的确力所不能及。

"那我和你一起吧。"我翻身上马，坐在了他身后，伸出手将他圈在了怀中，又握住了马缰，轻轻抖了抖。

石头虽然载了两人，却跑得又快又稳。

皇帝肩宽身长，我要绕过他去控制缰绳略有些艰难，便只能紧紧抱着他，越过他的肩膀，去看前方的道路。

"你若是不舒服，尽管靠着我。"我尽量掩饰了担忧，在他耳边道。

他的头半垂着，轻轻"嗯"了一声。

我尽量用双臂将他固定在身前，又怕他会晕过去，时不时同他说话："还有多久才能到？"

"前头的分岔路口，往左，还有二三十里的路程。"皇帝答得有气无力。

还有二三十里？

我倒吸一口凉气，忍不住道："藏器卫呢？怎么还不出来？"

他靠在我怀里，摇了摇头："来不了。"

"什么叫作来不了？"我忍不住反问，"白敛不是一直都跟着你，向来都是寸步不离的。"

他低低咳嗽了数声，才道："今晚我下了命令，让他不许跟着。"

我怔了怔："你刚才为什么给我那支焰火？"

"你留在那里，不过是拖累我。"皇帝沉默片刻，淡声道，"你先走了，我才不会分心。"

我撇了撇嘴，反驳道："那你便该抛下我，自行离开才是。"

皇帝仿佛没有听到我的话，良久，反问道："那你呢？明明已经走了，为什么还要回来？"

其实我也问过自己这个问题。

这是五年来，我能逃走的最好时机了。

可是拨转马头的那一瞬间，我甚至来不及想这么多，脑海里只有一个念头——

我不想陆亦衍死。

他等不到我的答复，便微微侧过了头，脸颊与我相触，追问了一句："为什么？"

我略略挺直了脊梁，与他保持了寸许的距离，面无表情道："没什么，我不想你死。"

我说得甚是坦诚。

他要是真的死了……各种画面出现在我的脑海里：储君未定，宫中势力倾轧夺权；北疆不稳，大军节节败退，朝廷甚至可能会割地求和，天下将一片大乱。

覆巢之下无完卵，这个道理，我还是懂的。

皇帝轻声笑了："你是为了天下，还是为了私心？"

"都有。"

皇帝靠在我的肩上，慢慢道："你既不想我死，我会好好活着就是了。"

不知为何，他这么说了，我竟放松下来，忍不住问道："那些刺客是什么人？"

他并未直接答我，只说："天下想杀我的人，数之不尽。"

皇帝跨过尸山血海才登上皇位，虽然树敌无数，但以他的心机与谋划，断不会让自己陷入如此危急的状况,却又对藏在暗处的敌人一无所知。

"不想说就罢了。"我顿时有些不悦,"你自己不当回事,还连累我一起,差点连命都没了。"

皇帝转头看了我一眼。月光之下,他的脸上没有丝毫血色,连带着唇色也都惨白,鬓发凌乱,遍体鳞伤,眼神亦莫名深沉。

我被他瞧得有些心慌意乱,便转开了眼神。

"你后悔吗?"他忽然低低问我,"留在我身边。"

现在谈这个,还有意义吗?

天底下最尊贵的两个人,绑在了一条船上,生死未卜,却偏偏连个侍卫都没有。

今晚我们能不能逃出去,还真的不好说。

我哭笑不得:"陛下,咱们还是先保住命要紧。"

他伸手勒住了马匹,转头认真地看着我:"下次遇险,不要再回来救我了。"

这一眼,仿佛是一道过往的契约,从他灵魂深处而来,莫名地让我觉得有些恍然。

我不由自主地点了点头,低声说:"好。"

他抿唇笑了,英俊的五官也变得舒展:"下马。"

我扶着他从石头背上下来,略有些茫然道:"不骑马了,那怎么办?"

他轻轻吹了声口哨,石头回头看了他一眼,打了个响鼻,随即往前奔走。小泷恋恋不舍地看了我一眼,跟着石头一起走了。

皇帝向我解释:"刺客会追寻马蹄印,让它们去引开敌人,就不会找到这里来。"

我犹有些不放心,转头去看两匹马的背影。皇帝拍了拍我的肩膀:"放心吧,它俩是老手了,比你老练得多。"

我苦笑了一下,搀扶着皇帝,一步步往前走。他的半个身子几乎都压在我身上,呼吸声也比平时粗重得多。我调整姿势,想要将他半抱着,给他借点力,右手刚刚从他腰间挪开,就察觉到了掌心的黏腻感。

是血。

我的心倏然坠下,他竟然伤得这么重。

皇帝的声音却很是镇定:"无妨,小伤而已。"

两个人深一脚浅一脚,终于走到了一座宅子的门口。

白墙黑瓦的院落并不像是皇家别苑,倒像是乡绅的院落。我推开了大门,将他扶到庭院中,才返身去关门。大门是楠木制成,极为厚重,我用力将门闩重新放回原位,又推了推,只觉得颇为结实,才稍稍放心。

走廊两侧挂着灯笼,我转头问道:"你带火折子了吗?"

身后无人回答。

"陛下?"我又唤了一声。

"陆亦衍?"我慌张地冲进庭院,才发现他已倒在地上。

我跪在他身边,先去探他的呼吸。

气息微弱,但还活着。他无力地睁开眼睛,微微点了点头,平日舒展的双眉也紧紧皱着,薄唇紧抿,和往日高傲淡漠的样子大相径庭。

我从他怀中摸出了一个火折子,颤抖着手点上了灯笼里的蜡烛,拍了拍他的脸颊:"陛下?"

他"嗯"了一声,想支起身子,却又无力躺下了。

我顿时有些六神无主,总不能就让他这么躺在地上吧?

眼前偌大的房子仿佛是鬼屋一般,我一个人怕是连进去的勇气都没有。再者,他足足高了我一个头,肩宽腿长,我可怎么将他弄进屋子里?

"先帮我止血。"皇帝深吸了一口气,用极轻的声音吩咐。

"好,好。"我一叠声答应,小心翼翼地剥开了他的衣裳,借着烛火去查看他身上的伤口。

烛光下,他身上的伤口历历在目,手臂、胸腹都被利器割破了,尤其是右腿上一道刀伤极深,还在流血不止。

我手边并没有伤药,只好撕下身上的衣衫作为绑布,先替他止血包扎。七七八八将他身上的伤口都包扎好后,他的脸色却越来越差,呼吸也越发急促。

我俯身凑到他耳边:"陛下,我们先进屋去。你能坐起来吗?"

皇帝的睫毛轻轻一颤,缓缓地睁开了眼睛,艰涩道:"大约是不能。"他停下,轻轻喘了口气,平静道,"刺客的刀剑上有毒。"

这一晚上,噩耗接踵而来,以至于听到这句话的时候,我只是愣了愣。

良久，才有一种从心底深处泛起的慌乱，如同泡泡一般，浮到了水面，"啪"的一声破了。

"怎么才能解毒？"我的声音微微颤抖，"你会死吗？"

他没有即刻回答我，只是脸色渐渐变得凝重严肃起来："有人追来了。"

皇帝轻轻推开我，伸手将发簪拔了下来。

我认得这支乌木发簪，是他平素就戴着的，甚少离身。因为用了许多年，磨得已经有陈旧了，反倒有几分玉润的光泽。

他将发簪底部轻轻一折，簪子从中折断，竟是中空的。他从中倒出了几粒赤黑色的药丸，一仰头吞了下去。

我看着他的动作一气呵成，甚至来不及问他吞下的是什么。

他闭上眼，调息片刻，睁开眼睛时，苍白的脸上起了一阵诡异的血色，又闭目调息了片刻，站了起来。

"你没事了？"我有些难以置信地看着他，"刚才吃的是解药？"

他并没有回答我，只说："跟我来。"

我犹不放心，追问道："你吃的是什么？"

宫廷内有些秘药，可以在短时间内激发人的潜力，只是对服用者而言，短暂地撑过一段时日，其反噬之力甚是可怕。皇帝将这药放在如此隐秘之处，危急之时才拿出来服用，只怕也是类似。

他侧过头，无法克制地低低咳嗽，良久，终于平静下来，浅笑了一声："无妨，不过是再支撑片刻。"

他这么一说，我便越发地担忧，赶至他身前，追问道："这药日后是不是会反噬？"

他并不搭理我，只是将手指放在唇间，示意我噤声。

周遭安静下来，屋外人声躁动，"砰砰砰"的敲门声极是刺耳。

我只觉得心惊胆战，用口型比了比，问皇帝：怎么办？

他拉着我走进厅堂。

厅堂内空荡荡的，只有四根木制立柱，他熟门熟路地走至第二根边，轻轻按下了一个木榫接块，木柱往前缓缓旋开了一半，露出一间一人高的密室。

"进去。"他简单道。

原来他早就知道此处有密室，可以躲藏一阵，果然还是留有后手。我不由得松了口气，闪身进了密室，又侧了侧身给他空出些位置，示意他一起进来。

皇帝后退了半步，身形隐没在黑夜中。我瞧不见他此刻的表情，却听他一字一句地关照我："一会儿无论发生什么事，都别出来。"

我下意识地伸手拽住他的胳膊："你不一起躲进来？"

他的指尖在我的手上停驻了片刻，轻如蝉翼的冰凉一闪而逝，才摇头，淡声说："他们只想要杀我。只要我在外面，没人会注意到你。"

我着急跨出了半步，抵住了木门："不行——"

他反手按压住我的手臂，将我重新推回了密室中，轻声道："阿樱，你刚才答应了我什么？"

我一时语塞，想要反驳他，却又不知该说什么。

"砰"的一声，大门被踹碎的声音突兀地传来。

他忽而迅捷地在我胸口点了一指，我顿时浑身酸软，无法再反抗他，贴着木柱，缓缓坐倒。

他声音沉沉："记住我说的，不要出来。"

木柱合上了，最后一丝光亮渐渐在我眼前消失，我仿佛在瞬间坠入了深海，心一点点地在往下沉。黑暗放大了我的感官，外头纷杂的脚步声、兵器相撞声交杂……我不敢去想，一旦这个门打开，我将会看到什么。

想象中的可怕场景让时间变得异常漫长，身处密室，我依然闻到了浓厚的血腥味，直到门忽然打开了。

月色如雪，有十来具尸体交错重叠在地上，血流了满地。

我踩着僵硬的步子出了密室，每一步都异常沉重。鞋底沾满了滑腻的鲜血，我顾不上别的，一具具去翻动尸体。

每看清一张脸，不是他，就拨开去寻下一个。

短短片刻，恐惧与忐忑却周而复始，如同地狱……

直到有气无力的声音从庭院一角传来。

"别找了，我在这里。"

皇帝的声音甚至还带了些沙哑与喘息，传入我的耳中，却宛如仙乐。

他活着！

他就半躺在地上，一只手依然紧紧握着剑，斜斜靠在廊柱上。

我冲到他身边用力抱住了他，将脸贴在他的胸口。他的心脏还在稳稳地跳动着，炽热的呼吸喷在我的耳边。

我用这样的方式，确定他还活着。

他回抱我的手渐渐滑到了我的双臂，将我轻轻推开数寸的距离，温柔地笑了："我答应过你，不会死。"

我借着月光打量他，他脸颊上诡异的潮红已经褪去了，苍白如同今晚的月色，只有双眸璨璨如星，凝视着我。

他的指尖微凉，擦过我的脸颊时略有些粗糙，又因为带着血迹有些黏腻。如同此刻死里逃生，还带着些不切实际的真实感。

我回头去看满地的尸体："你怎么做到的？"

他沉默片刻，微微抬头，望向夜空，轻声说："是机关。"

我才注意到，那些尸体上歪歪扭扭地插着许多箭支，应是从庭院四周飞射而来。

我恍然大悟，却又越发困惑："这到底是什么地方？为什么会有这么多机关？"

皇帝并不即刻回答我。许久，他才淡漠地笑了笑，眼神冰凉："我一直在想，当年老师的府上，若是有这些机关就好了。"

我有些不解，知道他此刻极为虚弱，并未追问，忽听屋外马蹄声起落。

这一次，不需要他提醒我，我心知肚明，再来一拨刺客，我和他不会再有生还的机会了。

我明明是害怕的，却又莫名觉得走到了尽头，甚是轻松。我握紧了他的手："这次你可不能再把我藏起来了。"

皇帝却只是摇了摇头，反握住我的手。

白敛带着藏器卫们冲进院落，凌乱的火把光亮中，终于找到了我和皇帝，他低头半跪，惶急道："属下救驾来迟。"

皇帝轻声道："起来吧。"

许是听出了声音不对，白敛抢上一步扶住了皇帝的胳膊，焦急道："陛下，您受伤了？"

甫一见到了自己人，我绷紧了整晚的神经终于可以放松了些，我脱口而出:"大统领,陛下中了毒,你快看看如何救治!"

白敛微微一凛,望向皇帝:"陛下,怎么会——"

皇帝却微微摇了摇头,"务必护好皇后周全。"

话音刚落,仿佛长弓折断,弓弦松弛,皇帝重重咳出了一口血,闭上了眼睛。

## 第九章
**救治**

皇帝额角渗出汗珠,脸色红如赤潮,身子却在轻微地颤抖。

我伸手摸了摸他额头,只觉得滚烫,连忙用手帕绞了水,替他擦拭降温。

可一块帕子刚敷上去就变得温热,我手忙脚乱地不断换水,却挡不住他的身子越来越烫,连嘴唇都烧得干燥起皮。我的手背偶尔擦过他的鼻尖,触到灼热沉重的气息,仿佛在喷火一般。

我觉得有些不对劲,将帕子丢回了水盆中,起身去找白敛。

白敛就坐在门口持剑守护,听到我出门,立时起身向我行礼。

我心急如焚:"大统领,陛下高热不退,得回宫去找御医。"

白敛苦笑了下:"此刻怕是无法回宫。"

"那你想想办法,找个大夫来?"我回头望向厢房内,"陛下中了毒,又受重伤,若不是吃了药,只怕支撑不到昨夜。"

白敛打断我:"什么药?"

"陛下受了重伤,吃了簪子里藏的药丸,才恢复了元气。"看到白敛的表情,我忽然有些不安。

"皇后是说陛下素日戴着的乌木簪?"

我点了点头。

他难得失礼,并未即刻回答我,失神地望向屋内片刻,轻声道:"皇后,臣去看看陛下的状况。"

藏器卫的大统领武功超群,天下无人能敌。我见他的次数不多,只是但凡他持剑自暗中隐现,便像是佛像画中的不动明王,不怒自威。也正是因为如此,白敛素来从容,极少向外人展露情绪。

可他此刻的失神已经说明了一切。

我默默地让开，请他进去，心想皇帝的状况怕是比我想象中的还要糟糕万倍。

白敛悄声至皇帝身边，伸手将他的木簪拔了下来，居中一折，果然，里面已经空空如也。

白敛的脸色变得铁青，又去探皇帝的脉息，换了左手又换右手，终于道："恕臣只粗通岐黄——"

我站在床边，带着最后的希望，问道："如何？"

"臣只能以内力助陛下安稳度过十日，之后——"

"之后如何？"

白敛轻轻叹口气："之后要另想法子。"

白敛谨慎寡言，他既然这么说，皇帝就只有短短十日了——

我站在床边，茫茫然只觉得无所适从，许久，才苦笑："大统领，今晚若是不出宫，陛下就不会遇刺，对不对？"

白敛没有回答我。

其实我也不必等他的回答。

事实便是如此，若不是我和皇帝闹了别扭，他便不会突发奇想带我出宫，又惹出这一大堆麻烦。

"上京起了变故。"我心中已经猜到五六分，若不是因为这个，藏器卫不会这么晚才赶到。

白敛安慰我："娘娘，行刺、变故皆计划周密，无论陛下是否出宫，只怕今晚都会出事。陛下都不在意，皇后更无须介怀。"他顿了顿，"至于那些刺客，藏器卫已经去追索活口，不过探明真相还需要些时日。"

眼下最要紧的还是皇帝的身体，我问道："陛下留在此处，安全吗？"

"皇后放心，此处院落机关重重，哪怕再有大批刺客袭来，藏器卫也能应对。"

我松了口气："那有劳大统领先救陛下。"

白敛却没动："娘娘，陛下的伤口还未清理，上药包扎后，方能助他疗伤。"顿了顿，他为难道，"陛下金尊玉贵，擦拭上药的事，臣和藏器卫手粗，只怕做不了。"

我长长叹了口气，认命道："那有劳大统领留下伤药，我来做吧。"

白敛打了桶热水放置在屋内，又留下了伤药，起身离开。

罢了罢了，皇帝为了救我才沦落至此，就当是还他了。

我半跪在皇帝身侧，小心翼翼地去解他的衣裳。

指尖刚刚挑开一根衣带，他仿佛有所感应，下意识地抓住了我的手腕。哪怕是重伤之下，他的力气依然极大，钳得我只觉得骨头都要裂了。

我强忍着痛楚，柔声安抚他："陛下，我给你上药。"

他却全无反应，指间关节用力，抓得越来越紧。

"是我。"我伸出另一只手轻轻拂过他的额角，福至心灵一般道，"是我，阿樱。"

这句话却倏然起了效用。

皇帝的手慢慢地放开了，轻轻呢喃了一声，依稀仿佛是"妹妹"。

我便顺势将他上身的衣服剥干净。

他的胸口与背后既有新鲜的伤口，触目惊心，也有往年落下的伤疤，交错纵横间，却也显得年轻帝王的身躯充满力量。

唉，谁又能想到，这样一具紧绷而精壮的身躯，主人却命悬一线呢？

我将帕子拧干，小心翼翼地为他擦拭身上的污血。

手帕很快就被血水浸透，我只好一次又一次地清洗，如此反复，一盆水便已经成了血色。

皇帝乖觉地躺着，偶尔被我碰到了伤口，才会低低不安地呻吟一声。我虽尽量将动作放轻柔，可看到他深可见骨又卷着皮肉的伤口，还是觉得头皮发麻。这么多的伤口，他可有多痛啊！

我以指尖挑起一些伤药，先放在鼻下闻了闻，是一种清凉的檀香味道。如此倒也放心，抹了药总能缓解一些痛楚。我万分小心地抹在他的伤口上，停顿片刻，观察他的反应。

果然，皇帝并没有太多不适。

我便放心地涂抹起来。

说起来也甚是灵验，不过一炷香的工夫，将他的上半身处理完毕，血已经止住了。

眼看药效甚好，我伸手去解他的帛绔。

指尖触到了衣带，我轻轻一拉，正想要将他的帛绔褪下，皇帝的手疾如闪电，又一次抓住了我的手腕。

我有了上次的经验，也不如何惊慌，只是轻轻贴近他的脸，温柔道："陛下，阿樱帮你上药。"

皇帝手上的力道松了松，我便挣脱了他的钳制，去褪他的帛绔。

帛绔拉下了寸许，我还来不及去看一眼他腿上的伤口，皇帝忽然伸出手，半臂将我环抱住，将我压在了他胸口上，双眸距离我不过半尺。

他的眼眸离我如此之近，我仿佛从中见到了团簇燃起的火焰。

"陛下醒了？"我心中一点点地升起了欢喜，"太好了！"

皇帝一只手抚在我的肩上，掌心灼热如火，声音嘶哑而克制："皇后是想趁着朕重伤，占朕的便宜吗？"

我生怕不小心压到了他的伤口，双臂用力撑在他的身侧，面对面仔细瞧他的脸色，似乎是比先前好了些。

他还有心思同我开玩笑，连带着他这些无聊的玩笑话都不觉得叫人生气了。

我轻声问他："伤口还痛不痛？是不是觉得好些了？"

他闭了闭眼睛，仿佛是怕我离开，也不顾自己满身都是伤口，将我往怀里拉了拉。

"阿樱，要是我真的死了，你会不会难过？"他却不答反问。

"你问过这个问题了。"我诚恳地答他，"会。"

我并不是想要讨好他。在刺客蜂拥而上、我以为他要死了的那个瞬间，我是真的很难过，有一种渐渐从水中沉下去的窒息感，无处逃脱。或许，还夹杂着对将来的忧虑。毕竟这些年，我依附着他才能在深宫中活下去。

总之，他要是不在了，我是真的会难过。

他听到了满意的答案，眼睛微微眯了一下，唇角轻勾，笑意如同净水从他眸光中溢出来。

"大统领说你伤得重，你别乱动。"我忧心忡忡地望着他，不明白这种时候他怎么还笑得出来。

"我要是死了，你打算怎么办？"

我幽幽反将他一句："天底下知道我是假皇后的，除了你，还有苏家。你要是真的死了，多半我也活不了，他们不会放过我的。"我顿了顿，"孤魂野鬼行路，也挺寂寞的。奈何桥上，你就等等我吧。"

皇帝在我的背后轻拍了拍，有些忍俊不禁："若说你会陪我一起死，我是不信的。"

本朝有不少后宫嫔妃殉葬的先例，以前孙姑姑以女德告诉我时，我有心要争辩，到底还是忍下来了，只是悄悄对小月抱怨过，这世上哪会有人真的殉情，不过是可怜女子被逼罢了。

我便实话实说："我大概会想办法逃跑吧，自此隐姓埋名，希望余生能风平浪静。"顿了顿，我又道，"若是跑不掉，我就去九鹿寺后山上了结此生，也算清净圆满了。"

皇帝凝视我，眼神中有波澜翻涌，"嗯"了一声。

我觉得他眼神意味深长，到底还是忍不住道："后宫那么多人，陛下不会想着要大家殉葬吧？"

他眉梢微扬，叫人辨不出真假："怎么，陪着朕不好吗？"

我摇头："孔子都说要废了人殉，陛下这么做，实在说不上什么道理。"

他一边笑一边咳嗽，低声道："行了，朕明白你的意思。"

这些话说完，我才忽然反应过来，我竟然是在和皇帝讨论他的身后事，不仅晦气，多少还有些大不敬了。

我连"呸"数声："大吉大利，陛下不会有事的。"

他忍不住大笑起来，许是又牵动了伤口，才缓缓止住，轻声说："我活着，自然护着你；若是我死了，也会放你自由。"

我笑着摇头："那陛下还请好好活着吧。毕竟死了的事，怎么做得了准呢？"

"你倒是算得精明。"皇帝笑着轻弹了一下我的额角，"朕一言九鼎，不死就是了。"

我挣扎着从皇帝身上起来，想起正事："擦了药，大统领还要给你疗伤。"

皇帝既醒了，我便有些不好意思，转过了身，让他自行清理伤口，又去屋外唤来了白敛。

皇帝已经半靠在床榻上,身上松松披着一件外衣,长发散在身后,与世无争,越发显得眉目清秀,浑然不像适才浴血杀人的地狱修罗。

"臣犯下大错,今次替陛下疗伤后,自当再请罪。"白敛跪地,以头触地,长久不起。

皇帝微微抬了手指:"不怪你,是朕一意孤行了。起来吧。"

白敛恭恭敬敬地起来:"听皇后说,陛下服用了无尽寿?"

皇帝看了我一眼,随即点点头。

白敛嘴唇轻动,欲言又止。

原来簪子里的秘药叫作无尽寿,不知是何功效……我心中正自琢磨,边听皇帝懒懒道:"眼下回不去宫中,不必说了。"

白敛便没有再接口,只是转身向我道:"皇后,臣这就为陛下疗伤。"

"有劳大统领了。"我颔首,却站着未动,犹有些不放心,"你给他疗伤,他不会痛吧?"

白敛还没回答,皇帝便自然接口道:"不会痛,无非是怕你在一旁,会分心罢了。"

他这般说了,我便放心,走前又回头看了皇帝一眼。

皇帝依在床边,对我笑了笑。

我甚少见他笑得如此明朗,仿佛是少年郎在长街纵马,在曲水折花。有一种肆意张扬的风致,是一个我不曾见过的陆亦衍。

他伸出手,将我垂下的指尖轻轻握住了,以指腹摩挲片刻,才温柔道:"出去吧,放心。"

我不敢走太远,只在庭院边坐下了。

昨夜还是尸横遍地,此时藏器卫们已经将庭院清理干净,只余下一些血迹,犹在青石板上纵横,宛如可怖的蛛网。

所有的一切都发生得太快了,快到我还没想明白接下来该怎么做。

陆亦衍能被治好吗?上京又发生了什么?是兵变吗?

所谓成王败寇,陆亦衍从寂寂无名的皇子到九五之尊,这段路虽然坎坷,可他终究还是赢家。可人生难就难在,好像并没有"一劳永逸"这四个字。从此往后,这人生际遇,会不会江河日下?

我抱膝坐在石阶上，难以克制地觉得有些脊背发凉。

远处天色由深蓝渐渐染上了一层光亮，启明星正变得愈来愈耀眼，所谓的晨钟正从上京的极北方向幽幽传来。很快，这座巨大的城池便会醒来——而它的中枢，此刻正将陷入一场前所未有的暴烈风雨中，会有许许多多的人被裹挟其中，被撕得粉碎，血流成河。

我抱着膝盖，把自己缩得越来越小，仿佛这样就能将身体中的凉意驱散开去。

身后的屋内毫无动静，也不知这疗伤还要多久。

我在漫长的等待中，一点点地，陷入到黑梦之中。

依稀有温热的暖意覆上了我的肩膀和后背，一股轻柔的力道将我轻轻抱了起来。我想要睁开眼睛，可这一晚经历了追杀，片刻未歇，我实在已经精疲力竭。

"是我，睡吧。"皇帝的声音熟悉而低沉，我顺势靠在他身上，慢慢放松下来。

这一觉虽然深沉，却并不安稳。

我能听到两个人低声说话的声音，又不甚确切，迷迷糊糊间，我终于睁开眼睛。

天色已经大亮，我安稳地睡在榻上。

皇帝披着外袍，站在窗边，背影挺直而寂寥。

我脱口而出："陛下，你还需要服药才能痊愈，是不是？"

皇帝转过身，有些意外："你醒了？"

我坐起来，努力回忆着梦里零碎的话语，有些不确定道："大统领说……只有我才能将药取来？"

皇帝的反应让我有些意外。

他不置可否，只是走到我身边轻轻笑着，语调温和自然："你是睡糊涂了吧？朕富有天下，能有什么药是只能你去取的？"

他居高临下地看着我，眼神中全无倨傲之意，反倒带了些调侃，令我觉得他说得没错，天下还能有什么是皇帝没有，需要我去帮忙取来的呢？

可是……适才梦中的对话太真实了，他寥寥数语并未打消我的疑虑。

他伸手抚了抚我的额头："你再睡会儿吧。"

我哪里还有心思睡觉，抓住了他的手腕："你觉得如何了？好些了吗？"

"白敛将近半的内息注入我体内，眼下除了皮肉伤，我没什么大碍。"他轻描淡写。

我微微皱眉："那过几日呢？"

皇帝皱了皱眉，随即坦然一笑："这是我的事，你不必担心。"

我听出了他的弦外之音，觉得有些不妙，一时间表情也变得肃穆了。

皇帝却放松地同我一道靠在了床边，闭了眼睛，哑声道："阿樱，劫后余生，我们说些别的吧。"

我只好暂且将疑虑抛开，轻轻拿手肘碰了碰他："我们还能回宫吗？"

他不答，却反问我："若是不能回了，算不算称了你的意？"

我侧了身子，凝视他的脸，有些五味杂陈。

他委实是个好看的年轻男人，加之身份尊贵，后宫的姑娘们从来都渴望亲近他，爱慕中又带了些许惧怕。

只有我，对他避之不及。

不是我清高，而是从见他第一面起，我就被他以生死相威胁。一把明晃晃的刀悬挂在脖颈处时，哪还有心思风花雪月？

可这些天，发生了这么多事，我却渐渐觉得，他是喜欢我的。

虽然我们常常彼此奚落，免不了各种闹别扭，但在生死攸关的时刻，他会挡在我的身前，将唯一生的机会留给我，这不是喜欢是什么？

我的心瞬间变得柔软，抓住了他的手，说："要不，你便同我一起留在外头？"

我自然是半开玩笑的，但也带了几分真心。

他安静地躺着，长长微翘的睫毛一动未动，宛如深睡一般，自有一种沉静的俊美，仿佛没有听到我的问话。

我便没再追问，只是有些讪讪的，重新靠回了枕上，又想放开他的手。

他倏然反握，且握紧了。

"阿樱，你知道当年我为何要去争这皇位吗？"

我摇了摇头。

"因为有人对我说，天下太乱了，乱得黑白颠倒，叫人无所适从。"他依然闭着眼睛，用不疾不徐的声音道，"她想和我一起，换一个河清海晏的人间。"

许是想到过往，他的呼吸声渐渐有些起伏。

我好奇地侧头看着他："难道你不想当皇帝？"

他想了想，才答我："做皇帝很麻烦，有许多的不得已；可不做皇帝，不得已之事更多。我思来想去，还是累些，艰难些，做了也就做了。"

这句话我倒是深有感触："你后悔过吗？"

他没有丝毫迟疑："没有。"

"虽是艰难，可有人并肩，志趣相投，没什么可后悔的。"皇帝的唇角轻轻勾起，虽然闭着眼睛，剑眉却斜飞入鬓，自有一种无言的坚定与无畏。

"你说的那人是谁？我认得吗？"

他一时语塞，良久，才涩声道："那人……已经忘记了我们共同的心愿。"

我愕然，笑说："哪儿来的糊涂人，同你一起许下这般宏大的心愿，自己却忘记了？"

他也笑了，伸手将我轻轻拉进他怀里："无妨，我还记得就好。终归我会完成就是了。"

我在他怀中仰起头，决定仗义一把："有什么是我能帮你做的吗？"

他只笑着摇头："你陪在我身边，就很好很好了。"

他的语气中有着伤重过后的乏力与疲倦，我反过来拍拍他的肩膀："你睡一会儿吧，我陪你。"

他"嗯"了一声，呼吸渐渐变得平缓。

皇帝睡熟后，我尽量放轻了动作，从床上起来，悄悄离开了屋子去找白敛。

初起的晨光下，白敛的脸色有些灰白，神情亦有些倦倦的。

我有些担忧："大统领，你将内力给了陛下，自己还能恢复吗？"

白敛笑了笑："内息随着经脉周转而生，自然是会慢慢补齐的，皇后不必担忧。"

我方才略略松口气："那就好。"

"娘娘是有事找臣？"白敛让开了半个身子，请我入屋内。

"适才……"我沉吟片刻，欲言又止，"适才大统领是和陛下在说话吗？"

"是，陛下疗完伤后，出去见到皇后在庭院中睡着了，便将您抱回了屋中。"白敛解释道，"臣和陛下说了两句话，又担心吵到皇后，便告退了。"

我点点头，状似不经意道："大统领和陛下说了什么？"

白敛神容不变，只轻轻摇了摇头："无非是些朝廷的事，恕臣无法告知皇后娘娘。"

"我并非打听朝政，只是想询问大统领……刚才是否聊到了陛下的伤势。"我凝视着白敛，试图在他脸上寻找到蛛丝马迹。

白敛眉宇间滑过一丝踌躇，似是不知道该如何对我开口。

"大统领，陛下的龙体事关国祚，请务必告知我真相。"我肃然道，"若是出了意外，大统领只怕也难辞其咎。"

我甚少用这样的语气说话，能不能令白敛有所震慑，其实我内心也颇觉忐忑。

但幸好我与皇帝相处久了，将他平日里的淡漠与威压学了两三分，倒也有几分唬人。

白敛唇角微动，纠结许久，终于开口道："陛下所中的毒来自扶桑，称之为舞妃樨。此毒性缓，如美人在桂下跳舞，衣袂飞扬间，桂香弥散。"

我略带着希望道："陛下中毒后，尚能坚持许久，听着似乎不算太糟。"

白敛苦笑："性缓，如同一滴墨落入了湖水中。虽瞧不出色泽之变，却始终无法将这滴墨找出来。如同空中桂香，闻着再稀薄，却无法将它清除。"

"既然大统领识得，那总会有解药吧？"我怀抱着最后的希望问。

白敛轻轻叹一口气："解药是有，虽然有些难，但能找到。可眼下棘手的是，陛下为了解燃眉之急服用了无尽寿，提升了自身的气血周转，无异于将原本缓性的毒药炼成了烈毒。"

我的声音微微颤抖："那会怎样？"

"臣将内息转入陛下体内，护住了他的心脉。"白敛缓缓道，"但这些内息并非陛下自有，待散尽之时，毒性发作，哪怕扁鹊华佗再世，也再无半丝生机。"

我盯着白敛，疑心他说错了，或是我听错了。他是说皇帝快死了吗？可明明我见到的皇帝还活蹦乱跳的，还答应了我不会死。

皇帝纵有别的千般万般不好，答应我的事，却总是能做到的。除非……是皇帝让白敛这么说了，来吓唬我。

白敛见我毫无反应，略带担忧道："皇后娘娘？"

我回过神，勉强笑了笑："大统领，是陛下让你来说这些吓唬我吗？其实不必如此——"

白敛惊诧地抬头，迅速单膝下跪："臣不敢。"

"大统领请起。"我连忙去扶他，"我只是想听实话。"

白敛直视我，一字一顿："臣说的，句句属实。"

我默然片刻："你是说，再过数日，陛下他……必死无疑？"

白敛避开了我的眼神，点了点头。

白敛是皇帝最忠诚的盾，也是最锋利的剑。

他的这个默认，分量极重。

"怎会如此？"我喃喃道，不自觉地后退了半步，头痛欲裂。

这五年来，我时刻在想，若是有一天皇帝放我从深宫离开，从此天高任鸟飞，自由自在，我该有多么快活。

可在我的想象中，我同他一别两宽，彼时的帝王依然会在高高的庙堂之上，将他的天下治理得妥妥当当。而不是在这样一个漫长的黑夜之后，悄悄地死去。

不对……那个梦……我忽然想起了来找白敛的原因，是梦中他的只言片语。

分明在那个梦中，白敛说过，是有解药的。

"大统领，你对陛下说过，有一种解药，须得我去取，才能救他。"我仿佛抓住了救命稻草，有些语无伦次道。

白敛并没有即刻否认，他倒了杯水递到我手中，仿佛在让我镇定下来。

我心中忽地一暖，原本已坠入的厚厚冰层，此刻却裂开了细碎的缝隙，重又见到了光亮。

"无论是多危险，只要能救陛下，我都愿意去。"我脱口而出，"请告诉我方法。"

白敛垂眸，仿佛在下决心，良久，点了点头道："皇后可知，此去西北，有一座名山，叫作浮桐山？"

我虽然从未去过，但曾在宫中读过不少游记，见过这个名字，便点了点头。

"浮桐山中有一处醍醐洞，相传曾有修行者在此处遇到仙人，得蒙开示，一朝悟道，羽化登仙。"

"大统领不会也信这些鬼神之说吧？"

我略有些失望，我读过这些传说，但不过是将它当作逸闻趣事。我从未想过，这世上真有什么仙丹妙药，能救下必死之人。

"皇后，这些逸闻自然不能当真，但是醍醐洞内却长着一种药草，唤作炎夏花。"白敛续道，"此花炎阳刚烈，恰能对症，解开舞妃槲之毒。"

"可是……为何说这种解药只能由我去取？"我疑惑道，"陛下自己不能去吗？"

"天地之间，阴阳相济。炎夏花是纯阳之物，其周围必然充盈着纯阴之气，男子若是强行闯入醍醐洞，周身血脉受到冲撞，尚未摘取炎夏花，便已身亡。"

"所以只有女子才能通过醍醐洞。"我恍然大悟。

"皇后想知道的，臣已尽数相告。"白敛看了我一眼，不再说话。

"我是想救陛下的。"我酝酿了半日，才缓缓开口。

白敛点头："臣自然明白。"

"可我不通武功，手无缚鸡之力，若是拿不到炎夏花，岂不是耽误了陛下的大事？"我诚恳道，"藏器卫中可有女子能担当大任？"

白敛苦笑了一下，摇头道："藏器卫皆是男子。"

我沉默片刻："大统领觉得，我能顺利拿到炎夏花吗？"

"臣不想欺瞒皇后，传说中醍醐洞艰险无比，能去摘采到炎夏花的女子，须得心志坚定，否则……万万不能入洞。"白敛声音低缓严肃，"是以，陛下并不想让您冒险。"

我将茶盏中的水一口口缓缓喝下，茶水已经有些凉了，从唇齿间到喉咙，清凉之意从体内泛起，也逐渐让我冷静下来。

"你说的艰险，是有猛兽？或是有泥沼瘴气？"

白敛摇头："臣不知道。自古以来，能从醍醐洞中取到炎夏花的人寥寥无几，自然也无人能知道里头到底有什么危难。"

我心中盘算已定，起身："我明白了。此去浮桐山，需要多久？"

"以石头与小泷的脚力,三日足矣。"

我点头,转身欲走:"我这便去与陛下商议——"

话音未落,皇帝便接了我的话,一字一句道:"不必商议了,朕不许你去。"

## 第十章
醍醐

皇帝一直就在门边等着,双手抱在胸前,侧头看了我一眼。他的姿态甚是慵懒,可眼神却藏着刀剑般的清芒。

"你偷听我和大统领的讲话?"我愕然。

皇帝却淡淡笑了笑:"难道不是皇后背着我偷偷找白敛吗?"

白敛早已从屋内出来,跪在皇帝面前,垂头道:"陛下恕罪。"

皇帝面无表情地看着他,下颌微抬:"你在外头等着,朕和皇后说几句话。"

皇帝走进屋内,反手关上了门。

他的周遭散发着低沉压抑的气息,若是往常,我会有几分战战兢兢,生怕他喜怒无常又找我麻烦。可此时,我却极为平静,内心有了决定,本就该同他商议才是。

"大统领说,他传给你的内息散尽,你就会死。"我抿了抿唇,"你早就知道了,是不是?"

皇帝眉梢微扬,算是默认了。

"陆亦衍,我们坐下谈谈吧。"我在桌边坐下,又给他倒了一杯茶水。

他注意到我换了称呼,眼神中闪烁了一丝光泽,在我身旁坐下了:"你想谈什么?"

"你逼我以苏凤仪的身份嫁给你时,拿我和九鹿寺僧众的性命做了交换。"我浅浅喝了口水,"我虽不愿,但也接受了。"

他把玩着手中的茶盏:"那件事,你还耿耿于怀?"

我摇头:"那时我以为你是个恶人,自己定然命不长久。可其实……自从嫁给你之后，我过得很自在，你不曾为难我，时常庇护我。这些我都清楚。"

皇帝探究地看了我一眼，微微皱眉。

"所以我不想你死，我想救你。"我迎上他的视线，坦然道。

皇帝微微勾起了唇，眼神却是冰凉的："朕说了，不会要你去冒险。此事不必再提。"

我却径直截断了他的话头："我虽不知此刻外头的情况，但你的敌人们已经出手，危机四伏。你若要平息局势，便不能拖着这一副残躯受累。你想做明君，你有许多事要做，你不想天下四分五裂，是吧？"

他难得迟疑了片刻，没有说话。

我知道这句话戳中了他的心结。

"我们再做个交易吧。"我轻声道，"你让我去浮桐山救你。事成之后，你便不能再要挟我，无论我是想走或是想留，你都不能阻拦。"

皇帝霍然抬眸，刀剑的清芒又在他的黑眸中一闪而逝，他的语气却变得温缓："阿樱，你有没有想过，若是事不成呢？"

"那我便死在醒醐洞，就当是还了你这些年的照拂。"

他冷冷看了我一眼，起身将窗推开了，背对着我，不知在想些什么。

我莫名觉得，他这样杀伐果决的男人，此刻内心纠结之至，以至于连一丝表情都不想让我看到。但他没有一口回绝我，终归还有些希望，我决心再去加一把柴，添一点火。反正事已至此，我也不得不一搏。

我走到皇帝身边，同他并肩站着："人死了，就什么都不知道了。"

皇帝淡声一笑："你尚且活着，又怎会知道死后的事？"

我转过身，认真地看着他的侧颜："我死过一次，你忘了吗？"

皇帝侧过了身，直视我的双眼。

晨曦微光，他的脸恰是一半隐在暗色中，另一半在明处粲然生辉。光影明暗，这张棱角分明的脸上，眼神中竟满是温柔的眷恋。

他仿佛看着天底下最珍视的宝物。

我心中原本想说的话辞也被这温柔的凝视打断了，隔了许久，才重新捡回来。

"要是真的死了，你在意的一切、雄图大志、边疆国土、天下子民……都不过是散去的云烟。陛下，你舍得吗？"我伸手，抚住他的手臂，"让我去吧,我会把炎夏花拿回来的。"

皇帝反手,将我的手握住了:"你知道在我心中,最在意的是什么?"

我摇摇头:"不管你最在意的是什么,只要人死了,就都没了。"

皇帝轻轻叹了口气,良久——

"没错,我没办法反驳你。"

我心中一喜,趁热打铁:"那我们就说定了,我去浮桐山找炎夏花。"

他凝视我,等我将话说完。

我将后半句话说完:"若是我真的能替你寻回来,你便……不能再逼我了。"

皇帝深深凝视我,黑棕的瞳孔之中卷席了千言万语,又历经了百转千回的劫。最后,他只说了一个字:"好。"

听到这个"好"字,我反倒怔住了,万万没想到,我竟然会说服了他。

我小心翼翼地确认了一次:"你答应了?"

"君无戏言。"他很快转过了头,背对着我,又一次不想让我看到他此刻的表情。

我绕到他的面前,笑着说:"陛下是担心我取不回解药吗?你放心——"

我的话未说完,却不自觉地止住了声音——

我见过他嘲讽、急躁乃至暴怒的样子……但都不像此刻,他的眼神竟有些哀凉脆弱,仿佛下一秒,就要碎了。

"你——"我的心没来由地抽搐了一下,"你怎么了?"

皇帝的表情却已转换成了冷漠,我几乎以为适才是自己眼花了。

"没怎么。你既执意要去,便动身吧。"他淡淡地转开了视线。

石头和小泷已经回来了,果然便如皇帝所说,极有灵性。我心疼它们奔波一夜,便亲自去拿草料喂马。小泷蹭在我身边,等着我将草料送到它嘴边。我怕它吃不饱,又放了些草料在马槽中,可小泷仿佛撒娇一样,眼巴巴地看着我,只肯从我手中吃草料。

"你辛苦啦。"我摸了摸它的脑袋,"一会儿还得跟我出门。"

小泷仿佛听懂了我的话,前蹄刨了刨地,哼鸣一声,似乎是让我放心。

我等小泷吃完了饲料,才去前厅找白敛。

此去浮桐山，路途遥远，我一个人总是不成的，也不晓得他安排哪些人与我同行。

今日倒是难得的一个好天气，不凉不热，天空中连半丝云都没有。院落无人，皇帝召集了藏器卫们正在屋内商议，我不好去打扰，便坐在台阶上漫无心思地发呆。

我和皇帝同时下落不明，京郊刺客又闹出了这么大动静，我不信宫中此刻一无所知。朝中无人四处寻找皇帝，那就只有一个可能：上京也有刺客的内应。如此，整个局势便越发地不可控了。

小月独自在宫中，醒来发现帝后都不见了，她该有多害怕呀。

我长长地叹了口气，不免有些为她担忧，可转念一想，小月若是跟着我在外头被人追杀，只怕也好不到哪里去，也只好暂且将这些心事放下了。

身后的门发出"吱呀"一声，打开了。

白敛见到我，露出了一个生硬的笑容，行礼道："皇后。"

我微微颔首："大统领，陛下的安危最是要紧。你留在他身边，安排些人陪我一道去就是了。"

白敛尚未答我，皇帝从他身后出来，皱眉看了我一眼："你在说什么？朕自然和你一道去浮桐山。"

"可你身上还有伤。"我脱口而出，"怎么能骑马？"

他已换了身常服，轻裘缓带，理了理衣袖："皮肉伤而已，无妨。"

他的语气甚是随意，我只好望向白敛求助："大统领，你说呢？"

白敛甚是为难，看了看我和皇帝，斟酌道："陛下的伤的确不适合长途跋涉……"

皇帝斜睨了白敛一眼，说："朕以前受了重伤，长途奔袭的时候，你没见过？"

白敛尴尬地笑了笑，低头道："是，臣先告退。"

白敛的背影一溜烟消失在墙后，我甚是无奈道："那这一路上，你要是伤口裂了，怎么办？"

"那就劳烦皇后替我上药。"皇帝走到我面前，忽地叹了口气，"阿樱，或许，这是你我同行的最后一段路了。"

他这样一说，我竟也觉得有几分伤感，讷讷解释："我并不是这个意思。

一来,是担心你的伤势;二来,你若是离开这里,只怕局势有变。"

他负手走在了我身前,淡淡道:"皇后忘了自己是怎么劝我的吗?除了死生,无大事。我需跟你前往,才能第一时间拿到炎夏花解毒。"

"你要是真的离开了京城,那谁来摄政?朝堂岂不是一片大乱?"

皇帝停步笑了笑:"朕的弟弟不是恰好来了京城吗?"

皇帝说这句话的语气带了几分叫人难以捉摸的冷漠,以至于我在去浮桐山的路上,都在琢磨着其后的深意。

邺王忽然进京,和昨夜的遇刺……之间是否会有关联?皇帝失踪,太后此刻又会是什么想法?朝臣权贵们呢?是会将京畿一带翻个底朝天将皇帝找回来,或是已经被叛军们控制住了?这样难堪且失控的局势下,陆亦衍心中又是作何打算?

我骑着小泷疾驰在官道上,各种思绪却轮番地在脑海中翻滚。

直到此刻,我才意识到,"皇后"这个身份之于我的影响。

哪怕我刻意地疏离皇帝,疏离权势,却身不由己,早已深陷其中,与皇帝共享着同样的命运。

"公子,夫人,前头有一个村庄,可以歇息片刻,再赶路不迟。"藏器卫自前方探路回来禀告,"统领已前去打点了。"

皇帝勒住马,看了我一眼:"这一路记得将称呼改了。"

我点头,不甚走心道:"是,公子。"

皇帝眉梢微扬,凝视着我。

我才意识到称呼错了,改口道:"是,夫君。"我略催了催小泷,让它与石头并肩而行,"夫君,会有人……追赶我们吗?"

皇帝甚是淡定:"会。"顿了顿,又纠正我,"是追杀。"

我心里"咯噔"一下,明白他口中的追杀,是双方不死不休。这一路上,哪怕我们再藏匿行踪,只怕也会被发现。

"怎么,后悔了?"他微微勾了勾唇,带了丝笑意。

小泷本就比石头矮小,我便只能稍稍仰头看着他,心中颇有几分复杂的意味:"也不是后悔。昨日还是深宫贵女,今天却亡命天涯,别有一番……滋味。"

我忍不住追问:"夫君,你呢?"

皇帝轻轻眯了眯眼睛，刀锋般紧绷的侧颜也舒展了，带了丝玩笑的意味，顺着我的话道："夫人说到我的心坎里了。

"谁能想到呢？昨日在朝堂上，被山呼万岁；今天却身中剧毒，朝不保夕。昨日还美人环绕，今天连发妻都一心想着离开。人生大起大落，莫过于此。"

我原本想要辩驳，想了想，不如大大方方认了，调侃道："是啊，夫君心中作何感想？"

他转头看了我一眼，眼中尽是深意："这局若不能赢，就算是人生无常，受着便是了。"

白敛租下了村甸中一个普通小院，又命主人烧了热水送入屋内。

皇帝伤重失血，虽有白敛的内息作为支撑，终究还是疲倦，便静静靠在床上养神。我任劳任怨，用热水清洗了茶具，倒了杯水，送到他手边。

他靠在床边，懒懒地睁开眼睛看了我一眼，又闭上了。

往常在宫里，但凡他张一张嘴，便有人争抢着讨好。但此时此刻，身边得力的就只我一个，我也只好将水吹凉了些，送到他唇边。

皇帝的薄唇略沾了沾水，便转开了头，倒要我哄着："还有药没吃呢。"

他仿佛没听到，侧过了身子："我歇一会儿。"

我不依不饶，将掌心的药送到他面前："吃药。"

他闭着眼睛笑了："这药也治不了我的绝症，吃了何用？"

我觉得无从反驳，只好收回了手，在窗边坐下，默默地嚼着白敛送来的大白饼。

饼子很硬，还是凉的；茶水又烫，入口苦涩。可即便是这样，我竟觉得是难得岁月静好的一刻。

"陛下，我一直在想一件事。"我手里掰着饼子，一边开口。

他"嗯"了一声。

我沉吟片刻："若是再立一位皇后，你会选谁？"

也不晓得是什么原因，自从我和皇帝有了约定，我就不再惧怕他了。有时候甚至会对他有些好奇，想主动和他聊聊天，所以与他说话甚是随意。

他靠在床上，睁开眼睛，语气甚是平常："德妃，或是卫妃吧。"

我一怔，想不到皇帝竟然会回答我，且他的答案和我想的不大一样。

"魏美人不好吗？"我追问，"陛下以前一直传召她侍寝，我还以为你很喜欢她。"

皇帝略皱眉，没好气地看了我一眼："你扪心自问，是你喜欢她，还是朕喜欢她？"

其实我这人挺俗气的，喜欢听美人唱曲儿，魏美人说起话来都如春莺婉转，怎么不叫人喜欢？

我讪讪笑了笑："可她就是讨人喜欢，陛下不觉得吗？"

皇帝懒懒地摇了摇头："不觉得，聒噪。"

好吧，他喜欢不说话的。

"原来陛下喜欢娴静的，难怪会选德妃和卫妃。"我替他盘算，"不过，德妃身子不好，卫妃性子又柔和，若是成了后宫之主，恐怕不能御下。"

他斜睨了我一眼："怎么，你是在替朕担心吗？"

我放下手中的饼子，掸了掸碎屑，起身坐到皇帝床边，试探地问："苏家妹妹呢？你想过她没有？"

"朕想她做什么？"他薄唇轻抿，翻了个身，背对着我。

"世事可真是玄妙。要是苏家姐妹年岁相差不大，当年嫁给你的就是苏家妹妹了。况且……"

我想到阴错阳差的过往，不由得怔怔出神。说来也怪，以前提到苏家，我心中总是厌烦，又有些惧怕，可现在，我却又觉得有些亏欠了苏家。我不仅占据了苏家长女的后位，在梦中……甚至我杀了她……

"况且什么？"皇帝见我长久地沉默，开口追问。

"况且苏家妹妹很喜欢你。"我镇定了一下，"先前你不是也打算要将她纳入后宫吗？"

皇帝眉眼微沉，鸦色长睫瞬间覆住了眸色："看来你是打定了主意，去过浮桐山，就要离开了。"

其实我并没有那般有信心，私下甚至同白敛说过，等我进了醍醐洞，还是得再找一个信得过的女官做后补。只是这话不好同陆亦衍直说，姑且便走一步算一步吧。

"你呢？以后做什么打算？"

"我若真能取得炎夏花救你，夫妻一场，等我走的时候，你能让我见见小月吗？她孤身一人在宫中，着实有些可怜……"

皇帝冷哼了一声："跟着你流浪江湖便不可怜了？她若是有些脑子，也该留在宫中，起码衣食无忧。"他顿了顿，又看了我一眼，"我瞧在她尽心尽力地侍奉过你，大不了给个份位就是了。"

我闻言一怔，随即上手狠狠掐了他一把："不许打小月的主意！她才不是你想的那样！"

皇帝的脸扭曲了一瞬，待我放开手，他便坐了起来，双手抱在胸前，正色道："你还没回答我。"

我老老实实地答他："若是你放我自由，我便找个山清水秀的地方住下来，日出而作，日落而息。哪天觉得无聊了，便将小院的门一锁，背着行囊出去转一转。"

皇帝凝视我："哪个山清水秀的地方？"

"江——"我话说到一半，止住了，警惕道，"你问这个做什么？"

皇帝倏尔笑了笑，不置可否，也没再追问："你倒是想过神仙日子。"顿了顿，又说，"那你还会嫁人吗？"

在这之前，我所设想的未来种种，都是独自一人，还真没想过会不会再嫁人。

我略想了想："应该不会吧。"

大约是听出我的语气并不那么斩钉截铁，皇帝凑近了一些："应该？"

"谁能预料到将来发生的事呢？"我站了起来，不想再说这个话题了，"夫君好好歇着吧。我去问问大统领何时出发。"

我转身走出了半步，他却忽然拉住了我的手。

此刻我居高临下，他迎着我的视线，语气中带着克制的失落："原来是我这个丈夫……做得还不够好。"

我有些讶然，皇帝在我心中素来是凶猛的野兽，忽然间用这样的眼神看着我，好似变成了曹贵人养着的狸猫，惯会寻着主人撒娇。

他移开了眼神："你从来没告诉过我，你心中，竟那么向往没有我的日子。"

他扣着我的手，力道是柔和的，却也没有放开。

我忽然便有些心软，笑道："上次我说你像是债主，但你也绝不是刻薄怠慢就是了。有时想想，遇到了你，也是运气。"

他笑了笑，慢慢放开我："你如今对着我松弛了许多。"

我便将他的手放回了榻上，莞尔："你却是患得患失起来。陛下，前路漫漫，我的生死与你绑在一起。你放心，我不会叫你失望的。"

皇帝没再说什么，屋外白敛敲门："公子，夫人。"

我起身去开门："大统领，是要出发了吗？"

白敛手中捧着两套衣衫，低头道："外出行路，请公子与夫人换上寻常百姓的服饰，免得引人注目。"

我忙接了过来："有劳了。"

白敛送来的服饰是粗麻织成，浆洗过后，手感更觉有些粗粝，想来是在村甸中找人换的。我捧着女子的衣裳，觉得不对。这本就是普通农户的屋子，空落落的只有一张床，和一套尚且放不平稳的桌椅罢了，连屏风都没有。我和皇帝共处一室，毫无遮蔽，让我如何换装？

迟疑间，我恰与皇帝的视线对上。

他的眼神中隐含着一丝调笑，好整以暇："换吧。"

我努努嘴巴："转过去，别看。"

他却一动未动，眼神中笑意越发明显："老夫老妻了，还有什么不好意思的？"

我脸颊微微有些发热，皇帝在这五年中从未强迫过我做什么。虽然我们也有些稍显亲密的肢体纠缠，要不是因为吵架，要不也是自然而然发生的，要我这般在他面前脱衣，着实有些不适应。

我手中抓着衣服，纠结着没动。他才转过了头，懒懒道："不看就不看。"

皇帝一言九鼎，我背对着他，放心脱下外衣，又展开了白敛送来的衣裳。

终究是由奢入俭难。

自从有宫人打理我的穿着，我连如何穿衣都有些摸不着头脑。我低着头找系带，可一层叠一层，找了许久，额头都出了些汗，衣裳却还没穿妥帖。

百忙之中，我一低头，瞧见桌上那面锈迹斑斑的铜镜。寻常人家的铜镜自然不是什么上等匠作，镜面已经模糊，折射的人影曲折破碎，但我一眼撞见皇帝的视线正看着我。

我默然片刻，掩了衣襟，索性走到他面前："好看吗，陛下？"

他不意我会发现，难得竟有些脸红，迎着我的视线，嘴硬道："什么？"

我冲着铜镜看了一眼，似笑非笑道："看也就看了，嘴上却不承认，这可不像你。"

皇帝低低咳嗽一声，略略掩饰了尴尬："不过是想帮帮你罢了。"

我还没来得及拒绝，他起身扶住我的肩膀，将我转了个圈，轻车熟路地将里层的衣带挑出来，交叉，系紧。

我的腰身处紧了紧，他的手又环过我的腰间，将我的衣带系好了，最后伸手抚了抚我的裙裾。他有着一双极漂亮的手，骨节分明，修长有力。这几日，却紧握刀剑，伤痕累累。他的指尖在我的衣料上停留了片刻，似乎是想要将麻布衣裳抚平，但终究还是有些无能为力，便停下了动作。

"多谢了。"我顺手将男子的衣裳递给他。

他却一动不动，抿着唇角看着我："怎么，你不投桃报李一下？"

"行吧，夫君。"我展开衣裳，抖落了一下，"只能委屈你先换这一身了。"

他自行将里衣脱下，露出赤裸的上半身，展开了手臂。

"伤口还痛吗？"我轻抚他身上缠着的棉布，"骑了大半日的马，伤口可有裂开？"

他摇了摇头。

男人的衣裳没有那么多讲究，我替他系上了腰带，头一次见他穿粗布短打的衣裳，难免觉得有趣。

他实在是个长得好看的男人，轻裘缓带时觉得清贵，如今粗布衣裳，像乡野农夫，却又有一种勃勃的生命力。

"你这么穿……"我沉吟道，"倒是质朴，像是村里最会干活的年轻人。"

皇帝一怔，旋即展眉而笑，眼神中竟露出一丝向往："若是不当皇帝，我凭着一双手，要养活你也不难。"

我摇头："我有手有脚，不需要你养活。"

皇帝凑近了我一些，声音低沉："你知不知道，其实你不好养活。你穿着打扮虽不讲究，但是挑食，平日又爱闲逛看戏文，哪家村妇是这般过日子？"

我无可反驳，只好冷哼了一声："你要养一个女人自然是不难，可你后院这么多女人，就凭一双手，你干得过来吗？"

皇帝闻言，却没有驳斥我，只露出一丝怅然的神色，叹口气道："你说得不错，天子与农夫，各有各的烦恼罢了。"

休息了半日，白敛又敲门来送吃的。

我起身将门打开了，却见门口站着一个少妇，拿着托盘，上边放了两碗热腾腾的面条，有些好奇地看着我。

"请进。"我连忙让开了身子。

白敛在我耳边，悄声道："检查过了，无碍。"

少妇将面条放在桌上，又怯生生地看了我一眼："夫人，这是自家煮的面条。"

我笑道："我夫君甚是爱吃面食，多谢了。"

少妇这才注意到屋子里还有一个年轻男人，一瞥之间，脸颊绯红，嗫嚅着说了句"没事"，便慌慌张张地离开了。

"公子，吃完稍事休息，我们还需尽快赶路才是。"白敛轻声提醒。

皇帝点点头，坐在桌边尝了一口面，示意我也吃。

其实面食做得甚是寡淡粗糙，可折腾了快一日一夜，能坐下吃上一口热汤面，已让人觉得极为满足。我和皇帝吃完了各自的面条，连里头的萝卜都吃得一干二净，相视一笑。

我端了托盘，走至门口，正想请人取走，却见那少妇就在小院中候着，见我出来，连忙迎了上来。

"姐姐，有劳了。"我将托盘递给她。

她接过去，又对我笑了笑，有些羞涩，吞吞吐吐道："不知夫人打算何时离开？"

"这要听我夫君的安排。"我笑道，"借用了你们的院子，诸多不便，还请海涵。"

少妇连忙摇头："不会。"顿了顿，鼓起勇气道，"夫人，你们是贵客，今日村落里有一场冬祭，不知道能不能请你们一起？"

我下意识地想拒绝，毕竟时间宝贵，可忽听身后皇帝的声音懒洋洋地传来："听闻乡间冬祭最是热闹，夫人，那我们便留下看看吧。"

"可是大统……白大哥说要赶路——"我心中觉得有些不妥。

皇帝伸手轻轻搭在我的肩膀上，含笑道："那你是听白大哥的，还是听我的？"

我自然不会妥协："当然听白大哥的。"

皇帝倒没有生气，只是轻轻咳嗽一声："白敛，你怎么说？"

白敛苦着脸，从墙后头转出来，一副"别问我我什么都不知道"的样子，垂头道："自然是听公子的。"

皇帝笑了笑，眉梢微扬望向我，无声地向我示威。

那少妇听着我们的说话，不由得笑道："夫人，我们这里的冬祭可热闹了，留下瞧一瞧吧，挺好玩的。"

我不欲在外人面前争执，便点头笑道："那就恭敬不如从命了。"

待到旁人离开，我才急急拽着皇帝回到了屋内。

"你为何要在这里耽搁？"

我不想将内心的焦灼说与他听，只冷着脸道："十日之内赶不到浮桐山，你若是出了事，我可不管。"

我有意将用词说得严重一些，他却半点没恼，眼神仿佛透过我又望向了远方："前头注定在下着大雨，跑得快与跑得慢，都要淋湿，有何差别？"

"你这是强词夺理。"我与他争辩，"若是在半路上就停下，岂不是功亏一篑？"

"若是走到半道，天忽然放晴了呢？"他却笑了笑，淡定道。

我无话可说："好吧，只是看完冬祭，就即刻上路。"

他点了点头，答允我："好。"

其实皇帝并不是一个贪恋酒色之人，对歌舞也不曾有过兴致，不知为何却答应留下。我好奇问道："陛下知道什么是冬祭？"

他长眉微展，说："民以食为天，粮食一事，无论皇室或是民间，于冬日祭祀，都是极为看重的。"他顿了顿，"以前我在戍边时，将士们与当地百姓同乐，可热闹上整整一日。"

"如何热闹？"我不由得追问。

他仿佛猜到了知道我会对此事感兴趣，笑道："每逢冬祭，无须轮值的士兵们便可有一日的休假，去民间参与冬祭。百姓们会有一场极热闹的庙会，载歌载舞，作为向神明的献祭，城中最好看的姑娘会被选出来，作为领舞。"

"那那位姑娘岂不是要抛头露面？"

皇帝定定地看了我一眼，唇角微勾："边塞民风松弛，没有这么多讲究。

但凡能被选上,是一种荣耀,上门提亲的人都会踏破门槛。"

我觉得极有意思:"那你见过几位?可有特别好看的?"

他理了理衣袖:"人太多,隔了大老远,瞧不太清楚。"

"以你的身份地位,怎么会瞧不清楚?合该第一排给你躺着看才是。"

皇帝瞧了我一眼,不屑道:"冬祭自然是要隐去身份才好玩。"顿了顿,又兴味盎然道,"但此处是京郊,不知道习俗与边疆是否一样。"

大约是被他的歪理邪说说动了,我竟觉得留下看一看倒也无妨,唯有白敛苦着脸,欲言又止。

我自然也能理解他的担忧,便有意落后了两步,走到白敛身边,悄声道:"既来之则安之,大统领,别发愁了。"

白敛倏无笑意,只是叹了口气。

"就算死了也要当饱死鬼,还是让公子开心一些吧。"

话一出口,白敛的瞳孔微微震了震,脱口而出:"夫人,还请慎言——"

皇帝就在前头,也听到了我说的话,放缓了脚步,漫不经心道:"她向来就是心直口快的,无妨。"

我这才回过神,如今不在宫里,我就忘了种种忌讳,连这种大不敬的话都说了出来,只好努力找补:"我不是这个意思。"

皇帝斜睨了我一眼,仿佛在说"行了不用解释",又同白敛对视了一眼,相视一笑。

我将他们的小动作看得分明,揪着皇帝的衣角,落在后面:"你是何意?"

他有些不明所以。

"你刚才的眼神……是不是时常在旁人面前说我的坏话?"

皇帝愣了一下:"为何这么说?"

"我是从后宫出来的,在女人堆里混着,还能不知道你们的心照不宣?"我拽着他的胳膊,稍稍有些用力,"你老实说,有没有在大统领面前说过我的坏话?"

我本想诈他一下,没想到他竟点头承认了:"略说过一些。"

"你说我什么?"

他却笑着,不肯再说了。

"公子，夫人，是在那里。"白敛指着前方。

这村甸的晒谷场着实不小，搭了一个戏台子，台下放置着一张大供桌，摆放了祭祀用的香烛和贡品。村民们围成了一圈，甚是热闹。

因我们是外乡人，甚是醒目，众人便转过身，好奇地打量我们。

藏器卫们如临大敌，立在皇帝身侧，仿佛一把把拉紧弦的强弓。

白敛轻拍了一个年轻人的肩膀，无声间，令他们稍稍放松下来。

族长穿过人群迎了上来，邀请我们去前头观礼。皇帝极为亲切，甚至为了迁就老人的身高，微微俯下身，聊得甚是投机。

他细细询问了老人庄稼与收成，又提到了当地赋税之事，老人一一作答，皇帝的脸色渐渐凝重。

皇帝有着极饱满的额骨，眼窝又比常人深些，皱眉的时候，表情便极为严肃。若是在宫中，当他出现这样的表情，只怕大臣们便已瑟瑟跪下一片了。

他侧头问白敛："此处是何人的封地？"

"邺王。"白敛恭敬道，"京畿的几处庄园，是当年太后亲自选定的。"

皇帝点了点头，转向老人，和颜悦色："老人家，农事辛劳，朝廷取以赋税，的确不该如此苛刻。"

老人却摆了摆手："公子，可不敢说这些话。咱们年年冬祭，就盼着风调雨顺，一年到头，能留下些够家中吃的，也就满足啦。"

皇帝不动声色，又与白敛对视一眼，便不再多说什么了。

戏台上已经热闹起来，演的是一出驯服恶蛟的民间故事。老人请我们坐在前头观赏。

故事的缘起，是恶蛟兴风作浪，少女为解其患，自愿献祭。

台上的姑娘一身红衣，容颜秀丽，想来便是如皇帝所说，在当地选的极秀美的少女。她坐在船上，抱着膝盖，轻轻吟唱着歌谣，莫名叫人觉得有些忧伤。

我沉浸在这歌谣中，忽觉这一幕似曾相识。

虚无之中，亦有红衣少女站在台上，却手足无措，只好求救一般望向了台下一角。年轻的战士站在人群中，遥遥与少女对视。

他穿着一身黑衣，头上戴着毡帽，甚是随意，却因为个子高，在人群中依然极为显眼。他咧开了嘴角，对台上的少女比了个大拇指，眼中的笑意满满溢了出来。

"野有蔓草,零露瀼瀼。

"邂逅相遇,与子偕臧。"

我从未学过这首歌谣,可这些词句却莫名地涌了出来。周遭叫好声不断,我也分不清是现实或是幻象,不由得侧头望向皇帝。

生死攸关,他的侧颜依然清贵从容,仿佛天大的事也不在话下。

"好看吗?"我轻声问他。

他没有看我:"什么?"

"我说那位姑娘,好看吗?"

他笑着点头。

我默然片刻:"是她好看,还是当年的我好看?"

他原本微笑着望向前方,听到这句话,倏然如同石塑一般,连发丝都僵住了。

良久,他转头望向我,缓缓开口道:"何意?"

我却移开了视线,平静望向前方:"我只是想起了一些事,那时人群中有一个人一直看着我。"我顿了顿,"那个人是你。"

周遭锣鼓喧天,我和他之间却平静得可怕,连吸入的空气仿佛都是凝冻的。

这些年,脑海中这样的片段多了起来,有些像是做梦,有些却异常真实。

很多次,我都问过他,是不是认得之前的我。

但他从不回答。

我太过了解他的为人,但凡他不愿意说的事,没人能逼他。

他又是天子,地位尊崇,我何必非要和他较劲呢?

我心大,又得过且过,也就自我安慰,万一他告诉了我一切,我却无法承受,岂不是自寻烦恼?又或许,他的确也什么都不知道。

可终究还是留下了一个心结。

有的时候,连我自己都恍惚,到底想不想要知道真相。

"假如出生时可以选,你会选一条轻松的,还是痛苦的路?"

我迟疑了片刻,皇帝口中的"轻松"或者"痛苦",大概同我的定义是不大一样的。

譬如说，批阅奏折在我看来，便非常痛苦。奏折上无一不是叫人烦心的事，哪里闹了饥荒，或是何处官员有失，每日都要翻看数十本，头昏脑涨事小，若是遇到贪官污吏阳奉阴违，可不得气得人七窍生烟。

可皇帝批阅奏折，素来平和。

我曾问他缘由，他便答我："每一本折子递上来，背后便是有一处地方百姓的天塌下来了，于他们便是性命攸关的大事。我若能处理得当，解他们的倒悬之苦，该觉得高兴才是。"

我知道他的话没错，可那么多重担压在一个人的肩上，我便做不到如他这般举重若轻。

我叹口气，决心自私一点："一样是过一辈子，我还是选择少用些心思吧。"

我话音未落，皇帝却浅浅笑了："人心多是不知足的。选了这条，却会奢望另一条。"

我皱眉："你是在说我吗？"

他摇头，怅然道："我是说我自己。"

他东拉西扯了这么多，终究还是不肯露出半点口风。

我倒谈不上失望，只是放过了这个话题。

人生在世，最难学会的，终究还是放下。于细微处开始修炼，大约便是我学会的生存之道。

我将注意力重新放回了戏台上。年轻男子扮演的黑蛟将红衣少女掠走，少女却甚是平静，只是悄悄摸了摸匕首所在位置，柔弱的身形显得极为坚定。

其实旁观者早已得知了结局，也无所谓紧张与否，可戏中人的等待才是最令人恐惧的。若是这个世界上真的有神佛，观世间百态，想必也会为世人的焦虑纠结而无言。

就像皇帝说的，选了其中一个，大约还是会得陇望蜀，后悔没选另一个。

我正自出神，皇帝的声音淡淡在我耳边响起："后不后悔的，现在说，已经晚了。"

我愕然转头："你知道我在想什么？"

他没有看我，却牵住了我的手，反问："这很难吗？"

这话说的，好似我头脑非一般的简单。

我微微沉下脸，撇开他的手，往一旁的座位挪了挪。

他双手抱在胸前，好整以暇地继续看戏："怎么，我猜得不对？"

我忍不住反击："以前在宫里，怎么请你去看魏家妹妹的戏，你都摆了架子说不去，这会子又看得津津有味，难不成看上了新人？"

话音未落，戏台上的小姑娘不知何时下来了，轻巧地走到了皇帝面前，向他伸出手，邀请他一同登台。

皇帝下意识地转头看了我一眼。

我甚是幸灾乐祸，比了个"快去"的口型，乐得看一场好戏。

皇帝倒也大方坦然，在众人的叫好声中，随着少女去了戏台。

戏台前摆放了一垛等待点燃的柴火，少女将火把递给了皇帝，退到一旁，示意他点燃。

我兴致盎然地看着这一幕，白敛悄悄走到了我的身侧，压低声音："夫人，此处不能再久留了。您劝劝公子。"

我一惊："他们追来了？"

白敛轻轻摇头："没有。"

我便有些为难道："他的脾气你难道不晓得？他要留下来，可不会听我的。"我又安慰他，"大统领也不必忧怀，公子不是没有成算之人，险境至此，咱们也走一步看一步吧。"

白敛欲言又止，最终长长叹了口气："是。"

我直觉他还有话想说："大统领，有话不妨直说。"

白敛望向皇帝："夫人觉得呢？公子自从决意要去浮桐山后，变得恣意随性了。以前他沉稳持重，断不会如此任性。"

他这么一说，我心中有几分恍然大悟。

皇帝的确是有些变了，心头那点古怪的情绪有了解释，原来如此。

远处，皇帝点燃了柴火垛，熊熊烈火蹿了起来。

他站在柴火堆边，隔着火焰，视线遥遥找到我，冲我一笑。

他是极深邃的五官，薄唇微微翘起，眼神粲然生辉，也让他此刻的笑意显得分外真诚纯挚。白敛说得对，犹在险境的皇帝，褪去了他"宫廷"与"明君"的面具，却成了一个鲜活的人。

一时之间，我竟不知道，这种转变是喜是忧。

红衣少女又向这位来客递上了一大碗当地酿的米酒，脸颊红扑扑的，眼神宛如小鹿，仿佛在凝视着情人。

皇帝没有即刻接过，只是眉梢微扬，又看了我一眼。

我便笑了笑，示意他继续。

皇帝接过了酒碗，正要一饮而尽，红衣少女忽然摸出了胸口藏着的匕首，迅捷无比地刺向皇帝胸口。

这个变故委实发生得太快，快到我的脑海里尚未做出任何反应，连尖叫提醒都来不及。电光石火间，皇帝以手中的酒碗为武器泼向少女，又闪身避开了剑锋，将少女踢倒在地。

我的一颗心将将落下，四周又有暗器袭来，如乱石飞羽般"嗖嗖嗖"射向皇帝。

人群尖叫躲闪，冬祭顿时乱作一团。

白敛趁乱向皇帝投掷出了长剑，时机恰好，皇帝接住了武器，格挡住了四下射来的暗器。周遭埋伏着的刺客几乎同时杀了出来，侍卫们将我护在中心，且战且向皇帝的方向会合。

我躲避着刀光剑影，实则内心已经有些麻木了——这一路上，任何意外都不会再让我觉得害怕了，只是难免有些发愁，眼下深陷重围，我们又该如何逃出去？

兵器格斗声中，我听到一声熟悉的口哨，一黑一白两匹马便从远处疾驰而来。

转瞬间，石头便已经接近皇帝，他反手抓住马鞍，如行云流水一般轻身跃到了马背上，向我疾驰而来。

"夫人，你先走！"白敛为我断后，将我轻轻推向前方。

黑色骏马脚踏火光，杀气摄人，皇帝骑在马上，从人群中突围而出。尘土飞扬，鲜血四溅，一人一马，宛如天神降临。

他与我擦肩之时，向我伸出手。

我握紧了他的手掌，身子一轻，被一股巨大的力道带起，在空中一折，便已精准落在了他的怀中。

他双手皆放开了缰绳，一手搂着我的腰，另一手执剑，带着我冲出了晒谷场。

身后犹有追杀声，兵荒马乱中，我忍不住仰头看了皇帝一眼。

他的发型稍显凌乱，下颌紧绷而锋利，可唇角是带笑的，眼神明亮坚定，是我从未见过的意气风发。

我忽想，当年他驻守边疆，便是如此吧。

少年将军，鲜衣怒马，深陷敌军，却从来不知何为畏惧。

只管奋勇向前便是了。

刺客们有备而来。上一次我们便是倚靠了石头和小泷的脚力方能脱险，这一次，他们竟也备了马匹，从丛林间奔了出来，向我们急追。

皇帝将马缰扔给我，从石头的背袱上抽出了长弓与箭，回身便向刺客们射去。

这种时刻，看的便是默契了。我稳稳握着缰绳，努力将身子前倾，给身后的人挪腾出空间。皇帝反手将一兜长箭都背在了身后，随取随射，如流星一般，准头惊人。等我回头一看，刺客们闪躲的闪躲，坠马的坠马，皇帝竟还能隔空支援尚在断后的藏器卫们。

我心中一边赞叹，难免又有些分心，不自觉地拉了一把缰绳。

石头原本好好地跑着，被我一拽，有些无所适从，往右冲去。只这片刻的偏差，皇帝的数支箭便没了准头。他从我身后伸出手重新握住了缰绳，稳稳一提。石头似能读懂他的心思一般，重又回正方向，疾奔起来。

他重将缰绳重新塞回我手中，沉声道："看好路。"

我吃了次亏，自然不敢再分心，便全心全意操控石头，让它跑得更稳一些，以免影响到皇帝的动作。身后不时传来刺客们的惨叫声与落马声，果然不多时，皇帝已回过身，双手覆在我的手背上，重又掌住了缰绳。我原本紧绷的身躯稍稍变得放松，想来追兵已经被扫除，不会再有什么威胁。

石头轻松跃过一条小涧，皇帝勒住了马缰，翻身下马，向我伸出手："下来吧，等等白敛他们。"

我还在马背上，居高临下地望着他。

身中剧毒，又被追杀，可这个年轻男人丝毫不以为意，眼神熠熠生辉，仿佛是经历了新鲜有趣的事。

我扶着他的手轻松跃下了马匹，伸手去探他的额头。

他有些愕然:"怎么?"

"你是不是毒性发作,神志也有些不清?"

他站着不动,由着我抚摸额头的温度,眼睛含着笑意:"怎么说?"

"你还笑得出来吗?"我无言地看着他,"又不是在宫中打马球,如今跟着你,当真步步危机,如履薄冰。稍不留心被发现了,便是性命之忧。"

他伸手握住了我的手腕,轻轻将我的手取下来,笑道:"不是逃出来了吗?"

"若不是你非要留下来看什么冬祭,哪会至此?"我气恼道,"眼下你可不再是九五之尊了,陛下——"

我将"陛下"二字拉得甚长,刻意带了些讽刺的意味。他便笑着接口:"没错,眼下是丧家之犬。"

没有愤懑,也没有忧虑,他好像毫无芥蒂地接受了这个身份的转变,连这句自嘲的话听起来都分外自然。

我心中微感异样,以前觉得他深沉腹黑又小气,可如今落入窘迫的险境,他亦能圆融自达,倒让人刮目相看。

"我觉得你不一样了。"我后退了两步,靠着田埂间的一棵槐树坐下了,细细地打量他,字斟句酌,"是因为……人之将死吗?"

他在我身边坐下,忍不住哈哈大笑,又转头来看我:"阿樱,全天下就只有你敢这样对我说话。"

"你是故意的。你知道在一个地方停留得越久,就越容易被刺客们发现。"我有些不解,"可是,为什么?"

他不置可否,随手折了一根长草把玩。

"你在宫里的时候,从来都沉稳深沉,为何忽然就变得像是赌徒一般?"

他转头看我,眉梢轻挑,笑了笑:"你的心思没在我身上,从来都没明白过我到底是怎样的人。"

我一时语塞,承认自己其实甚少去琢磨他究竟是怎样的人。

如今的陆亦衍,像是一个家底丰厚的富豪,得知自己命不久矣,就开始肆无忌惮地挥霍财富。

他在享受自己每一次的以身犯险——可即便对自己的武功与能力皆有自信,刀剑却是无眼,保不准会受伤,他想过后果吗?

这些道理在我心中转了一圈又一圈,可我终究没有说出来。

我不是个多话的人,说这些大道理也惹人心烦,索性便闭着眼睛,靠着槐树休息。

肩膀上忽然微微一沉,皇帝竟靠在了我的肩上,喟叹道:"有时想想,朕的肩膀也是凡人之躯,大可不必将全天下都抗在其上。"

我没有推开他:"你知道,就更不该冒险了。"

"和你一起在风霜剑雨中漂泊,都是兴之所至,我不觉得是冒险。"

我头一次听他说出这样的话,略有些惊诧:"你真不是中毒后变了个人吧?"

"是啊,变了个人。我只是陆亦衍,不是你口中的陛下。"他顿了顿,"阿樱,那么多人想要去抢的天下权柄,其实我没你想的那么在乎。"

我信他此刻的这句话,信他其实有时候也厌倦了权势争夺,想要如此刻般,坐在旷野中,无拘无束。

初冬萧索,我一仰头,槐树枝叶凋零,野草茫茫。

我与他的呼吸在同一节拍上,融入了这天地万物之中。

直到马蹄声远远轰隆隆地传来,隐有地动山摇之感。

我一下子坐起来,推了推他:"有人来了。"心中又不免有些仓皇,想要自由,终究还是不可得。

他却极为淡定:"无妨,自己人。"

## 第十一章
### 擎天

不多时，足足有百十来匹黑色骏马疾驰而来。

骑兵们一眼便看出是从沙场上厮杀出来的战士，黑甲执锐，整齐划一地下马，取下了头盔，半跪行礼。

为首的将军身形高大，面容黝黑，轮廓粗犷："陛下，臣等星夜兼程，终究晚了几日，还请恕罪。"

皇帝凝视着他们，眼神由慵懒变为锋锐："不晚，你们来得正好。"

他又转过头，对我介绍："这是擎天军，岳三径将军。"

我的心微微一突，"擎天"之名，我似乎听过，却又很是陌生。

他仿佛看出了我的疑惑，只淡淡道："是他们，天正年间的叛军，擎天。"

"叛军"两字一下子让我清醒了。

擎天军在近二十年间，几乎是朝廷上下绝不能提起的禁忌。一次家宴上，兵部送来了新绘成的舆图，我凑在一旁看了两眼，只见嘉安关如同刀锋插入了北庭疆域中。我虽不通军事，却也知如此地形，必是经过血战方能获得的疆土，一时便有些感慨："当年是哪些将士，能从北庭人口中夺下此地，这开疆扩土之功堪比封狼居胥了。"

只是随口感慨而已，太后听到，忽地不悦道："我朝得列祖列宗护佑，疆域广阔，与将士何干？"

太后的神色极为严厉，我亦惊了惊，一时间有些不知所措。

皇帝浅浅地瞧了我一眼，不作声，只是喝了口酒，转开了视线。

彼时水榭中上演的歌舞犹在继续，但周遭却如坠冰窟，人人正襟危坐，不复先前欢快笑言。

德妃咳嗽了一声，慌乱间，一抬手又掀翻了果盘，引得侍从们一阵忙乱。太后又坐了片刻，起身离开，一场家宴不欢而散。最后以我主动去佛堂抄了四五日经书，才算让她老人家消了气。

这桩事在我心中自然就拧成了一个结。后来我又拐弯抹角地去问皇帝，他倒是不像太后那般防备，只淡淡地告诉我，当年是擎天军守住了嘉安，天正年间成了叛军，全数被剿灭，便不再提了。

"擎天"这个词在我脑海中便只闪现过那一次，我本以为皇帝和太后一样，自然是对所谓的叛军深恶痛绝，绝没想到，他们并未被剿灭，皇帝还与他们私下有着关联。

我被搞糊涂了："所以，他们不是叛军？那太后……"

我心中有无数问题，却又不知从何说起，更似乎窥见了皇帝与太后之间的一点缝隙，里头暗影重重，是我从来不承想到过的。

皇帝似笑非笑："你以为那次德妃打翻了果盘，真是不小心？"

"是你——"我恍然大悟，难怪之后太后也不再说什么，只是拂袖而去。

皇帝站了起来，理了理袖子："是啊。"

将士们让开了一条小径，皇帝带着我居中而过。

我悄悄转头看了岳三径一眼，他的神色冷峻异常，体格又高大威猛，我心中莫名便有些敬意，亦步亦趋地跟着皇帝："你不如对我说明白。"

皇帝便放缓了脚步："你想知道什么？"

"他们既是叛军，这些年一直在何处？"我追问，"为何你会与他们有联系？"

皇帝深深看了我一眼："你心中明明有了答案，为何不敢说出来？"

我便大着胆子又回头看了岳将军一眼，压低声音："他们不是叛军，你为何不给他们平反？"

皇帝沉吟半晌，忽然认真望向我："阿樱，这五年的时间，你在宫中，固然时时觉得禁锢，有没有想过我时常也是寸步难行？"

他说得没错。

上至太后，下至群臣，譬如苏家，谁不是有着好几副面孔呢？皇帝身处其中，看似游刃有余，实则也是桎梏重重，否则，前些日子他便不会对我提起想要亲征北庭。

眼下的情形则更是难为。皇帝流落在外，连最后一张底牌擎天军都已祭出，如此逆势之下，想要翻盘，只怕难上加难。

皇帝牵过了小泷，我扶着他的手，翻身上马。

他微微仰着头，看着我，忽然笑了。

"这么难，你还笑得出来。"我轻轻摸了摸小泷的鬃毛。

"这五年，我虽有百般无奈，却好在保住了你。"他轻声，一字一句，眼神中有光。


有了擎天军护卫，皇帝便带着我，一路疾驰而去浮桐山。

一气赶到时已是晚上了，天色漆黑，荒郊野岭人烟罕至，唯有星子闪亮。我从未这样长时间骑过马，有些倦了，便独自坐在火边休息，又时不时地想起皇帝对我说的那句话。

他说保住了我……是何意？

是保住我的命，或是旁的什么？

此时的皇帝正与岳三径在另一侧说话，隔着火光，我拢着自己的膝盖，将头慢慢靠在了膝间。

睡梦之中，有人轻推我的肩膀。

皇帝坐在我身边，递给了我一个小巧的鎏金盒。

我打开闻了闻，是一股极清凉的药味："是什么？"

"骑了这么久的马，你不觉得难受？"

我被说中了此刻的心事，不觉语塞片刻，借着火光挪开了视线，强撑道："还好。"

皇帝将身上的大氅脱了下来，随手放在地上，双手贴近篝火取暖。

他的双手十指张开，凑近火光，越发衬得指节修长。然而仔细看着，上面有许多陈年磨出的老茧与疤痕，隐约露出白色狰狞痕迹。

他并不是在宫闱中长大、不识困苦之人。若论军旅经验，他可比我知晓得多多了。

他慢慢收回手，抵在膝上，侧头凝视我："真的不用？"

我的脸微微有些涨红，骑了这么久的马，摩擦久了，别的还好，大腿内侧与尾椎处颇觉燥痛不适。只是这样的部位又颇隐私，我也不好开口说罢了。

我迟疑半晌，小声道："可这里也没法上药。"

皇帝抖了抖手中的大氅："不然我帮你挡一挡？"

基于往日的信誉，我也信不过他，只闷声道："不必了。"

他忍不住笑了，轻拍我的肩膀，示意我往后看："那里搭了帐篷，你去里头休整，擦点药。我替你在外头守着便是了。"

我进了帐篷，又检查了门帘，方才小心地褪下了衣裳，借着一点烛火查看大腿内侧火辣辣的那一片，将破未破地泛着粉红，最是疼痛。

我以指尖小心地拈起一点药膏涂抹在伤处，立时觉得清凉了不少，三下五除二，索性厚厚地敷上了一层，又整理好衣衫，才掀开了门帘。

岳将军正在同皇帝说话，似乎还提到了邺王和太后的名字，只是一见我，便止住了话头。

"我好了。"我走到皇帝身边，"可以赶路了。"

皇帝还没开口，岳将军却瞧了我一眼，粗犷的声音中带了些关心的意味："小姐歇一歇，再上路也不急。"

这是他头一次和我说话，我却莫名感觉他认得我。

皇帝拍了拍我的肩膀："不急着赶路，你再歇一歇。"

我依旧坐在篝火边，烤了一会儿便觉得暖洋洋的，加之又上了药，浑身上下甚是舒适，便有些昏昏欲睡。

皇帝在我身边坐下，又将自己的大氅披在了我肩上。

"大统领他们如何了？"我拢了拢他的大氅，问道。

"都已撤出来了。"皇帝也望着篝火，"不必担心。"

我将下颌贴在他的大氅上，闻着皇帝身上略带清冷的气味："陛下，还有多久才能到浮桐山？"

"两日吧。"他回答的时候竟还有些怅然，仿佛觉得两日太短。

我从大氅下伸出手，轻轻握住了他的手臂："你身体觉得如何？能撑住吗？"

他侧过头，凝视我，忽然诚恳道："不大好。"

我一下子坐直了身子："那怎么办？大统领也不在这里——"

他紧绷的表情倏然间便绽开了，一伸手将我拉进了怀里，贴着我的耳朵说："你让我抱抱就好了。"

大氅落在了地上，我靠在他的胸口，听到他心脏跳动的声音，真实而温暖。

可维持这样的动作不过片刻，我便轻轻挣了挣，轻声提醒他："有人。"

他姿势未改，随手从地上捡起大氅将我整个人都兜在了里头，闷声道："这样就好了，没人看得到。"

我被他逗笑了，双手缓缓伸出去环住了他的腰："你放心，我一定会救你的。"

"我知道。"他轻轻抚着我的后背，"阿樱，你答应我一件事。"

大氅兜在头上，我看不到他的表情，他的声音也并不如往常那般沉稳。

"若是有一天，我和你之间只有一个人能活下来……"他顿了顿，"你要保住自己。"

这不是他第一次对我说这样的话，我从他怀中抬起头："陛下，若是哪天连你自顾不暇了，我也没办法独善其身。"

他不置可否，只说："你记得我说的这句话就好。"

休整到了后半夜，一行人便上马继续赶路。

我本以为自己在宫中养尊处优了这些年，身娇体弱，定会觉得疲倦，拖累大伙儿。可没想到出宫不过两三日，我竟已适应了这样没日没夜的奔波，骑着小泷，只觉得越跑越是精神抖擞。

岳将军不善言辞，与人说话时也极生硬。他偶尔与我并肩而行，却会点头致意，问我是否需要休息片刻。我摇头谢绝了两次，到了第三次时，天已大亮，岳将军便举了手，示意众人停下，就地休息。

我嚼着白饼，边问皇帝："岳将军认得我吗？"

他也在吃干粮，有些诧异道："怎么，你认得他？"

我摇头，又远远地瞥了他一眼："我总觉得他认得我。"

他刚拧开水囊，打算喝水，闻言顿了顿："怎么？"

"也没什么。"我压低声音，"他对旁人凶巴巴的，但是对我又好像有些耐心。"

"你是女子，自然不同。"皇帝放下了水囊，轻描淡写地说。

话音未落，岳将军手中举着一只刚刚烤好的野兔递给了我："这是刚猎到的野兔，已经烤熟了。"

我道了谢，连忙接过来，迟疑了片刻，问道："将军，你吃了吗？"

"吃过了。"他不等我回答，转身离开了。

我手里举着烤兔子，又看了皇帝一眼："你看。"

皇帝笑着又喝了一口水，转开眼神："既是给你的，你就吃吧。"

"可他怎么不给你？"我才意识到有些不对，又有几分说不清道不明的意味，立刻伸手将烤兔子递到皇帝眼皮子底下，"你受了伤，你多吃点。"

他却拨开了我的手，双手抱在胸前，似笑非笑："你喜欢吃肉，就多吃点。这一路艰难险阻，我的命还得靠你去救。"

兔肉里头还混杂着粗盐的磨砺感，却意外的外酥里嫩。我撕下一条腿递给皇帝，坚持说："你也吃一些。"

皇帝笑了笑，到底接了过来。

人与人的差距终归还是有的。

同样是吃烤肉，我狼吞虎咽，皇帝便比我文雅得多。到了后来，我索性停下了，看着他："果然是天潢贵胄。"

他放下兔腿："怎么？"

"我装了这些年，以为自己能和你一样文雅。"我自嘲地笑了笑，"终归还是不一样。"

皇帝并未接话，良久，才一字一顿道："你眼中看到的，始终都是我与你的不同。"

我心说我与你自然是不同的，只是他的语气略微有些阴沉，我怕惹到他不悦，只好装作没有听到，继续努力啃兔子肉。

他轻轻向我身边挪动了寸许，侧过头，专注地凝视我："可在我心中，你和我，是同一类人。"

我努力将口中的肉吞咽下去，忍不住想和他辩一辩。

"我和你之间，那可差得多了去了。"

我平素并没有多能言善辩，却觉得其中的道理显而易见："比如说，你勤政，我却觉得闲着才是人生常乐。你说话常常叫人听不懂，我却巴不得有一说一。"我顿了顿，"这么些够不够？"

他轻轻笑了笑："可你和我一样执拗。"

我疑惑地看着他。

他看着我:"不明白?"

我摇头。

他轻声:"就像这五年,我执拗地想要挽留你,可你执拗地想要离开。"

他终究还是想和我聊这件事。

我叹了口气:"陛下既然答应了我,也该洒脱一些。我虽尚未决定是走是留,可就像佛经常说的,人生无常,也该接受才是。"

他"嗯"了一声,将视线落在了远山之间,抿唇笑了笑。

"是啊,无论如何,我们都会走到浮桐山的。"

我慢慢嚼着肉,过了许久,才反应过来。

原来这一路,他动不动要休息,又招惹刺客,无非只是想要拖延上片刻,不想到达浮桐山而已。

我能猜到他为何不想抵达那里。

可我却无法给出那句"不会离开"的承诺。

两日之后,终于抵达了浮桐山脚下。

因是一路疾驰而来,休整的时间又少,到了最后一段路程,我便几乎在马背上半睡半醒,几次差点滑落下来,幸而皇帝眼疾手快在旁搭了一把手,将我提溜回马上。

"往后还是坐马车吧?"夜半在山下略作休整时,皇帝便随口问我,"你不比外头行军打仗的,这样没日没夜地跑,撑不了多久。"

我只是摇头。

皇帝迟疑了半晌:"怎么,坐马车也不乐意?"

我闷头吃着干粮,小泷就在我身边吃草,时不时地过来蹭蹭我。

我伸手摸摸小泷的脑袋:"我家小泷可不能干拉马车的粗活。"

小泷仿佛听懂了我的话,傲娇地在我耳边哼了一声,又踢踢踏踏地溜达到一旁了。

皇帝颇有些哭笑不得:"你不心疼自己,倒还记得心疼小泷?"

"它一口气跑那么远,我只是坐着而已,当然心疼了。"我想了想,又说,"陛下,其实没有往后了。等治好了你,我们自然就不用这么拼命赶路了。"

皇帝只浅浅笑了笑:"但愿吧。"

这一路越是临近浮桐山下，他便越来越沉寂，心事重重。难得此刻笑了笑，可俊朗的眉宇间依然带了些阴郁，随即他便自行靠在一棵大树上闭目养神。

他既然闭着眼睛，我便借着火光，颇有些肆无忌惮地打量他。

说不疲倦也是假的。

皇帝的眼下一层青乌色，唇角轻轻抿着，显出一丝毫无防备的稚气来。

若不是背负了这么多重担，他做个闲散王爷，轻裘缓带畅意江湖，未尝不是一件美事。

可惜，我和他，终归是两种人，不会有这样一天了。

我不欲打扰皇帝休息，便悄悄起身。此刻恰是岳将军在不远处值守，我与他渐渐熟悉，轻声招呼了一句："岳将军。"

岳将军以手势比了比，表示意自己只是在周围转转。他便起身，离我不近不远："小姐请便。"

我知他不放心，要跟着我，也没有阻拦。

走出一小段路，见一路的植被颇为特异，我忍不住问道："岳将军，你来过这里吗？"

"以前有几次赶路经过，在山下宿了几晚。"

"那你上过山吗？"我有些好奇，"山上可有毒蛇猛兽？会不会很可怕？"

他迟疑片刻，似是在想如何回答我，良久，才道："小姐觉得，世上之物，什么最可怕？"

我想了想："人心吧。"

岳三径笑了笑："我虽未去过，但也听说浮桐山上有最可怕的东西。"顿了顿，"小姐真的敢孤身去采摘炎夏花？"

我微微一笑，不答反问："岳将军，我可以问你一个问题吗？"

"小姐请问。"

我便问道："在宫里，人人称我为皇后，出宫之后，大统领说要掩饰身份，便称我为夫人。怎么你一见我，便叫我小姐？"

这着实是我心中的困惑，我虽未见过岳三径，但他似乎认得我。愈是认得我，便愈应知道我已嫁为人妇，该称"夫人"才是。

岳三径愣了愣，微微低头："是末将思虑不周，一时间未改口，夫人。"

其实我猜到了他的答复，只是和预想中一模一样的话从他口中说出来时，我未免也有些失望，只转了话题道："将军，陛下召回你们之前，擎天军一直在何处？"

岳三径的手摩挲着腰间的佩刀，并无什么表情，只淡淡道："北庭有大片的荒漠，擎天军剩下的人不多，这些年便四处游弋飘荡，只求能活下来。"他顿了顿，仰头望向北方，"陛下曾经告诉我，活下去，才终有希望。这句话，我便一直记在心中。"

"你们当真无罪？"我踌躇半晌，终于问道。

岳将军慨然一笑，他本就是粗豪汉子，这一笑间饱含风霜与愤懑。

良久，他才道："成者王侯，败者贼寇。擎天军固然无法自证清白，也只能问心无愧了。"

我有些赧然，便安慰地拍了拍他的肩膀："陛下相信将军，我自然也是相信的。将军勿恼。"

岳三径却定定地看着我，眼神中有对晚辈的和善："小姐不必多心，末将不会多想。"

"那就好。"

我伸了个懒腰，只见墨蓝的天空渐渐透出白光，刚才还闪耀的星子正一粒粒地隐藏入夜幕。

"天快亮了，我也该准备上山了。"

我看看轮廓渐渐清晰的浮桐山，有一种即将尘埃落定的感觉。

"小姐，你真的想清楚了吗？"岳三径却忽然问道。

我有些愕然："当然。我不去的话，陛下会有生命危险。"

他却反问我："你觉得陛下想让你去吗？"

"性命攸关，他自然是想我去的。"我理所当然道。

岳三径却神情严肃，半点没有同我说笑的意思，言语间依然是在劝我："你踏出这一步，便无法回头了。"

到底什么才是无法回头？

从九鹿寺开始，似乎我的每一步都已经决定了方向，无法回头了。

我忍不住笑了笑，轻声道："如果救不了陛下，我才是无法回头。"

山林寂静，岳三径只陪我站着，默然无语。

"你去哪儿了？"皇帝的声音忽然从背后传来。

我回头一看，他一身玄色衣衫，站在灌木丛中，静静看着我，眼神冷寂。

我不知他站了多久，隐然有些担忧，不知他是否听到了我和岳将军的对话，是否会有些误会。

岳三径微微颔首，退了下去。

我正想着如何替他缓颊，皇帝凝视我。

"岳将军说得没错，你踏出这一步，便无法回头了。"

他果然听到了。

我深吸了口气，一步步走到他面前。

"陆亦衍，这一路你都在挣扎，是不是？"我站在他面前，仰头，直视他的双眸。

他沉默不言。

我缓缓伸出手，贴在他心跳的地方："你究竟在怕什么？怕到连自己的性命都不顾？"

他的心跳越来越快，呼吸亦变得急促。

许久，天色终于亮了。

他握住我的手腕，将我的手拉下来，什么都没说。

"没什么。我们上山吧。"

上山的小径隐匿在丛生的灌木杂草中。两名士兵在前头开路，走了大半日，方才到了半山腰。

原有一座小小的亭子，因为年久失修已经坍塌了，几节橡柱滚落在地面上，因为潮湿，上头高高低低生出了些色彩斑斓的小蘑菇。

我小心翼翼地跨过去，喘着气，仰头看了看根本还看不到顶的山头，忍不住问道："醍醐洞到底在哪里？还得爬多久？"

皇帝在我身后，指了指前头的一个方向："那里。"

我满怀希望地抬起头，却只看到丛林叠嶂，雾气腾腾，哪有山洞？

我没好气地收回了视线，擦了擦汗："倒也不必哄我。"

皇帝微微向我一笑，俯身背对着我："上来，我背你。"

"不必了。"我走到他身侧，"你一身的伤，小心裂开。"

我绕过他，本想继续随着众人往前走，他却拉住我，轻声道："进了醍醐洞，你得打起十二分精神，总不能在路上就累倒吧。"

"还是担心你自己吧。"我深深吸了口气，走在了他前头，"别拖累大家就好了。"

许是为了照顾我，他们放慢了速度，又爬了小半个时辰，山野间隐约现出一条小径。

岳三径停下脚步，同皇帝对视了一眼，微微点头。倏然之间，所有在前头开路的士兵们便退开了。

我莫名有些兴奋："到了？"

"前面的路，只能我陪你去了。"皇帝亦停下脚步，向我解释，"他们会在此处候着。"

我点点头："那我们走吧。"

"殿下，小姐，保重。"

我回头望去，这粗豪汉子的眼神中带着几分错综复杂，又仿佛欲言又止。

我心说岳将军未免也太担心了，连"陛下"都叫错了，便冲他摆了摆手："岳将军放心，我们会平安回来的。"

岳三径便只点了点头，默然目送我们离开。

渐渐地，身后人的身影皆再也瞧不见了。我脚下踩着落叶与杂草，有"沙沙"的声响，身边也只有皇帝轻缓的呼吸声。

"陛下，你上次说，醍醐洞里没有毒蛇猛兽，对吧？"我又确认了一遍。

皇帝笑着摇摇头："这一路上山，你可见到过毒蛇猛兽？"

他这么一说，我便有些稀奇，这么想来，这植被茂密的浮桐山中竟罕有动物出没。

"这是怎么回事？"我好奇地问，"怎么连野兔山猫都没见到过？"

"浮桐山有许多瘴气萦绕之处，丛生的植物草莽也是极稀有的，据说还会致幻，所以少有动物出没。"他顿了顿，又凝神看了我一眼，"进入醍醐洞后，无论你见到什么，别碰，更别吃。"

"我自然明白。"我笑道。

原本是大中午的天气，艳阳高照，不知何时起竟起了一层薄雾，渐渐地又浓稠起来，竟让前路都有些看不清了。皇帝紧紧攥着我的手，仿佛怕我走失了。

我有些好笑地回握他的手："你是不是很紧张？"

他心不在焉地"嗯"了一声，随即回过神："什么？"

"一来，是担心我的安危；二来，也担心我能不能取到解药。"我一本正经地剖析他此刻心中所虑。

他不置可否。

我却能察觉到他的脚步越来越慢，几乎便要坐下休息。

"不行，不许停下！"我扯住他的胳膊，"快到了！"

皇帝愕然："你一点都不怕？"

"我盼了这么多年，才有这么一个千载难逢的机会，为何要害怕？"我简直难以掩饰此刻的心花怒放。

他微微蹙眉，半晌，终于无奈笑了："你连装都懒得装了。"

"陆亦衍，其实这么多年，我一直知道你瞒着我很重要的事。"我脚步未停，"你知道为何每次我问你，你不回答我，我便算了，从不追问吗？"

他怔了怔，侧头看我。

"因为我连命都掌握在你手中，活下去已经觉得艰难，何必又要去知道一些或许会让我无法承受的事呢？"我笑道，"我躲在后宫，就把自己当作是你养的狸奴，或是兔子，开开心心不去纠结烦恼便是了。

"反倒是这一趟出宫，当真让我窥见了不一样的世界。你不再是当日随口便能定我生死的六王爷，也不再是后宫中人人捧在掌心的天下共主。"我笑着望向他，"我忽然觉得，自己能做许多事，也能决定未来。我觉得，这样很好。"

皇帝停下了脚步，定定地看着我许久，他的掌心渐渐潮热。良久，他缓缓道："对不起。"

我愕然："你不必道歉。我只是想说些心事给你听。"

他握紧了我的手，似是下定决心："或许……我该早一些带你出来。"他顿了顿，一字一句，"无论如何，我现在将选择的权利，还给你。"

"选择什么？选择要不要救你吗？"我反手握住他的手，又轻轻拍了拍，"你怎么还在纠结这件事？我说了，无论如何，我都会选择救你。"

他亦忍不住莞尔，眼神异常深邃，正欲开口，忽听远处一声尖锐至极的哨声。

隔了层层浓雾,瞧不见发生了什么,我却倏然觉得紧张了。

皇帝脸色微微一凛,拉了我的手,毫不犹豫地向小径深处走去。

"发生什么事了?"我忍不住问。

"有人追来了。"他简短回我。

情势凶险,但只要能进入醒醐洞,取到炎夏花,至少能令皇帝性命无忧。我不由得加快了脚步,身后的警哨声忽远忽近,我却恍若不闻,这一走,便忘了疲倦与艰难。

皇帝忽然拉住我,轻声道:"到了。"

我停下脚步,才发现一侧的石壁上有着半人高的小山洞,因为被藤蔓遮蔽,极容易错过。

皇帝随手将藤蔓扯了下来,露出黑漆漆的洞口,沉默地看着我。

我有些紧张,忍不住轻轻抿了抿唇,声音有些发紧:"那我进去了。"

他"嗯"了一声,眼神深深,仿佛是积攒了水汽的云雾,浓稠欲落。

我有心想让他不要那样担心,便笑道:"放心吧,我死过一回,不会那么容易再死。"

他的神情却不见丝毫松弛,仿佛是猎人紧紧盯着自己的猎物,攥着我的手也未松开分毫。

我探头去看洞内,一边说:"给我火折子——"

话未说完,他忽然伸出手轻轻扶住了我的后颈,我诧异回头,他已经重重地吻了过来,另一只手覆在我的背上,炙热、用力,仿佛要刻下烙印。

我便有些蒙了,整个身子都僵硬住,更忘了推开他。

他的动作有些粗暴,我下意识地想要将他推开一些,却又被他握住了手。他的力气远比我想象中的要大,我挣脱不了,只好任由他此刻的为所欲为。

这似乎是亲吻,又像是在向我掠夺什么。

但他实在太过用力,我一时间有些难以呼吸,只好握拳去捶他的胸口。

他终于惊醒了些,稍稍放开我,胸膛剧烈地起伏着,只以额头与我轻轻相贴。

我的唇齿间隐隐有淡淡的腥甜味道,定睛看去,他的下唇有着明显的伤口,大约是被我磕破的。我心中不免有几分不忍,下意识地伸手想去触碰他的伤口。

他站着没动,只是瞧着我的指尖愈来愈靠近他。

指尖将将要触碰之际,一声锐利的箭啸破空而来。

皇帝将我推开寸许,箭支便擦着我的耳边直直射入了一侧的灌木草丛中。他拔出剑,格挡开箭支,挡在我的身前,又反手一推,恰如其分地将我送入了醍醐洞中。

"陆亦衍——"

我只来得及惊叫了一声,便看到他的背影挡在了洞前。

百忙之中,他回头看我一眼,薄唇微动,却最终没有说话,眼神却宛如蕴藏千言。

他已经来不及说什么了。

不知何时,我的眼中竟起了薄薄的水雾,仿佛这一眼之后,便是生死离别。

"不能回头。"

我在心中默念着这四个字,克制住所有软弱的情绪,当机立断地转身向醍醐洞深处走去。

## 第十二章
### 回忆

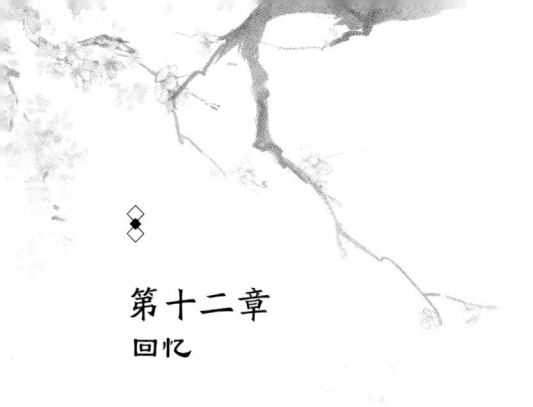

打斗的声音越来越遥远，我一鼓作气往里走，直到周遭一片寂静，静得我只能听到自己心跳的声音。

山洞里乌漆墨黑，伸手不见五指，我忽然想起来，陆亦衍推我进来之前，将火折子塞给了我，我握在手中，走了整整一路，竟然忘记点起来。

当真是慌乱之下把什么都忘了。

我停下脚步，小心点亮了火折子，照了照周围。

和我想象中不同，醍醐洞竟是一个光秃秃的山洞。

我忍不住摸了摸石壁，十分光滑，如同玉石一般，触之温润，摸得久了，却又生出凉意来，并不如何可怕。

我又往前走了两步，火折子的光亮忽闪了片刻，渐渐弱了下去。

火折子烧不了多长时间，我低头，想要找找是否有树枝木柴可以当作火把来用。视线初初落在地上，便惊得倒退了一步。

地上有火把，还有零零散散的人骨，也不知已死去多久了。

陆亦衍他们并未骗我，这洞中的确凶险，只是不晓得这些人是因何而死。

我虽不信鬼神，但捡拾遗物终归是不大礼貌，我只好先蹲下来，先拜了拜，心中默念"前辈莫怪，借烛火一用"，旋即用最快的速度捡起了火把点燃。

火光倏然间强了不少，至少能照清周遭前后半人的距离。我大着胆子，仔细查看了地上的骸骨。

尸骨都颇为高大，应该都是男性，没有伤痕，亦没有发黑。显然，这些人并不是因为武斗，或是中毒而死。这倒是和大统领先前说的，只有女人能出入醍醐洞对上了。

此地并没有尸臭，空气亦凉爽，可见这洞前后对流，只需一鼓作气走到底便是了，不需原路返回。我心中微定，便拿稳了火把，大步往前走去。

也不知是不是错觉，越往前走，便越发觉得潮湿，周围萦绕着薄薄一层雾气，无色无味，又仿佛无形的人影，在紧紧跟着我。

是因为走路的回声吗？

我停下脚步，前后左右张望了片刻，明明只有自己的存在，我却觉得耳边有马蹄声和脚步声，越发凌乱。

我试着闭上眼睛，调匀了呼吸，可一片暗黑之中，我鼻尖又嗅到了血腥的味道。

我重新睁开眼睛，明知道空无一物，却还是不由自主地伸手去抓了抓。

自然是一无所有。

可是那个画面又如此真实。我能听到妇孺的惨叫声、锐器插入身体的撕裂声，以及清晰的窒息感——仿佛有一只手在捂住我的嘴巴，让我不要在此刻发出声音。

指尖传来一阵尖锐的刺痛，我才发现，因为幻觉太过真实，我的指甲竟深深掐入了火把中，以至于断裂了一小截，但也阴错阳差地，生生将我唤醒了。

所谓醒醐洞的"九死一生"，难道便是会出现这样的幻觉吗？那些画面，又到底是真是假？

明明什么都没有发生，我却莫名觉得惧怕起来，抓紧了火把，不顾一切地往前走去。

白雾更浓，火把照出的前路越来越窄。

我忽然闻到了枯草点燃的味道，近在身侧，火焰燃烧的热浪一波又一波地扑来。

那火离我越来越近，虽然尚未燃烧至我身上，可我耳边的发丝已经在炽焰之下微微蜷曲起来。我只好扑倒在地上，避一避热浪。

直到身后响起了马蹄声，如浪潮般席卷而来，地动山摇。

为首的少年将军拔出长刀，雄健的黑马跃过我身边，将军俯身将我一并拉上了马。在荆棘铁甲的丛林中，他回头怒斥我："火已烧过来了，你一动不动，是想要被烧死吗？"

我不答，却愤怒回望他："是你违反了约定，提前出兵！"

他要驳我，却被一把劈来的长刀打断，只能回身格挡。

刀光剑影中，我们各自为战。

我找准了时机，从他身后翻滚落马，又在地上滚了一圈。小白马适时地追在我身边，我随手捞起马缰，借力轻巧地上马，重又冲入了敌阵中。

我已经分不清这是幻觉，或是真的发生过什么，仅存的理智在让我尽快抽离出这些画面，可我内心却又莫名地笃定，最后这场战役，是我方胜了。

…………

我坐在篝火边，面无表情地啃着一块干肉。

他坐在我的对面，大口喝着酒，也一言不发。

"你刚才差点死了。"他将酒袋扔给我，声音毫无起伏。

我伸手接过了酒袋，拧开塞子，喝了一大口。

北庭的烈酒我向来不大喝得惯，但在寒冷的边疆，这是取暖的捷径，我不得不喝。

"我不会死。"我将烈酒咽下去，只觉得一股热流从喉咙涌到体内各处，我又说了一遍，"我还不能死。"

他胡子拉碴地看着我，身上邋里邋遢的，唯有脸十分俊秀，眉骨如峰，双眸晶亮。

酒气上涌，我抱膝看着火光，只觉得眼前的火焰白得吓人。

"我要杀了他们所有人。"我喃喃地说，又抬头看他，带着挑衅，"我要杀了他们所有人——到时，你会如何？"

他静静地看着我。

战场上手起刀落如同修罗、令人闻风丧胆的年轻将军，只是安静地看着我，"嗯"了一声。

我有些疑惑："你听到我说的话了？"

他甚是随意地往火中扔了些枯枝，火焰也往上蹿了蹿："我在你说的'他们'之中吗？"

我没说话。

他自顾自地笑了笑："看来还在犹豫。"顿了顿，又道，"在你杀光他们之前，暂且留着我吧。"

我扬眉看他。

他将最后一块柴火扔进去，眼看着火光又熊熊燃起，那丝温柔也消失不见，眼风锐如血光："正巧，我也想杀了他们。"

他的一个"杀"字说得轻描淡写，却又透露着一股森森寒意。

将士们都在庆祝着这场大胜，我和他坐在了篝火边，分明是最暖和的地方，却偏偏如坠冰窖。

"你也要杀他们？"我轻轻擦拭自己的剑，没有再看他，语气中夹杂了一丝嘲讽，"哪怕是皇子之尊，想要做起来，也不容易。"

"是了，所以要去争一争。"他淡淡道。

这是我第一次从他口中听到"争"这个字，我怔了怔，抬头看了他一眼。

他懒懒地靠在草垛上，已经闭上了眼睛，仿佛什么都没说过。

我便几乎疑心自己是不是听错了。

他半靠在那里，一动不动，大约是鏖战了整整一日一夜，真的是累了。

我不欲吵醒他，便悄悄起身，想去前头营地看一看。

经过他身侧时，他却忽然用力抓住了我的手腕。

"你知道我一闭上眼睛，就会看到什么？"他突兀地问我。

我停下脚步，反问："我怎么会知道？"

他睁开眼睛，看了我一眼，似是有些无奈："你连猜都懒得猜。"

到底是主帅，我勉强笑了笑，给了他这个面子："看在战场上厮杀？还是最后反杀了北庭？"

他明明是处在低位，仰望着我，眼神中却是不容抗拒的、上位者的杀伐决断。

"都不是。"他握住我手腕的力道如同铁钳一般，"我一次次看到你被火焰吞噬，却没来得及冲过去拉你起来——"

我心中微微一动，却淡淡提醒他："殿下，你多虑了，我没事。"

"你想杀的那些人，我都替你杀。"他坐起来，用凝重而承诺的语气，一字一句道，"你答应我，以后在我身后，不要以身犯险。"

我愣了愣，旋即笑了，毫不犹豫地拒绝："不。"

他的眼神暗了暗，却并没有放弃："你不信任我？"

我手腕一转，挣开了他："比起你，我还是更信任自己。"

他看上去并不惊讶，只是轻轻叹了口气，用一种不像是开玩笑的语气说：

"有时候真想废了你的武功,让你哪儿都去不了。"

我眉梢微扬,正欲说话,远远却有人在喊我;"统领,肉烤好了!快来快来!"

我应了一声,走前低头看他一眼:"殿下,那恐怕比灭北庭、封狼居胥更难。"

士兵们举着泛着油光的羊腿正冲我招手,于是我并未等他的回应,径直往前头去了。

…………

从这段画面中惊醒的时候,我下意识地往后看了看,因为我知道,彼时那人凝视着我背影的眼神,并没有挪开分毫。

来路寂静,悄然无声。

我收回了目光,又盯着火把的光亮许久,才缓过神。

我无从去求证幻境的真假,但我知道,都是真的。

我看到的一切都是真的。

——那就是失忆之前的我!

我曾是陆亦衍的下属,曾与他并肩作战。

我借着火光看了看自己的掌心——过惯了养尊处优的日子,实在难以想象,这双柔软的手也曾握紧过长剑,拉紧过缰绳,斩杀过无数敌人。

"我"说要杀了他们。

那些人是谁,我记不起来。

可是那种恨意却宛如春日的野草,正窸窸窣窣地在地下生根发芽。

我不喜欢这样的感受,困惑,却又异常清醒,像是穿了厚重的棉袄落入水中,一点点地往下沉坠,无法呼吸,我恐惧,又渴望看到真相。

有太多疑问充斥在我的脑中。

我渐渐恢复记忆,和这个醒醐洞有没有关系?

为何在这醒醐洞中越走越深,我能想起的过往便越多?

陆亦衍他知道这里的奥秘吗?

还有,我到底想要杀谁……

越来越多的问题涌现出来,我只觉得头痛欲裂,脑海中仅剩一线清明还在提醒自己,我是来找炎夏花的。我必须要活着出去,去救陆亦衍才行。

"叮咚"……"叮咚"……

我隐约听到了不知从何而来的水滴声，微微一喜，白敛说过炎夏花伴水而生，想来它应该就在附近了。

山洞已经不似先前那么宽广笔直，蜿蜿蜒蜒，看不清前路，我小心地扶着石壁，却意外发现指尖有些许潮意。

这个瞬间，许是因为渴了，我忽然有股冲动，想要舔一舔指尖的这点水感。

手指即将触到舌头的瞬间，我硬生生忍住了。

陆亦衍提醒过我，进了洞内，任何东西都不能入口。哪怕此刻我觉得口干舌燥，也只能强行忍住。我又走了两步，体内的燥热之感便越发明显，我分明在进洞之前喝过水了，却前所未有地觉得喉咙在冒烟，急需些水润一润。

不对……这洞中的雾气和水滴声，仿佛在吸引我去喝一般，都透露着古怪！

我强自忍耐住不安，挥舞着火把，仔细寻找炎夏花的踪迹。

水滴汇聚成了一条小溪流，隐约有了流动的声响，我蹲下来查看地貌，水流渐渐汇聚向了一个隐蔽的角落。

我顺着这个方向慢慢摸索过去，果然，最深处的地方，长着小小的一株花草。

"其叶如碧玉，其花如蜜蜡，三叶簇拥一花，独立峭壁间。"

和白敛告诉我的一模一样。

就是它！

我喜出望外，连忙伸手去摘，尚未触到植物，却忽然觉得有一滴水落在了我的手背上，冰凉清润，顺着肌肤仿佛一下子融入了血脉中。

前所未有地，我想俯身下去，不管不顾，先喝几口凉水。

嘴唇几乎要触到掌心时，我用力咬了舌尖，终究还是克制住了，先去摘炎夏花。

所谓的"无根之草"，采摘起来倒不难。我几乎没费力气就取走了炎夏花，小心翼翼地拿手帕裹起来，放在了怀中。

陆亦衍有救了！

我心中大石落地，正要起身离开的瞬间，神差鬼使地，我将火把放在一旁，用手接了几滴水在脸上拍了拍，试图让自己清醒一些。

肌肤触到清凉的瞬间，无比舒畅，我头脑一热，欲望就此打开，一口气便将掌心剩余的水喝了下去。细细品了品，其实入口并没有想象中可怕，甚至还带了些甘冽。

我等了一会儿，并没有察觉什么异样，索性就放心大胆地掬起了水，大口喝了下去。一直喝到小腹微微鼓起，我心中的那团火终于渐渐地灭了下去。

我起身重新拿起了火把，心满意足地揣着炎夏花继续往前走。

没有那么可怕……

我安慰着自己，脚步越来越快。

许是我的错觉，薄雾渐渐地散开了，前头竟然隐隐有了光亮，是要走出醒醐洞了吗？

我越发觉得激动，几乎要小跑起来。

然而刚跑出两三步，我手上的火把突然熄灭了，周遭又陷入了一片黑暗。我停下脚步，竭力在暗色中睁开眼睛，想要看清眼前的一切。

有人跪在地上，低着头，一动不动。

年轻将军手执长剑，剑尖滴着血，稳稳地对着那人的胸口，片刻之后，刺了下去——

鲜血四溅，又落在地上，如同一幅狰狞的泼墨画。

"阿爹——"我下意识地尖叫起来，"阿爹——"

…………

当我清醒之时，火把已经熄灭了。

我甚至来不及坐起来，就伸手拼命擦脸，想要将刚才喷溅在脸上的滚烫鲜血擦干净。用力蹭了好几下，我恍然大悟，脸颊上湿漉漉的——其实不是鲜血，而是泪痕。

我下意识地按住心脏的位置，想要缓和剧烈的心跳。良久，我的头脑渐渐冷静下来，无形的血腥味也在消散。

"是假的……都是假的。"我一遍遍地告诉自己，忘记刚才看到的画面。

我挣扎着爬起来，往前走去。就像是一只野兽，不顾一切地往前方的光亮冲去，而身后的黑暗依然在放大心中的恐惧。跌跌撞撞中，我好几次摔倒，膝盖和手肘伤痕累累，却也意外地发现，剧痛能让人清醒，而幻想也终于慢慢消失了。

225

我明白了皇帝的担忧，也明白了醍醐洞的可怕之处。

洞里其实没有毒蛇猛兽，可毫无防备地，它唤醒了我心底的"毒蛇猛兽"。

我是谁？我的家族如今身处何处？

原来所有的这些秘密，近在眼前，都藏在我心底。

可是此刻的我，敢直面这些线索吗？想知道这些答案吗？

我的脚步渐渐放缓，出口近在眼前，呼吸越发沉重。

明明刚才在洞里喝了许多水，此刻我却又觉得灼热，五脏六腑被无名之火烤得通红。我停下了脚步，想起炎夏花的周围就有汩汩的清泉。

此时此刻，我迫切地想要喝更多的水——

醍醐洞宛如沉默的神兽吞噬了我的心神，神差鬼使地引诱我一步步往回走。

失去了火光，我在黑暗中横冲直撞，直到狠狠地撞到了石壁，发簪从头上滑落下来，掉在地上，发出了清脆的声响。

这一声脆响将我唤醒了。

簪子是皇帝给我戴上的，就是他惯常用的那支乌木簪。

那日纵马疾驰之时，我的簪子掉在了草丛里，也就没有再回头去找，只好随手绾了发髻，继续赶路。

休息的时候，皇帝便摘下了自己的发簪，替我戴上了。

我知道他向来宝贝这支簪子，想要还给他。

他将我的手按住了，重新替我插好，轻描淡写地说："回头你再给我做一支就行了。"

当时我没听懂，可是现在，我懂了。

我蹲在地上，摸索着找回了乌木簪。

手感的回忆尚在。

刚做完之时，它尚有些粗糙，可皇帝戴了这么多年，竟让它变得温润了。

丢失的画面正一片片地闪现回来。

物归原主。

我重新将簪子插回发间，又摸了摸怀里揣着的炎夏花，提醒自己，终究是救人要紧。

我闭目半晌，压抑住了体内近乎痛楚的灼热，转身重新大步走向洞外。

最后的一段路极为狭窄，我不得不手足并用，蜷缩身体，终于爬出了洞口。

在黑暗中待得久了，只觉得光线异常刺眼，我闭了许久的眼睛，再次睁开时，才发现出口处被杂草和灌木遮掩住了，没有留下半点痕迹。

山林寂静，每踏出一步，脚下的枯叶便发出"沙沙"的声响，偶尔惊起飞鸟，天地之间，仿佛只有我在穿行。

陆亦衍说会在出口等我。

他在哪里？

我停下脚步，觉得有几分茫然。

十日之期渐近，炎夏花自然越早给他越好。

可当真见了面，我又该如何开口，问出心底那么多的疑惑？

远处有轻微的、窸窸窣窣的动静。那是有人靠近发出的声音，只是尚不知是敌是友。

我并未转身，只是悄悄拔下木簪握紧在手中，全神贯注地倾听身后的动静。

来人的脚步声放得极轻，"沙沙"的声响宛如是落叶飘近。我凝神屏气，倏然转身，刺向对方喉间。

入洞之前，我甚至不敢想象自己有这样的能力，每一个御敌的动作又快又狠——我重拾了这样的技巧，只是还缺少先前的力量。

来人不闪不躲，只是站着，平静地凝视我。

"终于找到你了。"

几缕阳光从茂密的丛林间落下，照在他的脸上，我忽然觉得一阵眩晕，勉力站稳了，才轻声道："怎么是你？"

白敛的喉咙离我的簪尖不过寸余，他甚至连眼皮都未掀动一下："皇后娘娘，陛下命臣来接驾。"

我收回了簪子："陛下呢？"

"京畿有军事要务，陛下赶去处理了。"白敛向我解释，又问道，"炎夏花取到了吗？"

我从怀中掏出了炎夏花，小心地递给白敛："大统领，是这个吧？"

白敛眼神微亮，接过炎夏花，收入自己的怀中："是的。"

"十日之期即将要到了。"我勉力笑了笑,"大统领,尽快交给陛下才是。"

白敛点点头:"皇后请随臣一道走,将炎夏花交给陛下。"

我摆摆手:"你先去找陛下,不必管我。"

白敛露出了为难的神情,又劝我道:"陛下走前吩咐过,务必要将您带回他身边。独自留您在此处也不甚安全——"

我深吸了一口气,想要努力压抑住不适,依然摇了摇头:"你先走,不必管我。"

白敛微微蹙眉,仿佛没有听到我的话,上前了半步,小心扶住我的手臂:"皇后——"

他的话尚未说完,就顿住了。

我将木簪持于掌心,用力抵在他的喉结处,低声道:"你不是白敛,你是什么人?"

他的眼神中闪过一丝诧异,随即便笑了起来:"皇后娘娘是怎么看出来的?"

我并未接话,握紧着木簪,努力让自己的手不要抖动,低声说:"把炎夏花还给我!"

他被我挟持住,眼神中露出一丝轻蔑:"凭你一介女流?"

他身形微动,几乎在瞬间就往后挪移了半个身位。

电光石火间,我竟能猜到他要做什么,随之踏上半步,更加用力地将簪子刺了下去。

"白敛"颈部的一圈肌肤变得紧绷,旋即有鲜血流了下来,我适时收力,轻声说:"我不想杀人。"

他的瞳孔微震,脱口而出:"你会武功?"

我面无表情,并不欲与他多言,只淡声道:"把炎夏花拿出来。"

他缓缓伸手将炎夏花取了出来,递给我。

我正要收入怀中,忽然一顿。心跳失去了规律,疾如军鼓,五脏六腑如同浸入了滚烫的热水中,剧烈抽痛起来。

只有这片刻的迟疑,他便反手击打在我的腕骨,夺走了木簪,劈向我的颈间,笑说:"多谢皇后不杀之恩。只是人和花,我都要带走了。"

"白敛"的凌厉掌风破空而来,我呼吸一窒,明知闪避不开,也只能徒劳无功地举起手臂格挡。只是身子却实在不争气，五脏六腑仿佛移位一般，只抬到一半便已力竭，难以为继。

时也命也。

能活着走出醍醐洞，取到了炎夏花，却不能将它亲手交给皇帝。

我已经尽力了。

我微微闭目，等待着预期中的剧痛。

只是对方的掌风一偏，竟滑向了我的肩侧。

这不是高手应该犯的错误。

我下意识睁开眼睛，"白敛"的脸离我很近，却变得有些扭曲与恐惧。他的身后，传来我熟悉的声音，沉稳，又满含怒气。

——"想要带走她，也要看看你的本事。"

"白敛"不得不侧身，躲避从后而至的剑气。

几乎与此同时，一条绳索从旁而出缠绕在我的腰上，一股巨大的力量将我拉到了半空中。

想要救我又谈何容易？

眼下的局面，傻子都知道我会是最好的人质。

"白敛"果然不顾身后的追击，探手来抓我。

我被绳索拉扯至半空之中，软绵绵的，没有半分力气，刺客的手如鹰爪探向我胸口，我根本没办法阻挡。

剑光闪过，电光石火之间，一只断手在我眼前落下，鲜血溅满我的衣襟，我下意识地侧过了脸。

陆亦衍闪身挡在我的身前，也阻住了我的视线。

"别看。"他沉声，温柔又急切地问我，"阿樱，你没事吧？"

后宫中的"苏凤仪"，看到断肢，或许会惊恐。

可我走过了醍醐洞，经历过无数次残酷的画面。肢体断裂，血流成河，我爬过尸山血海，在死人堆里吞咽干粮，趴在地上喝带着血腥味的积水。

一只断手，不算什么。

"你没事吧？"他又问了一遍。

我心中却有更紧张的事："陛下，炎夏花被抢走了！"

他却并不十分在意的样子，依然紧紧盯着我："你呢？有没有受伤？"

我摇头："我没事。"

他便笑了："那就好。"

"可是炎夏花——"

他上前一步，缓缓伸手触摸我的脸颊，哑声说道："无妨，白敛会追回来的。"

我一听白敛在，立时便放心了。毕竟刺客已经受了伤，要追到他，想来也不难。

"你在醒醐洞……"陆亦衍欲言又止，只是注视我，"危险吗？"

我没有即刻答他，只是凝神打量眼前这个年轻男人。

分开不过是半日之前，可他却憔悴疲倦，脸颊凹陷下去，下巴上也全是青色胡茬。

他见我不说话，眼神便越发紧张，上下打量我，像是在看易碎的瓷器一般，隐隐还带着祈求："阿樱，你说话。"

这不是我记忆中的皇帝。

他从来都是天下最难揣测到心思的那个人。

苏相提及这位名义上的"乘龙快婿"，都会用赞赏又夹带着嘲讽的语气说："陛下的心思，臣子如何能揣测？"

而后宫嫔妃中，也总有人扭扭捏捏向我诉苦，说是皇帝喜怒无端，揣测不到圣意。

每每听到，我总觉得有几分疑惑。陆亦衍的心思的确不好猜，可我总是能轻易感知到他的情绪变化。

眼前的他，虎落平阳。一路身受重伤，又中剧毒，接连被追杀，却始终举重若轻。

我从未如现在一般，轻易读到了他的心思。

我握住他的手，试探问道："陛下，你在害怕吗？"

他薄唇微微一动，干涩开口："洞中两日没吃没喝，我只是担心你。"

我一惊，脱口而出："两日？"

我竟在洞里穿行了整整两日？

当真是古怪，两日没吃，我也丝毫不觉得饥肠辘辘。

他将水囊递过来:"先喝些水,一会儿再慢慢吃些东。"

我接过水囊,拧开盖子,对上他担忧的目光,笑了笑说:"无妨,我刚才有些腹痛,这会儿也好了。"我喝了口水,又说,"在洞里,我也喝了水。"

话音未落,陆亦衍的眼神陡然变得凌厉,抓住我的手腕,皱眉说:"你在洞里喝了水?"

我点头:"那时渴得很,就喝了一些。"

"我不是再三叮嘱过你,进了洞,不能有任何吃喝吗!"他抓着我的手如同铁钳,越发用力。

我觉得他有些大惊小怪,便挣了挣,轻声说:"你弄痛我了。"

他放开我的手腕,焦灼道:"你现在觉得如何?可有不适?"

刚才的确是觉得五脏欲焚,此时却舒缓许多。我摇摇头,又喝了一口水。

清水甫一触到嘴唇,就……很不对劲。

这是水?

我放下水囊,特意仔细看了看,又倒了一些在掌心。

是清水。

可为何我咽进去,变得如此火烫,宛如……点燃的火油,一直流进了五脏六腑。

我痛到无法直立,俯身将喝下的水重新吐出来,触目所及,一片鲜红。

我甚至忘了身体的疼痛,怔怔看着自己喷出的鲜血,又抬头看了皇帝一眼。

他和我一样的惊愕,不知所措。

最后残存的意识,是眼前的一片黑色,叠加着浓稠的鲜血,和剧烈的痛楚一起,将我吞没了。

…………

牛油蜡烛燃烧时,偶尔溅起火星,发出极轻微的响声。除此之外,帐篷里安静得可怕。

我看着眼前的舆图,双手不自觉攥成拳,又再松开,如此反复,掌心亦布满了掐出来的指甲印。

我迫切地希望知道战场上的情况,却又害怕下一个传来的会是更加糟糕的消息。

厚实的毡帘被狠狠地掀开,卷进来一阵呼啸冷风,一个身影跌跌撞撞地冲进来,带着浓厚的血腥味道。

"北庭人将攻势转向了左翼,林将军撑不住了!"斥候的半张脸上有被刀劈过的伤口,结了一层薄薄的痂,在说话的时候又裂开了,鲜血滴淌下来,触目惊心。

我霍然站起,仿佛在卷过的冷风中听到了战场上的嘶吼声,一颗心沉沉落下去了。林将军素来坚毅,不到最后一刻,绝不会来求援。

果然,来的是最糟糕的消息。

"中翼殿下那里,你去过了?"

斥候从怀中掏出了一块几乎已经看不出原有颜色的布条,血书四字:

无援,死战。

我将布条捏在掌心,越发地绝望——枉为幕僚,此刻却连一支十数人的小队都找不出来了!

"公子——"斥候跪在我面前,拽住我的衣袍,"想想办法!林将军他们真的快撑不住了!"

我将他扶起来,平静道:"我这边也没有后援可以派遣了。"

他怔怔地看着我,眼中的光蓦然间黯淡了。

我返身取了案桌上的剑,攥在手中:"但我还有藏器卫,人不多,随你一道去。"

"你、你要随我一同去?"他似是惊呆了。

我握紧了剑:"带路。"

毡帘掀开,白敛却拦在门口:"殿下说过,你不能去!"

"让开。"我踏上了半步。

他放缓了语气:"我带藏器卫去支援左翼,你在这里待着。"

我冷冷地看着他:"左翼一旦突破,殿下在中路被前后夹击,绝无可能反败为胜。我在战场上会死,留在这里一样会死。何不让我站着死,更爽快些?"

他沉默不言。

"白将军,守不住左翼,你和我自然一起去地下见殿下,想来他也不会再怪你了。"生死关头,我反倒觉得放松下来,甚至带了一丝调侃,"何必给自己多加一道枷锁？"

白敛唇角微微动了动，终于点头，长长叹了口气："但愿天亮之后，你我还都活着。"

我吹了声口哨，召唤小泷。

暗夜之中，我的小白马向我奔驰而来，宛若一道光，欢快明亮。

——可我带着它，即将去往地狱般的战场。

我毫不犹豫，翻身上马，一马一人，义无反顾地冲入了暗夜之中。

后来我才知道，白敛带着的这队藏器卫，是殿下为我留的退路。一旦城破，他们便会将我送离此处。

可战场之事瞬息万变，我和这队藏器卫，竟成了左翼最后坚守的战士。

北庭人早已攻破了防线，高地上林将军只剩下五六个亲卫，各个身负重伤。敌人早已猜到这是撕开战线的弱点，攻势一波又一波，连绵不绝。

我将剑从一个北庭士兵的胸口拔出来，头一次觉得，在战场上，作为武器，它太过单薄了，或许换一把砍刀能换来更多的时间。

白敛和我背靠背，彼此有个照应。

"白将军，他们为何忽然停下了？"我抹了一把脸上的血，不解地问道。

"在等援军。"他喘着气，指了指远方，苦笑，"你说得没错，我大概要去地下向殿下请罪了。"

天色已经微亮，地平线处，大批北庭骑兵集结着，用整齐却又肃然的步伐往我们所在的方向袭来。

"快要死了，你在想什么？"他轻声问我。

我攥紧了手中的长剑，勾了勾唇角，却因为极度的干燥与寒冷，瞬间裂开了。

想必此刻我的脸，应该分外可怖吧。

我嗅到血腥的味道，听到凛冽的北风呼啸，世界在生命结束之前变得温柔了。

我在想，他在中翼还好吗？能守住吗？他若是知道我死了，会怎么样？

我声音嘶哑，脱口而出："白大哥，我不想死。"

我有许多事要做，我还和他打了赌，我不能死。

我一字一句，说了他的名字："陆亦衍不会败，我赌他守稳中翼后，会来回援！"

半个时辰后，我意识到，自己似乎是赌输了。

北庭这一次的攻击，从晨曦微露到日中正午，一拨又一拨的骑兵人潮涌来，从未停歇片刻。若不是倚仗着高地，敌军无法冲锋，我们早已不知失守了多少次。

现下，不过是苟延残喘。

林将军也死了，死得尤为壮烈。

他身边的亲卫本就寥寥无几，又负重伤，他以一腔神勇勉力支撑，却忽然被一支巨大的弩箭从后往前贯穿了胸口。

弩箭足足有小孩手臂粗，是以巨大的机械弩弓射出的，单个士兵甚至无法挪动这台弩机。

弩箭带着极强劲的力道将林将军撞落下高坡，滚入了密密麻麻的北庭士兵中。他瞬间被团团围住，只余下血肉横飞的场景。

我就在不远处看得清清楚楚，却连大喊一声"林将军"的时间都没有。

悄无声息间，一名骁将，死无全尸。

我好像已经麻木了，只有身体还保持着砍杀的动作。我将手中的剑插入了一名北庭骑兵的胸口，想要将剑拔出之时，那士兵竟然悍不畏死，以肋骨夹住了我的兵刃，口中鲜血狂喷，狰狞如厉鬼，不顾剑刃越插越深，双手如利爪般向我脸上抓来。

其实他已是强弩之末，只要我舍了剑，或是一脚将他踹开，自然可以避开这一抓。

可我竟被这不怕死的气势震慑住了，呆呆地站着，任由他向我扑过来。

直到一支长羽箭射来，贯穿了敌人的喉咙。他捂着伤口处，发出"嗬嗬"的声音，倒下了。

我下意识地回头看了一眼。

铺天盖地的骑兵出现在北庭人的身后，仿佛是汹涌的海潮，迅速地蔓延过来，转瞬就已到了高地。

是自己人！

陆亦衍带着中翼回援了！

战场上的所有人都已看到这场战事的结局——攻守之势大异，北庭人节节败退，骑兵们跃过高地，去追杀敌人。

我随手捡起地上的一把刀攥在手中，却不必再像之前那样以命相搏，哪怕站在原地没有动，也不会再有性命之忧。

阴沉了大半日的天气竟然也放晴了。

我心中只有一个念头：终于活下来了。

置之死地而后生，我本该开心才是。可是此时此刻，我心中浮起的，却是无力与哀凉——半炷香，只差了半炷香的时间，林将军便能活下来了。

我迈着沉重的步伐，循着记忆，去找林将军阵亡的地方，却发现高地上尸山血海，到处都是士兵们的尸体堆叠在一起，早已敌我不分。我固执地拨开一具又一具尸体，想要找到林将军，直到有人拽住我的手臂，强行将我拉起来。

尚有些云翳遮蔽的正午，倏然间阳光洒落下来，金光万丈。

陆亦衍激战了一日一夜，盔甲破损，狼狈极了。他摘下头盔，鬓发散乱，眼神中却丝毫没有打了胜仗的喜悦，而是露出愤怒，毫不掩饰。

我早已做好了准备，他会狠狠训斥我，索性单膝跪下，一言不发。

可他盯着我许久，却低声喝道："白敛！"

白敛从众而出，半跪在地上："殿下。"

"本王交给你的职责为何？"他的声音极为冷漠。

白敛低头，回道："守卫公子。若是城破，护送公子出城。"

"那她为何会出现在这里？"陆亦衍微微侧头，声音越发冰凉。

"殿下，请不要责怪白将军。"我抢在白敛开口之前辩解，"是我坚持要来增援左翼。"

陆亦衍却似没有听到我的话，只继续道："白敛，你有违军令，该当何罪？"

白敛抬起了头："死罪。"

"很好。"陆亦衍微微眯了眼睛，"你知道该怎么做。"

白敛亦未曾再有半句辩解之言，反手拔剑，而后便划向自己颈间。

情急之下，我拿着那把不称手的刀去阻拦。

刀剑相撞，白敛的力量比我强得多，刀锋反倒滑向了我这一侧，直直撞了过来。

我并未闪避，只是闭上了眼睛。

"哐当"一声，长刀被一股更为巨大的力量劈在了地上。

顺着这一刀，陆亦衍的怒火终于倾泻而出，一字一句："你在威胁我。"

我睁开眼睛，平静道："我只是在做我该做的事。不必连累旁人。"

他踏上了半步，不怒反笑："你该做什么！死在北庭人手里吗？"

"林将军死守左翼，逼于无奈才来求援。幕僚无能，无兵可派，援军就只有我自己了。"我平静道，"殿下，左翼若破，大家都要死。白将军为我胁迫，被逼和我一道来此增援，你要以军法处置，就杀了我吧。"

我以双手将刀托起，低下了头，不再看他。

身后的十余个藏器卫也随着我齐齐下跪，齐声道："殿下三思。"

我能感受到身前男人强烈的怒火几乎要将我吞噬。他随手接过我手中的长刀，用力一掷，便将刀远远插入了坚硬的地上。

良久，他似乎在平复呼吸，终于挥了挥手，示意众人远远退下去，只余下我一人。

他并未叫我起身，只是半蹲下来，与我平视。

"你要清楚自己的身份。"他的声音低沉，"你是罪臣之女，本不该出现在世人面前。"

我一言不发，倔强地挪开了眼神。

"你要习武，我允了，亲自教你。你不愿待在闺中，我也允了，让你入藏器卫，甚至允你女扮男装，在军中做一名幕僚。"他轻声说，"可你还是不甘心。"

"我是不甘心。"我握紧了拳头，指甲深深陷入了掌心，用尖锐的疼痛让自己变得更清醒，"殿下，我等不及了。"

他一言不发地看着我。

"我的仇人们，他们活得好好的，可我却要隐姓埋名，不知何日才能手刃他们——"我咬牙说，"与其这样活着，我宁可轰轰烈烈地和所有人同归于尽！"

战场上的风带着血腥的味道，粗粝而残酷。可我心中的杀气与恨意，远比这风更为凶猛。

他沉默许久，终于说："你知道我拼了命，一场场地打仗，是为了什么？"

"我知道。"我抬了头，眼眶有些微微的湿润，"殿下想庇护我。"

他轻轻叹口气，欲言又止。

我伸手指着不远处："林将军死了。其实运气好些，再等上半炷香的时间，你就来了，他就不必死。"我强忍住内心的哽咽，"他是对你忠心耿耿的老将军。我带着藏器卫来支援，是想要你身边这样的人，不必一个接一个地离去。"

年轻的统帅安静地看着我，深琥珀色的瞳孔中有悲痛一闪而逝。

"殿下，我不想再躲在藏器卫中。我想要站在你身边，让你不必一个人背负所有。"我一字一句道，"请允许我，与你并肩。"

一个月之后，京城的圣旨传至嘉安关，六皇子镇守嘉安关，大破北庭有功，封武侯大将军，拜尚书令，进封成王。守城众人，亦皆有封赏。

开战之前，北庭大军压境，朝廷人心惶惶，甚至有朝臣提出要迁都以防万一。最终六皇子以八千兵力镇守嘉安关，在并无大军后援的情况下，以少胜多，最后乘胜追击，大败北庭。自此，我方与北庭的力量之势隐有倒倾转换之态。而陆亦衍更是在诸皇子中首封为王，从寂寂无名的戍边皇子，一跃成为京城红人。

受封那一日，嘉安关的将军府乌泱泱地挤满了将士。

成王代替当今圣上，封赏众人。

我跪在人群中，低着头，甚不起眼。

陆亦衍走到我的面前，我本以为不过是如前边的同僚一般，勉励两句罢了。

然而他却轻轻拍了我的肩膀，淡声道："此战有功，常将军辛苦。"

我有些愕然。

我在陆亦衍军中充当幕僚，从来只与他的亲信和藏器卫打交道，甚少抛头露面。军士们既不知我的身份，便一直以"公子"相称。

这是他头一次在众人面前唤我。

原来陆亦衍将我的战功也呈报了上去，于是我受封为内军骠骑，得赏金二十金。

我心情激荡，明白从今以后，他不会再强求我隐姓埋名。以主帅之尊，他自然也要承担起由此可能会产生的一切后果。

我抬头与他视线相触。

他居高临下地看着我，眼神中并没有什么异样，如往常般点了点头，走向了下一位。

我却不自主地追随他的身影，直到觉得不妥，重又低下头，心中隐然有些愧疚。

从来都是这样，他再不情愿，终究，还是会遂了我的心意。

藏器卫的同僚们起哄要为我庆功，就在城内找了家小酒馆，约我喝酒。

当日去支援左翼是我的主意，侥幸活下来，我又得了封赏，便说好了由我做东，好好庆贺一番。

粗豪汉子们喝酒爽快，配着大块的牛肉，很快人人都上了头。老纪拍着我的肩膀，醉眼惺忪："公子，我想问你个事。"

一旁有人推开了老纪的手，笑道："还叫公子呢？该叫将军了。"

"是是是，将军，我想问个事。"老纪给我倒上了酒，眼巴巴地看着我。

"你说。"我仰头将酒一口饮尽。

"那个，将军，你定亲了没有啊？"老纪"嘿嘿"笑了笑。

我一愣，摇了摇头。

"你闺女不是才出生，怎么，这么早就看上将军了？"有人拍着老纪的肩膀，大声开着玩笑。

老纪不以为然，往我跟前凑近了些，笑着说："将军，你别听他们胡说。我家妹子今年十五，长得可好看了。"他顿了顿，似乎觉得这话可信度不高，又用力摸了摸脸，解释道，"我家妹子是我们村出了名的美人！她长得像我娘，我长得像我爹，我俩一点都不像！"

众人哄堂大笑。

连老纪自己都笑了："我老纪用这颗从战场上捡回来的脑袋发誓，你要是见到我妹子，一定会喜欢！"

深更半夜，大伙儿喝得都有些多了，就在旁边起哄："将军，平白捡个媳妇儿，不要白不要！"

我重又将酒倒满了，喝了一大口，抹了抹嘴，摇头道："老纪，多谢你看得起我。不过像我这样的，每日在刀尖上舔血，提着脑袋过日子，还是别祸害你家好好的姑娘了。"

老纪顿时臊眉耷眼地垂了头，又有些不甘心道："将军，俺妹子真的可标致了，脾气又好——"

我实在有些难以拒绝，就只好苦口婆心道："匈奴不灭，何以家为？老纪，你看连殿下都没有成家，我是他的亲卫，怎么能抢在殿下前头？"

话音未落，有清越的谈笑声从小酒馆的二楼传下来："白敛，原来还有人这么关心本王的婚事啊。"

我一抬头，陆亦衍和白敛站在二楼的扶栏后，居高临下地看着我们。

因为是在外头，新晋的成王也只是一身素袍，如同寻常人一般，手中握着酒杯，眼神似有些微醺。只是不知道在那里站了多久，将我们随意聊的话听去了多少。

底下自然是一阵兵荒马乱，大伙儿连忙站起来，七手八脚地行礼让座。

陆亦衍摆了摆手，示意我们不必多礼，往大家中间一坐，笑道："没有扫了大家的兴致吧？"

没人敢说一个"是"，却也没人敢再东拉西扯，原本热闹的场景便冷清下来。

我便解释道："本该邀请殿下，只是这个地方不够雅致，怕殿下会嫌弃——"

我话都没说完，陆亦衍举着酒杯，似笑非笑地看着我："你的意思，日后会选个雅致的地方，再请我喝酒？"

我有些心虚，但当此场景，我也只好硬着头皮道："是。"

陆亦衍一笑，仰头将酒都喝了："那本王等着。"

老纪他们便一拥而上，挨个去敬酒了。

我悄悄拿了碗，走到白敛身旁道："统领，我是来向你赔罪的。"

这一次几乎人人有封赏，只有白敛，不仅在战场上被训斥责罚，连战功也一并被抹去了。我心中不免愧疚，便自饮了一杯。

白敛按住我的酒碗："何出此言？"

"要不是我一意孤行，你也不会被我连累。"我举着酒碗，其实已经有些晕晕乎乎的，但强撑着将话说完，"又连累你被殿下责罚，我就先干为敬了。"

我不等他的回应，便一仰头，将满满一碗酒都喝了，只觉得脸颊滚烫，盯着白敛，小声说："你没有生我的气吧？"

白敛微笑着摇摇头，以眼神示意我，轻声道："够了。再喝下去，可真有人会生气了。"

我顺着他的目光，看到陆亦衍在人群的包围中，视线却望向我，带着审视的清醒，异常清亮。

我装作没看到，转开了眼神，悄声问白敛："殿下怎么会来这种地方喝酒？"

白敛轻轻咳嗽了一声："你明知故问吗？"

我甚是迷糊："什么明知故问？"

白敛半侧过身子，背对着陆亦衍，意有所指道："喝酒误事，这道理你不明白？"

我觉得冤，还没辩解两句，一群同僚中已经喝倒了四五人，其余人便互相帮衬着扶起来，张罗着要散了。

我便去结了账，再回头的时候，一屋子的人走得干干净净，只有陆亦衍倚在门口，好似在专程等我一般。

我三步并作两步走过去："殿下回将军府吗？"

他"嗯"了一声："一起吧。"

此刻的边陲小镇已是宵禁，偶有巡防将士走过，因为认得陆亦衍，也都行礼后退开了。陆亦衍没有上马，我便替他牵着石头，走在他身后半人远的地方。

寒冬苦冷，星空却甚是灿烂。

我穿着牛皮靴子，此刻也冻得硬邦邦的，幸而喝了酒，身上只觉得热。

陆亦衍没有和我说话，走在我身前，怡然自得的样子。

"殿下，我一直想当面谢你，却又找不见机会。"我踌躇了许久，终于鼓起勇气开口。

陆亦衍停下脚步，打量了我数眼，似笑非笑道："是吗？前天在演武场，一看到我就躲在木桩后头的人，是谁？"

我顿时失语，尴尬地挪开了视线。

"还有十五那日，该你当值来送公文，你推给了别人？"

"那是我病了。"我小声辩解。

"病了还跑去城西买油馍吃。"他眉梢微扬，"还一口气吃了三个。"

"你怎么知道？"我顿时有几分被戳穿的恼羞成怒。

"不过是送抚远使出城的时候，碰巧见到你罢了。"他负手在背后，含着笑意道，"怎么，因为骂过你，所以不想见我了？"

我摇摇头，因为不想再聊这个，便转了话题："怎么也这么巧，你和统领一起来喝酒？"

他坦然道："这家酒馆的牛肉甚是有名，白敛说带我来尝尝。"

我"哦"了一声，更觉愧疚："早知如此，我该将殿下和统领都请上才是。"

"算了吧。你的俸禄加上赏金才多少，自己攒着吧。"他嗤笑了一声，半开玩笑道。

说起这个，我忽然想起了一件要紧的事，放开了石头的缰绳，低头在怀中掏东西。也不晓得是不是喝多了酒，我摸找了半日，连随身布兜都翻倒了，却一无所获。

"难不成还凭空消失了？"我喃喃道。

陆亦衍错愕："你到底在找什么？"

我讷讷道："想送你的礼物，其实这几天我一直带在身边，可这会儿又不见了。"顿了顿，"算了，也不是什么值钱的东西，下次再说吧。"

他眼神微亮，催促我："再想想，你是不是没带出来？"

我摇头："殿下，对不住了，下回我再送你一个别的就是了。"

他却不依不饶："既是送我的，怎能说不要就不要了？你再想想，还去了哪里？"

我想了半日，终于记起来："定是刚才付酒账的时候，落在小酒馆了！"

陆亦衍翻身上马，又向我伸出手，将我一把拉到他身后，笑道："那就再去找回来。"

石头四蹄翻飞，晚来风急，我躲在他身后，却甚是暖和。

许是酒意上头，我悄悄抓紧了他腰间的衣裳，醺醺然间，将头靠在他的后背。

挺拔的身躯似乎有片刻的僵直，他随手将大氅裹住了我，稍稍回头，笑道："困了？"

我点点头。

他便温柔道："我跑慢些，你睡吧。"

我放心地闭上眼睛。

这一晚的嘉安关空寂无人，石头的马蹄声此起彼落，声响回荡起来，清脆如落雨。

果然就在酒坊中找到了我的东西。

想来是刚才走时，我着急慌慌地掏钱，顺手就将东西落在了柜台上。幸好也不是什么名贵的东西，因此还原封不动地在角落放着，也没人拿走。

我在怀里擦了擦，递给了陆亦衍："殿下，你别嫌弃。"

他接过来，借着烛火看了看，英俊的脸上并没有什么表情。

我便有些赧然："我就说不值得跑回来吧？"

他微微抬起眼，却是含着笑意的："是你买的？"

我便更有些不好意思："其实……是我捡到了块木头，他们都说可以磨成簪子，我就带在身边，磨了许久。"顿了顿，又解释说，"老纪他们都说雕点花纹上去好看，可我刻到一半又刻坏了，所以又打磨得细了些——"

许是我太过啰唆了，陆亦衍打断了我："你磨了多久？"

"也没多久，一个多月吧。"

我想从他手中接过来，他却将手一缩，横眉冷对我："怎么，还想收回去？"

"不是，其实还有个小机关。"

我不由分说从他手中拿了回来，小心地旋开了半截，簪子顿时一分为二。

这是藏器卫的习惯，要找一个浑身上下最隐秘的地方，将秘制的毒药藏在其中，以备不时之需——而这个毒药，其实并不是给敌人用的。打开它，也是自己大限将至的时刻。

陆亦衍眉梢微扬，望向我。

我小声解释："殿下，你在这里藏些救命的丹药什么的，岂不是方便？"

他笑了，对着我微微屈下膝："那烦请你给我戴上吧。"

我绕到他身后，踮起脚尖，将簪子轻轻插进了他的发髻中，又退开两步看了看："平日戴一戴倒是合适，不过终究还是太素净了。等下回，我再送你一支华丽些的。"

他伸手摸了摸，良久，才道："这一支足够了。"

小酒馆的灯光有些昏暗，店家坐在一旁打瞌睡，他随手扔了块碎银子："老板，买两坛酒。"

店家掂量了碎银子的分量，喜笑颜开地递了两坛酒给陆亦衍。

我怔了怔，悄声问："殿下，你还没喝够？"

他在我眼前晃了晃酒坛子："当然。"

他提着酒坛子出了门，轻轻呼哨一声，一白一黑两匹马欢快地从街道另一头跑了过来。他翻身上了马："跟我来。"

结果这一跑就跑到了东城门。

北庭人围攻了近三个月，三个城门皆已破烂不堪，唯有东门因为易守难攻，是唯一一个不需要修缮的城门。

疾驰至城门下，城门的守卫并未因为大战的结束而有所松懈。相反，陆亦衍治军极为严格，我二人尚未靠近，便已经被团团围住。

陆亦衍在普通士兵心中是天神一样的人物，他只稍露侧脸，表明了身份，守卫们便行礼恭敬退开了。

他提着两坛酒，和我一道上了城门，轻轻一跃，便在城墙上坐下了。我坐在他身侧，拿了一坛子酒，打开封泥，却没立刻喝。

他倒是爽快，仰头喝了一大口，指着远方："还记得那里吗？"

风声猎猎，吹得我快要流泪了。

我沉默了片刻："不记得了。"

"不记得了？"他侧头看着我，眼神中有着探究，又仿佛有着怜惜，"那日后……你怎么回去？"

"回去哪里？上京吗？"我出神良久，笑了笑，"若真是有这么一天，我不晓得……自己该以什么身份回去。"

罪臣之女？或是有功之臣？

陆亦衍侧头看着我，忽然问："真有那么一天，你做到了想要做的事，余生……你想做什么？"

我喝了一大口酒，热辣辣的感觉从身体盘旋至脑海中，我脱口而出："如果我还能活着，我想去江郎山，日出而作，日落而息。每天在小院里躺着，看云起云落，什么都不用管。"

"那你能忘了……所有发生的一切吗？"他探究地望向我。

我笑着摇了摇头："不能吧。余生想必我都无法做到随心所至了。"

我刚说完这句话，觉得去想这般遥远的事未免有些可笑："不过谁知道呢？殿下，若是我大仇未报就死了，你会——"

他转过身，狠狠瞪了我一眼。

我从未见他如此可怕的眼神，自然不敢再说下去了。

陆亦衍最终还是收敛了凶狠的神情，仰身靠在了城墙上："若真是那样，我宁可你什么都忘了。"他闭着眼睛，好像真的醉了，"我会替你去做那些事。只要你愿意。"

"你做不到的。"我学着他的样子，靠在城墙上，闭了眼睛，却见到了前路上的刀光剑影，"你也不必这样做。"

我的父亲，身为先太子的太傅，在储君被疑谋反时，并未与其割席，反而以文辞斐然的长赋一篇为储君陈情，终被视为谋逆，全家处斩。

而彼时，领着皇命而来的，正是六皇子陆亦衍。

六皇子与先太子兄弟之情甚笃，幼时也曾在我家中住过一段时日。

当士兵们踢开我家大门闯进来的时候，我自然认出了他，却也困惑，为何是他？

那一晚，我躲在密室，亲眼见到家人一个接一个人头落地。我先时吓得不敢喊叫，到了最后，鲜血漫到我的脚下，我却已经真正叫不出来了。

母亲就死在了密室前，她倒下的时候，无意间触到了机关，密室的门轻轻旋开了寸许。我看着那双黑色的、沾满了血迹的靴子走到密室前，知道自己也即将暴露。

可那双靴子却似不经意间将密室的门踢了一脚，门就此关上了。

我在那缝隙之间，认出了那张熟悉的脸，却始终没有明白，他为什么杀了我全家,却独独救了我。

翌日,白敛回来,将我悄悄接了出去。

一路行至嘉安关,我又一次见到了陆亦衍,尖叫着躲在白敛身后。

那时我还很小,他俯身看着我,却将我当作大人一般,一字一句地向我解释,是先太子与我的父亲要他来杀人。这样,他才能从这场风波中活下来,才有人记得这一场冤屈,有朝一日,才能复仇。

我竟听懂了。

他小心翼翼地伸手来抱我,我没有挣扎,也没有哭,却魔怔一般,再也无法开口说话了。他极是担心,却又不敢逼我开口,只是每日来陪我用饭,偶有闲暇,也带我出关骑马。

直到一日,下着大雪,我隔着窗户,看他在庭院中练剑。

陆亦衍从太子谋逆案中脱身后,越发变得无人在意。戍边的日子,身边唯有一支藏器卫尚且忠心耿耿地跟随他。

我顶着风雪,走到他身侧。他看到我时已有些晚了,剑锋一时间收不住,便往旁侧一滑,削断了一小截树枝,落下无数积雪。

"你怎么出来了?"他将剑扔下,捡起扔在一旁的大氅想要给我穿上,"天寒地冻,连大氅都不穿。"

我低着头,一声不吭,只是俯身捡起了他扔下的剑。

他皱眉看着我。

因为许久不曾开口,我说话时断断续续:"我、我,想学剑。"

他的手刚落在我肩上,闻言怔住了。

我便说得更流畅一些:"我要学剑。"

他惊喜地笑了,俯下身,与我平视:"你终于开口了。"

我重复那句话:"我要学剑。"

"学剑做什么?"他温柔地摸了摸我的脑袋,"我会保护你的。"

"我不要保护。"我拼命摇头,一字一句,仿佛怕他听不明白,"我要报仇,我要杀了他们。"

日日夜夜,只要闭上眼睛,我就看到白家满地的鲜血。

日日夜夜,我无法入眠,只好抱膝靠在床侧。

或许等我能握紧长剑,那些血光,才会真正地消失。

陆亦衍显然是在挣扎,许久之后,才劝我说:"阿樱,可是你的身份——"

"我要入藏器卫。"我抬头看他,这段话说得极为流畅,"入藏器卫者,皆无身份。我若是被认出了身份,绝不会连累你。"

那一日,他没有回答我,只是拍了拍我的肩膀,转身走了。

我站在雪地中,看着他的背影,忽然意识到,其实他也不过是十六岁的少年。

失去了兄长与太傅,此刻的他也在迷惘吧。

可终究,他还是应允了我。

翌日,他送来了一把剑,和一匹小马。

从那一日起,我改名常英,搬出了小院。

我只信自己的一双手,要杀尽天下负我之人。

…………

"殿下,我那日听说,京城那边要为你定亲了,有这事吗?"我不想同他再谈及前尘往事,便随口问道。

他眉梢微扬,眼神中闪过一丝光亮:"怎么?"

"好奇罢了。也不晓得什么样的小姐会成为六王妃。"我抱膝望着大漠的星空,又改口说,"现在是成王妃了。"

"那你呢?"他有些突兀地问,"想过要成亲吗?"

我笑着摇了摇头,并未将心中的话说出来——我这一生,谈何嫁人生子。

"莫不是真的想要等老纪给你介绍他家妹子?"他难得同我开了个玩笑。

"若是有温柔和善的姐妹们陪伴着,我倒也不介意就此过这一生。"我微微笑着,"殿下,你还没说呢,你属意哪家姑娘做王妃?"

他的神色便微微凝重了些:"并非我属意。是皇后属意的。"他顿了顿,"许是苏家的小姐吧。"

我愣了下:"皇后属意的?"

他"嗯"了一声,并未多言。

太子是先皇后所生,他被处死后,皇后的嫡子本是该顺理成章继承帝位的,却因为年纪幼小,终究不为皇帝所喜。想来也是因为这个,皇后也刻意拉拢了陆亦衍,以之作为助力。陆亦衍与皇后人前是一副母慈子孝的样子,只是事到如今，却仍不肯叫一声"母后"，他内心怎么想，只怕也能揣测出来了。

"你喜欢那位苏小姐吗？"我好奇，侧过头看着他。

他淡淡一笑："难得见你对一件事刨根问底。"

"未来的六皇妃，我自然好奇。"我将酒坛放在了身旁，"你若是喜欢，自然皆大欢喜。若是不喜欢……"

"不喜欢又怎样？"他问道。

"我替你杀了。"我淡淡道，"但凭殿下吩咐。"

他一愣，旋即大笑起来，笑声穿透了夜空，传过大漠，遥遥地，仿佛穿破了天际。

"殿下笑什么？"

"笑你我心意合一。"他起身而立，望向东南的京城方向，背影挺拔，如沧漠中的胡杨树。

我随着他起身，站在他身后，隐隐在他的声音中嗅到了一丝不同寻常的狠厉。

他依然背对着我，用寻常不过的声音道："阿樱，去趟京城九鹿寺。"

我愣了下："去做什么？"

"如你所说，杀了苏凤仪。"他转身面向我，薄唇轻抿，宛如刀锋。

## 第十三章
### 离别

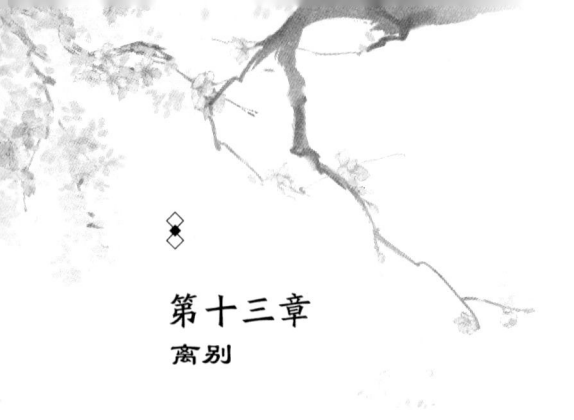

　　我惊醒过来，额头上满是汗水，才发现自己双手紧紧抓着被子，几乎要将指甲抠裂开了。

　　"皇后娘娘醒了？"

　　男人走到了我身边，小心地俯下身，向我伸出手："臣请探查娘娘的脉象。"

　　我看清了来人，一时间有些恍惚，并未有任何反应。

　　"娘娘？可觉得有些不适？"他极是知礼，退开了两步问道。

　　我缓缓坐起来，莫名觉得心惊，世道轮回，人间命运，果然隐隐有几分轨迹在。

　　当年我在九鹿寺被胁迫，见到的是这个人；此刻我从醍醐洞归来，见到的依然是他。

　　"皇后娘娘？"他又唤我。

　　我向他伸出手，他将指尖搭在我的脉搏上，良久——

　　"皇后娘娘，请换一只手。"

　　我依言换手。

　　直到他把完脉，我都没有说话。

　　"皇后娘娘没有什么想问的吗？"他忍不住，主动开口询问。

　　"我忽然想明白了很多事。"我抬头看着他，"阁下曾统领藏器卫，又能得到苏家上下的信任，实属不易。"

　　楼景疏原本神情淡淡，闻言瞳孔仿佛震了震："你记起来了？"

　　我不置可否。

沉默片刻，我自嘲一笑："原来想不通的事，不过是因为我蠢。"

"皇后何出此言？失去记忆并非人之所愿。"他温言道，"陛下一直隐瞒皇后，亦有他的苦衷。"

"大人先入藏器卫，又成了苏相侄儿。难得陛下这般信任你。想必这些年，你也探查到了苏府中不少讯息。"

楼景疏不置可否，道："世人皆以为亲缘最为牢靠，殊不知，这世上最坚固的，却是志趣。"

"那么大人去嘉安关，亦是听从陛下之意？"

楼景疏点点头："此行归来，陛下与我皆知，这天下，修修补补是再不能妙手回春了，须得下一剂猛药，方能拔出病根。"

他向来是如春风拂面的谦谦君子，此刻一言一语却烈如惊雷。

我怔怔地看着他，仿佛从未认识过这人。

楼景疏的声音缓和了一些："皇后初醒，不妨用些吃的。陛下此刻正在和大统领他们议事，臣这就去请他来——"

我坐起来："且不必惊动陛下。楼大人，请坐。"

他就在桌边坐下了。

楼景疏曾是我最信任的人，他奉旨出征，我在宫中多有忧虑；战事不利，我又担心皇帝借此为难他。如今回想起来，这份信任感，并不是因为他是我的"表兄"，而是早在久远之前便已经深植在我脑海中的记忆——他曾是我的同袍。

此刻心中千言万语，我一时间竟难以开口询问。

我摸了摸昏昏沉沉的脑袋："我睡了多久？"

"足足五日了。"

"五日……"我喃喃道，"难怪我做了这么多梦。"

楼景疏是聪明人，就如同在九鹿寺他能劝说我回转心意一般，他并未再追问别的，只说："娘娘既然都想起来了，想怎么做？"

"你会告诉陆亦衍吗？"我轻声问。

他亦不置可否："娘娘想要陛下知道吗？"

滴水不漏。

难怪我在当皇后的时候从来没有怀疑过他。

我忍不住笑了："表兄，我想要你一句实话，我还能活多久？"

楼景疏神色一凛。

"你不必瞒我。"我淡声说,"我既然都想起来了,自然知道醍醐洞的前因后果。"

醍醐洞的故事,是我爹告诉我们的。它的确能令人回忆起前尘往事,拼命想要回忆的人们最终如愿以偿。可世间万物,有得有失,有些人寻回了最宝贵的记忆,又毫无征兆地死去了。我想自己的结局……大约也是如此。

楼景疏慎重地回答我:"娘娘的脉象极为紊乱,陛下说你喝过洞中的水,我不知两者是否有关联。但若是无法将脉息调匀,短则半月,长则三月,身体怕是无法支撑。"

与我料想的大差不差,我倒也不如何难过,只是点了点头。

楼景疏又道:"皇后娘娘,但这是传言……或许再过数日,你的脉息自能调匀。"

我知道他在安慰我,只是我自己的身体,我心中有数,倒也不必再谈起了。

"陛下身上的毒可解了?"

"陛下已无大碍。"

我微微松口气,怔忡间,脱口而出:"这些年,陛下可曾纠结过让我恢复记忆?"

"陛下从不曾对我说起过这个。"他顿了顿,"出入醍醐洞,终究还是危险至极。陛下有顾虑,也不无道理……"

我打断了他:"无论我将来是生是死,我想请楼大人帮我一个忙。"

他怔了怔:"请说。"

"其实不必说第二遍了,上次我们见面,我曾提过。"我轻声说,"大人应当还记得。"

屋子里死一般的寂静,楼景疏终究还是点了点头:"是。"

楼景疏起身离开,到了门口,却又止住了脚步:"你后悔吗?会怨恨陛下吗?"

我有些茫然:"好像一觉醒来,错过了许许多多的事情……突然就到了这一刻。"

都说人死过一次,想法便会大相径庭。

我死过了两次,好像什么都不再重要了。

楼景疏走了，我起身用了些吃的，又换了衣裳，随手绾了发髻，出门去找陆亦衍。

恰遇他麾下的将军们从书房鱼贯而出，我便闪身在墙后，静静等了一会儿。

陆亦衍最后出来，与我迎面遇见。

他一身黑色战甲，腰间配剑，依然是嘉安关下的少年统帅模样，英气未失，亦和我久远的记忆重重叠叠地合在了一起。

这样一个人，怎么会在这五年之间，成了从不显露喜怒的少年帝王呢？

这五年间，光是为了猜测他的心思，就费了我多少心血？

我心中感慨万千，站在原地未动，他一言不发，只上前数步，狠狠将我抱住了。

他的盔甲又冰又硬，硌得我有些不舒服。我微微仰头，恰能看到他发髻中插着的簪子。

依然是那支乌木簪。

戴得久了，虽是木头，也变得温润内敛。

我送给他的时候，着实没有想到他会真的戴了这么久。

"陛下，你弄痛我了。"我小心地推拒他。

他连忙放开我，轻轻搓揉我的手臂处："楼景疏已经告诉我了，只要再去寻几味药，将你身子调理好就是了。"

他又打横将我抱起来，笑道："不过不能吹风，我抱你回去歇着。"

我并不抗拒，静静地靠在他胸口："此去上京，会有危险吗？"

他低头看我一眼，笑了："不必担心。"

我"嗯"了一声："那你要我留在此处等你？"

他迟疑道："阿樱，你……"

我知道他最想问的是什么，平静地说："我好像记起了一些事，又好像做梦一样，不甚明了。陆亦衍，有很多事，你也会给我一个解释的，是不是？"

他骤然松了口气，一字一句："是。我会给你解释。"

他抱着我回到屋内，又小心地将我放回了床上，双手撑在我的颈侧，定定看着我。

我轻轻笑了笑，柔声道："好。"

印象中,我几乎不曾这般温柔地对他说过话。

他似乎也怔了怔,原本尚称得上平静的眸色中忽然便卷上一层烈焰般的光华。几乎在同时,他欺身压过来,吻在我的唇上。

他像是变了一个人,周身带着冲动与燥热,却又强自克制着,仿佛怕弄坏什么,只是小心翼翼地吻我。

我闭着眼睛,并没有抗拒他忽如其来的亲近。

他却自动地停下了,重重喘了口气,温柔地摸了摸我的脸颊,声音有些喑哑:"你休息吧。"

他起身欲走,我却拉住了他的手,在床上半跪着,重又揽住他的脖子,借力站了起来。

头一次,我主动地,认认真真地,想要吻他。

他如同石塑,任由着我扒着他的肩膀,居高临下地踩着床沿亲吻他。

"阿樱……你做什么?"他的声音越发嘶哑,既没有闪避,也没有回应。

这片刻的冲动和欲望,我不知来自何处。我只是知道,若是没有这样做,我或许会后悔。

他的呼吸变得急促,断续:"你知道过去五年……我一直强忍着……"

"我知道。"我紧紧揽住他,能感受到彼此的心跳逐渐变得一致。

陆亦衍的眼底渐渐烧红,他终于伸出手,将我横抱在了床上。他将手放在我的腰间,用所有残存的理智克制:"为什么?"

我躺在床上,仰头看着他:"从醍醐洞出来,我记起了一些事。"

他微微蹙眉看着我,哑声问:"什么?"

我轻声道:"我一直都喜欢你,却从来没有告诉过你。"

…………

这一晚,陆亦衍未曾离开。

他极致温柔,只要我微微露出一丝不适,他便强自忍耐下来。我红着脸,在他耳边说:"我歇够了,也并无不适。"

他方才放了心,眼角眉梢皆是克制,却又满是欢愉。

终究是顾虑到我身体孱弱,他并未多折腾我,只是紧紧抱着我,将脸贴在我的颈侧,不多时,一起沉沉睡去。

我只小憩了片刻便醒了。

陆亦衍甚是警觉，我在他怀中稍稍动一动，他便有所察觉，虽然未醒，却条件反射一般将我紧紧抱住。

我试探着伸出手，去触摸他的脸颊。

比起最初的记忆，嘉安关的少年将军终究还是老了。

他的脸颊轻微凹陷，眼角下有细微的细纹，好看的剑眉星目也生出了些许的沧桑。

我心中感慨，我习武，成为他的藏器卫，在战场上厮杀，以自己做武器……可人算终究比不上天算，他终究还是独自走到了这里。

"在看什么？"他没有睁眼，只是将我抱得更紧一些。

我的指尖停留在他挺拔的眉骨处："我觉得你老了。"

他倏然睁开眼睛，抓住了我的手，笑着说："我却觉得你一点都没老，反倒瞧着更小了些。"

可不是吗？

不用风吹雨淋，我没心没肺地在宫里待了这几年，养尊处优，连手上的老茧都褪了。任谁都看不出，我竟也曾在关外摸爬滚打过。

"你何时回去？"我缩在他怀中问。

他亲了亲我的鬓角："最迟凌晨便要动身了。"

我"嗯"了一声，终究还是说："陛下，你之前的允诺，还作数吗？"

他愣了一下，因为难以置信，以至于英俊的五官皱在一起，着实不复往日镇定的模样。

我忍不住提醒他："陛下忘了那个允诺？"

他放开我，撑起了上半身，居高临下地看着我："你想要如何？"

"我想走。"我迎着他的目光，一字一句道，"你答应过的。"

他的表情倏然僵住了，眼神中残存的温度也如寸寸坠入寒窟般消失了。

"那你刚才是做什么？"他顿了顿，声音嘶哑，"怕我反悔，所以先让我尝点甜头？"

若是往常，我早就按捺不住同他大吵一架了。可此刻我心中竟半点没有生气，只是静静看着他："不是。"

"帝王将相的日子，我过得有些够了。朝堂争斗已经让我家破人亡，陛下，余生请恕我无法再过这样的日子。"我轻声说，"我想游山玩水，想去江郎山中住着。看一看那边的山是不是像书里说的那样清秀，水里是不是真的有无鳞鱼……这也是你答应过我的。"

他沉默了许久，久到我以为他终究还是反悔了。

可他并没有，只是如同祈求我的回心转意一般，慢慢地说："即便我应允你，会让天下太平，永不受战乱、夺权之累，你也不愿再等我。"

我摇头，克制住内心泛起的软弱："陆亦衍，我死过了两回，这一次，我只想一个人，安安稳稳地活着。"

他未再看我，只是翻身坐起，披上了外裳，又俯身去穿靴子。

终究……还是答应了吧？

就像以往的每一次那样，再不情愿，只要我开口，他都会答应。

"多谢你。"我轻声说，"保重。"

## 第十四章
### 并肩

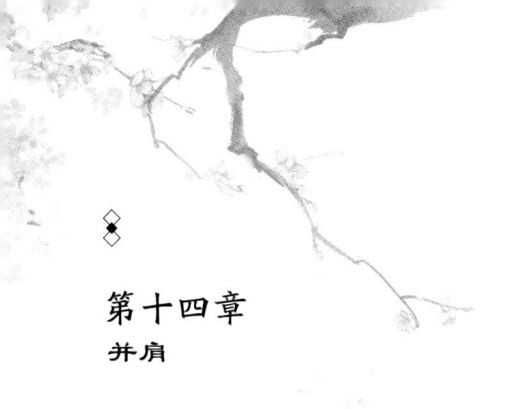

翌日,我起床时,天空正飘着细密的雪珠子,岳三径怀中抱着剑,在小院中等我。

"三叔。"我走到院子里,同他打了个招呼。

他有些吃惊,旋即很是惊喜:"小姐,你……"

"我记起来了。"我仰头看了看天色,又对他致意,"这些年,你带着擎天军兄弟们,受累了。"

擎天军是先太子麾下精锐,先太子被杀时,这些人自然是同犯。

然而父亲抱着必死之心,著下一篇长赋,一一历数了擎天的功绩,在京城引起了朝臣们的争论,给了擎天军挽回的时间,在嘉安关的里应外合之下,岳三径带着人马出关求生。

我伸手去接淅淅沥沥落下的雪珠子,又转头去看他:"三叔,你不陪着陛下进京勤王?"

"勤王?"岳三径随手摸了摸脸上的雪渣子,露出一丝古怪的笑意,"擎天军上下早已想明白了。这一回入关内,是为了报答太傅救命之恩。至于这天下打来打去,是陆家自己的事,我们不再奉陪。"

我沉默片刻:"陛下知道吗?"

他笑了笑:"他自然知道。"

我轻轻呼出了一口气,又将手缩回了袖子里:"三叔,你说他能赢吗?"

岳三径踌躇片刻,一张坚毅的脸上露出些许愁容,良久,才道:"难。"

京城如今已是邺王摄政,即便是有忠于皇帝的,也必然人心惶惶,甚至已被邺王一党拔除。他这一路北上,怕真是难。

"小姐，弟兄们也早已商议过了。你若是要追随陛下北上，擎天军自然一同前往。但你既决定离开，无论京中朝局如何变迁，擎天军必定护你周全。"

我并不犹豫，点头道："大恩不言谢。三叔，那你便随我一道启程吧。"

一路向南，因为卸下了心头的重担，我走得并不如何着急。

只是身边跟着擎天军有诸多不便，我就同岳将军商量，其实大可不必如此兴师动众，留下数人跟着便好。岳将军却一口拒绝，不无忧虑地看着官道上往来的百姓，有些是举家搬迁，有些则是卖儿鬻女，流离失所。

他叹气道："这些人大多是从上京出来的，一路往南，怕是局势不稳，又起动荡。"

因这条道上只有一家驿站，人来人往，便挤得水泄不通。流言蜚语纷沓而来。我和岳三径坐在角落，听客人们在谈论着一路来的见闻，

"陛下病重，如今京城太后摄政，邺王代理国事，封禁了好多天，我也就是趁着前些日子松了些，趁机逃出来的。"

"哎呀，你这运气真的不错！这几日听说有个什么伪王前去讨逆，京城重又封禁了！只怕这次，是真的要打仗了！"

更有人说皇帝早已驾崩，等到平定了伪王之乱，邺王便要登基。

"可惜呀，咱们陛下也没留下个血脉，否则也不至于闹到这么腥风血雨。"有人感叹，"连什么伪王都出来了。"

"这天底下谁不想当皇帝呀？"又有人笑道，"咱们小老百姓还是躲远点，免得一不小心连累到了自己。"

我低头吃着一碗阳春面，心事重重。

我不清楚陆亦衍手中还有多少兵马，但不管有多少人，想要攻破京城都不是易事。更何况，邺王叛乱筹谋多时，只怕还有援军虎视眈眈。

"你在担心陛下？"岳将军看了看我的神色，忍不住问。

"三叔，幼时我尚未启蒙，整日在母亲房中玩耍，将她的东西扔得满地都是。"我放下了筷子，回忆起往事，忍不住勾起唇角，"母亲从不责怪我。每晚都和父亲一起将屋子收拾得干净整洁。"

"太傅家中没有侍女仆役吗？"岳三径愣了愣。

我摇摇头："父亲总说'一室不扫，何以家为？何以天下为？'后来我

才知道,自己收拾屋子,看着简单,却极为琐碎。他们这么做,亦是在每日自省。"

"小姐想说什么?"

"我想去江郎山归隐是夙愿,可若是天下不定,怕是这世上再也不会有世外桃源了。"

"我明白小姐的意思,北上作为陛下的援军,擎天当也义不容辞。"岳三径脸颊上的那道疤痕倏然间仿佛绷紧了。他本就是粗豪汉子,一言九鼎,此言一出,更有一种决然的意味。

我摇了摇头,轻声道:"来不及了。只怕此刻京城已开始决战,待我们赶去,战局已定,就是想帮忙也来不及了。"

"那你的意思是?"

我拿手指沾了沾茶水,在桌上轻轻画了画,简单的地形舆图便一下分明了。

岳三径看了片刻,微微皱眉:"此处是洛水,距离京城尚有五六日行程,与战局何干?"

"虽与战局无关,却是藏祸之地。"

他久经沙场,立时明白了我的意思,恍然大悟:"是!"

洛水素来是兵家必争之地,只是这些年战乱平息,免了不少战火。我和擎天军抵达之时,旷野并无人烟,唯有一条长河静静流淌。

岳三径清点了人数,带在身边的擎天军三百有余,另有一些已经传递了消息,不日也将赶来。河滩周围有些用茅草搭建的民居,早已没了主人,众人简单打扫了一下,都进去歇息了一会儿。

洛水流经此处,数重弯折,地势亦不平整,我爬上高地眺望了许久,直到周身遍感风寒,才忍不住裹紧了大氅,低低咳嗽起来。

"邺王的人马已出现在西北,人数不下千人。"有斥候小跑上来汇报。

我点了点头,丝毫不意外:"走吧。"

斥候一怔,随即道:"岳将军吩咐过,此战艰险,请小姐在此作壁上观便是了。"

我凝神望着山下奔腾的洛水,摇了摇头:"岳将军或许忘了我曾经也是藏器卫。藏器卫从来没有躲藏在同袍身后的道理。"

是夜，擎天军在洛水边拦截了正欲北上的邺王援军。人数上，擎天军远不是邺王军队的对手，只是我方早了两日到达，选了一个好的地势，趁着敌军渡河之时毫无防备，将其长长的人马截成了三段。敌军首尾不能相顾，又搞不清对手的底细，倏然间便乱了。

岳将军筹集了周围散用的民间小艇，灵巧且方便，里头堆了干柴和火油，一艘艘地往渡河的敌军中冲撞，暗夜之中颇有大军来袭的威胁，更是打乱了敌军阵脚。

虽是占据了优势，可岳将军终究是不敢让我与人拼杀，便只留我在一旁观战。我自知武功并未恢复，也并不强求。只是战场瞬息万变，我躲得再小心，终究算不过旁人的眼睛。有两个士兵冲到了我左近，见到我和几名侍卫，杀红了眼，扑了上来。

熟悉的战场，熟悉的杀气，甚至连血腥味都从来未曾改变。

身体的记忆如此熟悉，我拔出剑刺入士兵的喉咙，行云流水的动作，皆是当年在战场上留下的痕迹。

我终究还是再次执剑，杀人。

死去的士兵看着甚是年轻，或许比我还小，世上何人不惜命？

可偏偏就是上位者的野心与欲望，让无数人死于非命。

但愿这一次，陆亦衍能以战止战，终结这一场叛乱。

"尚有半数叛军即将抵达洛水。只怕这出其不意的突袭用不了第二次了。"岳三径面色凝重，与我商议。

我看着眼前硝烟弥散的战场，擦了擦手中的长剑："三叔，有劳你了。桥与船都不必留了，背水一战吧。"

"背水一战"四个字，说出来甚是轻巧，真正做起来，却是字字滴血。擎天军人数本就不多，加之原本都是骑兵，擅进攻，如今却要守卫洛河要塞，以寡敌众，更是艰巨。幸而占据了颇为有利的地形，才算抵挡住了数次进攻。

从夜至天明，又从天明至夜。

整整两日过去，洛水便宛如安置了铜墙铁壁一般，将邺王的援军拖在了此处，半步不得前行。

眼下虽占上风，可敌强我弱却是事实。我心中越发焦虑，一直拖延下去，终究还是我方吃了亏。

第三日的天空又渐渐亮了起来。

岳三径站在我身边，浑身浴血，却威风凛凛，振臂高喊："守住河滩！"

箭雨如飞，战马嘶鸣，同袍们一个接一个地倒下。

我回头遥遥望向了京城方向，不安的感觉越发强烈。

不知道陆亦衍的进展如何。他若是兵败城下，我所做的一切也不过是徒劳而已。

我强自压下了这个念头，横剑拨开了一波箭雨，忽听身后震起隆隆如擂鼓的声响。

战场上，所有人转头回望，却见水上长帆扬起，数艘战船正缓缓驶来。

眼下没有人知道这是哪方的援军，而这支力量，将决定此战胜败。

时间宛如停滞，我屏息望着远处。

战舰越来越近，"羽"字高扬，我抹了一把脸上的血汗，和岳将军对视一眼，彼此眼中皆是死而复生的庆幸与喜悦。

是皇帝的亲卫！

有了援军加入战局，敌我力量便立时逆转。邺王军兵败如山倒，节节败退。待到战舰靠岸，羽林卫们纷纷上岸加入围剿，敌军便已仓皇逃命，只余若干伤兵败卒倒在了滩涂上呻吟，皆被俘虏。

"你们是何人？怎会在此与叛军交战？"为首的将领带着警惕，询问擎天军。

我从岳将军身后走出来，那人一怔，旋即行礼："皇后娘娘，是末将冒犯了。"

"你认得我？"我愣了下。

年轻将军恭敬道："陛下先前偷偷带着皇后出宫，上前阻拦的便是末将。"

我自然还记得此事，忍不住笑了："将军如何称呼？"

"皇后叫我谢行之便是。"

"上京的情况如何了？"我迫不及待地问道。

他尚未开口，脸上的表情却令我觉得甚是安心。果然，谢将军回答："陛下已收复京城，此刻大军正往此处而来。"顿了顿，又略带忐忑道，"其实，末将带的人马不过三百余人，本是在此驻守的。"

此刻我冷静下来，回头去看那几艘战舰，心知所谓的援军不过这七八艘船和两三百人，远远抵不过邺王的人马。

"你是陛下的先锋部队？"岳三径问道。

谢行之摇头："陛下去京城平叛时，将我们留在此处。吩咐说若是有叛军来援，便在对岸设下机关，最好能拖上一两日，务必坚守到大军回援。谁知我们在对岸等了几日，叛军迟迟未来，原来是被你们拖住了。"

"陛下料到了邺王会有后援？"岳三径的语气略带钦佩。

"是，陛下知道邺王在其封地尚有府兵，又测算了行军的速度，原本是打算速战速决拿下京城，再回军各个击破。"谢行之顿了顿，有些不安道，"末将并未第一时间来援。因为怕这是叛军的陷阱，不敢轻举妄动。"

我点了点头："隔着洛水，你的确该谨慎探明战况，再做决断。"

"陛下前往上京平叛，若是邺王援军赶到，前后夹击，可没什么胜算。"岳三径望向我，有些好奇道，"小姐，你在此断后，是同陛下事先说好的？"

江风吹来，一时吹乱我鬓角的发丝，又吹迷了眼睛。我摇头，笑道："我若是说没有，三叔，你信吗？"

岳三径欲言又止。

我也不欲多解释，转身道："既然叛军已经四散，后续此处战场的清扫便有劳谢将军了。"

谢行之连忙道"是"："皇后娘娘且稍作休整，待末将将此处清理干净，再护送您入京。"

我眉梢微扬，顺势望向了洛河对岸，摇了摇头："不必了。"又回身对岳三径道，"三叔，我们还是继续赶路吧。"

按我原定的计划，既然洛水一战诸事已了，自当悄然离开，可擎天军中将士多有伤亡，不得不留下包扎休养，岳将军亦脱不开身，我们便只好再留一日。

洛水经历了一次大战，一片萧瑟。

老鸦在天空盘旋低飞，叫声沉哑，此起彼落。

死去的将士们一一被确认了身份，又被抬走，不久之后，他们的家中将会收到讯息，地方官府亦会送去抚恤。而原本活生生的人终究还是没了……他们也曾是父母的儿子，或许还是孩子的父亲。

可是人走了，终究便是走了。如同此刻飘下的轻雪一般，消融在泥土中，再也不会回来了。

我伸手去接片片落下的雪花，看着它们消失在掌心，最终变成一滴细微的水珠，忍不住想，帝王将相又如何，终有同样的一刻。

只是不知道到了那时，又会有谁来送我。

"为什么要回来？"我正怔忡之时，熟悉的声音在我身后传来，比起记忆之中低沉嘶哑得多。

我拢着大氅，回头望去，陆亦衍一人一马，立在我身后不远处。

我霍然起身："你怎么会在这里？"

他并不回答我，只是抛开了缰绳，大步走到我面前，又问了一遍："你又为何要回来？"

我低头看到他的手，往常明净修长的指节，此刻却粗糙破皮，还残留着血渍和污泥，想来他这一路马不停蹄，甚至来不及停下休整片刻。

"我放心不下，还是想替你稳住后方。"我坦然地笑了笑，"幸好做到了，这下可以放心走了。"

他的眼角眉梢都是倦色，可眼神黢黑，浓得仿佛要将我吞噬进去。

"阿樱，我接到传书，说你在此处替我断后，便抛下了所有人，疾驰一日一夜来找你。"他顿了顿，语气中隐隐有着恳求，"我说过，会还皇兄、还太傅一个公道。如今我做到了，你当真……不随我回京城去看一看吗？"

直到此刻，我依然能回忆起当年刻骨铭心的仇恨，那已经被刻入了骨子里，一旦被提及，便悚然心惊。

先帝、太后、朝臣……我将每一个名字都牢牢记在心中，为的就是这一日，可以手刃仇敌。

如今尘埃落定。

就像是故事即将走到终点，难道不去亲自看一眼结局？

他又向我走近一步，恳求说："陪我回去……就当是终结。"

我心绪起伏，终是被他说动，点了点头："好，我随你回去。"

回程的这一路，大约是被醒酬洞和洛水一战耗费了精力，我变得异常嗜睡。

陆亦衍找了马车，垫上软垫与棉絮，让我舒服地躺着，一路昏睡着到了京郊。

马车停下，陆亦衍拉开了车门，向我伸出手："歇在此处吧。宫城经过了战事，还在修缮。"

我仰头看到匾额，脚步便是一顿。

是熟悉的地方。

九鹿寺。

我下意识地侧头看身旁的陆亦衍，他仿佛心有灵犀一般，回望向我。

"寺内闲杂人等已经清查过了，陛下和皇后请入内。"谢行之上前回禀。

陆亦衍伸手来牵我，我觉得他的动作颇有些不自然，拦住了他的手腕："受伤了？"

他迅速将手放在了背后，轻描淡写："难免的。"

"陛下是在军中摸爬滚打起来的，皮糙肉厚，是我大惊小怪了。"我并未追问，只是收回手，并肩同他踏入山门，不经意道，"对了，我都想起来了。"

他甚是镇定："我接到传信，有人在洛水边拦截敌军。那时我就猜到了……只有在嘉安关跟随了我这么多年的'常英'，才会猜到我想兵行神速各个击破，才会担心我可能会被前后夹击。"

"这么多年过去，陛下越发长进了。"我叹口气，"其实我大可不必担心，兵贵神速，以陛下的治军，击破邺王，绰绰有余。"

他却很是诚恳："不是的。"

我的脚步顿了顿，他侧头看着我："若不是有你出手相助，其实我并无万全把握谢行之能将叛军拖上几日。"

如此坦然示弱，我忽然觉得，他也有些变了。

他正毫无芥蒂地将自己内心的想法完全说给我听。

风吹过竹林的婆娑声，伴着暮鼓的声响，林深愈静。

"有一件事，我思量许久，却不得其解。"我跨过一个台阶，侧头望向他，"我在此处失忆，也是在你筹谋之中？"

九鹿寺的长明灯已经燃起，在肃寒的凉夜中宛如点亮了天边的明星。他的侧脸被光与暗切成两半，长睫轻轻闪动，微微带着怅然："是意外。"

　　"意外？"我讶然，"我知道你不想娶苏凤仪，所以当日，你是真的想要我杀了她？"

　　他停下脚步，转身看着我："你知道我为何会答应和苏家定亲？"

　　"先帝病重，当时邺王尚且幼小，太后只能拉拢住你。你虽以军功一时显赫，但要被立为储君却根基尚浅，只能借苏相的势力。"我盘算道，"所以我不明白，你为何要我杀苏凤仪？"

　　"因为那个时候，我想要你出现在九鹿寺。"他转身看着我，视线灼灼，"我想娶你。"

　　"可是……"

　　"终究人算不如天算。彼时你出了嘉安关，却被北庭误认作是帮我传递密信的信使，一路追杀。"他轻轻叹口气，"偏偏你死脑筋，犹记着我要你杀苏凤仪。"

　　他这般一说，我顿时了然。那时我始终记得要替他杀了苏凤仪，虽然身负重伤，还是赶到了九鹿寺，才有了养伤一事。

　　"就算我安然无恙赶到了九鹿寺，你又如何能娶我？"

　　"我若是成为储君，苏家大小姐就一定会死。"他淡淡道，"苏家虽想与我结盟，但内宅争斗的阴毒心思，外头的人未必会明白。"

　　我略有些心惊："苏凤仪不是嫡女吗？"

　　"她是嫡女，苏夫人却是续弦。"陆亦衍顿了顿，"第一任苏夫人的痕迹被抹得干干净净，所有人都以为现在这个苏夫人有两个女儿。"

　　我心中已猜到了大概，隐隐有些同情苏小姐。

　　"苏凤仪和苏凤箫是同父异母的姐妹，两位苏夫人也是。"他并未再卖关子，"所以，从一开始，第二位苏夫人就不会眼睁睁看着苏凤仪嫁给我。"

　　"你早就知道了苏家内宅的秘事，所以才答应了这桩婚事。"我顺着他的思路，慢慢道，"这一位苏夫人不喜欢前一位，必定不会让苏凤仪捡了这个便宜，她会想尽办法将这个位置留给自己的女儿。"

　　我终于明白，那一晚，他为何会这般及时地赶到，又对我严词威胁。

　　因为一切都是处心积虑。

"你没想过救苏凤仪?"我定定地看着他,"她被卷入其中,是无辜的。"

"将她卷进来的,是她父亲的野心。"他面无表情道,"况且,即便没有这件事,在苏家内宅中,你以为她能活多久?"

天色彻底暗下来,一阵风吹来,长明灯的光亮晃晃悠悠片刻,忽明忽暗。

"天底下无辜之人太多了。"他站在我面前,轻轻触摸我的脸颊,无限怜惜,"彼时我连你都救不了,何况旁人。"

他的掌心炽热,衬得我的脸颊也有些发烫,我反手按住他的手背:"那这一次呢,你带我出宫是意外,还是你早已算定的?"

"我本就想带你出宫去散心,谁知邺王来了,那便正好。"他仰头看了眼夜空中的寒月,"我若是不出城,他们未必会有敢动手的胆量。再者,只有我不在京城,才能知道这朝中哪些是人、哪些是鬼。"

"那苏家……是人是鬼?"

他含笑看着我:"苏相已经入狱了。大理寺正在彻查,边关数次战败,与苏家内外勾连大有干系。"

"可他已位极人臣,为何还要这么做?"我大感不解,"覆巢之下无完卵,他勾结北庭,意欲何为?"

"不只是他,还有太后与邺王。"陆亦衍倏然止步,清癯的脸上露出些许寂寥,"他们并不想天下太平,只有边境烽火、朝堂不稳,他们才有机会控制我。"

我为他叹了口气,既有如释重负之感,也不免有些心疼:"蛰伏了五年,幸好你还是做到了。"

他莞尔,替我理了理鬓发,俯下身,又与我视线齐平,志忑道:"我也想问你一件事。"

我知道他想问什么。

无非是这么多年来,他的心结。

在我失忆之时,他一直纠结是否要带我去醍醐洞。

等我恢复了记忆,他又担心我会不会因此而恨他。

陆亦衍他……终究还是多虑了。

我深吸了口气,想要将眼中那点潮湿的液体吸回去,轻声说:"我不恨你。"

他无非是……想要我忘了所有的仇恨和痛苦，在后宫中做一个无忧无虑的皇后罢了。

他的眼神中闪过一丝难以置信："你真的，不怪我？"

我摇了摇头。

我死过了两回，即将又要死一回，着实没有什么理由再和他置气了。

他可是天底下最有权势之人，杀伐果断，算无遗策。为了要不要让我恢复记忆这件事，想必这些年他都没睡一个好觉，见到我又不免心虚，还要装出高高在上的样子，日子过得也并不顺心。

"我知道你内心的纠结。"我顿了顿，又忍不住涌上一点小小的埋怨，"可你最后带我去醍醐洞，大可不必以中毒为借口，害得我很是担心。"

陆亦衍解释的时候竟有些委屈："我是真的中毒了。"

我扬眉看他。

他伸手将我揽入怀中："阿樱，我很早就想过带你去醍醐洞，可终究还是犹疑不定。"

我从他怀中抬起头，诧异地道："所以你借着中毒，让自己下定决心，是吗？"

他不说话，便是默认了。

我靠在他怀中，喃喃地说："傻子。"

他并不生气，只是更用力地抱紧了我。他已经有无数次将我抱在怀里，我熟悉他身上清淡的白檀香味，也熟悉他炙热的呼吸。可这个傻子却不知道，我命不久矣。

将来有一天，我不在的时候，他是不是又会懊悔将我送入了醍醐洞？

他的怀抱是温暖的，可我的胸口却一点点地泛起哀凉："陛下。"

他"嗯"了一声。

我将掌心贴在他心口的位置："你答应我一件事。"

他不等我说完，应允："我都答应。"

我便忍不住笑了："好。那请你记得，天下，永远比我重要。"

他怔了怔，眉宇间略带了些不安："为何这么说？"

我便丢开了沉重的心思，只开玩笑道："怕你因为美人误事，成了昏君。"

陆亦衍便笑了："说起美人，她们已经找周平说了好几次，想要当面见你，向你辞行。"

两日后，我在九鹿寺的后园中再次见到了后宫的姐妹们。

我远远便瞧见了德妃、卫妃、魏美人……以及一众新入宫的美人，穿着民间少女的装束，正围坐在一起，叽叽喳喳地说着话。

我踏进凉亭，她们立时涌上来将我团团围住了，七嘴八舌地问好。

德妃轻轻咳嗽了声，提醒大家："这是皇后。"

姑娘们忙不迭向我行礼。

我将她们扶起来，笑道："既然是在宫外，不必客气。再说了，往后我也不是什么皇后了。"

她们面面相觑，魏美人直愣愣地脱口而出："不是皇后？娘娘是何意？"

我不欲与她们细说，只笑道："这段时日上京出了事，你们在宫中都好吧？"

德妃回道："皇后同陛下离开后，京城的确纷乱了一阵，但我们被软禁在后宫，倒是没什么大事。如今乾坤已定，逆贼皆已伏诛，我们是特意来向皇后辞行的。"

我愣了愣："辞行？去哪里？"

这天下还有嫔妃能辞行的道理？

魏美人以团扇抵着下颔，莞尔："娘娘同我们相处了这么多年，难道从来不曾有一日怀疑过，为何这后宫亲亲热热的，从不为了争夺圣宠而吃醋起纷争吗？"

其实我倒也不是没有想过，只是那时我不在意陆亦衍，总觉得不见得每个人都要争宠。况且，后宫和谐，不也显得我这个皇后管理有方吗？

"皇后娘娘也不曾想过，陛下正当鼎盛之年，为何没有子嗣？"卫妃抿唇笑了笑。

这我倒是想过，不过我觉得是陆亦衍的问题，那次还惹得他冲我发了脾气。

原来不是我想的那样的？

我一个一个地望过去，证实着心中的想法："你们一直都在陪着我……"

魏美人娇声笑道："我们也发愁，皇后一日看不清陆下的心意，我们要出宫，得等到何年何月呀？"

卫妃亦笑着接口："既然要掩饰皇后的身份，这宫中便不能没有嫔妃。我们几个皆是由陛下精心挑选的。自潜邸开始，直到入宫，日常陪着娘娘打打趣、聊聊天，从来没有对陛下起过什么心思。"

"可是，你们也都侍寝了……"我脱口而出。

"皇后娘娘还记得中昭殿前的偏殿吗？"德妃莞尔，"每一次侍寝，我们不过是在那些偏殿里独自过一夜，掩人耳目罢了。"

她们说的这些话宛如一个个惊雷，炸得我无话可说。

"对了，皇后娘娘想知道臣妾的身份吗？"魏美人含笑看着我，顿了顿，"臣妾本姓纪。"

"老纪是你什么人？"

"那是我家兄长。我听闻，兄长曾想要为我向你提亲。谁想到这般阴错阳差，我果然入了宫，陪了姐姐五年时间。"

少女们一一说了自己真实的身份，都是陆亦衍亲信们的家眷，也是他最信得过的人。

我又好气又好笑，原来所有人都知道这是一场戏，却还陪着我和陆亦衍演得这般逼真。

但无论如何……还是谢谢有她们陪在我身边，让我在后宫的日子，不至于惶恐，不至于度日如年。

"此生有幸，与诸位相逢。"我起身，向她们盈盈下拜，"耗费了妹妹们数年时光，长樱谢过了。"

她们手忙脚乱地扶起我。

卫妃眼中微微含泪："陛下已经赏赐了许多珍宝，让我们带出宫去。"

魏美人又俏皮地补上了一句："皇后若还是觉得歉疚，不妨再给我们添些良田店铺，我们不嫌多。"

这话虽是开玩笑，我却觉得甚好，豪气道："是，我自然也要给你们都添上一份。待你们出了宫，天高海阔，日子定然会比宫中过得更好。"

临走之时，德妃语重心长："皇后可莫要再和陛下吵架了！往后在宫中再拌了口角，也没有我们再想法子劝和了。"

我抿唇笑了笑，甚是听劝："我知道。"

可我到底还是没有告诉她们。

其实我也不会再入宫了。

我送走了她们,独自在窗边坐下,展开了信纸。分明有许多话想要说,提笔忘言,却又一个字都落不下去。

等我离开后,陆亦衍终究还是会淡忘这一切吧。

如今已经没有了朝中的掣肘,以他的文治武功,想来很快就能平定边关之患。世家们会为他选送貌美的小姐们,终会有那么一两个,最后入了他的眼,诞下子嗣。

这一生,他会记得我。

这一生,也会过得极快。

当他白发苍苍之时,回忆起年轻时,在后宫中有过五年时光,是和一个"假皇后"一起度过的,那时想来他已不会觉得悲伤了。

我放下笔,拿出手帕捂住唇,剧烈地咳嗽起来。

良久,这一阵不适缓缓过去,我拿下了手帕,赫然是一片鲜红。

我怔怔地看着这一口鲜血,忽听窗外有人在唤我。

"阿樱——"

陆亦衍快步走进来,身上换了战甲,眉宇间是昂然的英气。

我悄悄将手帕藏在身后,起身迎他:"你这是要去哪儿?"

"北大营练兵,不日出征北庭。"他一伸手将我揽入怀中,仿佛贪恋一般深深吸了口气,"宫中犹在修缮,小月还留在那里布置寝宫。你就在这里多住几日。"

我从他怀中挣开,后退了一步,歪着头打量他。

他微微笑着:"怎么,想念同我并肩作战的日子了?等你身子再养好些,若是战事未止,你再来找我。"

我踮起脚尖在他唇上轻轻吻了一下:"陛下此去,必然大胜归来,此后河清海晏,天下太平。这是你我共同的心愿。"

他反手扣住我的腰,薄唇与我摩挲,轻轻咬着我的嘴唇说:"好,承你吉言。"

陆亦衍离开时,天色微微暗下来。

京城又下起了大雪。

我换了身衣裳,走至后园中。

原本紧闭的小门此刻却未上锁,是有心人替我打开了。

我不再犹豫,也不曾回头,一步又一步,踏入了大雪之中。

薄薄的一层脚印,很快,被大片大片的雪花掩盖了。

  平乱未久,太后、邺王皆自尽于狱中。帝奋起宇内,清余孽,振长策,重治擎天。忽传噩耗,皇后薨于九鹿寺,帝闻讯坠马,悲恸欲绝,十数日未理朝政。群臣劝解拜哭,皆不理。后十日,北庭重犯边境,帝乃警醒,率良将精卒,赴嘉安关御敌。浴血十月,驱虏千里之外,终建万世之业。

——《衍帝传》

## 尾声

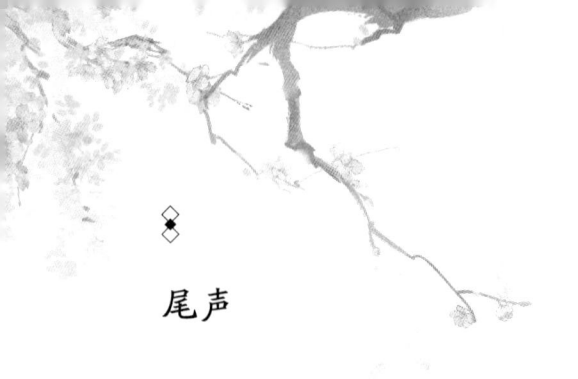

北庭闻南朝内乱,遣大军南下,于嘉安关处对峙,强攻月余。守将拼死护城,终将大军阻拦于嘉安关外,直至半月后,皇帝率军亲临关内督战。

皇帝再一次回到嘉安关,在城门下停顿了片刻,仰头望向高高的城门。

已经过了许多年,东门城墙依然静默地伫立在此处,仿佛不曾有过片刻的变化。

大军源源不绝进入关内,年轻的帝王却翻身下马,独自一人上了城墙。

侍卫们正欲跟上,却被白统领拦下了。

皇帝独自一人站在城墙上,眺望着北方,那里曾是他和同袍们一道拼杀的战场。

他在那里崭露头角,也是在那里,他最终走向了上京。

皇帝伸手扶在了城墙的砖石上,生冷冰硬,他忽然想要一大壶酒,就像那个晚上,他和长樱从小酒馆出来,一起上了城墙,远眺关外尸山血海,关内万家灯火。

白驹过隙,他用了这么多年,将这么多阻碍一点点地移除了。

可终究算不过天意。

她悄然离开,没有留下只言片语。

震怒之下,他欲追查,楼景疏却上前阻拦,坦诚欺君之罪。

"你说出她的下落,朕既往不咎。"皇帝的表情在灯光下晦暗不明,却带了浓重的杀气。

楼景疏摇了摇头,道:"臣实不知皇后娘娘的下落。"他顿了顿,"许是已不在人世,臣不敢妄言。"

皇帝怔愣片刻："你在胡说些什么？"

"皇后自醒醐洞出来之时，内息全乱，无法调理。因不愿陛下忧心，皇后请求臣备下一条退路，悄然离去，免得陛下伤恸。"

皇帝一时不敢相信，伸手扶住了桌子，指尖用力到发白。

楼景疏早已备下了匕首，倏然横在喉间，毫无畏惧道："臣答应了皇后让她安静地离开，也自知僭越，若是无法阻拦陛下，唯有以死明志。"

匕首即将滑过楼景疏喉间的一刻，皇帝拔剑挡开，只在颈间留下一道血痕，未曾致命。

皇帝看着地上的凶器，艰难道："你是说……她或许已是死了？"

楼景疏沉默不言，却又几乎等同于默认。他抬头看了眼皇帝，有心想要劝解，却头一次在年轻皇帝的脸上看到了近乎枯竭的神情。

从认识陆亦衍开始，无论是何境地，哪怕千难万险，他也从不曾有这样的表情。

"陛下，天下未定。"楼景疏重重磕头，难掩怜悯之意，"解百姓之倒悬，亦是皇后的心愿。"

皇帝恍若不闻，良久，一字一顿："那谁来解朕的倒悬？"

楼景疏伏在地上："皇后走前，请臣转告陛下，请记得您答应过她的事。"

答应过她的事……

天下，比白长樱重要。

皇帝闭了闭眼睛，手中长剑"哐啷"一声掉落在地。

…………

而后北庭战报传入京中，十余日未曾上朝的皇帝御驾亲征，疾行向北，昼夜不歇。

楼景疏随行至边关，一路上始终忧心忡忡。他和白敛谁也不曾提起皇后，因为不敢保证皇帝会如何，即便皇帝似乎已经恢复了正常。

皇帝当年威名显赫，犹有余威。然而南朝历经数场边关战败，士气低落；而北庭上至贵族，下至士兵，战意浓烈。几次接战，双方各有输赢。

战事缠绵了三月有余。

帐前议事时，皇帝一身战甲，只说了四个字："朕要出关。"

此言一出，众将领面面相觑。

"出关诱敌实在太过危险，陛下也不是当年的身份。万万不可。"楼景疏摇头不允。

"臣担心的还有一重。陛下一旦出关，谁来镇守关内？"白敛皱眉道，"无论留下何人，哪怕是臣自己，都不足信。"

皇帝默然无语，只挥了挥手，脸上倦意浓重："出关一事，朕意已决。至于谁为朕断后、镇守关内，朕再想想。"

出了御帐，楼景疏方才迟疑道："陛下……好像有些古怪。"

白敛亦有忧色："他以身为饵，冒险至此，仿佛是要……"

他们并未说出内心深处的那句话——皇帝仿佛……要送了自己的性命一般，去冒险。

只是帝王的煌煌天威，无人可以逆转。

决战前夕，将领们汇聚一堂，为了由谁镇守关内而争执不休。

一旦开战，此人站在皇帝身后，把持着嘉安关的命门，但凡生出一丝异心，皇帝与天下都将万劫不复。

其实他并不是信不过这些跟随自己的下属，恰恰是他们忠诚，彼此间便更为警惕，以至于这人选难以敲定。

皇帝坐在主位，听着众人的争吵，思绪短暂地飘远了。

原本有一个人，她替自己镇守关内再合适不过，可惜……

皇帝心中又是一阵刺痛。怔忡之间，却见白敛疾步行至身侧，轻轻说了句话。

他几乎以为自己听错，看了白敛一眼，却见白敛神色凝重，并非在开玩笑。

他立时起身，不顾诸位将军诧异的目光，也抛下了尚未做出的决定，翻身上马，向东门疾驰而去。

因为走得太快，将军们皆以为出了大事，纷纷跟了出来，手忙脚乱地从亲卫们手中牵过马，奋起直追前头的主帅。

皇帝风驰电掣一般赶至东门，城门已经打开。

十数丈远的地方，银甲少女牵着白马小泷，阳光自她身后落下，将她的脸照得莹莹如玉。

皇帝以为自己在梦中，并不敢动分毫，生怕眨一眨眼，这梦便会醒了。

少女见他不动，便上前一步，遥遥行礼，声音清亮："陛下是否在苦恼，找何人守城？"

皇帝终于惊醒过来，抛下了马缰，大步踏出城门，走到少女面前，良久，才轻声道："你回来了？"

她点了点头，弯起嘴角，盈盈笑道："陆亦衍，我回来，同你并肩。"

皇后出身清流，其父学识渊博，拜太子太傅，性刚直，为先太子鸣冤而获罪，白氏被夷九族。帝自微时，得太傅启蒙，遂救皇后于军中。后以男装示人，文韬武略不逊须眉。又五年，掩于宫中，不为人知。

京都动乱，为救帝独闯醍醐洞，几疑中毒而必死，于宫外休养。后无恙，遂至嘉安关，与帝并肩，独守关内，终退敌千里。帝后琴瑟和鸣，成一朝佳话。

——《孝亲皇后传》

## 番外一
### 豪赌

一

陆亦衍做出这个决定之时,就连平日里最是沉稳的楼景疏都大惊失色,连声说"殿下,请三思",至于白敛,绷着一张脸,沉默许久,才道:"殿下,您疯了。"

此刻已是深夜,王府中极是安静,连细微的雨滴落在屋檐上的声音都清晰可闻。书房内燃着线香,许是因为潮湿,带了些轻薄的木质苦涩味道。陆亦衍的脸恰恰被冉冉而升的烟雾遮去了些许表情,又微微垂着视线,叫人看不清他心中究竟有几分坚持。

楼景疏定了定神,盘算了片刻,知道主上并不是一个不通情理之人,打算动之以情晓之以理将他的念头打消过去,正欲开口,听到陆亦衍比平时略带沙哑的声音,一字一句:"我已想得很清楚,此事不必劝了。"

楼景疏一呆,那些话便在嘴边,也不知道要不要说出来,却见白敛使了个眼色,他便识趣地住口了。屋内一阵尴尬的沉寂,许久,他叹口气:"殿下既心意已决,苏家那边,我去想办法。"

楼景疏同白敛一道告退,走到游廊时,侍从送来了两把油纸伞。两人并肩走入了庭院,只觉得雨水大了起来。

"楼大人当真有把握能说动苏相?"白敛轻声问道。

楼景疏走出了几步,略带沉吟道:"先时只觉得殿下异想天开,此刻再细想,殿下素来缜密,捏准了苏家人的心思,我又觉得偷天换日这事也不是不能办到。"顿了顿,他抬伞,望向白敛,迟疑道,"还是我也疯了?"

白敛微微皱眉,随即大步往前,只回了两个字:"确实。"

陆亦衍又独自坐了片刻。茶盏中的水已经变凉，他一饮而尽，并未惊动任何人，悄悄到了马厩。

石头向来警醒，低低嘶鸣了一声，大约是闻到了熟悉的味道，它平静了下来。陆亦衍伸手拍了拍它的脖子，转身去看角落里的小白马。

小泷受了伤，只能半躺在地上，精神却还好。陆亦衍检查了它的伤口，略略放心，起身正欲牵着石头离开，却见小白马嘶鸣一声，挣扎着要起来。

他俯身去拍了拍它的脑袋，轻声说道："她没事，等你好了，就带你去找她。"

小白马甚有灵性，听懂了，重又乖乖躺下了。

一路冒着风雨，从上京赶往九鹿寺，只在出城时被拦下了。陆亦衍戴着风帽，亮了王府令牌，禁军不敢多问，立刻去打开城门。如今的六王爷权势煊赫，不出意料就会是未来的储君，谁敢得罪？

在城下等待的瞬间，陆亦衍恍惚回忆起生母过世的那一晚。彼时他尚年幼，即便是皇子，却依然人微言轻，只能守候在城下，苦苦候着宫内传出的一份恩旨。从深夜至清晨，等他进了城，摸到的已是母亲冰凉的身体了。

城门只开了一角，石头便以闪电一般纵身跃过，也仿佛了跃过那一段无人问津的时光。陆亦衍微微回头，暗夜中这座巨大城池如同凶猛蛰伏的怪兽，而他，终于可以将它驯服了。

陆亦衍悄然翻身进了九鹿寺的小院。

已是后半夜，屋内竟燃着灯，只是微弱的一点光亮，却让这个雨夜显得有些暖意。

落地的一瞬，陆亦衍下意识地心虚了片刻，身形顿了顿。

屋内毫无动静，她并没有察觉到有人进来了。

他的心落下了一半，却又莫名有些怅然。

他走到窗口，顺着缝隙往里望进去，她果然醒着，就坐在桌边撑着下颔，琢磨着桌上的棋局，神情甚是专注，指尖还夹着一粒黑子，不自觉地轻敲着桌面，引得烛火也微微颤动。

他屏住呼吸，就这么站着凝视着屋内的少女，将她细微的表情尽收眼底。这一刻漫长，却又温柔。

她不再是藏器卫，也没有了听音辨形的能力。失去了所有坚硬的外壳与武器，也抛下了背负了这么多年的血海深仇，她只是一个普通女孩，全副心思只在一局可有可无的棋上。

屋内忽然有了窸窣的动静，陆亦衍闪身到了墙后。

长樱将那粒棋子放回了盒中，伸了个懒腰，走到窗边，探身看了看窗外。

她什么都没发现，只是觉得有些乏了，却怎么也想不出这一局的破解之法。

夜风微凉，呼呼地吹进来，她索性又推开了一些，闭上眼睛，深吸了口气。

陆亦衍与她只半墙之隔，仿佛能感应到她近在身侧的柔缓呼吸。她好似还是白家软软糯糯的小姑娘，是全家的掌上明珠，从未经历过血光和烽烟。

这个瞬间，陆亦衍忽然有些庆幸，她忘了所有发生过的事。他也越发坚定了心中那个念头——无论如何，他明媒正娶的妻子，只能是白长樱。

他当然知道这是一场豪赌，哪怕侥幸赢了第一局，后头还跟着无穷无尽的危险。

可那又如何？

大丈夫生而在世，护不住心爱之人，又谈何赢取天下？

窗户关上了，又过了片刻，屋内的烛火也熄了。他等她安稳地睡下，抬头看了看，天色渐明。

他终究还是要回上京，无法再贪眷这片刻的安宁。

他返身直入了凄风冷雨之中。

来日方长。

二

"殿下……"楼景疏欲言又止，纠结半天，却没说什么。

陆亦衍放下了卷宗，眉梢微扬："你到底想说什么？"

"您去看过白——苏小姐没有？"

"不方便。"陆亦衍轻描淡写，顿了顿，"怎么了？"

"她不像是……"楼景疏字斟句酌，"不像是以前那样了。"

其实并不需要他特意告知,陆亦衍自然是知道的。一个人失去了最重要的记忆,怎么还会同原来一样?

"我知道。"陆亦衍低下头,继续翻着手中的卷宗。

"她如今似乎视我为最值得信任的人……"楼景疏尴尬地停了停,"许是因为她现在认得的人不多。"

别的无关紧要,只有这一点——楼景疏思索了几日几夜,终于还是觉得要向主上坦白。

陆亦衍若无其事道:"你去看她了?"

楼景疏硬着头皮:"不得不去。毕竟她身处的苏府是个狼虎窝。"

陆亦衍一字一句,慢慢道:"她能信任你,那很好。"

殿下不在意就好。楼景疏悄悄松了口气,却又从中听出了几分怅然的意味,不由问道:"有件事我一直不明白。苏小姐既然不记得往事了,您又担心她,为何不找个人送到她身边护卫?"

陆亦衍愣了一下,才明白楼景疏说的是长樱身边的侍女。

他淡淡道:"她如今虽没了武功,也不记得过往,却不是傻子。她自幼便聪慧,很多事但凭直觉就能猜到原委。挑小月陪着她,反倒让人放心。"

楼景疏点了点头:"原来如此。还是殿下了解她。"

陆亦衍恍惚了一下,他当然了解她。

那样粲然光亮的明珠,一点点地被磨砺成了淬着杀气、滴着血的剑。

这条路,她走得如此辛苦。

可偏偏是她自己选的,不让他插手。

如今有了庇护她的机会,他自然竭尽全力。

楼景疏既已说完,告辞离开。迈出门口那最后一步时,他听到主上平静的声音:"往后不必再来了。"

他脚步一顿,并未回头,只应了一声:"是。"

他自有自己的使命,将来会有很长的时间,都会与这位未来的储君陌路。前途虽然艰险,他却隐隐觉得兴奋,因为他也在赌局上,赌的不是一人得道鸡犬升天,而是——天下大定!

陆亦衍在大婚之后,想起了那一日楼景疏吞吞吐吐对自己说起的那句话。

她不再像以前那样了。

她用一种陌生甚至敬畏的目光看着他,努力地带上一点拘谨的笑意,小心翼翼地和他维持着看似亲密却实则疏离的距离。

陌生可以慢慢变得熟悉,可是敬畏……却让陆亦衍一时间手足无措。

白敛说:"殿下,我瞧着王妃都没把您当成人。呃……我的意思是您在她眼中,掌控了生死大权,她没法将您视作夫君。"

陆亦衍叹口气,就着凉风喝了口酒,问:"那该如何是好?"

其实白敛与陆亦衍都是冷淡不爱说话的人,因为喝了酒微醺,竟也说得多了起来。

"我看军中许多同僚成亲,都是父母之命媒妁之言,也是从陌生人逐渐熟络起来的。殿下不如学学他们?"

陆亦衍心中微微一动。他在嘉安关驻守时,与普通将士同吃同住,也曾听他们说起过家长里短。以前不曾在意,此刻回忆起来,的确如白敛所说,寻常人家的柴米油盐、嬉笑怒骂都是烟火气,不像如今的王府,冷冰冰得仿佛一个戏台。

陆亦衍心说行吧,得先让自己变成人,是人就得有七情六欲。

他得先让长樱明白。

陆亦衍在书房中放了一幅画像,夜晚时常会展开一看。好几次,他知道长樱就在门外。因她爱吃软糯的甜食,晚膳用得多了,便会带着小月在王府里散步消食,自然会走到书房外头。他有意撤去了所有的侍卫,等着她好奇进来,会问一问他在看什么。

可她没有。

她凑在门缝边东张西望了片刻,转身离开了。

陆亦衍未免有些失落与纠结,白日里离开王府时,他特意敞开了书房的门,令人转告王妃,想看什么闲书,尽管自己去拿就是了。她倒是去了,可规规矩矩地就挑了几份话本,什么都没动就离开了。

他也不是没尝试过同她一起用膳。

可只要坐在一起,她就拘谨得如同入狱,饭量比雀儿都小。

最后他想想也就罢了,还是让她自在一些吧。

谁晓得这一心软,就让她自在过了头。

陆亦衍后来想起来，尚有些懊悔。

倘若预知了长樱脑中产生的种种古怪想法，还不如直接告诉她，当初他就是一眼相中她了，巧取豪夺也要将她娶回来。

因为后宅只娶了她一个，她便战战兢兢扮成了苏凤仪，又甚是贤惠且不解地问："殿下，臣妾今日才晓得，别的王府中都有侧妃。"

陆亦衍心中一紧，又莫名有些心动，以为她终于开了窍，多少明白了自己的心意。他放下碗筷，若无其事地"嗯"了一声。

烛火之下，她未施粉黛，嘴唇却红红润润的，衬得肤色越发雪白，眼神极为认真。

"那别的王爷该有的，咱们府上也该有。"她隐隐有些跃跃欲试的兴奋，"臣妾可以照着您的喜好去张罗。"

"我的喜好？"他下意识重复了一句，觉得有些不妙，"张罗什么？"

她说："殿下喜欢什么样的姑娘？"

陆亦衍重重地搁下了碗筷。

她倏然惊了惊，纤弱的上半身顿时挺直了，一瞬不瞬地盯着他，似乎在思索自己究竟哪里得罪了他，又该如何补救。

"怎么忽然提这个？"陆亦衍忍住了怒火，慢慢问道。

她辩解说："为妻者不可善妒。再说了，王府这么大，又有这么多空屋子呢。"

陆亦衍双手抱在胸前，忍不住带了讽刺："怎么，你想要每间屋子都住满了人，才算热闹？"

她眨了眨眼睛，竟然顺坡下驴："那自然是好。"

陆亦衍怔了怔，她以前是那么冷清爱独处的性子，几乎算是孤僻，可现下竟然跟他说，想要热闹？

瞧出了他的不悦，她便识趣道："殿下不喜欢就算了，我也只是随口一提——"

他径直打断了她："既然如此，就纳些新人进府吧。"

三

毫无意外地，白敛在知道这件事后，嘴唇紧抿，尤为肃然。

"想说什么就说吧。"陆亦衍甚是从容。

"臣还是想说那三个字。"白敛轻轻咳嗽一声,"又觉得不妥。"

陆亦衍沉默了片刻,说不清自己当时为何会答应这个要求。他只是觉得,她既喜欢热闹,那也不错。当然,还有一些更微妙的想法……他也想知道,假如身边多了些女人,长樱她会不会在意。

很快,陆亦衍就得到了答案。

她不在意。

倘若只是不在意也罢了,他甚至发现,府中纳的新人,名义上都是他的妾室,可实际上都成了她的玩伴。整个京城问一圈,哪家府上到了深夜,王妃还不肯放侧妃离开,不是下棋就是听曲儿,连王爷都怠慢的?

这些家长里短的琐事,他真是没办法和外人提起半点。

"那日偶然与楼大人见了一面,他提到说……"白敛顿了顿,"浮桐山。"

陆亦衍的笔尖正落在纸上,留下一个颇粗的墨点:"我知道。"

"殿下若是不喜欢如今的王妃,难道不考虑……"

白敛的话并未说完,陆亦衍便打断了他,将纸卷递给他:"名单上的人,一个不留。"

白敛心中微微一冷,接过纸卷,起身告辞:"是。"只是走的时候脚步有些迟缓了。

"怎么,大统领觉得这么做不妥?"陆亦衍淡淡问道。

白敛摇头:"这是属下的职责,并无不妥。只是殿下,您真的不打算让王妃她……想起来?"

陆亦衍抬眸看了白敛一眼,这一眼间,白敛已经知道主上的心思,不再多说,断然离开。

陆亦衍走到窗边,忽听耳边传来"咿咿呀呀"的断续唱曲声。

那是府上新来的魏美人,有着一把极出色的嗓子,此刻大约是在小花园中唱着。他推开窗,那唱腔便更清晰了些,在寒夜中清亮又不失温婉。一曲完毕,便听到有人在拍手叫好,还有夸赞的声音。

陆亦衍忍不住勾了勾唇角。

还能是谁这么捧场?

他想了想,唤来侍女:"这会儿谁在花园里?"

侍女低头回道："是王妃请了诸位侧妃，在听曲儿说笑。"

"送些吃食过去，还有手炉。"他顿了顿，若无其事，又补了一句，"就说天寒地冻的，仔细美人冻坏了嗓子。"

侍女领命而去。

他依旧站在窗口，心想白敛于情一事，终究还是迟钝了。

他从未觉得如今的长樱不讨人喜欢，甚至相反，他喜欢看她自由自在地胡闹。听曲儿下棋看闲书，吃遍京城各式果子，睡到日上三竿……只要她快意，他足慰平生。又何必将她拽回原来的路呢？

怔忡之间，外头的声响消失了，寂静得针落可闻。

侍女匆匆回复："殿下，魏侧妃在外头求见。"

陆亦衍一愕："她不是在给王妃唱曲儿吗？"

"奴婢将赏赐送过去，王妃便说散了。"侍女低头道，"王妃说殿下既心疼侧妃娘娘，就让她来殿下这里伺候着。殿下的书房不似外头，冷不着热不着的，正好听曲儿。"

陆亦衍长眉一轩，转身大步往外走去。

侍女忙道："是要请侧妃娘娘进来吗？"

"让她回去吧。"陆亦衍淡淡道，"我去看看王妃。"

小月在暖阁躺着，见陆亦衍进来，着急忙慌地起来行礼，又想去禀告王妃。

陆亦衍摆了摆手，示意她不要出声，径直进去了。

长樱拢着白狐毛毯在灯下看书，听到了动静，她也未回头："小月，不必管我，你去歇着吧。"

他轻轻咳嗽一声，她才察觉到异样，回头一看，连忙起身行礼。

他按住她肩膀，在她身边坐下，随意问道："在看什么？"

"随手翻翻的游记。"她有些答非所问，欲言又止道，"殿下……"

他一路走来，此时着实有些渴了，拿了她喝剩下的茶水，一仰头喝尽了。

长樱觉得有些不妥，又阻之不及，只好又给他倒了一杯："殿下怎么过来了？"

陆亦衍接过热茶，眼神微抬："好听吗？"

她愣了一下，才明白他在说什么，讪讪笑了笑："好听呢。魏家妹妹唱得可好听了。"

他不动声色，低头饮茶，听她继续说。

其实他是带了些怒气来的，这会儿屋内暖和，他嗅到浅浅一丝香气，有点像是白兰，渐渐地，也就心平气和了。

"既然喜欢听，怎么那么快就散了？"陆亦衍漫不经心地问道。

"魏家妹妹不是去书房伺候殿下了？"长樱抿着唇，在陆亦衍身边坐下，"殿下没遇到？"

"你倒是会指使旁人。"陆亦衍斜睨她一眼。

她似乎有些会错意，讪讪一笑："是，下次就不劳动诸位妹妹了。"

陆亦衍的指尖在桌上轻轻敲击，顿了顿："妹妹长妹妹短，你的年纪比她们还小着几岁，也不怕人笑话。"

长樱似乎品出了他在刻意找碴，撇了撇嘴，眼神中略有不耐烦，轻声说："殿下为了魏妹妹，倒也不必特意跑一趟。"

打更声远远传来，陆亦衍心中一动。

他只是想逗逗她而已。她生气的样子才像一个活生生的人，而不是辛苦假扮的苏凤仪。

他见好就收，转了话题："对了，明日要去宫中陪母后用膳。"

长樱脸色一变，显然，她还没将不动声色的本事练到纯熟，转眼已忘了魏氏的事："殿下怎么不早说，我一点准备都没有。"

他有些好笑地看着她："不过是去趟宫里，有什么可准备的？"

她纠结片刻，叹口气："我有些害怕。"

她的手指在桌下绞来绞去，陆亦衍觉得有些好笑，眉梢微扬："怕什么？他日你还要入主后宫，没人能把你怎么样。"

他是轻描淡写地说这句话的，长樱却倏然站起来："你……你是说你真的要当皇帝了？"

"怎么？"他并无什么情绪起伏，立储一事板上钉钉，不日就会明了。

于旁人，这是天大的喜事。

可是白长樱却觉得如遭雷击。

她当然知道陆亦衍身份贵重，且有逐鹿天下之志，否则也不会逼着她假扮苏凤仪。

可万一呢？

万一他没当上储君，自己总能轻松一些吧？

她心中存了丝侥幸，当个王妃还能深居简出，可当皇后不一样，千百双眼睛看着，若是出了差错，她可就完了。

她脸色惨白地坐下："若是早知道……"

"早知道又如何？你有得选？"他淡声道。

长樱终于按捺不住内心的委屈与怒火："早知道假扮苏凤仪会有这么多事，我还不如当时就死了，何必要受你威胁？"

所幸她还有些理智，压抑着声音，没有彻底地吼出来。只是她的肤色本就白，因为激动，连眼角都红了。

陆亦衍微微抿了薄唇，心中却觉得愉快极了。

她像只炸毛的小猫一样，当真是可爱。

他本想再逗一逗，终究还是忍住了，温言含笑道："事已至此，你但凡照我说的做，不会死的。"

她冷静下来，不情愿道："是。"

这一晚陆亦衍便宿在了此处，两人只是并肩躺着，却都没有睡着。

陆亦衍闭着眼睛，听到身边的人窸窸窣窣翻来覆去的声音，终于忍不住侧了身，伸手将她轻轻按住了："你还睡不睡？"

他并未用力，她却立刻消停了，悄声说："睡呢。"

声音软糯却微哑，是贴着耳朵传来的，陆亦衍有片刻的心猿意马，终究还是忍住了。再过片刻，侧身听到她轻微的呼吸声，竟然已经睡着了。

也不晓得，她这到底是算是心大，还是好哄。

他放心地伸手揽住她，也一起睡了过去。

四

翌日，陆亦衍醒来的时候，才发现长樱就缩在自己怀里，睡得甚是乖巧。

今日本就是休沐，他索性又闭上了眼睛，只是手臂不由得紧了紧。

长樱即刻也醒了。

陆亦衍有些懊恼，软玉温香在怀这种机缘可不常有。他倒是忘了，王妃虽失了记忆，可身体的反应总还是在的。他稍一用力，她自然便警醒了。

她懵懵懂懂地从他怀中挣脱开，看清床边的男人，顿时一哆嗦，立时清醒了。

"殿殿——殿下怎么不去早朝？"她下意识地看了眼外头的天色。

"今日休沐。"他也坐起来，"不着急。"

长樱忽然想起，今日还要入宫，她连忙起来洗漱梳妆，又匆忙传了早膳。

其实也无甚胃口，她勉强用了些糕点，却见陆亦衍胃口甚好，吃了一整份的糕点，又从自己的碗碟中夹了一块翠笋尖吃了。

"殿下……"她有些困惑，今日他对自己分外的亲近。

陆亦衍瞧见她微红的脸颊，忍不住笑了："又不是头一次同床。"

小月还站在一旁，转开眼神，当作没听到。

长樱脸颊通红，只好默认。

进宫的路上，陆亦衍也没骑马，和长樱挤着同一顶轿子。

长樱心事重重，其实她见皇后的次数不多，可皇后高高在上，她总觉得无法亲近。

"你在担心什么？"陆亦衍忽然开口问她。

"我猜不到皇后在想什么。"她顿了顿，"又觉得，她像看穿了我一般。"

陆亦衍忍不住笑了，抚慰地拍了拍她的手臂，又略带好奇："那我呢？你会去猜我在想什么吗？"

她怔了怔，心中有些异样。

其实她也猜不出陆亦衍的想法，可她内心却并不害怕，隐隐有些笃定他不会伤害自己。

"你不一样。"她迟疑片刻，"你我是一条绳上的蚂蚱。"

陆亦衍的眼神深处露出了一丝笑意："一会儿见到母后，无论发生什么事，都沉稳些。总之，记得万事有我。"

陆亦衍先行去面圣。皇帝身子不好，总要留他商议大半日的国事。

长樱便独自去了凤德殿。

皇后在小佛堂内念经，长樱悄声进去，也不敢惊扰，只好跪着跟着念了一会儿。

佛堂里燃着清淡的白檀，香烟袅袅，小佛龛半掩着，也瞧不清供奉了哪位佛尊。长樱跪了许久，只觉得腿都有些僵了，终于听到皇后起身的声音，她连忙跟着起来，伸手去扶。

"王妃，听说衍儿府上新纳了几位侧妃。"皇后笑道，"你成婚不久，就有这般心胸，很是不易。"

长樱不意倒是得了一番赞赏，松了口气，正想要谦虚几句，又听皇后道："今日定国公夫人带着新妇来请安，本宫留了她们一道用午膳。你也一起吧。"

长樱低眉垂目："是。"

皇后轻轻拍了拍她的手臂："听闻你与定国公新妇也是旧相识了，这般难得，倒是能叙叙旧。"

长樱怔了怔，内心深处那根弦绷紧了。

她对苏凤仪的生平倒背如流，也都知道京城权贵们的讯息，这些都是成亲前楼景疏让她反复记住的。可她毕竟是个冒牌的，哪会连苏凤仪平日里与人交往的事都一清二楚？

长樱迅速回顾了苏凤仪的生平，思来想去，苏家小姐或许幼年在凤阳老家的时候见过世子夫人。可那位夫人若是说起过往的事，她可半点都答不上来。

救命啊……长樱一颗心"怦怦"跳着如同擂鼓一般，各种凌乱的思绪交错而过。

或许，她可以假装晕倒，等到陆亦衍来了，顺势把自己带出去？

又或许，那位夫人也不过是攀个交情而已，其实也不算熟。

长樱只能见招拆招，随着皇后走入了屋内。

定国公夫人与儿媳已是等候多时了，甫一听到通传，立时起身行礼。

皇后在主位坐下，又给众人赐座，长樱便留神打量世子夫人赵氏。

赵氏生得珠圆玉润，眉眼细长，甚是喜人。她一见长樱，眼神便微微一亮："不知王妃还记不记得幼时曾与妾有过数面之缘？"

皇后的目光投向长樱，带了几分探究。

她努力镇定："适才我还在想呢，姐姐长得颇有几分面善，莫不是当时在凤阳见过？"

赵氏笑道："是呢。十多年前的事，我同母亲说王妃多半是忘了的，没想到还记着。"

长樱猜对了一半，微微松口气："凤阳一别，我便生了一场大病，幼时许多事都忘了，如今回忆起来也都模糊，姐姐莫要见怪。"

国公夫人笑道："她同我说起了好几次，年幼之交最是难得。"

皇后喝了口茶，亦笑道："当真是缘分未尽。"

她含笑看了儿媳一眼，神色分明是和蔼的，可长樱有些不安。

偷天换日的事，陆亦衍向她保证过绝不会再有旁人知道。可不知为何，长樱总觉得皇后在试探自己。她生怕说错了话，只好笑了笑，并未接口。

"婆母告知我，今日许会见到王妃，我便擅作主张，带了一小瓶去疤痕的灵药来。"赵氏小心地从侍女手中接过一个小瓶子，递给了长樱。

长樱一愣，下意识地伸手接过来："这……"

"王妃幼时被妾撺掇着甩开了乳母，在老宅的假山上看花，一不小心摔落下去，肩膀上留下了好大的伤口。"赵氏歉意道，"当时大夫就说了定会留疤。这件事我记了十几年，又恰好得了一瓶灵药，正好今日带来。"

长樱当然不知道这段往事，隐隐觉得有些不对劲，只能硬着头皮道："过去了这么久，疤痕也早就淡了。世子妃不必放在心上。"

皇后却道："大家闺秀的身子都是万千珍贵的，若是这药能去除陈年疤痕，何妨一试呢？"

赵氏忙起身道："这膏药是一位神医所赠，用起来颇为繁复。王妃若是不介意，妾便去净了手，替您上药。"

长樱脑子"嗡"的一声，心道这回真的完了。

九鹿寺醒来后，她对自己的身体一无所知，只是养好了伤，从未注意过自己后背肩膀上有没有伤疤。况且，今日这件事压根就不合常理。哪有这么巧，世子妃就带了药膏，皇后又要对方亲自去为自己擦去陈年的疤痕？

她不知道哪里出了问题，直觉是皇后并没有完全信任自己的身份。

长樱不想去擦药，可箭在弦上，只怕自己想了理由推脱，皇后也会一一驳斥。正踌躇间，忽听内侍通传，陆亦衍过来了。

定国公婆媳连忙退避了。

长樱只觉得大救星来了，多半就能躲过这一劫。

陆亦衍大步进来，向皇后行了礼，却见王妃脸色有些苍白，不由得怔了怔。

皇后笑道:"衍儿正好陪本宫说说话。王妃,赵氏等着你呢,不必在这里陪着了。"

长樱慢慢起身,又侧过半个身子,趁着无人看到,疯狂对陆亦衍使眼色。可他漫不经心地看了一眼,低头喝茶,却没有接话。

长樱心中自然骂了陆亦衍千遍万遍,却也无计可施,只好去了偏殿。

当人陷入绝境时,反倒会冷静下来。

长樱一边走着,一边想,今日之事,最糟的结果,就是令皇后起疑。

不过就算是起疑,皇后也不能今日就发作起来。等到回了府,她想法子逃跑算了。又或者,干脆一口咬定是赵氏记错了。

长樱顿时有些懊恼,刚才就该这么辩解的,这会儿再说,似乎有些来不及了。

偏殿内,赵氏已经洗净了手,恭敬地候着,一旁还站着皇后身边的孙姑姑,虎视眈眈。

长樱由着侍女脱下外衣,露出肩膀后侧。

赵氏轻轻吸了口气。

长樱忍住回头的冲动,心说敌不动我不动,大不了就硬着头皮说伤疤都已经褪了。

万万没想到,赵氏歉疚道:"过去了十数年,果然,这疤痕淡了,却还在呢。"

长樱回头,恰好看到镜中的后背上有一道淡淡的长疤痕。

孙姑姑悄然退开了,大约是去报信。

赵氏接下来说了什么,长樱都没听进去,只是觉得不可思议,她竟然真的有这么道疤痕!

这么说来,是老天选了她,成为"苏凤仪"。

这一日终究是有惊无险地过去了。

回府的路上,陆亦衍看着她劫后余生的表情:"你有话想同我说?"

她斜睨他一眼:"我只想说,男人的话终究是靠不住的。"

他心情甚好,也颇有耐心:"王妃此话怎讲?"

"没什么。"她抿了抿唇，想起适才惊险的一幕，庆幸于自己的运气，嘀咕，"亏得我运气好。"言毕，她便抱着小手炉，靠在马车一角，闭目休息了。

这一路只有些轻微的颠簸，她的脸小小的，润白如玉，鬓角落了缕发丝，显出几分慵懒。陆亦衍的眼神不曾离开她，星眸中露出浅浅的笑意。

他从一开始就已经想得明明白白，"偷梁换柱"是最险的棋。皇后察觉出几分不对劲，他只能步步为营，主动让王妃"自证清白"。

世子妃和苏凤仪的过往是真的，苏凤仪曾经摔下假山是真的，甚至那瓶灵药也是真的。

唯有长樱背后的那道疤痕，是新长出来的。

她嫁入王府后隔日便会沐浴，只要让侍女给她拭身时悄悄擦上一种药，让她后背的相同位置染色一段时间，自然会生出一道淡淡的疤痕。

就这样，世子妃便向所有人证明了，王妃货真价实，是苏家小姐。

当然，王妃既然得了灵药，背后的疤痕不日便能去除，无人再会起疑心了。

陆亦衍悄悄伸出手盖在了她的手背上，掌心倏然起了暖意，让人忍不住想要握得更紧一些。

他也闭上了眼睛，心想现在的长樱真的太好了。

再大再危险的坎儿，过了就过了。她从不纠结，也不会刨根问底。

他只需尽心尽力地护住她就是了。

马车缓缓停下，回到了王府。夫妇二人却彼此依偎着，谁都没动。

白长樱是真的睡着了，而陆亦衍清醒着，却一动不动，不舍得打破这片刻的宁静。

这一场豪赌危险至极，他执意早早地让长樱入局，纵然给自己添了无数的危险与破绽，却宁可如此，心甘情愿。

不日间，他们就要搬去东宫；再过些时日，天下亦尽在手中。

而他的王妃，乃至将来的皇后——绝不能是旁人，只能是白长樱。

## 番外二
### 端午

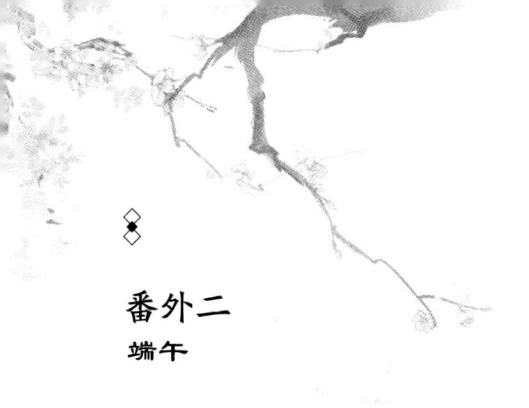

明日便是端午节了。

往常这王府中,无论什么节日,都甚是清冷。因为殿下在嘉安关驻守,府中也不过备了几个家仆而已。但今时不同往日,六王爷迎娶了正妃,是苏府的大小姐。府上有了女主人,自然是热闹起来了。

王妃性子甚是随和,惯常见人便笑眯眯的,待下人们也不苛刻,同王爷二人相敬如宾,府上倒也甚是平静。

陆亦衍是京城新贵,戍边有功,又娶了苏相之女,成为储君的热门之选。是以端午节未至,上京豪门的拜帖便如雪花一般飞至府中,邀请王妃去各处赴宴。王妃是新妇,大家闺秀甚是内敛,皆婉拒了邀约,只说王爷在外公务,不便外出。

"小月,粽叶还不够大。"长樱将宽大的袖子挽了起来,辟了一间空屋子,只留下桌椅,正检查着桌面上的食材,"还有这些肉,得夹肥夹瘦的才好。"

小月跟着主子,一条条地记下来:"奴婢这就去命厨房准备。"

长樱在桌上满满的物事中寻找了一番,又问:"还有艾草呢?"

"艾草都已经准备挂起来了。"小月回道,"扎成一束束的,就在门口摆着呢。"

说话间,有仆役取了一串过来,长樱看了看,摇头并不满意:"不好看。"

"不过是取个驱邪避疫的好意头,年年都是如此挂的。"管家跟着解释,"王妃若是觉得不妥,就让他们再做得精巧些。"

"不必了,我自己来吧。"长樱兴致勃勃。

她整整花了一个多时辰,将艾草修剪成小束,找了菖蒲、玉簪叶和米贞果,挂上了小葫芦,又将它们绑成了一小束鲜花的样子,方才停手。

小月在一旁拍手,欣喜道:"真好看。奴婢从没见过这么好看的艾草门挂呢。"

长樱犹自摇头:"再去取些小点的粽叶。"

"王妃是要亲自做粽子?"管家笑道,"想要什么馅儿的?"

"不,再要些香料,我要做香料粽子。"长樱端详着艾草束,笑盈盈道。

直到天黑,艾草束终于做成了,不仅修剪整齐,还挂上了小葫芦与香料做的小粽子,悬上了小巧的铃铛,绿莹莹一束,极是精巧可爱。

美中不足的是,因为材料有限,便只做了三束。

"一束挂在门口,一束挂厅堂。"长樱歪头想了想,"剩下一束挂在王爷的书房门口吧。"

"是。"管家自去安排人挂置。

小月问道:"王妃,今日要不就歇一歇吧?这些吃食奴婢让厨房去做就好了。"

屋子里点着蜡,长樱撸着大袖子坐在桌边,正在尝试裹粽叶,闻言头也不抬:"小月,往后没人的时候,不必自称奴婢。"

小月吓了一跳,低头讷讷道:"这怎么成?"

"这世上,没有谁比谁更高贵。"长樱抬头看她一眼,莹莹如玉的脸上带着笑意,"前一日身处泥淖,后一日便一步登天。这命势,谁说得准。"

小月迟疑片刻:"奴婢不懂……"

"那你就当作是我的吩咐吧。你实在改不了口,就喊我小姐,这总行了吧?"长樱向她努了努嘴,"坐下吧,我们一起包粽子。"

小月又看了主子一眼,才勉勉强强地坐下了:"王妃,奴婢……"顿了顿,才改口说,"我该做什么馅儿的?"

王妃便指了指桌上的各色食材,笑盈盈道:"你喜欢吃甜的还是咸的?喜欢吃什么,便做什么。反正殿下不在,我们不用拘束。"

小月一边往粽叶里填糯米,一边道:"小姐,听说明日外头可热闹了。"

长樱的动作顿了顿,微微叹气:"我也听说了。不过,总不好自己出去逛吧。"

陆亦衍是从侧门悄悄回府的。

白敛走在前面，书房的门刚推开一半，他说了句："等等。"

书房门上挂着一小串艾草束，比起寻常见过的要小得多，甚至还挂着小葫芦和小铃铛，门一动，便"叮咚"作响。

管家跟在一旁，笑道："王爷，这是王妃亲手做的，说要挂在王爷的书房门口，取个好意头。"

陆亦衍一路风尘仆仆而来，闻言一笑："她倒是有这份闲心。"顿了顿，又问，"王妃歇下了吗？"

"还在后院忙着呢。"管家回道。

年轻的王爷点了点头："本王回京的事，不必惊动任何人。"

"是。"

陆亦衍卸下了佩剑，读完桌上的密信，修长的指尖轻轻在桌上敲击，他抬眸望向白敛，眉眼沉静如同远山，却有杀气凛然而现。

"殿下若是决定了，藏器卫必会赴汤蹈火。"白敛轻声开口，却似蕴着风雷。

陆亦衍淡淡道："那便去吧。"顿了顿，"不必赴汤蹈火。本王不能输，也不会输。"

白敛亦难得露出一丝笑，点了点头道："是，那属下就去了。"

白敛走后，陆亦衍推开了窗。

数年的谋划，成败在此一举。

他并非渴望至尊之位，可却必须要将它收入囊中。因为只有那个位置，才能护她周全。

那便去争吧。

陆亦衍微微仰头，望着星空。破釜沉舟之时，他发现自己远比想象的要冷静，甚至连心绪都未起半分波澜。

此刻天色已经完全暗了下来。

书房与后院隔着一个花园，陆亦衍忽然觉得自己嗅到了一股糯米的清香味，隐约还有说笑声传来。

他静静听了片刻，露出浅浅的笑意，关上了书房的窗。

小月正在给长樱剥开第一个煮好的粽子。

长樱喜欢咸粽，馅料是酱肉的，做得特别饱满，鼓鼓囊囊的一个，就眼巴巴地等着小月将粽子放到自己碗中。

没等到粽子，王爷却在门口出现了。

小月手一抖，粽子差点掉在地上。

长樱眼疾手快，用白玉瓷盘接住了，放在桌上，才惊讶道："殿下怎么回来了？"

陆亦衍连常服都未换，衣袍袖口还带着尘灰，走进屋内，又打量了长樱一眼。

她穿着半新不旧的襦裙，粉黛未施，青丝只用一根玉簪束住，甚至还有几缕落在鬓边，随性天然，眉眼尤为动人。

"提前办完了事，便回京了。"他答得甚是随意。

长樱却有些着急："私自回京，若是被宫里知道了，是要治罪的。"她往门口张望了两眼，"殿下，还有人看到吗？"

陆亦衍忍不住笑了，在桌边坐下来，耐心答她："没有。"

"那殿下何时走？"长樱关心道，"或是递了折子，就不走了？"

"过两日还有些事。"陆亦衍道，"回来过了端午节，明晚再走。"

"倘若被人知道了……"

"我回来的事，不会有人知道。"陆亦衍双手抱在胸前，看着自己新娶的妻子，淡淡道，"王府箍得如同铁桶一般，夫人，只要你不说漏嘴，没人会知道。"

她听完，倏然松了口气，笑着拍拍胸口："那便好。"

直到此刻，她忽然意识到，自己担心的都是公事，竟还没关心过名义上的"丈夫"一路上累不累、饿不饿。于是她问道："殿下吃粽子吗？是我亲手做的。"

他在路上吃了些干粮，其实不太饿，于是瞧了一眼粽子，又瞧了眼长樱。

她的胃不好，却又爱吃糯米，大晚上的更不易消食。此时她穿着襦裙，露出锁骨，显得身姿分外清瘦，下颌尖尖的，腰间亦是不盈一握，估摸着他一只手便能将她抱起来。

怎么就养不胖呢?陆亦衍心中叹口气,向她伸出手:"我尝一个吧。"

"咸粽便只有这一个……"王妃略有些纠结,但还是将粽子递给他。

他忍不住笑了,拿着象牙箸将粽子分了两半,一半给了她:"你我分一个吧。"

"好。"她欢喜地接了过去,"殿下多吃点也无妨,我还包了好多呢。"

烛火闪烁,屋内的光影温柔。

他一边吃着糯香的粽子,一边道:"明日我带你出去逛逛吧。"

"真的吗?"她的眼睛倏然亮了,但很快又冷静下来,摇头,"还是算了,万一被人瞧见了……"

陆亦衍吃完了最后一口粽子,忍住想要伸手摸摸她脑袋的冲动:"放心吧,不会有人知道的。"

翌日一大早,仆役驾驶着马车,如同往常的任何一日一般前去东市采买。

马车跑了许久,足足过了快一个时辰才缓下了速度。

陆亦衍坐在长樱身侧,双手依旧抱在胸前,微闭着双目,仿佛在养神。长樱穿了一身碧绿的软烟罗纱裙,娇俏可爱,小心地拨开了马车的小窗,往外看去。

集市不大,但麻雀虽小,五脏俱全。摊贩们摆出了各色新鲜的小玩意儿,人来人往,极为热闹。

"这不是东市。"她好奇问道,"我们在哪里?"

"洛河镇。"他简短道,"已出了上京。"

马车在一个僻静的小巷中停下,他跳下车,又向长樱伸出手。

她小心翼翼地将手放在他掌心,从车上跃下,走出了一步,忽道:"我的帷帽——"

陆亦衍却懒得等她,只牵住了她的手,径直走向集市:"不用戴,何必此地无银三百两。"

集市中贩卖的都是民间的小玩意儿,有绣着各色吉祥图案的小香囊、挂着小坠饰的五色丝绳、手工编制的大蒲扇……陆亦衍看着她流连在各个小摊上,仿佛一尾小鱼,终于回到了溪流之中。

"糟了,我的银袋好像落在马车上了。"她匆匆跑到陆亦衍身边,低声道,"我回去取——"

他随手便塞了自己的钱袋给她,里头满是铜钱与碎银。

她晃了晃袋子,眼神亮亮的,笑道:"多谢殿——夫君。"说完一溜烟儿回去买东西了。

陆亦衍就站在不远处等着。

他对这些小姑娘喜欢的玩意儿没兴趣,可看到她喜欢,又觉得这一趟甚是值得。

无论如何,她欢喜就够了。

"这是什么?"陆亦衍看见长樱手腕上戴着的两条五色丝绳,问道。

他们点了些糕点,正在等着茶水一道送来。

她统共买了三条,还有一条打算回去给小月。

陆亦衍天潢贵胄,气度华贵到小贩不敢向他叫嚷,她又怎好意思拿出五枚铜钱一条的小绳子给他?

"我看这丝绳甚是好看,就买了两条。"她迟疑了片刻才道,"其实另一条是想给夫君的,但……不知道你愿不愿意戴。"

她的话音未落,他便伸出了手,将手腕露出来。

她笑了,连忙解下自己手上的一条丝绳,低着头给他戴上。

丝绳的如意扣颇有些复杂,长樱低着头,戴了许久,露出一截白玉般的脖颈,后脑勺的绒绒碎发不甚听话地落了下来。

她的呼吸又温又暖,轻轻喷在他的肌肤上,引得他有些心猿意马。

"糕点和茶水好了。"掌柜送上了吃食,笑道,"郎君同小娘子感情真好。"

陆亦衍微微笑了笑,并未否认,只是掏出了碎银子,给了掌柜当作赏钱。

"吃完东西,两位不妨去前头的崖头河瞧瞧热闹。如今到处传颂韩元帅与红玉夫人击鼓退敌。今年的龙舟赛就改成小船啦,夫妻二人,一人划船,一人执桴鼓,胜的人能奖一支碧玉簪呢。"

陆亦衍颇有兴趣:"何时开始?"

"上午已经比了三轮,下午还有两轮,再过半个时辰就开赛啦。"

陆亦衍眉梢微扬,望向长樱:"我们去试试?"

她也觉得有趣,听得兴味盎然,到底还是连连摆手,悄声说:"不行,人太多了。"

掌柜在一旁听到了,笑道:"正是为了小娘子们顾虑多,是以这龙舟赛都是戴了面罩的,两位尽可去试试。"

崖头河边挤满了看客,真正愿意去比赛的小夫妻却不多。

二人赶去报名时,恰好赶上了此轮七艘船中的最后一位。

戴上傩鬼的面具,陆亦衍拉着长樱在船尾坐好,自己在前头执桨,只等哨声一响,小船便如箭般射了出去,她在后头开心笑闹着击鼓助威。

其实并不必多费力,他们便一直遥遥领先。

眼看离岸边的距离越来越近,陆亦衍忽然放缓了速度,回头看她。

她戴着面具,敲着鼓,也正看着他。

虽然瞧不到表情,两人的眼神却是一样的,满满地溢出了笑意,又仿佛吃了端午节才有的粽子糖,又香又甜。

"快,快点,要被追上了!"

长樱视线一瞥,忽然看到一旁一条小舟正在奋力追赶,连忙提醒。

陆亦衍回过头,又开始划桨。

他划船的动作有力且利落,鼓声暗合他划船的韵律,还有她欢笑着喊加油的声音。

陆亦衍一鼓作气,第一个划到了对岸。

船头触到花绳的一瞬,岸口围观的人们便欢呼起来。

长樱摘下了身上的小花鼓,开心地扑上前,想要同陆亦衍一道庆祝,几乎忘了自己还在船上。

小船晃动了数下,她站立不稳,身子便往河中倒下。

幸而陆亦衍眼疾手快,拉住了她,扶她站住。

她有半臂绿衫沾了水,贴在肌肤上冰冰凉凉的,隐约透出布料下的五色绳,分外绚烂好看。

她却并不觉得惊慌,在他怀里抬起头,眼神蕴着笑意,亮晶晶如同夜空繁星。

"好玩吗?"他笑意沉沉。

"好玩啊!"她用力点头,欢欣道,"夫君,端午安康!"

回去的马车上，长樱靠在角落，沉沉睡过去了。

陆亦衍靠在车厢边，听到车夫轻声道："殿下，洛河已闭市，将士与军眷们皆已回营。"

他"嗯"了一声，声线淡漠："别露了口风，不要让王妃知晓这是为她开的集市。"

"是。"

她睡得极是香甜，脑袋一点一点的，不时敲在车壁上，睡梦中却不忘了伸手去扶一扶发髻上辛苦赢来的那支碧玉簪。

陆亦衍凝眸看着她，冷漠的目光渐渐地融化了。

他悄无声息地坐回她身边，轻轻拨了拨她的脑袋，让她靠在自己的肩上。

马车慢悠悠地跑在官道上，他的眼神却仿佛在遥望远方，已经看到了刀光剑影的未来。

因为她在他身后，天塌下来，他也得站着；荆棘为路，箭锋如雨，他也要大步踏过去。

因为他有了妻子，不再是一个人了。

## 番外三
### 失控

一

"她说会替朕好好操办,到底是何意?"

陆亦衍坐在中昭殿的屋顶,仰头喝了口酒,白敛沉默地坐在一旁,并未接话。

他随手将一个酒囊扔给了白敛,带了些微的酒气:"朕叫你出来,不是让你当根柱子,一句话不说的。"

白敛打开塞子,仰头也喝了一口,擦了擦嘴:"陛下,臣是男子,实在不懂女子的心思,也回答不了这些问题。"

陆亦衍冷哼了一声:"朕倒是觉得,以她的性子,毛毛糙糙,行事又一根筋,哪有半点像是女子?"

白敛这些年越发谨慎,早年间还会和皇帝说上几句,现在却是不敢,只好转了话题,问道:"陛下,您真的要娶苏家二小姐吗?"

陆亦衍用"你怎么会问出这么傻的问题"的眼神斜睨了自己的护卫,连答都懒得答。

"那这事儿该如何收场?"白敛揉捏着酒囊,迟疑道,"皇后并不是心机深沉之人,万一她当真了……"

陆亦衍又仰头喝了半袋酒,忽然觉得白敛的话很有道理。

白长樱没有九曲弯绕的心思,他说什么,她就会当真。

其实刚才他是一时气话,想要看看她会不会因此吃味,但凡她服个软,说一个"不"字——甚至不用说"不",只要她有些低落,他都会解释说是开个玩笑。

可她偏偏就说了"好"。

陆亦衍一阵头痛,大约是喝了夜酒又吹了风,他只觉得后脑要炸开一般。

九五之尊,千千万万的人匍匐脚下,他可以轻易猜到他们的心思。唯独他的皇后,他们是彼此最熟悉的人,可她次次都能给他"惊喜"。他随口提点她一句,她大可以利用自己的权势,扶持些自己人。她转头就奋发努力沉迷于圣贤书,然后"纵横筹划",拿他当筹码去结交嫔妃。因着她的想法着实太过离谱,他气不过,不然也不至于忽然提到了苏凤箫的事。

"陛下……"白敛见他许久不说话,指了指远处灯火正明的偏殿,"皇后也还未歇下,要不要现在去找她解释一下?"

陆亦衍轻轻眯了眼睛,沉思了片刻,才淡淡道:"她既然不在乎,朕岂有此刻就去解释的道理?"

"这么晚了,陛下为此寤寐思服,可那头不也还没睡下吗?"白敛喝完了最后一滴酒,"想必娘娘也是一样的。"

已是子夜了,她平素的确不会这么晚睡。

陆亦衍蓦然觉得心气平顺了些,一仰头也将酒喝完了,忽地回过了神:"等等,你说谁寤寐思服?"

白敛一怔,迅速道:"是,臣失言。"

陆亦衍冷哼了一声,心道寤寐思服又如何,反正又不是只有他一个睡不着,也算不得吃亏。

"陛下,皇后娘娘那边已经起了。"周平在服侍陆亦衍穿衣时,回禀了一句。

陆亦衍"哦"了一声,顿时心情略好:"这么早?"

自从两人成亲,他就熟知了她的生活习性——喜食贪睡。

按着年岁,她本该是个懵懂烂漫的小姑娘,他自然能体谅,顺势免去了她在宫中起居的一切严苛规矩。

是以今日这么早起,绝对不是她日常的作息。

"她在做什么?"

"似乎要出门。"周平答,"只是不知道要去哪里。"

陆亦衍左思右想,笃定她应是睡不着,大概出门散步,或许还会来找自己服个软。于是出门的时候,他特意等了等,果然,不多时,长樱也带着人出来了。

遥遥相对,她并没有上前,只站在原地,恭恭敬敬地行了个礼。

陆亦衍坐在辇上,单手支颐,眼皮都未抬,径直走了。

"陛下,要遣人跟着娘娘吗?"

陆亦衍不动声色,换了只手在腿上轻轻敲击,心中有极其细微的欢喜:"不必了。"

今日的早朝时辰也不长,楼景疏刚从北庭回来,因为负了伤,一路上又未曾好好治疗,陆亦衍便先命御医去为他探脉疗伤。

中昭殿内,陆亦衍换了常服,又看了两份奏折,周平匆匆忙忙地回来了:"陛下,不好了,出事了——皇后娘娘说要搬回去了。"

他翻了一页奏折,抿了抿唇:"她倒是敢出这个殿门。"

周平咽了口口水,结结巴巴道:"奴才觉得,皇后娘娘她……是敢的。"

陆亦衍手中朱批的一点墨迹落下,抬头看了内侍一眼。

"娘娘她已经去见过太后了。"

"她去见了太后?"

"是,这会儿已经回来了,正在收整东西呢。奴才好说歹说,娘娘说午膳时亲自同陛下解释。"

皇帝愣怔片刻,一股怒气渐渐从心底泛起,又伴随着不安的预感,素来冷静明晰的思路一时间也乱了,理不出所以然。

殿中混燃着龙涎香和白檀,带着清冽的凉感,此刻他深吸了口气,却莫名觉得烦躁,只沉了脸:"楼景疏呢?还没来吗?"

"楼大人的伤势没有大碍,但需上药包扎一下,耽误了一会儿。已经在来的路上了。"有内侍上前通传。

周平瞧出了皇帝心情甚是恶劣,赔笑道:"奴才这就去看看。"

结果人刚走出了几步,周平又转回来了,小心翼翼:"陛下,皇后娘娘她……在外头。"

陆亦衍抬眸往外看了一眼,很快又若无其事地垂下视线:"让她进来。"

周平甚是为难:"不是殿外头。是在游廊那一头,奴才瞧着……"他顿了顿,小心翼翼地觑了皇帝一眼,"是在等人。"

陆亦衍何其敏锐，瞬间便明白了长樱并不是来找他的。

而是在等楼景疏。

他知道她担忧楼景疏的伤势，想要亲自探望一眼也在情理之中，可怒气却不由得涌上来。

"陛下，息怒。"周平轻声劝解。

陆亦衍悚然一惊，他竟然轻易地被内侍瞧出了情绪，这本不该是帝王所为。

说到底，他还是无法忍受长樱的心里记挂着旁人，况且……他不是不知道，这些年，她一直在找机会，想要逃离自己。

他忽然想起了先前她说要跟着自己一起亲征。彼时自己一口拒绝，战事非同儿戏，她已非当年的常英，此去北庭，自是危险至极。

此刻再扪心自问，他能够忍受她不在身边足有数月吗？

她在上京，会不会被欺负，或是，遇到意外？

又或者，她终于想到了法子，偷偷从宫中逃跑，此生再不复相见。

陆亦衍心中微微一颤，那个瞬间，热血上涌。就如同以往每一次那样，事关皇后，他便如白敛所说，定会"失控"。

失控便失控吧，他已经下定了决心，哪怕是亲征，他也定要将她牢牢带在身边！

二

"已是子时了，陛下。"白敛悄无声息地从墙上翻下，拦在陆亦衍面前。

"朕知道时辰。"陆亦衍换了一身深色常服，低头整理着袖口，"走吧。"

白敛悄悄闪身半步，依然不动声色地拦在他面前："近日上京不太平，陛下贪夜离宫，还请三思。"

"你还想拦我不成？"陆亦衍上下打量了他一眼，"白敛，你我虽长久未交手，但你未必是我对手。"

"臣不敢。"白敛后退了半步，但坚持道，"陛下实在要出宫，臣带几名藏器卫跟着。"

陆亦衍走过他身侧，拍了拍他肩膀，半是嘲笑道："怎的年岁越大，胆子越小？去一趟马场还能比在万军之中拼杀更难？你我二人就够了。"

"臣不是这个意思。"白敛无奈地跟上,"今时不同往日。陛下万金之躯,不该立于危墙之下……"

"行了,你再啰唆,朕调你去嘉安关守城。"陆亦衍摆了摆手,大步穿过宫门,径直走向东南的角门方向。

白敛在原地站了片刻,摇了摇头,只好跟上。

宵禁下的上京十分空寂。

两匹马疾驰而过,马蹄声清脆如同雨落,也引得禁卫军上前拦截询问。陆亦衍甚至没有勒住马匹,只是缰绳轻抖,转了方向,便一跃而过。

过了约莫半炷香的时刻,白敛才赶上来。

他稍稍放缓了速度:"怎么去了那么久?"

"陛下若是不想被言官们弹劾举止不当,臣就得吩咐得仔细些。"白敛面无表情。

陆亦衍忽地叹了口气:"有时候觉得,还是没有进宫前、无拘无束的好。想要去哪里就去哪里,想要说什么便说什么。"

白敛看了他一眼。

白敛自小便追随陆亦衍,总觉得时光过得极快,若只从外貌上,主上似乎并没有什么变化。可白敛很清楚,他早已不是往日那个默默无闻的小王爷。帝王的视线所及,皆是他的天下,不必再锋芒毕露,哪怕只是静静站着,却无人敢再忽视。

自己自然不能像以前那样再随性地应答,只沉默地跟在一侧。

"你在听我说话吗?"陆亦衍勒住马匹,重又看了白敛一眼。

白敛点点头:"陛下,天子固然不是百般的自由,但比起先时,总是多了许多自由的。"

陆亦衍轻哂:"你这是废话。"

白敛难得笑了笑,补充说:"未必是陛下自己的,或许也是旁人的。"

陆亦衍一怔,缓缓回头望向宫城方向。

"陛下今日又是从皇后那边回来吧?"

陆亦衍注意到他用了"又"字,冷哼一声:"怎么,朕不能去皇后那里?"

白敛略略低头,恭敬道:"臣不是这个意思。只是,陛下从皇后那里回来,情绪便会……"他顿了顿,字斟句酌,"波动一些。"

陆亦衍斜睨他一眼,剑眉星目却没了惯常的意气风发,反倒略带了丝阴沉,隐有不悦之色。

白敛颇为镇定:"臣有时会暗暗猜测,陛下是喜欢现在的皇后,还是之前的那位?"

人主之患,在于信人。信人,则制于人。

陆亦衍本不必回答白敛的这个问题,可他微微垂下视线,极长的睫毛轻轻颤抖了一瞬:"那你猜的答案是什么?"

出了永安门,再跑十余里便是马场了。

城门守卫早就接到了讯息,已经将城门打开,两人便催马而过。

白敛笑着摇摇头:"臣从未喜欢过女子,所以猜不出来,想着陛下应是都喜欢的。"

陆亦衍凝视前方,夜路暗淡,只觉茫茫一片,只有极远处的星月光辉微闪。

他忽地一笑,唇角露出一丝自己并未察觉的温柔。

"其实朕无所谓喜欢现在的皇后,还是以前的阿樱。"

白敛不解地看了眼他。

"我从未想过,从前的阿樱和现在的皇后是两个人。"他轻轻叹口气,"若有机会,我倒是想知道,过去和现在,她究竟何时更松弛,也更快活。"

这着实不像是朝堂战场上杀伐果决、阴鸷深沉的年轻帝王了。

白敛忽然有些悟了,他是在压抑自己,却想尽力地让皇后过肆意的日子。

"臣懂了。"白敛点点头,指了指前方,有意换了话头,"马场就快到了,陛下若是不嫌弃,臣也可陪陛下练练手。"

陆亦衍眉梢微扬:"你懂什么了?"

白敛不答反问:"臣明白什么无关紧要。可陛下有没有想过,皇后娘娘自己想要的是什么?"

她想要的是什么?

陆亦衍想过无数次。

深宫中,在他的护翼之下,皇后会随性地胡乱揣测他的心意,忧愁或是喜欢都写在了脸上。她着恼就翻脸,可睡一觉醒来便又好了。

她过得这么无忧无虑,他又何必要将枷锁重新给她戴上呢?

他轻轻叹了一口气："你说得没错，我或许真的不知道她想要的是什么……可我，不敢赌告诉她的后果。"

陆亦衍到了马场，先去了马厩。

马厩里就只有一匹马，察觉到有人过来，前蹄刨着地面，十分警醒。陆亦衍手中提着灯笼，靠近了小泷，小泷才慢慢靠过来，蹭了蹭他的衣袖。

"陛下要骑它出去吗？"白敛站在马厩门口，并不敢靠得太近。

陆亦衍将灯笼放在地上，轻轻抚摸小泷的鬃毛，摇头道："小泷不会让任何人骑上去，除了她。"

白敛有些吃惊："连陛下都不行？"

陆亦衍摇了摇头："我也只能这么勉强摸一摸它。"

白敛略有些感慨："说起来，马竟比人忠诚多了。"

小泷仿佛通灵性一般，拱了拱陆亦衍的手臂，一双大大透亮的眼睛看着他，打了声响鼻。

陆亦衍轻轻拍了拍它的脑袋，笑道："别急，过几日她便会来看你。"

小泷似听懂了一般，原地打了个转，又欢喜地甩了甩尾巴。

陆亦衍又喂了它一些粮草，方才和白敛一道出来了。

"陛下就是来看看小泷的？"白敛问道，"那这会儿就回去吗？"

陆亦衍站在原地未动，只活动了手腕，略舒展了筋骨："你带的藏器卫呢？"

白敛表情一窒，低头没有说话。

虽说陆亦衍不让他多带旁人，可他总要稳妥为上，暗中布置了数人远远跟着，想着未必会被发现。

陆亦衍淡淡笑了笑："藏器卫是朕当年一手训练出来的，你不会以为我没有察觉吧？"

白敛挥了挥手，暗夜之中，便陆续有黑衣人现身，一言不发地向皇帝行礼。

"朕许久未练手了，你们一起上，练练手，也活动活动筋骨。"陆亦衍取了佩剑，又看了白敛一眼，"白大人，要不要一起？"

白敛迟疑着未动，道："陛下，暗卫们素来是不见血光不止手，您是万金之躯，何必要与他们练手。"

陆亦衍微微蹙眉，随即笑了："白敛，真要动手，却也未知到底是谁的血光吧？"

"臣就是知道陛下的身手，才不想白白耗费这些暗卫。"白敛苦笑，"陛下真有兴致，那臣陪您练手？"

陆亦衍倏尔笑了："也好。"

一名藏器卫递上两根树枝，白敛接在手中，又恭敬地递给陆亦衍。

陆亦衍接过，掂量片刻，忽地身形闪动，以枝为剑，刺向白敛右肩。白敛格开："那臣失礼了。"

马场虽然宽敞，却未点灯，两人便只能以耳力判断剑气往来。一时间场内锐气纵横，就连藏器卫们也不觉后退半步。

悄无声息的一束剑气从脸颊边擦过，白敛后退一步，笑道："陛下日理万机，功力却见精进，臣佩服。"

陆亦衍淡笑道："大统领倒也不必谦虚，你此刻对朕还是留了余地了。"

话音未落，耳边微热，白敛只觉鬓边一缕发丝正缓缓落下，他不敢再大意，凝神聚气，在黑暗中迎战。

师出同门，这一战便有些势均力敌，且高手之间过招，所谓的退让便是自己找死。白敛并未因为陆亦衍的身份而有所保留，树枝将将擦过他左臂，陆亦衍闪躲开，叫了声好。

约莫一炷香后，两人的呼吸都略有些粗重，暗夜中树枝相抵，竟彼此一截截地断裂开，落在了地上。

白敛即刻后退半步，低声道："臣僭越了。"

藏器卫们打了火折，点上灯笼，陆亦衍低头看了看自己的左臂，一道伤口正渗出血。而白敛的左脸颊上亦是两道血痕，甚是明显。

陆亦衍笑道："若是用的真剑，朕的左臂，和你的左脸都没了。"

"那终究还是陛下更胜一筹。"

两人相视而笑。

白敛轻叹："当年师父说了，剑术这玩意儿，其实在战场上并无大用，能自保就不错了。"顿了顿，"我们中间，其实最有天分的，是——"

他想到了什么，忽然便停住了，并未说下去。

陆亦衍只是负手站在一旁，遥遥地望向远方，仿佛什么都没有听到。

回到宫内,已到寅时。

周平正急得团团转,终于见到陆亦衍平安归来,松了口气:"陛下,赶紧歇一歇,一会儿就该早朝了。"

陆亦衍摆了摆手,只卸了佩剑,出了殿门。

他独自一人,并未惊动任何人,极轻巧地就从窗中翻了进去。

屋内没有点灯,他凭着一点月光走至床前,停顿了片刻,听到她轻缓的呼吸声并未有变化,才掀开了帷幕。

她的睡姿极为乖巧,端端正正躺着,被子拉在颈下,因为脸上未带妆容,显得白净稚气。

他下意识地伸出手去,想要摸一摸她的脸颊,可手指在触到她肌肤之前又顿住了。

她依旧毫无反应。

他才记起来,她已经不是那个警醒的小姑娘了。

以前的阿樱,睡觉永远是浅眠,手中握着匕首,有人靠近半步便会警醒,翻身而起,毫不犹豫地刺出狠厉的一剑。

可现在,她可以睡得这么安稳,不用担心外头的风刀霜剑。

陆亦衍微微笑了笑,俯身,以手指触到了她的脸颊。

温热,柔软。

她觉得痒,便动了动,翻了身,继续睡过去了。

白敛问他,皇后想要什么?

她想恢复记忆吗?

大概是想的。

人总是会对未知的东西好奇。

他知道她一直旁敲侧击,想要知道自己是谁,想要知道为什么一夕之间,她就成了假扮的皇后。

他迟疑了这些年,并未告诉她,原因也极简单。

他想她陪在自己身边,尽兴地活着,夜夜安眠,不必受制于任何人。

也不必像之前那样,时刻如履薄冰,宛如一只随时会踏入陷阱的小兽,向任何一个威胁自己的人亮出獠牙。

年轻的帝王直起身，走到了窗前，临走前又回头看了一眼。

隔着薄纱，她似乎说了句梦话，听起来像是"陛下……浑蛋"。

或许在梦里，她正指着自己的鼻子大骂吧。

这么说来，她的梦中人，是自己了。是好是坏，终归在她心里，自己还是占着一席之地的。陆亦衍唇角带着笑意，纵身跃出了窗口，又轻轻将窗户关上了。

他想要她在能遮风避雨的地方。

一切痛楚与责任，他独自来承担，就好了。

## 番外四
### 日常

皇后诞下了龙凤胎!

这是皇帝成亲十年、登基七年后,终于迎来的嫡子嫡女。

宫里宫外为了这件事忙得不可开交,行赏、赐名、祭祖,乃至于大赦天下,都要一一安排。内阁几位老大人翻着四书五经,为着小皇子与小帝姬的名字争吵不休。上京的永安门还破天荒地放了盛大的焰火,庆贺这一天大的喜事。

是夜,整个宫城最安静的地方却是在凤德殿。

皇子与帝姬经历了人生第一场大哭,终于都安静下来,在床上沉沉睡着了。

长樱也睡着了。

生了整整一日一夜,她的唇上还留着剧痛时咬出的伤痕,精疲力竭,呼吸犹带着不安。

陆亦衍坐在床边,轻轻握住长樱的手。

他的手背乃至手臂上全是一道又一道的血痕,那是长樱分娩时无意识地抓住他的手后,用指甲划出来的。可比起他见到的她的痛苦,这些并不算什么。

从她腹痛发动开始,生了一日却始终没有动静的时候,陆亦衍已经快撑不住了。

他很想质问所有人,甚至自己,这孩子是非生不可的吗?

御医和产婆在皇帝的威压下瑟瑟发抖,却不敢辩解。

长樱已经痛到几近虚脱,却比他冷静,只说:"陛下,你出去等吧,不要添乱了。"

他只好逼迫自己冷静下来,却坚持不肯出去,直到她平安生下了两个孩子。

凤德殿整整两日的喧嚣终于过去了。

他的眼睛赤红，小心翼翼地伸手将长樱一缕汗湿的发拨到脑后，又看了一眼床上两个小小的身影，不知为何，这一刻的时光好似踏遍了过往而来，珍贵到他想要落泪。

"你哭了？"

长樱小睡了一会儿便醒了，第一眼就看到陆亦衍眼眶红着，隐约有泪光。

陆亦衍依然握着她的手，以至于他狼狈地想要拭泪时，动作便有些迟缓了。

他侧过了头，过了好一会儿，才重新面对她："现在还痛不痛了？"

她依然虚弱，比之前却好了许多："好多了。"

陆亦衍不知道该说什么，只是用她的掌心贴着自己的脸颊，轻声说："阿樱，你辛苦了。"

"是辛苦，可惜你没法替我。"长樱忍不住笑了，"三哥，你别难过。其实没有那么痛。"

当初在白府启蒙时，陆亦衍的年纪恰在白家两位公子之后，长樱便随着两位哥哥，喊他"三哥"。她恢复了记忆，便重拾了旧日的称呼，反倒更亲密一些。

她说的也是实话，天底下怕是没有什么比醍醐洞的瘴气更痛苦了。

陆亦衍却心有余悸，歉疚道："是，我没法替你。"

她有心想让他放松些，便伸手去摸了摸他的脸，轻声道："这是我自愿的，你不必这样。"

他将视线投向一双儿女，好一会儿，一字一句道："无论如何，往后不生了。"

但偏偏又有不开眼的御史，在半年之后上了折子，觉得皇帝仅有一子一女尚且不够，理应再接再厉，开枝散叶才是。

这封折子本也没错，幼子本就易夭折，历朝历代的皇帝都是以多子多福为先。

只是却触到了当今陛下的痛脚。

陆亦衍找来了这位御史，连带着御史台的长官们一起，好一阵怒斥。

书房内外顿时跪倒了一片。

御史台长官原本还想辩解几句，陆亦衍却怒目而视："朕娶皇后，不是为了逼她生儿育女的！"

御史便颤颤巍巍道："陛下怜惜皇后，为何不为后宫纳些新人？"

这一句更触到了陆亦衍的逆鳞，若不是看那御史文人瘦弱，他一脚便已踹过去了。

最终来给诸位大人解围的，还是长樱。

或者说，此刻焦头烂额的她，遣人去找陆亦衍，只说了一句话："小帝姬又闹了。"

陆亦衍闻言，终于抛开了大臣们，匆匆离去，只是临走前又狠狠地抛下一句话："再有此等进言，诸位自行辞官吧。"

说来也是奇怪，两个孩子一母同胞，性子却迥异。

哥哥喝奶、睡觉皆是文静乖觉，醒着时将他放在床上，自己便能玩上半晌。可妹妹却着实闹腾，但凡醒着，无时无刻不需要人抱着走动，方才不哭。这宫中乳母奴婢自然是不少的，偏偏小帝姬很是认人——还只认陆亦衍。

于是凤德殿中常常会见到陆亦衍怀抱着小女儿，来来回回，走来走去，有时甚至会认真地同小家伙商议："阿爹累了，想坐着抱你，可以吗？"回报给老父亲的，是小帝姬一连串响亮的哭声。陆亦衍便只好继续来来回回地走。

长樱有些看不下去，又有些不满："你这样将她惯坏了，自然片刻都放不下来。"

陆亦衍却小心翼翼地抱着女儿，眼角眉梢还有些得意之色："我的女儿就只认我，为何要放下来？"

小帝姬一双眼睛如黑葡萄一般，响亮地嘬着手指，像是在附和父皇。

……

等陆亦衍赶到凤德殿时，小帝姬哭得快要抽搐了，小皇子倒是趴在一旁，好奇地看着妹妹。

说来也怪，陆亦衍一接过女儿，小丫头就不哭了，只是委屈地将眼泪鼻涕都蹭在了他身上。许是因为哭得累了,她又很快被哄睡了。

"你说她像谁呢?"长樱有些发愁地看着床上熟睡的女儿,"怎么就这么犟?"

陆亦衍悄然站在她身后,伸手将她揽入了怀中,闷声笑着:"你说呢?"

长樱在他怀中回过头:"听说你刚才发了好大一通脾气?"

陆亦衍冷哼一声,坐到桌边喝了口水,遂将御史的上书一五一十地说了。

长樱托腮听完,静静地没有说话。

他便皱眉:"怎的,你不会还想效仿贤后,来劝解朕吧?"

长樱扬眉:"当然不是!我只是在想,若是我在的话,这一脚我便替你踹了!"

正是因为抚育儿女亲力亲为,又时时将孩子带在身边,两位小殿下四岁开始启蒙时,帝后均觉得松了口气。

这一日,趁着楼景疏在带着孩子在读书,长樱郑重在陆亦衍面前坐下:"我已许久没有出宫走走了。"

陆亦衍一愣:"前日不才一起去朱雀街上看戏?"

长樱摇头:"不是那种,我想去更远的地方看看。"

陆亦衍微微皱眉:"你想去哪里?"

长樱笑道:"自然是江郎山。说了那么多年,可恨我竟依然没去过。如今天下太平,孩子又渐渐大了,我总可以去瞧瞧了吧?"

陆亦衍有些无奈:"眼下户部重整黄册,只怕这一个月我都不得闲。"

何止一个月,重整户籍是大事,须得数年时间。陆亦衍只是不想让她失望,便答得短些。

"我自然知道此事事关重大,所以你就在上京好好待着,我去去就回来了。"长樱浅浅一笑,"陛下以前答应过我什么,不会忘了吧。"

陆亦衍嘴角微微抽搐了一下,万万没想到,她打的竟是独自一人出去的主意。他当然不是担心阿樱在外会遇到什么危险,也不是想将她束缚在上京,只是出去游历这样的事,难道不应该是夫妻一起的吗?

不过每每遇到意见不合,陆亦衍总想着能商议解决,于是他问道:"你想去多久?"心中盘算着如何腾出时间,陪着她一道去。

长樱认真道:"此去江郎山甚远,我算过了,路上停停走走,总得三四个月吧。"

三四个月……

陆亦衍简直想要吐血,无论如何,他也不能抛下国事这么久,陪着她游山玩水。

他不好直接说出内心的想法,只好辗转道:"那孩子呢——"

长樱道:"正好,他们回来了。问问吧。"

兄妹二人刚下学回到凤德殿,陆亦衍满怀期待地问:"阿娘想要外出游历,你们觉得如何?"

哥哥吃着酥饼,点头道:"阿娘若是外出,带着我们两人出去,怕是太累了,照顾不来。"

陆亦衍顺坡下驴:"所以……"

妹妹接着说:"所以这一次,阿娘带我出去,哥哥在上京陪着阿爹。"

"下次我跟着阿娘出去,润润留在上京。"哥哥吃完了酥饼,自觉地擦了擦手,望向陆亦衍,"阿爹你觉得可好?"

原来你们三个都是已经说好的,就在这里等着我——

陆亦衍蓦然间有一种被排挤的失落感,低头喝了口茶,又不甘心地问:"那润润启蒙一事,岂不就是断了?"

在教育孩子的事上,陆亦衍一视同仁,并不因为润润是女孩而放松。

长樱好整以暇:"无非是楼大人辛苦些。请他将要做的功课列给我,我来督促她吧,反正也是能通书信的。至于武功,我亲自教就是了。"

陆亦衍无话可说,却始终没有说出一个"好"字。

深夜,陆亦衍习惯先去看两个孩子是否熟睡,才回到寝殿。

长樱靠在榻边,正在看书。

他在她身边坐下,她便轻轻推他:"这里太窄了,你别和我挤一块。"

他却微微用力将她抱起来,放在自己身上,顺势便躺在她原本靠着的地方。

烛火轻轻发出"哔啵"的声响,这是有了孩子之后,极难得的,两人能独处的时光。

陆亦衍的身躯炙热,又很坚实,长樱便轻轻将脸靠在了他的肩膀处,闭上了眼睛。

"阿樱,你真的要抛下我,独自去那么久吗?"陆亦衍揽着她,声音有些委屈。

"你知不知道,我为何这么多年,心心念念想去江郎山?"她不答反问。

陆亦衍摇头。

她便伏在他胸口笑了,换了个问法:"那你猜,是谁同我说起过江郎山?说那里云山雾障,层峦叠翠,还有好喝的米酒,新鲜的鱼虾,清甜的水果。"

陆亦衍想了想:"你父亲。"

她笑着摇头:"再想。"

等等——

陆亦衍忽然伸手抚了抚额角,隐约有了些久远的记忆。

那好像是他刚住在太傅家的时候,有一日太傅和夫人都不在,白家小女儿哭得天翻地覆,谁哄都不好用。他见她哭得快要昏过去了,只好说:"妹妹,我给你讲个江郎山的故事吧……"其实他也不过是从书上看到的,并没有去过,但为了吸引她的注意力,却讲得天花乱坠。小妹妹不哭了,眼睛里还含着泪水,却认真地听他说完了。末了,明明还不大会说话,她却说:"要去玩。"他就哄着她:"等你长大了,就能去玩了。"

陆亦衍低头,与长樱对视,试探着问:"不会是……我吧?"

长樱忍不住笑了,点头说:"你那时候哄我说的话,我每个字都记在心里。"

陆亦衍心中忽然一软:"我不是不想让你去,只是……"

她在他怀中微微起身,手指轻按在他唇上:"我知道你舍不得我。你脱不开身,我却想带着孩子出去看看。"她顿了顿,"你我自小经历了那么多磋磨。他们却不一样,出身金枝玉贵,若不是亲眼去看一看,是不会晓得外头的世界是什么样的。"

陆亦衍终于下定了决心:"我答应了便是。"

旋即,他反身将她压在身下,带着不舍,重重地吻了下去。

三个月后,江郎山下。

润润举着一封信，跑进了屋子里。

"阿娘，上京来信了！"

长樱接过来，掂量了下，只觉得鼓鼓囊囊的，怕是攒了好几封，一道送来的。

拆开第一封，是楼大人的。上头密密麻麻布置着给帝姬的功课，言明回京之后，立即考核。长樱便念给女儿听了，半开玩笑："回去见楼大人，你怕不怕？"

小帝姬极是聪慧，昂然道："请楼大人尽管考，我都背会了。"说完又顿了顿，"咦？阿娘，这里还有一张纸。"

长樱抖落一看，却是稍显稚嫩的字体，只写了一句：阿娘，快回来救我！

润润惊讶："是哥哥写的。"又好奇，"哥哥这是怎么了？"

还能怎么了？留他一人在上京，跟着一群老先生背书，跟着白敛习武，还要应付皇帝时不时的抽查，这日子怕是过不下去了。

长樱忍不住好笑，又问女儿："要不要去换你哥哥来？"

女儿坚决摇头："谁留在上京谁受苦，哥哥猜拳输给我，合该多吃些苦。"

"那明年，你就得留在上京，哥哥随我出来。"长樱耐心道，"到时候可不许哭闹。"

润润点了点头，十分乖觉，末了又去打开信封，上下寻找。

"你在找什么？"长樱问她。

她有些失落："怎么没有阿爹寄来的信？"

长樱便安慰她："许是你阿爹太忙了。"于是牵了她的手，走出屋外，"阿娘带你出去玩。"

这正是最好的时节，春暮夏初，天气不冷不热，午后去溪涧中踏水并不觉得凉，还能抓一些鱼虾回来；夜晚坐在窗下乘凉，已经能吃到新鲜瓜果，咬一口满嘴清甜。长樱带着润润在这里住了一个多月，和乡亲们也都熟悉了，时不时会收到邻居们自制的烙饼。自然，她就带着女儿亲手做些果子，回赠给他们。

日子别提多逍遥了。

"阿娘，我们什么时候回上京？"

"你想回去了吗？"长樱反问女儿。

润润迟疑了片刻："这里比上京好玩，可是……我又有些想阿爹。"顿了顿，她又抬头看着母亲，"阿娘你呢？"

长樱没有即刻回答。

远处，一匹马正自田野阡陌间疾驰而来，一开始只是一个小黑点，渐渐地，身形便越来越清晰了。

她便牵着女儿的手，站在原地等着。

一人一马，越来越近，直到离她们十数丈的地方，骏马被主人勒住，高高扬起了前蹄，停下。

马上的男人身姿挺拔，遮住了光日，影子一直拖到了母女俩身前。

长樱微微仰头，忍不住笑了："你看，是谁来了？"

陆亦衍翻身下马，大步走来，一手抱起女儿，另一只手牢牢将妻子揽在怀里，贴着她的耳朵，温柔而轻声道：

"陌上花开，夫人迟迟不归，朕只好亲自来请了。"

- 全文完 -